A Casa

DANIELLE STEEL

A Casa

Tradução de
GANESHA CONSULTORIA EDITORIAL

1ª edição

EDITORA RECORD
RIO DE JANEIRO • SÃO PAULO
2013

CIP-BRASIL. CATALOGAÇÃO NA FONTE
SINDICATO NACIONAL DOS EDITORES DE LIVROS, RJ

S826c   Steel, Danielle, 1947-
         A casa / Danielle Steel; tradução de Ganesha Consultoria Editorial. –
         Rio de Janeiro: Record, 2013.

         Tradução de: The house
         ISBN 978-85-01-09636-4

         1. Romance americano. I. Ganesha Consultoria Editorial. II. Título.

                                              CDD: 813
13-1781   CDU: 821.111(73)-3

Título original em inglês:
THE HOUSE

Copyright © 2006 by Danielle Steel

Texto revisado segundo o novo Acordo Ortográfico da Língua Portuguesa.

Todos os direitos reservados. Proibida a reprodução, no todo ou em parte, através de quaisquer meios. Os direitos morais da autora foram assegurados.

Direitos exclusivos de publicação em língua portuguesa somente para o Brasil adquiridos pela
EDITORA RECORD LTDA.
Rua Argentina, 171 – Rio de Janeiro, RJ – 20921-380 – Tel.: 2585-2000, que se reserva a propriedade literária desta tradução.

Impresso no Brasil

ISBN 978-85-01-09636-4

Seja um leitor preferencial Record.
Cadastre-se e receba informações sobre nossos
lançamentos e nossas promoções.

EDITORA AFILIADA

Atendimento e venda direta ao leitor:
mdireto@record.com.br ou (21) 2585-2002.

Para meus queridos filhos,
Beatie, Trevor, Todd, Nick, Sam, Victoria, Vanessa,
Maxx e Zara,
que suas vidas e seus lares sejam abençoados,
que suas histórias pessoais sejam motivo de alegria,
e que todos que entrarem em suas vidas tratem vocês
com ternura, bondade, amor e respeito.
Que vocês sejam sempre amados e abençoados.

Com amor,
Mamãe / d.s.

Capítulo 1

Sarah Anderson deixou o escritório às nove e meia da manhã de uma terça-feira de junho para o compromisso às dez com Stanley Perlman. Ela saiu às pressas do edifício da One Market Plaza, dobrou a esquina e chamou um táxi. Ocorreu-lhe, como sempre, que um desses encontros poderia ser realmente o último. Ele sempre dizia que era. Sarah começara a esperar que ele vivesse para sempre, apesar de seus protestos, e também das agruras do tempo. Sua empresa de advocacia tratava dos negócios dele há mais de meio século, e ela vinha atuando, nos últimos três anos, como sua advogada para assuntos de patrimônio e impostos. Aos 38, Sarah já era sócia da empresa havia dois anos, e herdara Stanley como cliente quando o antigo advogado dele falecera.

Stanley sobrevivera a todos. Tinha 98 anos, o que às vezes era difícil de acreditar. A mente permanecia perspicaz como sempre; ele era um leitor voraz e estava a par de cada nuance e mudança na legislação tributária vigente. Era um cliente instigante e divertido. Stanley Perlman fora um gênio nos negócios durante toda a vida. O que havia mudado, com o passar dos anos, foi que o corpo o traíra, mas a mente jamais. Passara os últimos sete anos confinado ao leito. Cinco enfermeiras cuidavam dele: três regularmente em turnos de oito horas, duas substituindo as que folgavam. Vivia com conforto a maior parte do tempo, e não saía de casa havia anos. Sarah sempre gostara dele e o admirara, embora outros o achassem irascível e rabugento. Ela o considerava um homem notável. Deu ao motorista de táxi o endereço de Stanley na Scott Street. Seguiram em meio ao tráfego do centro financeiro de São Francisco e foram no sentido oeste, em direção a Pacific Heights, onde ele morava, na mesma casa, há 76 anos.

O sol brilhava enquanto subiam Nob Hill em direção à California Street, e Sarah sabia que lá em cima o tempo podia ser diferente. A neblina costumava cobrir pesadamente a parte residencial da cidade, mesmo quando fazia sol na parte de baixo. Turistas se penduravam alegremente do lado de fora do bonde, sorrindo e olhando em volta. Sarah levava uns papéis para Stanley assinar, nada de extraordinário. Ele vivia fazendo pequenos acréscimos e emendas no testamento. Vinha se preparando para morrer durante todos esses anos em que o conhecia, e muito antes. Apesar disso, toda vez que parecia ter piorado, ou quando era acometido por uma breve doença, sempre se recuperava e aguentava firme, para sua tristeza. Dissera a Sarah, nesta manhã mesmo, quando ela lhe telefonara para confirmar o encontro, que havia se sentido mal durante as últimas semanas e não ia durar muito.

— Pare de ficar me ameaçando, Stanley — dissera ela, pondo os últimos documentos destinados a ele na pasta. — Você vai viver mais que todos nós.

Às vezes ficava triste por ele, embora Stanley não tivesse nada de depressivo e raramente sentisse pena de si mesmo. Ainda vociferava ordens para as enfermeiras, lia o *New York Times* e o *Wall Street Journal* diariamente, assim como os jornais locais, adorava sanduíches de pastrami e hambúrgueres, e falava com fascinante exatidão e detalhamento histórico sobre os anos em que crescera no Lower East Side de Nova York. Viera para São Francisco em 1924, aos 16 anos. Havia sido incrivelmente esperto em encontrar trabalhos, fazer acordos, trabalhar para as pessoas certas, agarrar as oportunidades e economizar dinheiro. Adquirira propriedades, sempre em circunstâncias pouco comuns, às vezes até se aproveitando de infortúnios alheios, como prontamente admitia, fechando negócios e usando todo e qualquer crédito disponível. Tinha conseguido ganhar dinheiro durante a Depressão enquanto outros o perdiam. Era o protótipo do homem que se fez por esforço próprio.

Gostava de dizer que em 1930 havia comprado a casa em que morava por uma ninharia. E bem mais tarde, fora um dos primeiros a construir shoppings no sul da Califórnia. A maior parte de seu capital inicial foi acumulada no mercado imobiliário, trocando um prédio por outro, às vezes comprando terra que ninguém queria, e aguardando o momento propício para vendê-la mais adiante ou para construir prédios de escritórios ou centros comerciais. Tivera o mesmo dom intuitivo mais tarde, para investir em poços de petróleo. A essa altura, conseguira juntar uma fortuna assombrosa. Stanley tinha sido um gênio nos negócios, mas fizera pouca coisa mais na vida pessoal. Não tinha filhos, nunca se casara, só mantinha contato com advogados e enfermeiras. Ninguém se preocupava com Stanley Perlman, exceto a jovem advogada, Sarah Anderson, e ninguém sentiria falta dele quando morresse, salvo as enfermeiras que ele empregava. Os 19 herdeiros relacionados no testamento que Sarah novamente atualizava para ele (desta vez, para incluir uma série de poços de petróleo recém-comprados em Orange County, após a venda de vários outros, de novo na hora certa) eram sobrinhas e sobrinhos-netos com quem nunca se encontrara ou se correspondera, e dois primos tão idosos quanto ele, que não via desde a década de 1940, mas pelos quais nutria uma vaga afeição. Na verdade, não era afeiçoado a ninguém, e não escondia isso. Tivera uma missão ao longo da vida, e apenas uma: ganhar dinheiro. Atingira o objetivo.

Disse que havia sido apaixonado por duas mulheres na juventude, mas que nunca as pedira em casamento e perdera contato com ambas quando desistiram dele e se casaram com outros, isso há mais de sessenta anos.

Alegava só se arrepender de não ter filhos. Via Sarah como a neta que poderia ter tido, se houvesse se casado. Era do tipo que o agradava: inteligente, engraçada, interessante, esperta, bonita e boa no que fazia. Às vezes, quando vinha trazer documentos, ele gostava de se sentar e olhar para ela e conversar durante horas. Chegou até segurar sua mão, coisa que nunca fez com as enfermeiras. Elas lhe davam nos nervos, o aborreciam, tratavam-no de forma condescendente e se azafamavam em torno dele de modo detestável. Sarah nunca fez isso. Ficava sentada ali, jovem e linda, enquanto falava sobre coisas que lhe interessavam. Sempre sabia o que fazer em relação às novas leis tributárias. Ele adorava que ela viesse com novas ideias para que economizasse dinheiro. De início, ficara cauteloso por causa de sua juventude, mas aos poucos foi passando a confiar nela, ao longo das visitas que fazia a seu pequeno quarto mofado no sótão da casa da Scott Street. Ela subia pela escada dos fundos, carregando a pasta, entrava no quarto discretamente, sentava numa cadeira próxima à cama dele, e então eles conversavam até Stanley ficar exausto. A cada vez que vinha vê-lo, receava que fosse a última. E então ele ligava para conversar sobre uma nova ideia, algo que queria comprar, vender, adquirir ou do qual pretendia se desfazer. E o que quer que tocasse só fazia aumentar sua fortuna. Mesmo aos 98 anos, Stanley Perlman tinha um toque de Midas no que se referia a dinheiro. E o melhor de tudo é que, apesar da imensa diferença de idade, no decorrer dos anos em que trabalharam juntos, Sarah e Stanley haviam se tornado amigos.

Sarah olhou para fora do táxi enquanto passavam pela Catedral Grace, no alto de Nob Hill, e se recostou no banco, pensando em Stanley. Ficou se perguntando se ele estaria realmente doente e se esta seria a última visita. Tivera pneumonia duas vezes na primavera, mas sobrevivera por milagre. Talvez agora não conseguisse. As enfermeiras eram diligentes nos cuidados com ele, porém, mais cedo ou mais tarde, com aquela idade, alguma coisa o derrubaria. Era inevitável, embora Sarah tivesse pavor de pensar nisso. Sabia que, quando ele morresse, sentiria terrivelmente sua falta.

O longo cabelo escuro de Sarah estava cuidadosamente preso atrás da cabeça, os olhos eram grandes e de um tom forte de azul. Ele comentara sobre isso com ela na primeira vez em que se encontraram, perguntando se ela usava lentes de contato coloridas. Sarah riu diante da pergunta e lhe assegurou que não. Sua pele, normalmente clara, dessa vez estava bronzeada, após vários fins de semana em Lake Tahoe. Gostava de fazer caminhadas, nadar e de praticar mountain bike. Fins de semana fora traziam sempre um alívio, após as longas horas que passava no escritório. A sociedade na empresa de advocacia fora bem merecida. Graduara-se em direito em Stanford, *magna cum laude*, e nascera em São Francisco. Vivera ali durante a vida inteira, exceto nos quatro anos em que estudara em Harvard. Suas credenciais e o trabalho duro impressionaram Stanley e seus sócios. Ele a interrogara extensivamente quando se conheceram e comentara que ela mais parecia uma modelo. Era alta, esbelta, de aparência atlética, e longas pernas, que Stanley, secretamente, sempre admirara. Ela usava um elegante terninho azul-marinho, o tipo de roupa que costumava vestir sempre que o visitava. A única joia que portava era um par de pequenos brincos de brilhante que Stanley havia lhe dado como presente de Natal. Ele próprio encomendara por telefone a Neiman Marcus, conhecido joalheiro, especialmente para ela. De um modo geral, não era generoso; preferia dar dinheiro às enfermeiras por ocasião das festas, mas tinha uma quedinha por Sarah, assim como ela por ele. Sarah, por sua vez, já o havia presenteado com várias mantas de caxemira para mantê-lo aquecido. A casa dele sempre parecia fria e úmida, e as enfermeiras eram enfaticamente repreendidas toda vez que ligavam o aquecimento. Stanley preferia usar um cobertor a ser descuidado com seu dinheiro.

Sarah sempre ficara intrigada com o fato de ele nunca ter ocupado a parte principal da casa, mas apenas os antigos aposentos dos empregados, no sótão. Ele disse que comprara o imóvel como um investimento, com a firme intenção de vendê-lo, o que nunca chegou a fazer. Ficara com a residência mais por preguiça que por qualquer profundo apego a ela. Era uma casa grande, linda, luxuosa no passado, que havia sido construída na década de 1920. Stanley tinha contado que a família que a construíra atravessara tempos difíceis após a Crise de 1929, e ele a havia comprado em 1930. Ele se mudara, então, para o quarto de uma das antigas empregadas com uma velha cama de latão, uma cômoda com gavetas que os antigos donos tinham deixado para trás e uma poltrona cujas molas perderam a elasticidade há tanto tempo que sentar nela era o mesmo que deitar no concreto. A cama de latão fora substituída por uma de hospital há dez anos. Na parede, havia uma velha fotografia do incêndio que sucedeu o terremoto e nem um único retrato em qualquer lugar do quarto. Sua vida não comportara pessoas, apenas investimentos e advogados. Não havia nada pessoal em toda a moradia. O mobiliário tinha sido todo vendido separadamente, em leilão, pelos antigos proprietários, também por uma ninharia. E Stanley não havia se preocupado em mobiliá-la ao se mudar para lá. Dissera a Sarah que a casa tinha sido depenada antes que a comprasse. Os aposentos eram amplos, com vestígios de elegância, pois havia frangalhos de cortinas em algumas das janelas. Outras tinham sido fechadas com tapumes, para que curiosos não bisbilhotassem. E, embora nunca o tivesse visto, tinham contado a Sarah que havia um salão de baile. Ela nunca havia andado pelos aposentos. Costumava entrar pela porta de serviço, subir a escada dos fundos e ir diretamente para o quarto no sótão. O único propósito ao ir lá era visitar Stanley. Não tinha motivos para passear pela mansão, a não ser pelo fato de saber que um dia, muito provavelmente, após a morte dele, ela teria que vendê-la. Todos os herdeiros dele moravam na Flórida, em Nova York ou no Centro-Oeste, e nenhum ia se interessar em ser dono da enorme casa na Califórnia, um elefante branco. Por mais maravilhosa que tivesse sido um dia, ninguém teria o que fazer com ela, assim como Stanley. Era difícil acreditar que ele havia vivido nela por 76 anos sem mobiliá-la ou sair do sótão. Mas Stanley era assim. Excêntrico, talvez, modesto, despretensioso e um fiel e respeitado cliente. Sarah Anderson era sua única amiga. O restante do mundo tinha esquecido sua existência, e há muito sobrevivera a quaisquer amigos que porventura tivesse tido.

O táxi parou no endereço da Scott Street que Sarah tinha dado ao motorista. Ela pagou a corrida, pegou a pasta, desceu do carro e tocou a campainha dos fundos. Como imaginara, estava sensivelmente mais frio e enevoado ali, e ela tremeu em sua roupa leve. Usava um fino suéter branco por baixo do terninho azul-marinho e tinha um ar profissional, como de costume, quando a enfermeira abriu a porta e sorriu ao vê-la. Elas levavam uma eternidade para descer do sótão. Eram quatro andares e um porão, como Sarah bem sabia, e as enfermeiras mais velhas que o atendiam se moviam vagarosamente. A que abriu a porta para ela era relativamente jovem, mas já havia visto Sarah antes.

— O Sr. Perlman está esperando a senhora — disse polidamente, afastando-se para dar passagem a Sarah e fechando a porta atrás dela.

Elas só usavam a entrada de serviço por ter um acesso mais fácil à escada dos fundos, que levava ao sótão. A porta da frente não era tocada havia anos, e era mantida trancada com ferrolho As luzes da parte principal da residência nunca eram acesas. As únicas luzes a brilhar na casa há anos eram as do sótão. Preparavam as refeições numa pequena cozinha, no mesmo andar em que antes funcionara uma copa. A cozinha principal, hoje uma peça de museu, ficava no porão. Tinha geladeiras antigas e um frigorífico. Nos velhos tempos, um fornecedor costumava trazer enormes pedaços de gelo. O forno era uma relíquia da década de 1920, e não era usado pelo menos desde os anos 1940. Era uma cozinha feita para ser administrada por um bando de cozinheiros e empregados, supervisionados por uma governanta e um mordomo. Não tinha nada a ver com o estilo de vida de Stanley que, durante anos, voltara para casa com sanduíches e comida para viagem comprados em lanchonetes e em pequenos restaurantes. Nunca cozinhou para si mesmo, e, antes de ficar confinado ao leito, saía diariamente para tomar café da manhã. A casa era um lugar em que ele dormia na cama espartana de latão, tomava banho e se barbeava toda manhã, seguindo então para o escritório para ganhar mais dinheiro. Raramente retornava antes das dez da noite, chegando às vezes até meia-noite. Não tinha motivos para voltar correndo para o lar.

 Sarah seguiu a enfermeira escada acima num passo solene, carregando a pasta. A escada estava sempre às escuras, iluminada por uma quantidade mínima de lâmpadas nuas. Esta havia sido a escada utilizada pelos empregados nos idos de grandeza da casa. Os degraus eram de aço, recobertos por uma estreita passadeira antiga, puída. As portas para cada andar permaneciam fechadas, e Sarah só viu a luz do dia ao chegar ao sótão. O quarto dele ficava no fim de um longo corredor, em sua maior parte ocupado pela cama de hospital. Para acomodá-la, a única cômoda fora levada para o hall. Apenas uma antiga cadeira quebrada e uma mesinha ficavam perto do leito. Ao entrar no cômodo, ele abriu os olhos e a viu. Custou a reagir dessa vez, o que a preocupou, e então, pouco a pouco os olhos se iluminaram e, passado um instante, esboçou um sorriso. Tinha uma aparência gasta e cansada, e ela receou subitamente que, dessa vez, talvez ele tivesse razão. Ele aparentava os 98 anos agora, o que nunca acontecera antes.

— Olá, Sarah — disse baixinho, absorvendo o frescor de sua juventude e beleza. Para ele, 38 anos eram como os primeiros anos da infância dela. Stanley ria sempre que ela dizia que se sentia velha. — Ainda trabalhando muito? — perguntou, quando ela se aproximou da cama e chegou perto dele. Vê-la sempre o reanimava. Ela era como o ar e a luz para ele, ou a chuva primaveril para um canteiro de flores.

— É claro. — Sarah sorriu quando ele pegou a mão dela e a segurou. Ele gostava de sentir a pele, o toque, o calor dela.

— Não estou sempre dizendo a você para não fazer isso? Você trabalha demais. Vai acabar como eu um dia. Sozinha, com um bando de enfermeiras irritantes em volta, morando num sótão. — Ele já lhe dissera diversas vezes que ela precisava se casar e ter filhos. Repreendera-a severamente quando ela alegou que não pretendia fazer nem uma coisa nem outra. A única tristeza de sua vida era não ter tido filhos. Com frequência a aconselhava a não cometer os mesmos erros que ele. Certificados de ações, dividendos, centros comerciais e poços de petróleo não substituíam filhos. Aprendera essa lição tarde demais. Agora, apenas Sarah lhe trazia algum conforto e alegria. Ele adorava acrescentar codicilos ao testamento, o que fazia com frequência, pois lhe dava uma desculpa para vê-la.

— Como está se sentindo? — perguntou ela, parecendo mais um parente zeloso do que uma advogada. Ela se preocupava com Stanley e diversas vezes arranjava desculpas para lhe mandar livros ou artigos, na maior parte sobre novas leis tributárias ou outros tópicos que pudessem interessá-lo. Ele sempre lhe enviava bilhetes escritos à mão depois, agradecendo e fazendo comentários. Sua mente continuava perspicaz como sempre.

— Estou cansado — disse com sinceridade, apertando a mão dela com os dedos frágeis. — Não posso esperar me sentir melhor do que isso na minha idade. Meu corpo já se foi há anos. Só restou o meu cérebro. — Que permanecia lúcido, mas ela percebeu que, dessa vez, os olhos dele pareciam embaçados. Em geral, ainda havia uma centelha neles, mas como uma lâmpada que começa a enfraquecer, ela percebeu que algo havia mudado. Sarah sempre desejou levá-lo para o ar livre, mas fora pequenas idas de ambulância ao hospital, ele não saía de casa há anos. O sótão da mansão na Scott Street se tornara o recanto em que ele estava condenado a acabar seus dias. — Sente-se — disse ele finalmente. — Você está ótima, Sarah. Como sempre. — Ela lhe parecia tão enérgica e viva, tão linda, ali de pé, alta, jovem e esbelta. — Fico feliz que tenha vindo — confessou com mais ardor do que de costume, o que provocou um aperto no coração de Sarah.

— Eu também. Andei ocupada. Estou para vir há mais de uma semana — disse em tom de desculpa.

— Você parece ter ido para fora. Onde foi que pegou o bronzeado? — Ele a achou mais linda do que nunca.

— Fins de semana em Tahoe. É bom lá. — Ela sorriu ao se sentar na desconfortável cadeira e apoiou a pasta.

— Nunca saí nos fins de semana, nem de férias, aliás. Acho que tirei férias apenas duas vezes em toda a minha vida: uma num rancho, em Wyoming, a outra no México. Detestei ambas. Me sentia como se estivesse desperdiçando tempo, ficando ali pensando no que estaria acontecendo no escritório e no que estaria perdendo. — Ela bem podia imaginá-lo irrequieto, esperando notícias dos negócios e provavelmente voltando para casa antes do planejado. Ela mesma já experimentara situação semelhante, quando tinha trabalho demais para fazer ou trazia documentos da empresa para casa. Detestava deixar alguma coisa inacabada. Ele não estava totalmente enganado a respeito dela. A seu modo, era tão compulsiva em relação ao trabalho quanto ele. O apartamento em que Sarah morava era ligeiramente melhor do que o quarto dele no sótão, só que maior. Estava quase tão desinteressada pelo ambiente em volta quanto ele. Era apenas mais jovem e menos radical. As forças que os moviam eram muito parecidas, como ele suspeitava havia bastante tempo.

Conversaram por alguns minutos, e ela lhe entregou a papelada que trouxera. Ele a examinou, mas já lhe eram familiares. Sarah lhe enviara anteriormente, por mensageiro, vários rascunhos para aprovação. Ele não tinha fax ou computador. Gostava de ver os documentos originais e não tinha paciência para invenções modernas. Nunca tivera um celular e não precisava de um.

Havia uma pequena sala de estar próxima a ele para as enfermeiras. Nunca se aventuravam longe dele, ficando no pequeno aposento ao lado, no cômodo, na desconfortável cadeira, vigiando-o, ou na cozinha, preparando as frugais refeições. Bem ao fundo do corredor, no andar de cima, havia vários pequenos quartos de empregados em que as enfermeiras podiam dormir, se quisessem, ao final do expediente, ou descansar, caso houvesse outra enfermeira por perto. Nenhuma delas morava na casa, apenas trabalhava ali em turnos. O único morador em tempo integral era Stanley. Sua existência e o mundo reduzido dele constituíam um pequeno microcosmo na parte de cima da outrora grandiosa casa que caía em ruínas de forma silenciosa e contínua como ele.

— Gostei das mudanças que você introduziu — declarou, cumprimentando-a. — Fazem mais sentido do que o rascunho que me mandou na semana passada. Está mais enxuto e deixa menos espaço para manobras.

Ele sempre se preocupava com o que os herdeiros fariam com os diversos bens. Considerando que nunca estivera com a maior parte deles, e os que havia conhecido já eram idosos, era difícil saber como lidariam com o espólio. Tinha que supor que venderiam tudo, o que, em alguns casos, seria uma tolice. No entanto, o bolo precisava ser dividido em 19 pedaços. Era um bolo imenso, e cada um deles receberia uma fatia considerável, muito maior do que imaginavam. Mas tinha uma forte convicção quanto a deixar o que possuía para os parentes, e não para a caridade. Dera sua contribuição a organizações filantrópicas ao longo dos anos, porém acreditava firmemente que o sangue vem em primeiro lugar. Como não tinha herdeiros diretos, deixava tudo para primos, sobrinhas e sobrinhos-netos, fossem lá quem fossem. Pesquisara cuidadosamente o paradeiro deles, mas só encontrara uns poucos. Esperava que as vidas de alguns pudessem mudar para melhor ao receberem esse legado caído do céu. Estava começando a parecer que isso aconteceria em breve, mais cedo do que Sarah gostaria de pensar ao olhar para ele.

— Fico contente que tenha gostado — disse Sarah, com ar satisfeito, tentando ignorar a falta de brilho no olhar dele, o que lhe dava vontade de chorar. A última crise de pneumonia o deixara esgotado e aparentando a idade que tinha. — Quer que acrescente alguma coisa ao que está aí? — perguntou, e ele fez que não com a cabeça. Sentada na cadeira quebrada, ela o observava em silêncio.

— O que você pretende fazer neste verão, Sarah? — perguntou ele, mudando de assunto.

— Passar mais alguns fins de semana em Tahoe. Não planejei nada de especial. — Ela achou que ele estava com medo de que ela se ausentasse e quis tranquilizá-lo.

— Então trate de planejar. Você não pode ser uma escrava para sempre. Vai acabar virando uma solteirona. — Ela riu. Havia contado a ele anteriormente que saía com alguém, mas sempre dissera que não era nada sério ou permanente, e continuava não sendo. Era uma relação casual há quatro anos, o que ele respondeu que era bobagem, pois não existe relação "casual" que dure quatro anos. A mãe dela falava o mesmo. Ela dizia a si mesma e a todos que estava envolvida demais com o trabalho na empresa para querer algo mais que casual no momento. O trabalho era e sempre fora sua prioridade. Exatamente como fora a dele.

— Não há mais "solteironas" hoje em dia, Stanley. Há mulheres independentes, com carreiras, prioridades e necessidades diferentes das moças de antigamente — disse mais para convencer a ela mesma. Stanley não acreditou. Ele a conhecia bem e sabia mais sobre a vida do que ela.

— Isso é bobagem, e você sabe — argumentou Stanley de forma dura. — As pessoas não mudaram em 2 mil anos. As mais espertas ainda se acomodam, se casam e têm filhos. Ou acabam como eu. — Ele havia acabado como um homem muito, muito rico, o que, do ponto de vista dela, não parecia assim tão ruim. Lamentava que ele não tivesse filhos, ou parentes por perto, mas, vivendo tanto quanto ele, a maioria acabaria sozinha. Ele sobrevivera a todos que já conhecera. A essa altura, podia até ter perdido todos os filhos, se os tivesse tido, restando apenas os netos ou os bisnetos para consolá-lo. No final, pensou, não importa quem achamos que temos, deixamos este mundo sozinhos. Assim como aconteceria com Stanley. Era apenas mais óbvio no caso dele. Mas ela sabia, pela vida que a mãe levara com o pai, que se pode estar igualmente só, mesmo com marido e filhos. Não tinha pressa nenhuma em se atrelar a qualquer uma das duas coisas. Todos os casados que conhecia não lhe pareciam assim tão felizes, e, se algum dia viesse a se casar e não desse certo, não precisava de um ex-marido para odiá-la e atormentar sua existência. Conhecia muitos casos desse também. Era bem mais feliz assim, trabalhando por conta própria, com um namorado em tempo parcial que preenchia as necessidades no momento. A ideia de se casar com ele nunca lhe ocorrera, nem a ele. Concordaram, desde o início, que um relacionamento simples era tudo que queriam um do outro. Simples e fácil. Principalmente por estarem ambos ocupados com profissões que adoravam.

Sarah percebeu então que Stanley estava realmente exausto e decidiu abreviar a visita desta vez. Ele havia assinado os papéis, que era tudo de que ela precisava, e parecia prestes a cair no sono.

— Voltarei logo para vê-lo, Stanley. Me avisa se precisar de alguma coisa. Virei aqui quando quiser — disse gentilmente, tornando a dar tapinhas na mão frágil, após ficar de pé e pegar os documentos que estavam com ele. Enfiou-os dentro da pasta enquanto ele a observava com um sorriso nostálgico. Gostava de olhar para ela, mesmo que fosse apenas pela graça dos movimentos ao conversar com ele ou fazer coisas corriqueiras.

— Pode ser que eu não esteja aqui — disse ele com simplicidade, sem autopiedade. Era a mera enunciação de um fato que ambos sabiam ser possível, mas sobre o qual ela não queria ouvir falar.

— Deixa de ser bobo — declarou ela, repreendendo-o. — Você estará aqui. Estou contando que você vá viver mais que eu.

— Tomara que não — respondeu com seriedade. — E da próxima vez em que eu a vir, quero ouvir tudo a respeito das férias que vai tirar. Faça um cruzeiro. Vá se estirar numa praia em algum lugar. Pegue um cara, fique bêbada, vá dançar, se solte. Grave minhas palavras, Sarah, um dia você vai se lamentar se não fizer isso. — Ela riu diante dessas sugestões, ao se imaginar pegando estranhos numa praia. — Estou falando sério!

— Sei que está. Acho que está tentando fazer com que eu seja presa e expulsa da Ordem dos Advogados — afirmou, dando um enorme sorriso e o beijando no rosto. Era um gesto pouco característico e nada profissional, mas gostavam muito um do outro.

— Que se dane se for expulsa da Ordem. Talvez lhe faça bem. Vá viver, Sarah. Pare de trabalhar tanto. — Sempre lhe dizia isso, mas ela não levava muito a sério. Gostava do que fazia. O trabalho era como uma droga na qual estava viciada e não tinha vontade de se livrar, talvez por muitos anos ainda, embora soubesse que os conselhos dele eram sinceros e bem-intencionados.

— Vou tentar — mentiu, sorrindo para ele. Era mesmo como um avô para ela.

— Tente com mais vontade — ralhou ele, e então sorriu ao ser beijado no rosto. Gostava da sensação da pele aveludada, do hálito suave tão perto dele. Fazia com que se sentisse jovem outra vez, embora soubesse que em sua mocidade teria sido tolo e focado demais no trabalho o para não prestar atenção nela, por mais bonita que fosse. As duas mulheres que perdera devido à própria estupidez, agora percebia, eram tão bonitas e sensuais quanto ela. Só recentemente se dera conta disso. — Cuide-se — disse a Sarah, quando ela estava à porta, segurando a pasta, e se virou para olhar para ele.

— Você também. Trate de se comportar. Não corra atrás das enfermeiras em volta do quarto. Elas podem se demitir. — Ele riu diante da hipótese.

— Já deu uma olhada nelas? — Riu alto desta vez, e ela também. — Eu é que não vou sair da cama para isso — disse, com um largo sorriso —, não com esses joelhos velhos. Posso estar preso à cama, minha querida, mas não sou cego, sabe? Mande algumas mais jovens e talvez eu as faça correr para merecer o dinheiro.

— Não duvido disso — respondeu, e, com um aceno, finalmente se obrigou a sair. Ele ainda sorria quando ela foi embora, dizendo à enfermeira que Sarah podia descer sozinha.

Pisou ruidosamente, mais uma vez, os degraus de aço, seus passos ressoando na escada, à medida que o som reverberava no estreito corredor. A passadeira puída de pouco adiantou para abafar o estrépito. E foi um alívio sair pela porta de serviço e se deparar com o brilho do sol de meio-dia que, enfim, tinha chegado à parte alta da cidade. Foi descendo devagar em direção à Union Street, pensando nele, e lá encontrou um táxi. Deu ao motorista o endereço do escritório e foi pensando em Stanley durante todo o trajeto. Temia que ele não durasse muito mais. Parecia estar finalmente deslizando, devagar, montanha abaixo. A visita de Sarah o reanimara, mas ela própria sabia que não seria por muito tempo. Era quase querer demais esperar que ele chegasse aos 99 anos em outubro. E por quê? Tinha tão poucas razões para viver e estava tão só. A vida dele era confinada ao pequeno quarto e às quatro paredes da cela em que estava aprisionado pelo resto dos dias. Tivera uma vida boa ou, pelo menos, produtiva, e as vidas de seus 19 herdeiros mudariam para sempre quando ele morresse. Sarah ficava deprimida ao pensar nisso. Sabia que sentiria falta de Stanley quando ele se fosse. Procurou não pensar nos muitos avisos que lhe dera para a própria vida. Havia anos pela frente para pensar em bebês e casamento. Por enquanto, tinha uma carreira que significava tudo para ela e uma mesa cheia de trabalho que a esperava no escritório, embora apreciasse a preocupação dele. Tinha exatamente a vida que queria.

Era pouco mais de meio-dia quando correu para o escritório. Tinha uma reunião com os sócios à uma da tarde, encontros agendados com três clientes na parte da tarde e cinquenta páginas de novas leis sobre impostos para ler naquela noite, todas, ou pelo menos algumas, pertinentes a seus clientes. Havia uma pilha de recados esperando em sua mesa, e conseguiu enviar respostas a todos, menos dois, antes da reunião com os sócios. Responderia os outros dois, e os que mais viessem, entre os encontros com os clientes durante a tarde. Não dispunha de tempo para almoçar... não mais do que dispunha para bebês e casamento. Stanley fizera escolhas e cometera erros na vida. Ela tinha o direito de fazer o mesmo.

Capítulo 2

Sarah continuou a enviar livros e artigos importantes para Stanley durante os meses de julho e agosto, como sempre fizera. Ele teve uma breve gripe em setembro, que dessa vez não exigiu internação. E estava com notável bom humor quando ela o visitou no aniversário de 99 anos, em outubro. Havia um gosto de vitória nisso. Era um feito importante chegar àquela idade. Ela levou para ele um *cheesecake* com uma velinha. Sabia que era a torta preferida de Stanley, que lhe trazia recordações da infância em Nova York. Pelo menos dessa vez não a recriminou por estar trabalhando demais. Conversaram por um longo tempo sobre uma nova lei tributária em análise que poderia ser vantajosa para o patrimônio dele. Ele tinha as mesmas preocupações que Sarah sobre o assunto, ambos gostavam de debater sobre as diversas teorias quanto à forma como a legislação fiscal em vigor poderia ser afetada. Ele estava lúcido e perspicaz como sempre e não parecia tão frágil como na última visita dela. Tinha uma nova enfermeira que se esforçava de fato para fazê-lo comer, e Sarah achou que ele havia até ganhado uns quilinhos. Ela o beijou na bochecha ao sair, como sempre fazia, e lhe disse que celebrariam o aniversário de 100 anos dele no próximo ano.

— Pelo amor de Deus, espero que não — exclamou, rindo para ela. — Quem poderia imaginar que eu ia chegar até aqui — disse, enquanto celebravam juntos.

Ela lhe deu uma pilha de livros novos, CDs de música e um pijama de cetim preto que pareceu diverti-lo. Nunca o vira com melhor humor, o que de certa forma tornou ainda mais chocante o telefonema que recebeu duas semanas depois, em primeiro de novembro. Não devia ter acontecido. Ela sempre soubera que esse dia chegaria, mas o fato a pegou desprevenida. Após mais de três anos fazendo trabalhos para ele na área jurídica, usufruindo da amizade que resultou desse contato, ela começara de fato a esperar que vivesse para sempre. A enfermeira lhe contou que Stanley morrera em paz durante o sono na noite anterior, ouvindo a música do CD que ela lhe dera e usando o pijama de cetim preto. Jantara bem, caíra no sono e saíra deste mundo sem suspirar ou gemer, nem dizer uma última palavra a ninguém. A enfermeira o encontrara uma hora depois quando foi verificar como estava. Disse que a expressão em seu rosto era de completa paz.

As lágrimas rolaram dos olhos de Sarah quando ouviu a notícia. A manhã havia sido difícil no escritório, depois de um debate acalorado com dois dos sócios a respeito de algo que tinham feito com o qual ela não concordava e teve a sensação de que eles tinham se unido contra ela. E na véspera, tivera uma briga com o namorado, o que não era tão incomum, mas de qualquer forma a aborrecia. No ano anterior, começaram a discordar com mais frequência. Ambos tinham uma rotina atribulada e vidas estressantes. Limitavam o tempo que passavam juntos aos fins de semana, mas às vezes ela e Phil se irritavam por questões menores. Ouvir a notícia da morte de Stanley durante a noite foi o cúmulo. Sentiu-se subitamente desamparada, lembrando-se da ocasião em que o pai morrera, há 22 anos, quando ela tinha apenas 16.

De um modo estranho, Stanley fora a única figura paterna que tivera desde então, embora fosse um cliente. Estava sempre lhe aconselhando a não trabalhar demais e a aprender com os erros dele. Nenhum outro homem que conhecia jamais lhe dissera isso, e ela sabia o quanto ia sentir a falta dele. Mas era para isso que eles haviam se preparado, a razão de ela ter entrado na vida dele: planejar seu patrimônio e a forma como seria distribuído entre os herdeiros. Estava na hora de cumprir sua função. Todo o trabalho de base tinha sido preparado ao longo dos últimos três anos. Sarah era organizada e expedita. Tudo estava em ordem.

— A senhora vai tomar as providências? — perguntou a enfermeira. Ela já havia notificado o restante da equipe, e Sarah disse que entraria em contato com a funerária escolhida há muito por Stanley, embora ele tivesse enfatizado que não queria uma cerimônia. Queria ser cremado e enterrado, sem confusão ou alarido. Não haveria quem chorasse por ele. Todos os amigos e associados comerciais haviam morrido há muito tempo, e a família dele não o conhecia. Só existia Sarah para tomar as providências.

Sarah deu os telefonemas necessários após falar com a enfermeira. Ficou surpresa ao ver que sua mão tremia enquanto telefonava. Ele deveria ser cremado na manhã seguinte e enterrado em Cypress Lawn, num jazigo comprado no mausoléu há 12 anos. Perguntaram se haveria uma cerimônia religiosa, e ela disse que não. A funerária veio buscá-lo em uma hora, e ela ficou abatida o dia inteiro, particularmente enquanto ditava a carta aos desavisados herdeiros. Ela propôs uma leitura do testamento em seu escritório de São Francisco, segundo o pedido de Stanley, caso desejassem comparecer, ocasião em que poderiam inspecionar a casa herdada e decidir como pretendiam dispor dela. Havia sempre a remota possibilidade de que um deles quisesse mantê-la e comprar a parte dos outros, embora ela e Stanley sempre tivessem considerado isso improvável. Não moravam em São Francisco, e não iam querer uma casa por lá. Havia um grande número de detalhes a cumprir. E Sarah fora avisada pelo cemitério de que Stanley seria enterrado às nove horas da manhã seguinte.

Ela sabia que se passariam vários dias ou até mais antes que começasse a ter notícias dos herdeiros. Para aqueles que não queriam aparecer, ou não podiam, ela enviaria cópias do testamento logo após a leitura. O espólio entraria em inventário, e a liberação dos bens levaria certo tempo. Naquele dia ela deu início a todo o processo.

No fim da tarde, a enfermeira-chefe fora ao escritório para lhe entregar todas as chaves do restante da equipe. A faxineira que vinha há anos apenas para limpar os aposentos do sótão continuaria no emprego. Um serviço contratado viria para limpar o restante da casa uma vez ao mês. Era surpreendente o pouco que havia para ser feito a essa altura. E Stanley tinha tão poucos objetos pessoais e tão pouca mobília que, ao desocupar a mansão para um corretor de imóveis, uma instituição de caridade conseguiu levar tudo. Não existia nada que os herdeiros pudessem querer. Ele era um homem simples, com poucas necessidades e sem luxos, acamado há anos. Até mesmo o relógio que usava era de pouco valor. Em certa ocasião, comprara um de ouro, mas há muito se desfizera dele. Tudo o que possuía eram propriedades e centros comerciais, poços de petróleo, investimentos, ações, apólices e a casa na Scott Street. Stanley Perlman tinha uma enorme fortuna e poucos objetos. E, graças a Sarah, o patrimônio estava inteiramente em ordem por ocasião de seu falecimento, e até muito antes disso.

Sarah ficou no escritório até quase nove horas naquela noite, examinando arquivos, respondendo e-mails e arquivando coisas que estavam em sua mesa há dias. Finalmente percebeu que evitava ir para casa, quase como se o vazio da Scott Street houvesse se transportado agora para seu apartamento. Detestava a sensação de que Stanley tivesse ido embora. Telefonou para a mãe, mas ela não estava. Ligou para Phil, deu uma olhada no relógio e se deu conta de que ele estava na academia. Raramente se viam durante a semana, se é que isso algum dia aconteceu. Ele ia à academia toda noite depois do trabalho. Era advogado trabalhista num escritório concorrente, especializado em casos de discriminação, e seu horário de trabalho era tão longo quanto o dela. Ele também jantava com os filhos duas vezes por semana, pois não gostava de estar com eles nos fins de semana. Gostava de ter o sábado e o domingo livres para as atividades de adulto, em geral com ela. Tentou o celular dele, mas costumava cair na caixa postal quando estava malhando. Não deixou recado porque não sabia o que dizer. Sabia o quanto ele ia fazer com que se sentisse uma idiota. Podia até imaginar a conversa. "Meu cliente de 99 anos morreu ontem à noite e estou muito triste por causa disso." Phil ia rir dela. "Noventa e nove? Está brincando?... Parece que ele já havia passado do prazo de validade, se quer saber minha opinião." Ela mencionara Stanley para Phil uma ou duas vezes, mas raramente falavam sobre trabalho. Phil gostava de deixar os afazeres no escritório. Ela trazia pendências para casa de várias formas. De arquivos para serem analisados a preocupação com os clientes, com suas questões e com planejamentos tributários. Phil deixava os clientes no escritório e as preocupações deles em cima da mesa. Sarah os levava com ela. E sua tristeza por causa de Stanley estava lhe pesando muito.

Não havia com quem falar, ninguém a quem comunicar. Ninguém para compartilhar com ela o opressivo sentimento de vazio. O que ela sentia era impossível de explicar. Sentia-se desamparada, exatamente como acontecera quando o pai morreu, só que agora era pior. Não havia o choque que tivera naquela ocasião, tampouco o alívio. Não houve uma perda real com a morte do pai, apenas a perda de uma ideia. A ideia de pai que ele nunca fora. Ele havia sido a figura fantasma que a mãe inventara para ela. A fantasia que a mãe inventara sobre ele. Na ocasião da morte do pai, embora morassem na mesma casa, havia anos que

Sarah praticamente não conversava com ele. Não conseguia. Ele estava sempre bêbado demais para conversar ou pensar, ou ir a qualquer lugar com ela. Só ia e vinha de casa para o trabalho e se embriagava até ficar em estado de estupor. Por fim, não se incomodava sequer em ir ao trabalho. Ficava apenas sentado no quarto do casal, bebendo, enquanto a mãe tentava encobrir a situação e trabalhava como corretora de imóveis para sustentar os três, indo até em casa durante o dia para ver como ele estava. Morreu aos 46 anos de doença hepática, e fora para ela um perfeito desconhecido. Stanley havia sido um amigo. E, de alguma forma estranha, isso era pior. Com a morte, passou a ter alguém de quem sentir falta.

Sentou-se no escritório e chorou, finalmente, enquanto pensava sobre o assunto, e em seguida apanhou a pasta e saiu. Pegou um táxi para casa e entrou em seu apartamento em Pacific Heights, a 12 quarteirões de distância da casa de Stanley, na Scott Street, indo direto até a escrivaninha. Verificou os recados. A mãe havia deixado uma mensagem um pouco antes. Aos 61 anos, ainda trabalhava, mas tinha passado da atividade imobiliária para design de interiores. Estava sempre ocupada, com amigos, em clubes de livros, com clientes, ou nos grupos dos 12 passos que ela ainda frequentava depois de todos esses anos. Frequentara o Alcoólicos Anônimos durante quase trinta anos, mesmo após a morte do marido alcoólatra. Sarah dizia que ela era viciada em grupos dos 12 passos. A mãe estava sempre ocupada e se desgastando à toa, mas parecia feliz em fazer isso. Telefonara para Sarah para ver como estava, e disse que ia sair à noite. Quando ouviu o recado, Sarah se sentou no sofá, olhando fixo para a frente. Não havia jantado e não se importava com isso. Tinha pizza de dois dias na geladeira, e sabia que podia ter preparado uma salada se quisesse, mas não tinha vontade. Não queria nada naquela noite a não ser o conforto de sua cama. Necessitava de um tempo de luto antes de fazer tudo o que devia ser feito por Stanley. Sabia que no dia seguinte estaria bem, ou pensou que estaria, mas agora precisava de uma pausa.

Esticou-se no sofá e apertou o controle remoto da TV. Tudo que precisava era de barulho, vozes, algo para preencher o silêncio e o vácuo que sentia crescendo por dentro. O apartamento estava tão vazio quanto ela própria naquela noite. Num estado de desordem como ela se sentia. Nunca notara nem notava agora. Com frequência a mãe batia na mesma tecla, e Sarah sempre se livrava dela, dizendo que gostava dele daquele jeito. Gostava de justificar que o apartamento tinha um clima acadêmico e intelectual. Não queria cortinas fofinhas nem colchas preguedas. Não precisava de almofadinhas bonitinhas nas poltronas nem de pratos que combinassem. Tinha um sofá marrom velho e batido desde a época da faculdade, uma mesa de centro que comprara num brechó ainda na faculdade de direito. A escrivaninha era uma porta velha que encontrara em algum lugar e colocara em cima de dois cavaletes, com arquivos de rodinhas enfiados embaixo dela. As estantes ocupavam uma parede inteira, com livros de direito apinhados nas prateleiras, e outros empilhados no chão. Havia duas cadeiras muito elegantes de couro marrom, dadas pela mãe, junto com um grande espelho pendurado sobre o sofá. Havia duas plantas mortas e um fícus falso de seda que a mãe encontrara em algum lugar, um pufe surrado que Sarah tinha trazido de Harvard e uma mesa de jantar pequena e gasta com quatro cadeiras que não combinavam. Tinha persianas em vez de cortinas, mas elas davam conta do recado.

O quarto não tinha uma aparência melhor. Ela fazia a cama nos fins de semana antes de Phil chegar, quando vinha. Metade das gavetas da cômoda já não fechava mais. Havia uma velha cadeira de balanço no canto, sobre a qual jogara uma colcha feita à mão, encontrada em um antiquário. Tinha um espelho de corpo inteiro com uma pequena rachadura, outra planta morta sobre o parapeito da janela e, em cima da mesa de cabeceira, mais uma pilha de livros jurídicos, a leitura preferida antes de dormir. No canto, um ursinho de pelúcia resgatado da infância. Não era um apartamento que ocuparia uma página central das revistas de decoração *House & Garden* ou *Architectural Digest*, mas funcionava para ela. Era habitável, prático, com pratos para jantar, copos suficientes para receber alguns amigos e tomar alguma coisa, quando ela assim o desejasse e tivesse tempo — o que não ocorria com frequência —, toalhas para ela e Phil, e panelas e vasilhas que bastavam para preparar uma refeição decente, o que acontecia cerca de duas vezes por ano. No restante do tempo, ela trazia alguma refeição pronta para casa, e comia um sanduíche no escritório ou preparava uma salada. Simplesmente não precisava de mais do que tinha, não importa o quanto isso aborrecesse a mãe, que mantinha o próprio apartamento como se estivesse prestes a ser fotografado. Como dizia, era seu cartão de visitas para a atividade de design de interiores.

O apartamento atual de Sarah não parecia diferente dos outros dos tempos de faculdade e de pós-graduação em direito. Não era bonito, mas funcional e atendia às necessidades. Tinha um som estéreo de que gostava, e uma TV comprada por Phil, pois não tinha uma e ele gostava de assistir a alguns programas quando estava na casa dela, principalmente esportes. E ela precisava admitir que, de vez em quando, também apreciava, como hoje à noite. Gostava de ficar ouvindo o tom baixo das vozes em seriados bobinhos. O celular dela de repente tocou. Relutou em atender, então pensou que pudesse ser Phil, retornando a ligação dela. Pegou o telefone, olhou para o identificador de chamada e constatou que estava certa. Viu o número dele com um misto de temor e alívio. Sabia que se ele dissesse algo errado a irritaria, mas tinha que correr o risco. Precisava de contato humano de alguma forma nesta noite para compensar a ausência de Stanley dali para a frente. Diminuiu o volume da TV com o controle remoto em uma das mãos e abriu o celular com a outra, levando-o ao ouvido.

— Oi — disse ela, sentindo um branco na mente.

— E aí? Tinha uma chamada perdida e vi que havia sido você. Estou saindo da academia.

Ele era uma dessas pessoas que insistia na necessidade de praticar exercícios toda noite para liberar o estresse, exceto quando visitava os filhos. Ficava na academia por duas ou três horas depois do trabalho, o que impossibilitava os jantares durante a semana, uma vez que nunca saía do escritório antes das oito da noite, no mínimo. Uma das coisas que a atraía nele era a voz sexy. Hoje à noite ela soava bem, fossem quais fossem as palavras. Sentia falta dele e teria adorado que fosse até a casa dela. Não tinha certeza do que ele diria se lhe pedisse isso. O acordo de longa data entre eles, tácito, embora ocasionalmente posto em palavras, era que se vissem apenas nos fins de semana, alternando entre a casa dela e a dele, dependendo de onde estivesse mais bagunçado. Geralmente era o apartamento dele. Portanto, costumavam ficar no de Sarah, apesar da reclamação de Phil de que a cama era macia demais e causava dor nas costas. Ele tolerava a situação para estar com ela. Eram só dois dias por semana, quando muito.

— Tive um dia de merda — reclamou ela, em tom monótono, tentando minimizar os sentimentos, e procurando fazer com que a coisa fizesse sentido para ele. — Meu cliente favorito morreu.

— Aquele cara velho que tinha 200 anos? — perguntou ele, com um barulho como se naquele momento estivesse entrando no carro ou levantando uma bolsa pesada.

— Estava com 99. Foi ele, sim.

Falavam em uma linguagem abreviada, que tinham desenvolvido ao longo de quatro anos. Como no relacionamento deles, não havia muito romance nessa linguagem, mas parecia funcionar. A união dos dois estava longe de ser ideal, mas ela a aceitava. Mesmo sem ser inteiramente satisfatória, era fácil e familiar. Ambos viviam no aqui e agora, e nunca se preocupavam com o futuro.

— Estou triste de verdade. Há anos não me sentia mal assim com alguma coisa — continuou Sarah.

— Sempre digo a você para não se envolver demais com seus clientes. Não dá certo. Eles não são nossos amigos. Entende o que estou querendo dizer?

— Bem, neste caso eu me envolvi, sim. Ele não tinha ninguém a não ser eu, e um monte de parentes que nem sequer conhecia. Não tinha filhos e era um homem muito bom — declarou com a voz suave e triste.

— Tenho certeza de que sim, mas 99 anos é um bocado de estrada. Você não pode dizer exatamente que está surpresa. — A esta altura, Sarah podia perceber que ele estava no carro, no trajeto para casa. Morava a cerca de seis quarteirões da casa dela, o que muitas vezes era bem conveniente, em especial se iam do apartamento dela para o dele no meio do fim de semana, ou quando esqueciam algo que queriam trazer.

— Não estou surpresa. Só triste. Sei que parece bobeira, mas estou. A situação me faz lembrar da época que meu pai morreu. — Ela se sentia vulnerável admitindo isso para ele, mas, após quatro anos, não tinham segredos um para o outro, e ela podia lhe dizer o que quisesse, ou precisasse. Às vezes ele entendia, outras, não. Até então, não havia entendido.

— Nem diga uma coisa dessas, meu bem. Esse cara não era seu pai. Era um cliente. Eu mesmo tive um dia de merda hoje. Passei o dia inteiro na tomada do depoimento do meu cliente, que nesse caso é uma verdadeira besta. Eu queria estrangular o filho da puta no meio do processo. Achei que o advogado da outra parte faria isso por mim, mas não fez. Queria muito que tivesse feito. Nunca ganharemos. — Phil detestava perder um caso, exatamente como odiava perder nos esportes. Ficava de mau humor, às vezes durante semanas ou, pelo menos, alguns dias.

Ele jogava *softball* nas segundas-feiras à noite no verão, e rúgbi no inverno. Jogara hóquei no gelo em Dartmouth e perdera os dentes da frente, que foram substituídos com primor. Era um homem muito bonito. Aos 42 anos ainda aparentava 30, e estava com uma forma física fantástica. Sarah fora nocauteada pela beleza dele logo que se conheceram e, por mais que odiasse admitir, continuava assim desde então. Havia uma espécie de química poderosa entre eles que desafiava a razão ou as palavras. Ele era o homem mais sexy que ela já conhecera. Não era o suficiente para justificar os quatro anos de uma relação apenas de fins de semana, mas era com certeza parte dela. Por vezes ele a enlouquecia com as opiniões inflexíveis, e frequentemente a decepcionava. Não era profundamente sensível ou atencioso em particular, mas sem dúvidas mexia com ela.

— Lamento que tenha tido um dia tão ruim — declarou ela, com a sensação de que o dia dele nem de longe se comparava ao dela, embora admitisse que os depoimentos podiam ser uma chatice assim como os clientes complicados, sobretudo nesse ramo de atividade. O direito trabalhista era incrivelmente estressante. Ele tratava de muitos casos de discriminação e de assédio sexual, principalmente para homens. Parecia se relacionar melhor com clientes do sexo masculino, talvez por ser tão machista. E o escritório de Phil tinha muitas sócias mulheres, que trabalhavam melhor com o sexo feminino. — Você quer passar por aqui no caminho para casa? Bem que eu queria um abraço. — Era um pedido que quase nunca lhe fazia, a não ser em situações de extrema emergência. Como esta noite. Sentia-se mal com a morte de Stanley, por mais idoso que ele fosse. Mesmo assim, era seu amigo e não simplesmente um cliente, não importava o que Phil dissesse e ainda que tivesse razão sobre o fato de isso não ser profissional. Phil nunca se envolvia com os clientes nem com ninguém mais, com exceção dela, até certo ponto, e dos três filhos. Todos eram adolescentes, e ele estava divorciado havia 12 anos. Odiava a ex-esposa com todas as forças. Ela o abandonara por outro homem, um jogador de futebol americano da equipe dos 49ers, o que deixou Phil quase louco na ocasião. Havia sido derrotado por um machão ainda maior, o que, para ele, significava um tremendo insulto.

— Adoraria, meu bem — disse Phil em resposta ao pedido dela. — De verdade, mas estou moído. Acabei de jogar duas horas de squash. — Ela sabia que ele devia ter vencido, ou estaria de péssimo humor, o que não parecia ser o caso. Provavelmente estava só cansado. — Tenho que estar no escritório às oito da manhã para me preparar para outro depoimento. Vou passar a semana toda fazendo isso. Se eu for até aí, uma coisa vai levar a outra, e vou acabar indo para a cama muito tarde. Preciso dormir, senão vou estar um lixo amanhã.

— Você pode dormir aqui, se quiser — sugeriu Sarah, gostando da ideia —, ou só passar para me dar um abraço. Desculpe estar sendo inconveniente, apenas adoraria ver você por um minutinho. — Ela se odiava pelo que estava fazendo, mas sabia que estava choramingando e se sentiu insuportavelmente carente. Ele detestava isso. Sempre dizia que a ex-esposa era uma resmungona e caçoava dela por causa disso. Também não gostava que Sarah agisse dessa maneira. Achava que mulheres carentes eram enfadonhas e gostava de Sarah porque ela não era assim. Os sentimentos e a carência de Sarah nesta noite não eram de seu feitio. Ela conhecia as regras do relacionamento. "Não peça, não choramingue. Não dê ataques. Aproveitemos bem o tempo que passamos juntos." Na maior parte das vezes, era isso que acontecia. Por mais que o relacionamento tivesse horários muito limitados, vinha funcionando para ambos há quatro anos.

— Vamos ver como vão correr as coisas amanhã. Hoje à noite não dá mesmo. — Phil se aferrou às suas posições, como sempre. Tinha limites bem fixados. — Até sexta-feira — concluiu. Em outras palavras, não. Ela entendeu o recado e sabia que se forçasse ou ficasse insistindo só o deixaria irritado.

— Tudo bem, achei apenas que não custava perguntar. — Tentou esconder a frustração na voz, mas com lágrimas nos olhos. Não só Stanley havia morrido, como ela tinha batido de frente com a pior característica de Phil. Ele era um narcisista, não um homem amoroso. Não era novidade para ela. Aprendera a viver em paz com esse fato ao longo dos últimos quatro anos. Você conseguia tirar algo dele, e geralmente não por meio de pedidos. Pedir qualquer coisa a Phil fazia com que se sentisse encurralado ou controlado. E, como costumava dizer, sempre que surgia uma oportunidade, só fazia o que queria. E nesta noite não queria passar por lá para confortá-la com um abraço. Tinha deixado isso claro. Ela sempre conseguia mais dele se não estivesse carente. E nesta noite ela estava. Sorte de merda a dela.

— Você pode perguntar sempre, meu bem. Se eu puder, tudo bem, se não puder, não dá mesmo.

Não é assim; se você não quiser, não quer mesmo, não é um caso de poder, pensou Sarah.

Era uma discussão que vinha tendo com ele há anos, e não estava a fim de retomá-la naquela noite. Era por isso que, para ela, o relacionamento às vezes funcionava, outras não. Sarah sempre achou que Phil deveria ceder em circunstâncias especiais, como a morte de Stanley, por exemplo. Raramente ele se desviava de sua rota, e isso só quando interessava a ele, não aos outros. Não gostava que lhe pedissem favores especiais, e ela sabia disso. Mas gostavam um do outro, e estavam familiarizados com as respectivas esquisitices e estilos. Às vezes era fácil, às vezes, difícil. Ele alegava que nunca mais queria se casar, e sempre deixara isso muito claro para Sarah. Ela lhe afirmou, com a mesma honestidade, que o casamento não era uma prioridade, nem sequer um interesse para ela, o que Phil apreciava bastante. Ela achava que não queria ter filhos, e comunicou isso a ele desde o início. Não estava disposta a dar a alguém uma infância tão miserável quanto a que tivera, com um pai alcoólatra, embora não fosse o caso de Phil. Ele tomava um drinque de vez em quando, mas nunca bebia em excesso. E ele já tinha filhos, então não queria mais nenhum. E, no início, havia sido uma boa combinação. Na verdade, funcionou muito bem durante os primeiros três anos. O sapato só começara a apertar um pouco no último ano, quando Sarah mencionou que gostaria de vê-lo com mais frequência, talvez uma noite no meio da semana. Phil ficara enfurecido na primeira vez em que ela tocou no assunto, e achou que o pedido era invasivo. Disse que precisava das noites da semana para si mesmo, exceto aquelas em que ficava com os filhos. Após três anos, Sarah achava que era hora de dar um passo adiante no sentido de ficarem mais tempo juntos. Phil foi inflexível em relação à questão, Sarah não obteve qualquer avanço em relação ao assunto ao longo do último ano, e agora brigavam com frequência por isso. Era uma questão dolorosa para ela.

Ele não queria passar mais tempo com ela e dizia que a beleza do relacionamento residia na liberdade mútua; dias de semana para eles próprios, companhia no fim de semana o quanto quisessem, sem ter que assumir um compromisso sério, pois nenhum dos dois queria se casar. O que já tinham era tudo o que ele queria. Uma transa muito boa e um corpo contra o qual se aconchegar nos fins de semana. Não estava disposto a lhe dar mais do que isso, provavelmente nunca estaria. Empacaram na mesma discussão ao longo do último ano, sem chegar a lugar algum, o que havia começado a incomodá-la seriamente. Qual a dificuldade de vê-la uma noite a mais para jantar durante a semana? Phil se comportava como se preferisse se submeter a um tratamento de canal a fazer isso, o que Sarah considerava um insulto. Trazer o assunto à tona estava pouco a pouco virando uma batalha amarga.

Mas a esta altura, ela investira quatro anos no relacionamento e não havia nem tempo nem energia para sair e testar outros parceiros. Sabia o que tinha com Phil e temia que viesse a encontrar alguém pior, ou ninguém. Ela já estava com quase 40 anos e os homens que conhecia gostavam de mulheres mais jovens. Ela já não tinha 22, 24 ou 25 anos. O corpo ainda estava ótimo, mas já não possuía a aparência dos tempos de faculdade. Trabalhava de cinquenta a sessenta horas por semana, pelo menos, num emprego muito estressante, portanto, quando teria tempo para sair com alguém que pudesse querer mais do que só os fins de semana? Era mais fácil ficar com Phil e viver com as falhas e os lapsos dele. Ele era o demônio conhecido, e por enquanto estava bem assim. Talvez não maravilhoso, mas o sexo era o melhor que já experimentara. Era o motivo errado para permanecer num relacionamento, sabia, mas isso a mantinha envolvida com ele há quatro anos.

— Espero que você se sinta melhor — foram os votos dele ao entrar na garagem, a seis quarteirões dali. Ela ouviu o portão fechar, e ele provavelmente havia passado de carro em frente à casa dela enquanto dizia que não podia parar para lhe dar um abraço. Tentou ignorar o nó no estômago que a atitude dele tinha causado. Era tão absurdo assim pedir um abraço? Na perspectiva dele, no meio da semana era sim. Não queria preencher o vazio emocional dela nem sequer lidar com isso durante a semana. Tinha os próprios problemas e coisas melhores para fazer com seu tempo.

— Tenho certeza de que me sentirei melhor amanhã — balbuciou Sarah, entorpecida. Pouco importava se isso aconteceria ou não, naquele instante estava se sentindo péssima, e ele, como sempre, havia se entrincheirado em sua posição narcisista. Phil era inteligente, encantador quando queria, sexy, bonitão, mas só pensava em si mesmo, em ninguém mais. Nunca dissera nada diferente disso, mas depois de quatro anos, ela esperava que amolecesse um pouco e ficasse mais flexível. Não ficou. Phil cuidava primeiro das próprias necessidades. Sarah tinha consciência disso, o que nem sempre a agradava.

A princípio, ele havia justificado que era dedicado aos filhos, que era treinador na liga de beisebol para jovens e ia a todos os jogos dos quais participavam. Ela acabou percebendo que ele era apenas fanático por esportes e desistiu do trabalho de treinador porque tomava tempo demais. E não via os filhos nos fins de semana porque queria o tempo para si próprio. Jantava com eles duas vezes por semana, mas nunca permitia que pernoitassem porque o deixavam maluco. Tinham 13, 15 e 18 anos. Um deles agora estava na faculdade, e o restante ainda morava em casa com a mãe, mas, no que lhe dizia respeito, eram problema dela. Ele achava que lidar com as duas meninas mais novas era um bom castigo pela ex-mulher o ter abandonado por outro.

Mais de uma vez, Sarah sentiu que ele estava transferindo a raiva da ex-esposa para ela, por crimes que Sarah nunca havia cometido. Mas alguém tinha que ser punido, não só pelos pecados da ex, mas, pior do que isso, pelos pecados da mãe dele, que tivera a audácia de morrer, abandonando-o assim aos 3 anos. Tinha várias contas a ajustar, e, quando não podia acusar Sarah, punha a culpa na ex-esposa ou nas crianças. Phil tinha "questões" até o pescoço. Mas também havia todas as outras coisas de que ela gostava nele, o suficiente para ficar por perto. A princípio, pensara que era um relacionamento passageiro, e era difícil acreditar que já durava quatro anos. Por mais que detestasse admitir para si própria, ou para a mãe, Deus a livre, Phil era a definição de relacionamento sem saída. De vez em quando, Sarah alimentava esperanças de que a relação se tornasse mais substancial, não com um casamento, mas com um pouco mais de tempo. A essa altura, esperava que ele estivesse mais próximo dela, mas não era o caso. Phil mantinha a distância entre eles encontrando-a somente duas vezes por semana e levando vidas separadas.

— Ligo para você amanhã, quando estiver voltando para casa depois da academia. E vejo você na sexta-feira à noite... Eu te amo, meu bem. Tenho que entrar agora. Está gelado aqui na garagem.
— Ela queria dizer "tudo bem", mas não conseguiu. Às vezes, ele a deixava extremamente zangada, ferindo seus sentimentos quando a decepcionava, o que fazia com frequência, e ela ficava frustrada por tolerar isso.

— Também te amo — disse Sarah, perguntando-se o que essas palavras significavam para ele. O que significa amor para um homem cuja mãe morrera e o abandonara, cuja ex-mulher o deixara por outro, e cujos filhos queriam mais do que ele tinha para lhes dar? *Eu te amo.* O que significava isso exatamente? Eu te amo, mas não me peça para desistir da academia, nem para vê-la num dia de semana à noite... nem passar para lhe dar um abraço numa noite em que não temos encontro marcado só porque você está triste. Havia um limite para o que ele podia dar. Seu cofrinho emocional simplesmente não tinha nada a oferecer, por mais que o sacudisse.

Ela se recostou e ficou olhando distraidamente para a TV por mais uma hora, tentando não pensar em nada, e em seguida adormeceu no sofá. Eram seis horas da manhã quando despertou e pensou mais uma vez em Stanley, e soube logo o que queria fazer. Não ia permitir que o pusessem no mausoléu sem alguém lá para acompanhá-lo. Talvez fosse pouco profissional, como argumentara Phil, mas ela queria fazer companhia ao amigo.

Ficou debaixo do chuveiro cerca de uma hora depois disso, chorando por Stanley, pelo pai e por Phil.

Capítulo 3

Sarah dirigiu até o cemitério em Colma, passando pela longa sequência de revendedoras de carros, e chegou a Cypress Lawn um pouco antes da hora marcada. Disse à secretária no escritório o motivo que a levou lá e estava esperando no mausoléu pela chegada dos funcionários do cemitério com as cinzas de Stanley às nove horas. Colocaram a urna dentro de um pequeno cofre e levaram mais meia hora para vedá-lo com a pequena lápide de mármore, enquanto Sarah observava. A lápide em branco a aborreceu, mas eles garantiram que outra com o nome dele e as datas substituiria essa em um mês.

Quarenta minutos depois estava tudo terminado, e ela ficou em pé do lado de fora, na luz do sol, parecendo atordoada, usando vestido e casaco pretos. Sentiu-se momentaneamente desorientada; olhou para o céu e disse:

— Adeus, Stanley. — Em seguida, entrou no carro e foi para o escritório.

Talvez Phil tivesse razão, e ela estivesse agindo de maneira pouco profissional. Mas seja lá qual fosse o motivo, a sensação era horrível. Tinha muito o que fazer por ele agora, o trabalho que haviam completado tão cuidadosamente nos três anos em que conviveram, preparando a herança de Stanley de forma meticulosa e discutindo as leis tributárias. Ela devia esperar os herdeiros retornarem o contato. Não fazia ideia de quanto tempo levaria, ou se precisaria tomar a iniciativa de procurar alguns deles. Mais cedo ou mais tarde, sabia que os reuniria. Tinha muitas boas notícias para eles de um tio-avô que nem sequer conheceram.

No percurso de volta, tentou não pensar em Phil, ou mesmo em Stanley. Revisou mentalmente a lista de afazeres do dia. Stanley fora sepultado da forma simples e despretensiosa que desejara. Dera início ao processo de validação do espólio. Tinha que telefonar para um corretor para obter uma avaliação e colocar a casa à venda. Nem ela nem Stanley tiveram uma ideia mais precisa sobre o valor da propriedade. Não era avaliada há muito tempo, e o mercado de imóveis subira drasticamente desde o último cálculo feito. Mas a casa também não havia sido tocada, remodelada, nem sequer renovada nos últimos sessenta anos. Havia muito trabalho pela frente. Alguém ia ter que restaurá-la do porão ao sótão. Era mais que provável que isso viesse a custar uma fortuna. Precisava perguntar aos herdeiros, quando aparecessem, o quanto estavam dispostos a investir no trabalho de restauração, se é que o desejavam, antes de pôr a casa à venda. Talvez quisessem vendê-la como estava e deixar os novos proprietários lidarem com o problema. A decisão era deles. Mas ela queria pelo menos ter uma avaliação atualizada para os herdeiros antes da leitura do testamento.

Ligou para uma corretora assim que chegou ao escritório. Marcaram um encontro na casa na semana seguinte. Seria a primeira vez que a própria Sarah visitaria a mansão inteira. Estava com as chaves agora, mas não queria ir lá sozinha. Sabia que seria triste demais. Daria uma certa sensação de intrusão, e ficaria mais fácil fazer isso na presença da corretora, mantendo a situação de forma profissional, como Phil argumentara. Faria o trabalho para um cliente, não apenas para um amigo. Comparecera como amiga ao enterro dele.

Assim que encerrou o telefonema com a corretora, a secretária avisou que a mãe dela estava na linha. Sarah teve um momento de hesitação, respirou fundo e atendeu a chamada. Adorava a mãe, mas não gostava do jeito como ela, invariavelmente, invadia seu espaço.

— Oi, mamãe — atendeu, com a voz leve e animada. Não gostava de contar à mãe suas aflições. Isso sempre levava a assuntos que não queria discutir com ela. Audrey nunca hesitava em forçar quaisquer que fossem os limites estabelecidos por Sarah. Os muitos anos vividos por Audrey nos grupos de 12 passos, além da terapia, não haviam conseguido lhe ensinar isso. — Recebi seu recado ontem, mas, como você disse que estava de saída, não liguei de volta — explicou Sarah.

— Você está com uma voz horrível. Qual é o problema? — De nada adiantou o tom leve e animado.

— Só estou cansada. Tem muita coisa acontecendo aqui no escritório. Um dos meus clientes morreu ontem e estou tentando organizar tudo para o espólio. É um trabalho extenso.

— Que pena — declarou Audrey, expressando brevemente as condolências, o que ao menos era uma atitude solidária. Sarah não se incomodava com isso, só não queria tudo mais que geralmente vinha junto. As perguntas da mãe e até mesmo os gestos de gentileza eram sempre invasivos e excessivos. — Tem mais alguma coisa errada?

— Não, estou bem. — Sarah sentiu a voz diminuindo e se odiou por isso. Anime-se, anime-se, anime-se, disse a si própria, ou mamãe descobre tudo. Audrey sempre sabia quando Sarah estava aborrecida, não importava o que fizesse para disfarçar, então vinha o interrogatório e por fim começavam as acusações. E, pior que isso, os conselhos. Nunca era o que Sarah queria ouvir. — Como está? Onde foi ontem à noite? — perguntou para distrair a mãe. Às vezes, funcionava.

— Fui a um novo clube do livro com Mary Ann. — Mary Ann era uma das muitas amigas da mãe dela. Havia passado os 22 anos da viuvez saindo com amigas, jogando bridge, tendo aulas, frequentando grupos de mulheres, até mesmo fazendo viagens com elas. Tinha namorado alguns homens ao longo dos anos, e eles sempre acabavam se revelando alcoólatras, problemáticos ou casados. Parecia um ímã que atraía caras complicados. E depois que se livrava deles, voltava à companhia de outras mulheres. Estava numa das fases celibatárias outra vez, após um breve romance com o dono de uma revendedora de automóveis que acabara se revelando alcoólatra, ou assim dizia ela. Sarah achava difícil acreditar que existissem tantos assim no planeta. Mas, se houvesse um na região, Audrey com certeza o encontraria.

— Deve ser divertido — disse Sarah, referindo-se ao clube do livro. Não conseguia imaginar nada pior do que frequentar um evento desses com um bando de mulheres. Só o fato de pensar em coisas assim fazia com que continuasse a ver Phil nos fins de semana. Não queria acabar como a mãe. E a despeito dos anos de súplica de Audrey, nunca fora aos Filhos Adultos de Alcoólatras, um grupo de 12 passos que, segundo a mãe, era o certo para Sarah. Durante um período breve entre a faculdade e a pós-graduação em direito, Sarah fizera terapia, e sentia que lidara pelo menos com algumas de suas "questões", relativas tanto à mãe quanto ao pai. Nunca tinha namorado um alcoólatra. Os homens que escolheu eram emocionalmente indisponíveis, a especialidade dela, porque, de certo modo, a despeito da presença física do pai em casa, nunca chegou de fato a conhecê-lo, devido à bebida. Ele havia se mantido isolado de todos eles.

— Queria avisar que vamos comemorar o Dia de Ação de Graças na casa de Mimi.

Mimi era mãe de Audrey e avó de Sarah. Tinha 82 anos, estava viúva há dez, depois de um casamento longo e feliz, e levava uma vida amorosa muito mais normal do que a da filha ou mesmo a da neta. Parecia haver uma quantidade ilimitada de viúvos simpáticos, normais, felizes, da idade dela. Ela saía quase toda noite, e muito raramente na companhia de outras mulheres, ao contrário da filha. Estava se divertindo muito mais do que qualquer uma delas.

— Tudo bem — respondeu Sarah, anotando o compromisso no calendário. — Quer que eu leve alguma coisa?

— Você pode ajudar a assar o peru.

— Vai mais alguém?

Às vezes a mãe levava uma das amigas que não tinha para onde ir. E às vezes a avó convidava amigas, ou até mesmo o namorado do momento, o que sempre irritava Audrey. Sarah suspeitava que a mãe tivesse ciúmes, mas nunca comentou nada.

— Não tenho certeza. Você conhece sua avó. Ela disse alguma coisa a respeito de convidar um dos sujeitos com quem está saindo agora, porque os filhos dele moram em Bermuda. — Mimi tinha um grande estoque de namorados e amigas, e nunca estivera num clube do livro na vida. Tinha coisas muito mais divertidas com que se ocupar.

— Perguntei por perguntar— replicou Sarah, de forma vaga.

— Você não vai levar o Phil, vai? — questionou Audrey, incisiva. O jeito como perguntou valia por um tratado. Ela o identificara corretamente como problemático desde o início. Era especialista em homens assim. O tom em que falara era como se quisesse saber se Sarah levaria um tubo de exame de lepra para o jantar. Todo ano ela repetia a pergunta, que nunca deixava de aborrecer Sarah. Audrey já sabia a resposta. Sarah nunca levou Phil ao jantar do Dia de Ação de Graças. Ele passava os feriados com os filhos e jamais convidara Sarah para se juntar a eles. Em quatro anos, nunca passara um feriado com ele.

— Claro que não. Ele vai ficar com os filhos, e depois vão esquiar em Tahoe. — Todo ano faziam o mesmo, como Audrey estava cansada de saber. Este ano não seria diferente. Nada no relacionamento havia mudado em quatro anos.

— Suponho que não a tenha convidado como sempre — comentou a mãe em tom ácido. Ela detestou Phil na primeira vez em que o viu, e as coisas só pioraram desde então. Só não o acusara de ser gay ou alcoólatra, coisas que ele não era. — Acho vergonhoso ele não convidar você. Isso devia bastar para você entender o que o relacionamento significa para ele. Você tem 38 anos, Sarah. Se pretende ter filhos, é melhor encontrar um outro cara e se casar. Phil nunca vai mudar. Tem problemas demais. — A mãe estava certa, é claro, e Sarah sabia que ele tinha aversão a qualquer forma de ajuda terapêutica.

— Não estou preocupada com isso esta manhã, mamãe. Tenho outras coisas para cuidar aqui no escritório. Ele precisa ficar com os filhos. É bom para Phil estar sozinho com eles. — Jamais admitiria para a mãe, mas isso também a vinha incomodando havia uns dois anos. Estivera com as crianças várias vezes, mas nunca era convidada para os fins de semana fora com eles, nem para as férias. Phil alegava para Sarah exatamente o que ela sempre repetia para a mãe, que precisava de tempo a sós com os filhos. Era sagrado. Como ir à academia cinco noites por semana, o que excluía a possibilidade de se verem em qualquer outra ocasião além do fim de semana. Após quatro anos, ela teria achado bom ser convidada para as férias, mas isso não fazia parte do acordo que tinha com ele. Ela era estritamente a namorada de fim de semana. Era difícil admitir, até mesmo para si própria, que tivesse tolerado isso por tanto tempo. Quatro anos haviam se passado e nada tinha mudado. Mesmo sem casamento como objetivo final, um certo relaxamento das rígidas regras depois de quatro anos teria sido muito bom para ela.

— Acho que você está enganando a si mesma a respeito dele, Sarah. Ele é um tratante.

— Não, não é. É um advogado muito bem-sucedido — retrucou Sarah, sentindo-se uma garota de 12 anos ao falar com a mãe. Audrey sempre a colocava na defensiva, encurralando-a nos cantos.

— Não estou falando da carreira dele, mas do seu relacionamento com ele, ou da inexistência de um. O que pensa que vai acontecer depois de quatro anos? — Ela nunca esperara mais nada, a não ser talvez vê-lo um ou dois dias a mais por semana. Mas ser questionada pela mãe sempre a deixava desconfortável, com a sensação de que estava fazendo algo errado.

— Tudo está como queremos que esteja por enquanto, mamãe. Por que você não relaxa e deixa isso para lá? Não tenho tempo para mais que isso neste momento. Estou ocupada com minha própria carreira.

— Com a sua idade, eu tinha uma carreira *e* uma filha — replicou Audrey, cheia de si, enquanto Sarah resistia ao ímpeto de lembrá-la de que o marido havia sido um verdadeiro tratante, em todas as formas possíveis. Um zero à esquerda como marido *e* como pai, e não conseguia sequer manter um emprego. Mas Sarah não disse nada, como de costume. Não queria brigar com a mãe, muito menos hoje.

— Não quero filhos agora, mamãe. — Ou talvez nunca. Nem marido, caso existisse a possibilidade, ainda que remota, de ele acabar como o pai dela. — Estou feliz do jeito que sou.

— Quando vai comprar um apartamento novo? Pelo amor de Deus, Sarah, o lugar em que você mora é um lixo. Você precisa arranjar um lugar decente e jogar fora toda essa porcaria que vem arrastando desde a faculdade. Você precisa de um apartamento de verdade, como uma adulta.

— Eu *sou* uma adulta. E eu *gosto* do meu apartamento — grunhiu Sarah com os dentes cerrados. Havia enterrado o amigo e cliente favorito naquela manhã, Phil a decepcionara na véspera e a última coisa de que precisava era que a mãe a torturasse com o assunto de apartamento e namorado. — Tenho que ir trabalhar agora. Vejo você no Dia de Ação de Graças.

— Você não pode fugir da realidade para sempre, Sarah. Precisa enfrentar suas questões. Se não fizer isso, perderá anos com Phil, ou com homens exatamente como ele. — O que ela disse era mais verdadeiro do que Sarah desejava que fosse. Precisava pedir mais de Phil, mas não tinha certeza de que faria alguma diferença. Se agisse assim e ele a abandonasse, então ela ficaria sem ninguém com quem passar os fins de semana. A solidão dessa possibilidade não a atraía, e não queria substituí-lo por clubes do livro, como a mãe. Era um problema que Sarah ainda não havia resolvido e não estava preparada para enfrentar naquele momento. E decididamente não queria ser atormentada pela mãe. Só piorava tudo.

— Obrigada por se preocupar, mamãe. Agora não é hora de falarmos sobre isso. Estou com minha mesa de trabalho cheia. — Achou que soara exatamente como Phil. Fuga. Um dos melhores jogos dele. E negação. Ela mesma fizera esse jogo durante anos.

Estava irritada ao desligar o telefone. Era difícil tirar da cabeça as pertinentes perguntas e críticas da mãe. Audrey sempre queria destruir todas as suas defesas e deixá-la nua, para que pudesse inspecionar cada poro de seu corpo. Esse exame detalhado era intolerável, e os julgamentos sobre todos os aspectos da vida de Sarah só faziam com que se sentisse pior. Estava angustiada com o Dia de Ação de Graças. Gostaria de ir para Tahoe com Phil. Pelo menos a avó manteria a animação. Sempre fazia isso. E era mais que provável que Mimi convidasse um dos namorados. Eram sempre homens muito simpáticos. Mimi tinha um talento para encontrá-los, onde quer que fosse.

Sarah falou com a avó pouco depois, que reiterou o convite para celebrar o feriado já anunciado pela mãe. Em contraste, a conversa com Mimi foi animada, amorosa e breve. A avó era uma joia. Depois disso, Sarah amarrou as últimas pontas soltas do espólio de Stanley, elaborou uma lista de perguntas para a corretora e se assegurou de que as cartas haviam sido postadas para notificar os herdeiros. Em seguida, dedicou-se aos assuntos de outros clientes. Antes que percebesse, terminara mais um dia de 13 horas. Já eram quase dez horas da noite quando chegou em casa, e meia-noite quando Phil deu notícias. Ele também parecia cansado e disse que ia dormir. Contou que só tinha voltado da academia depois de onze e meia. Era estranho saber que estava a poucos quarteirões de distância, e ainda assim agia os cinco dias da semana como se morasse em outra cidade. Era difícil para Sarah não se sentir tão perto dele quanto gostaria, particularmente quando outras coisas estavam instáveis em sua vida. Às vezes era impossível entender por que vê-la de vez em quando durante a semana parecia uma transgressão tão grande. Do ponto de vista de Sarah, depois de quatro anos, não era pedir muito.

Conversaram por cinco minutos sobre o que fariam no fim de semana, e dez minutos após o telefonema, ela caiu num sono agitado, sozinha na cama desfeita durante a semana toda.

Teve pesadelos com a mãe nessa noite, e acordou duas vezes, chorando. Disse a si própria que estava apenas confusa por causa de Stanley quando despertou na manhã seguinte com dor de cabeça e de estômago. Nada que uma xícara de café, duas aspirinas e um dia pesado no escritório não pudessem resolver. Sempre resolviam.

Capítulo 4

À medida que a noite de sexta-feira transcorria, Sarah se sentia como se tivesse sido atropelada por um tanque. Um dos herdeiros de Stanley havia entrado em contato, mas ela não tivera qualquer notícia dos outros. Marcara um encontro na casa, na segunda-feira seguinte, com o corretor com quem falara. Agora estava curiosa para ver o restante da mansão. Fora um enigma para ela durante anos. Nunca dera uma olhada sequer nos outros andares e mal podia esperar para ver tudo na segunda.

Na conversa por telefone com a avó, logo após a que tivera com a mãe mais cedo naquela semana, Mimi lhe disse que trouxesse quem ela quisesse para o Dia de Ação de Graças. Mimi sempre recebera muito bem os amigos de Sarah. Não mencionou Phil especificamente, mas Sarah sabia que o convite aberto também o incluía. Ao contrário de Audrey, ela nunca bisbilhotava, criticava ou fazia perguntas que a deixassem desconfortável. O relacionamento de Sarah com a avó sempre havia sido fácil, acolhedor e caloroso. Mimi era uma pessoa incrivelmente simpática, e Sarah nunca conhecera alguém que não a amasse, homem, mulher ou criança. Era difícil acreditar que esse ser humano gentil e feliz tivesse gerado uma filha tão cáustica. Mas a vida e o casamento de Audrey não correram bem como os de sua mãe, e os erros que cometera lhe custaram caro. A história longa e feliz do casamento de Mimi transcorrera de modo muito mais suave, e o homem com quem se casara e vivera durante mais de cinquenta anos tinha sido uma preciosidade, ao contrário do pai de Sarah, que acabou sendo uma porcaria. Audrey passou a ser ácida, crítica e desconfiada desde então. Sarah detestava esse traço dela, embora não a culpasse de todo. O pai de Sarah, com o alcoolismo descontrolado, o fato de nunca estar presente para ninguém, nem mesmo para si próprio, também lhe causara danos.

Ao chegar em casa na sexta-feira à noite, Sarah estava fisicamente extenuada e emocionalmente exausta. Assistir ao enterro das cinzas de Stanley no mausoléu tinha sido um imenso golpe emocional para ela. Era tão definitivo, e tão triste. Uma longa vida, mas, sob vários aspectos, vazia. Havia deixado uma fortuna, porém pouca coisa mais. E agora ela não parava de se lembrar de todos os conselhos que ele lhe dera sobre como levar a vida. Ela era mais do que trabalho, e subitamente Sarah tinha uma consciência mais aguda disso do que tivera até então. As palavras dele durante os últimos três anos não foram desperdiçadas. Passaram a colorir o modo como via tudo naquela semana, até mesmo a indisponibilidade de Phil em relação a ela. De repente, estava realmente cansada disso e sentia dificuldade em aceitar as desculpas dos últimos quatro anos. Mesmo que fosse inconveniente para ele e não se encaixasse em seu programa, ela precisava e queria mais. A recusa em ir vê-la e confortá-la na noite em que Stanley morreu deixara um sabor amargo em sua boca. Ainda que não pretendessem se casar, quatro anos juntos deveriam valer de alguma coisa. Nem que fosse para ter a capacidade e o desejo de atender as necessidades do outro e estarem mutuamente disponíveis nos momentos difíceis. E Phil, de forma obstinada, recusava-se a lhe oferecer isso. E, se era assim, que sentido tinha? Era só sexo? Ela queria mais que isso. Stanley tinha razão. A vida deveria oferecer mais do que trabalhar sessenta horas por semana e encontros tão casuais.

Geralmente Phil aparecia na casa dela, por acordo tácito, toda sexta-feira por volta das oito da noite, depois da academia. Às vezes, às nove. Insistia que precisava de pelo menos duas horas malhando, às vezes três, para se soltar e superar o estresse do trabalho diário. Isso também mantinha seu corpo numa forma fantástica, fato de que ele tinha plena consciência e não escapava a Sarah. Por vezes isso a aborrecia. Estava em muito melhor forma do que ela, que passava 12 horas por dia na mesa de trabalho, só se exercitando nos fins de semana. Tinha uma aparência ótima, mas não com o mesmo tônus muscular exibido por ele com vinte horas por semana investidas na academia. Sarah não dava tanta importância a esse tipo de coisa e não tinha tempo para isso. Ele arrumava um tempo para si próprio, horas, diariamente. Algo nisso sempre a incomodara, mas havia tentado se mostrar magnânima. Ficava cada vez mais difícil, levando-se em conta o pouco tempo de que dispunha para ficar com ele, sobretudo durante a semana. Nunca era a prioridade dele, e isso realmente a irritava. Queria ser, mas sabia que não era. Sempre pensara que se tornaria mais importante para ele com o passar do tempo, mas nos últimos meses a esperança começara a minguar. Ele se mantinha firme. Nada entre eles jamais cresceu ou se transformou. Phil mantinha diligentemente o *status quo*. Pareciam congelados no tempo, e ela se sentia como nada mais que uma companhia de duas noites por semana há quatro anos. Não sabia ao certo por que, mas nos poucos dias desde a morte de Stanley, estava mais consciente do que nunca de que talvez isso simplesmente não bastasse. Precisava de mais. Talvez não de casamento, mas sim de gentileza, apoio emocional e amor. Após a perda de Stanley, ela se sentia, de algum modo, mais vulnerável.

Não obter aquilo de que precisava fez com que se ressentisse com Phil. Ela merecia mais do que apenas duas noites fortuitas por semana. Mas também sabia que se quisesse manter o relacionamento tinha que aceitar os termos combinados desde o início. Ele não ia se mexer. E deixar Phil sempre a assustara. Pensara nisso antes, mas tinha medo de acabar sozinha, como a mãe. O espectro da vida de Audrey a aterrorizava. Sarah preferia se agarrar a Phil a terminar em jogos de bridge e em clubes do livro, como a mãe. Nos últimos quatro anos, não havia conhecido outro homem que a atraísse tanto. Mas o namoro com Phil se contentara em ser uma relação física de duas vezes por semana nascida do hábito, e não uma questão de coração, não no sentido real. Permanecer com ele significava abrir mão de muita coisa, como a esperança de algo melhor e o amor de um homem que pudesse ser mais atencioso ou a amasse mais. Parecia um dilema maior agora do que era há muito tempo. A morte de Stanley a abalara um bocado.

Naquela noite, Phil chegou mais cedo que de costume. Abriu a porta com as chaves que ela lhe dera, entrou e se esparramou no sofá. Pegou o controle remoto e ligou a TV. Sarah o encontrou lá ao sair do banho. Phil a olhou por cima do ombro, tornou a apoiar a cabeça no braço do sofá e gemeu em tom audível:

— Meu Deus, que semana de merda eu tive. — Ultimamente ela havia começado a notar que ele sempre falava da semana dele primeiro. As questões sobre a semana dela vinham depois, quando vinham. Era impressionante como muitas coisas sobre ele tinham começado a aborrecê-la nos últimos tempos. E ainda assim, ela permanecia com ele. Observava os próprios sentimentos e as reações em relação a ele agora com fascínio desapaixonado, como se ela fosse outra pessoa, um *deus ex machina* pendendo de algum lugar do teto, assistindo ao que acontecia no quarto e analisando silenciosamente.

— É. A minha também. — Inclinou-se para beijá-lo, enrolada numa toalha, ainda pingando, com os longos cabelos molhados do banho. — Como foram os seus depoimentos?

— Infindáveis, chatos e estúpidos. O que temos para o jantar? Estou morrendo de fome.

— Nada ainda. Não sabia se você ia querer sair ou ficar aqui.

— Muitas vezes ficavam em casa às sextas-feiras à noite porque estavam ambos exaustos dos longos dias no trabalho, particularmente Sarah. Mas Phil trabalhava duro também, e sua área do direito era reconhecidamente mais estressante que a dela. Com frequência, via-se envolvido em litígios, o que ele apreciava, porém causavam mais ansiedade do que as infindáveis horas que ela passava tentando destrinchar novas leis tributárias capazes de beneficiar os clientes ou os proteger do que pudesse prejudicá-los. O trabalho dela era tão meticuloso e repleto de detalhes mínimos que às vezes a entediavam. O dele era mais vistoso.

Raramente ambos faziam planos para as noites de sexta-feira ou para os sábados. Simplesmente improvisavam ao se encontrar.

— Não me importo de sair, se você quiser — sugeriu ela, achando que isso poderia deixá-la mais animada. Ainda estava deprimida pela morte de Stanley, que toldou tudo que fez durante a semana. E, apesar das perguntas ou queixas não verbalizadas, ou até mesmo dúvidas a respeito dele, estava feliz em ver Phil na sexta-feira à noite. Sempre ficava feliz. Era alguém conhecido, e estar com ele no fim de semana era um jeito fácil de aliviar a tensão, sem falar que, às vezes, se divertiam muito. Ele era tão bonito e parecia tão saudável e cheio de vida deitado no sofá assistindo à TV. Tinha quase 1,90m de altura, o cabelo louro escuro, e olhos que em vez de azuis, como os dela, eram verdes. Era um belo espécime do gênero masculino, com ombros largos, cintura fina e pernas tão longas que pareciam não ter fim. Ficava até melhor quando estava nu, embora ela não estivesse se sentindo muito inclinada a sexo esta semana. A depressão, como a causada por Stanley, sempre lhe reduzia a libido. Desta vez estava mais interessada em ficar aconchegadinha com Phil, o que não era um problema. Raramente faziam amor às sextas-feiras à noite, pois geralmente estavam ambos cansados demais. Mas compensavam isso nas manhãs ou nas noites de sábado, e depois outra vez no domingo, antes que ele voltasse ao seu apartamento para se organizar para a semana. Sarah tentara durante anos fazer com que ele ficasse para dormir nas noites de domingo, mas ele dizia que gostava de sair para o trabalho de casa na segunda pela manhã. Sempre se sentia desorganizado no apartamento de Sarah, sem todas as suas coisas lá. E não gostava que ela ficasse na casa dele quando tinha trabalho no dia seguinte. Alegava que antes de voltar para a arena na segunda pela manhã precisava de uma noite tranquila de sono, e ela o distrairia demais. Pretendia, com isso, elogiá-la, mas a desapontava mesmo assim.

Sarah vivia procurando meios de estender o tempo que passavam juntos, enquanto ele encontrava formas melhores de restringi-lo. Até então, Phil estava vencendo. Ou ultimamente, talvez perdendo, sob aspectos mais relevantes. A teimosia em limitar o tempo dos dois estava começando a se virar contra ele, fazendo com que ela se sentisse pouco importante. Embora Sarah detestasse admitir, talvez a mãe tivesse razão. Talvez ela precisasse de mais da vida do que Phil jamais seria capaz de lhe oferecer. Nada de casamento, pois isso também não estava nos planos de Sarah, mas pelo menos algumas noites de semana e férias ocasionais. Começava a se sentir como se estivesse reavaliando a própria vida, e o que queria dela, nos poucos dias desde a morte de Stanley. Percebeu que não desejava acabar sozinha, só com dinheiro e realizações profissionais, como ocorrera com seu cliente. Tinha que haver algo mais. E Phil não parecia ser isso, nem queria. Ela, de repente, passara a questionar tudo, como nunca antes. Talvez Stanley estivesse certo com toda aquela arenga e os conselhos sobre excesso de trabalho e o fato de ela não ter uma vida.

— Você se incomoda de pedirmos comida hoje à noite? — perguntou Phil, esticando-se feliz. — Estou tão confortável aqui no sofá. Acho que não consigo me mexer — declarou com uma santa ignorância das profundas preocupações que a perturbaram durante a semana inteira. Para ele, Sarah parecia normal.

— Claro, tudo bem. — Ela tinha uma pilha de cardápios de lugares de onde frequentemente faziam pedidos: indianos, chineses, tailandeses, japoneses, italianos. As possibilidades eram intermináveis. Ela vivia, de um modo geral, de comida entregue em casa. Não tinha tempo nem paciência para cozinhar, e seus dotes eram bastante limitados, o que admitia de boa vontade.

— O que te apetece hoje? — perguntou, concluindo que estava realmente feliz por vê-lo. Gostava de tê-lo ali. Apesar das falhas ou das limitações dele, ficar sozinha era pior. A presença física de Phil parecia dissipar algumas das dúvidas que alimentara sobre ele naquela semana. Gostava de estar com ele, razão pela qual queria vê-lo com mais frequência.

— Não sei... Tailandês? Sushi? Estou enjoado de pizza. Comi no escritório a semana toda... Que tal mexicano? Dois *burritos* de carne e um pouco de guacamole acertariam na mosca. Tudo bem para você? — sugeriu Phil. Ele adorava comida apimentada.

— Parece ótimo — replicou Sarah, sorrindo. Parecia bom para ela, também. Gostava das noites preguiçosas das sextas-feiras, que passavam sentados no chão e comendo, assistindo à TV e relaxando após uma longa semana. Quase sempre se encontravam e comiam na casa de Sarah, de vez em quando indo dormir na dele. Phil preferia a própria cama, mas se dispunha a dormir na dela nos fins de semana. A vantagem de dormir no apartamento de Sarah, para ele, era que podia sair quando quisesse, no dia seguinte, para cuidar dos próprios assuntos.

Sarah pediu a comida mexicana que ele queria, com *enchiladas* de frango e queijo para ela, uma porção dupla de guacamole, e se ajeitou no sofá perto dele, após ligar para o restaurante, enquanto esperavam a comida chegar. Ele pôs um braço em volta dela, puxando-a para perto, e ambos ficaram olhando para a TV sem prestar muita atenção. Estavam vendo um especial sobre doenças na África, que não despertava real interesse em nenhum dos dois, mas entretinha o olhar enquanto desanuviavam as mentes exaustas após uma semana frenética. Como cavalos de corrida que precisavam esfriar após uma competição longa. Ambos trabalhavam arduamente.

— O que você quer fazer amanhã? — indagou ela. — As crianças estão participando de algum jogo neste fim de semana? — Não. Não tenho deveres de pai. Fui dispensado. — O filho dele havia ido para a Universidade da Califórnia em agosto, para o primeiro ano na faculdade, e as duas meninas estavam ocupadas com os amigos durante os fins de semana. Com o rapaz longe agora, ele tinha um número bem menor de eventos esportivos para comparecer. As filhas estavam mais interessadas em garotos do que em esportes, o que facilitava sua vida. A mais velha era uma potência no tênis, e ele gostava de jogar com ela. Mas, aos 15 anos, as últimas pessoas com quem ela queria passar o tempo nos fins de semana eram os pais, portanto, ele estava liberado. E a mais jovem nunca tinha sido uma atleta. Parece que os esportes eram a única forma de interação possível entre Phil e os filhos. — Há algo que você queira fazer? — perguntou a Sarah despreocupadamente.

— Não sei. Talvez um cinema. Há uma ótima exposição de fotografia no MOMA, e podemos dar uma olhada, se você quiser. — Ela estava com vontade de fazer isso há semanas, mas ainda não haviam conseguido. Esperava ir antes do fim do evento.

— Tenho muitas coisas para fazer amanhã — declarou, lembrando-se subitamente. — Preciso de pneus novos, tenho que mandar lavar o carro, apanhar a roupa que mandei lavar a seco, lavar o restante da roupa, a droga de sempre. — Ela sabia o que isso queria dizer. Ele sairia cedo na manhã seguinte, assim que acordassem, e voltaria a tempo para jantar. Era um jogo que ele sempre armava, primeiro dizendo que não tinha nada para fazer, em seguida ficando ocupado da manhã à noite. Fazendo coisas que, segundo ele, ela não precisava se incomodar em participar. Preferia executar sozinho as tarefas domésticas. Alegava que era mais rápido, e que não havia razão para desperdiçar o tempo dela também. Sarah teria preferido fazê-las com ele, pois isso lhe daria a sensação de estar mais ligada a Phil, o que ele evitava a todo custo. Ligação demais era desconfortável para ele.

— Por que não passamos o dia juntos? Você pode lavar sua roupa aqui no domingo — propôs Sarah. Ela tinha máquinas no prédio, embora não no apartamento. Não eram melhores nem piores do que as do prédio dele, e poderiam ficar vendo um filme na televisão, ou um DVD, enquanto isso. Ela nem se importava de lavar a roupa de Phil. Às vezes gostava de fazer pequenas tarefas domésticas como essa para ele.

— Não seja boba, vou lavar a roupa em casa. Posso até sair e comprar mais cuecas. — Costumava fazer isso quando estava com preguiça ou ocupado demais para lavar roupa. Era um truque comum entre a maior parte dos solteirões. Também comprava camisas quando não conseguia tempo para apanhar a roupa lavada a seco. Como resultado, tinha montanhas de cuecas e um armário cheio de camisas. Funcionava para ele. — Vou comprar os pneus de manhã. Quero fazer isso em Oakland. Por que você não vai ao museu enquanto eu termino de fazer minhas coisas? Fotografia não é mesmo a minha praia. — Tampouco era passar o dia de sábado com ela. Preferia ser independente e fazer tudo sozinho, voltando à noite.

— Eu preferiria estar com você — declarou com firmeza, sentindo-se patética, quando a campainha da porta tocou. Era o jantar deles. Não queria brigar com Phil por causa de tarefas ou do programa no dia seguinte.

A comida estava gostosa, e ele se estirou no sofá mais uma vez depois que terminaram. Ela guardou as sobras, caso quisessem comê-las mais tarde, ao longo do fim de semana. Sarah se sentou no chão, perto de Phil, e ele se inclinou e a beijou. Ela sorriu para ele. Esta era a parte boa dos fins de semana; não as tarefas que ela não conseguia fazer com ele, mas o afeto que partilhavam quando estavam juntos. A despeito da distância que Phil mantinha entre os dois, grande parte do tempo ele era surpreendentemente caloroso. Era uma dicotomia interessante: distante e, às vezes, tão acolhedor.

— Já disse hoje que te amo? — perguntou ele, puxando-a para mais perto.

— Não ultimamente. — Ela virou o rosto para cima e sorriu para ele. Sarah sentia tanta falta dele durante a semana. As coisas só ficavam bem entre os dois nos fins de semana, e aí, no domingo Phil sumia durante cinco dias, tornando o contraste da ausência ainda mais agudo. — Eu te amo também — declarou, retribuindo, com um beijo, acariciando-lhe o sedoso cabelo louro, enquanto se aninhava junto a ele.

Ficaram sentados, assistindo juntos ao noticiário das onze horas. As noites de sexta-feira sempre passavam rapidamente. Era o tempo de jantar, descansar algumas horas, conversar sobre os respectivos trabalhos ou simplesmente ficar sentados quietinhos, e a noite já havia acabado. Metade do fim de semana tinha ido embora antes que ela tivesse uma oportunidade de tomar fôlego, relaxar e curtir. Ela não conseguia acreditar em como o tempo passava rápido.

Acordaram relativamente cedo no sábado pela manhã. Era um dia de novembro frio e cinzento. Uma garoa embaçava as janelas quando saíram da cama; ele foi para o chuveiro, e ela foi fazer o café da manhã. Sarah era sempre a responsável pela refeição matinal. Phil dizia que adorava o que ela preparava. Fazia torradas francesas maravilhosas, waffles e ovos mexidos. Tinha um pouco mais de dificuldade com ovos fritos ao ponto e omeletes, mas uma vez conseguira preparar deliciosos ovos Benedict. Desta vez, serviu ovos mexidos, fatias de bacon, crocantes e finas, e muffins ingleses com um copo grande de suco de laranja para ele, e um latte feito com maestria na máquina de espresso, presente que ele lhe dera de Natal em seu primeiro ano juntos. Não havia sido um presente romântico, mas vinha prestando bons serviços ao longo dos últimos quatro anos. Ela só a usava quando ele estava lá. No restante do tempo, quando saía correndo para o trabalho, parava no Starbucks e comprava um cappuccino, que levava para o escritório. Mas nos fins de semana, regalavam-se com os magníficos cafés da manhã que ela preparava.

— Está fantástico — exclamou ele feliz, enquanto comia os ovos e devorava o bacon. Ela foi até a porta apanhar o jornal e o entregou a Phil.

Era a manhã perfeita de um sábado preguiçoso, e ela teria adorado voltar para a cama com ele e fazer amor. Não tinham transado desde a última semana. Às vezes ficavam sem fazer sexo por uma semana, quando um deles ou ambos estavam cansados demais, ou doentes, mas, na maior parte das vezes, ela adorava a regularidade e a constância de sua vida amorosa. Conheciam-se muito bem e passaram bons momentos na cama juntos nos últimos quatro anos. Teria sido difícil desistir disso. Havia muitas coisas nele que Sarah não queria perder: o companheirismo, a inteligência e o fato de ele também ser advogado. Ele geralmente se interessava pelo que ela estava fazendo, pelo menos até certo ponto, embora reconhecesse que o direito tributário não era tão estimulante quanto o trabalhista.

Era muito prazeroso quando se viam, gostavam dos mesmos filmes e apreciavam o mesmo tipo de comida. Ela adorava os filhos dele, embora raramente os visse, talvez umas poucas vezes por ano. E sempre que saíam com os amigos dela ou dele, pareciam gostar das mesmas pessoas, e faziam os mesmos comentários sobre eles posteriormente. Havia muita coisa que funcionava no relacionamento dos dois, razão pela qual era tão frustrante que Phil não quisesse mais do que aquilo que tinham. Recentemente, Sarah chegara a pensar que até gostaria de morar com ele algum dia, mas não havia chance de isso acontecer. Ele dissera a ela desde o início que não estava interessado nisso nem em casamento, somente em namoro. E isto era namoro. Era mais do que suficiente para ele, e havia sido para ela durante quatro anos.

Ultimamente ela se sentia um pouco velha demais para esse tipo de acordo de quase total descompromisso. Eram sexualmente exclusivos, e tinham um namoro firme de fim de semana. Além disso, não dividiam nada. E, às vezes, Sarah tinha a sensação de que estava namorando há tempo demais. Com 38 anos, ela tivera relacionamentos com gente demais durante tempo demais, como adolescente, aluna, estudante de direito, jovem advogada e, agora, sócia da empresa. Conseguira promoções na empresa e na vida, mas ainda se envolvia no mesmo tipo de relacionamento de quando era jovem em Harvard. Não havia o que fazer quanto a isso, dada a teimosia de Phil sobre o assunto e os rígidos limites estabelecidos por ele. Ele sempre fora muito claro quanto as restrições que queria. Mas repetir a mesma coisa ano após ano fazia com que Sarah em algumas situações se sentisse presa numa dimensão de irrealidade. Nada se movia nem para a frente nem para trás. Nada mudava. Tudo ficava suspenso no espaço, eternamente, enquanto só ela envelhecia. Parecia estranho para Sarah, mas não para ele. Na cabeça de Phil, ele ainda era um garoto e gostava das coisas assim. Ela não queria filhos nem casamento, mas com certeza queria mais que isso, apenas porque gostava dele e o amava de muitos modos, embora soubesse que ele às vezes era egoísta, autocentrado, podia ser arrogante, até mesmo pomposo, e tinha prioridades diferentes das dela. Mas ninguém era perfeito. Para Sarah, as pessoas com quem ela se importava sempre vinham em primeiro lugar. Para Phil, em primeiro lugar vinha ele. No vídeo de segurança mostrado antes de o avião decolar, ele sempre a lembrava de que a recomendação era de colocar a máscara de oxigênio antes em si mesmo, para só depois ajudar os outros. Cuidar de si próprio em primeiro lugar. Sempre. Ele considerava isso uma lição de vida, e era a justificativa para a maneira como tratava as pessoas. Do modo como falava ficava difícil refutar, portanto ela não tentava. Eles simplesmente eram diferentes. Ela se perguntava, vez ou outra, se essa era a diferença básica entre homens e mulheres, e não uma deficiência específica de Phil. Era difícil afirmar. No entanto, não havia como esconder que Phil era egoísta, sempre se punha em primeiro lugar e fazia o que era melhor para ele. Não lhe sobrava nenhum espaço para pedir mais.

Terminado o café, ele saiu para cuidar de suas tarefas, enquanto Sarah arrumava a cama. Ele havia mencionado que ficaria lá naquela noite, portanto ela trocou os lençóis e pôs toalhas limpas no banheiro. Lavou a louça do café e então saiu para buscar a própria roupa na lavanderia. Tampouco ela tinha tempo de fazer isso durante a semana. Solteiros que trabalham nunca tinham tempo. Seu único dia para executar essas tarefas era o sábado, razão pela qual Phil estava saindo para resolver as dele. Sarah gostaria que fizessem isso juntos. Ele riu quando ela mencionou isso, não deu a menor importância e em seguida a lembrou de que era o tipo de coisa que casados faziam, não solteiros. E eles não eram casados. Eram solteiros, dizia sempre em alto e bom som. Lavavam a roupa separados, faziam as tarefas separados, tinham vidas separadas, apartamentos e camas. Ficavam juntos duas noites por semana para se divertir, não para unir as duas vidas numa só. Repetia isso com frequência. Ela entendia a diferença. Porém não gostava. Ele gostava. Muito.

Sarah voltou ao apartamento para guardar a roupa apanhada na lavanderia e depois foi à exposição de fotografia. Achou tudo muito bonito e interessante. Teria sido agradável dividir isso com Phil, mas sabia que ele não se importava muito com museus. Foi dar uma volta em Marina Green depois, para se exercitar um pouco e tomar ar, e voltou para o apartamento às seis horas, após uma parada no mercado para comprar alguns mantimentos.

Havia decidido preparar o jantar para Phil e, talvez, depois disso, pudessem alugar um filme ou ir ao cinema. Não tinham uma vida social muito intensa ultimamente. A maior parte dos amigos dela estava casada e com filhos, e Phil os achava incrivelmente chatos. Gostava dos amigos dela, mas não do estilo de vida que levavam. As pessoas com quem se encontravam no início de seu relacionamento estavam agora todas casadas. E ele achava deprimente tentar manter uma conversa inteligente enquanto ouvia a criança e o bebê recém-nascido gritando ou de fome ou de dor de ouvido. Dizia que tinha feito isso anos atrás. Atualmente, seus amigos eram, em sua maior parte, homens de sua idade ou mais jovens que nunca se casaram ou que haviam se divorciado anos antes. Gostavam das coisas assim, e eram amargos em relação às antigas parceiras, ou aos filhos, que, supostamente, foram corrompidos pelas desprezíveis mães. Odiavam ter de pagar as pensões, que sempre consideravam exageradas. Eram unânimes em acreditar que haviam se ferrado e enfatizavam que não deixariam isso se repetir. Phil achava que os amigos dela passaram a ser caseiros demais, embora tivesse gostado deles no início, e Sarah achava os dele superficiais e amargos, o que limitava muito a vida social conjunta. Ela notou que a maior parte dos homens com a idade de Phil namoravam sério mulheres mais jovens. Quando saíam para jantar com eles, ela se via tentando desenvolver conversa com garotas que tinham pouco mais do que a metade da idade dela, e com quem não tinha nada em comum. Portanto, ultimamente ela e Phil passaram a ficar sozinhos, e por enquanto isso funcionava bem, embora os isolasse. Viam amigos cada vez menos.

Ele encontrava os amigos durante a semana, na academia, ou antes ou depois para tomar um drinque, outra razão pela qual não tinha tempo de estar com Sarah ao longo da semana, e objetava à tentativa dela de tirar sua independência desses dias. Era muito franco quanto à necessidade de ver os amigos, quer ela gostasse deles ou não, ou aprovasse quem eles namoravam. Assim, durante a semana, as noites eram dele.

Phil não ligou para o celular dela o sábado inteiro, e Sarah imaginou que ele estivesse ocupado, portanto tampouco telefonou. Sabia que apareceria no apartamento dela quando tivesse terminado os afazeres. Ele chegou finalmente às sete e meia, usando calça jeans azul e uma camisa preta de gola olímpica que o deixava mais sexy do que nunca. Ela estava com o jantar quase pronto, e lhe serviu uma taça de vinho no instante em que chegou. Ele sorriu, beijou-a e agradeceu.

— Puxa, como você me mima... está com um cheiro maravilhoso... O que tem para jantar?

— Batatas assadas, salada Caesar, bife e *cheesecake*. — Era a comida favorita dele, mas Sarah também gostava. E ela havia comprado uma boa garrafa de Bordeaux francês, que ela preferia ao de Napa Valley.

— Parece fantástico. — Tomou um gole do vinho e soltou um gemido de apreciação, e dez minutos depois se sentaram à velha mesa de jantar para comer. Ele nunca fizera objeção ao mobiliário austero do apartamento dela, e parecia não notá-lo quando ficava por lá. Cumprimentou-a efusivamente pelo jantar. Ela havia preparado o bife exatamente como ele gostava, malpassado o suficiente, mas não demais. Pôs uma boa porção de creme azedo e cebolinhas cortadas miudinhas dentro da batata assada. Às vezes, ela gostava de fato das atividades domésticas, e até mesmo a salada Caesar estava deliciosa. — Nossa! Que jantar. — Ele adorou, e ela ficou feliz. Phil era sempre pródigo em palavras gentis e elogios, e Sarah gostava muito dessa característica. A mãe a criticara a vida inteira, e o pai sempre estivera longe demais para saber que ela existia. Significava muito ter alguém que reconhecesse as coisas boas que fazia. Na maior parte do tempo, Phil fazia isso.

— Então, o que fez hoje? — indagou feliz, enquanto servia uma fatia da torta. Ela mesma preferia chocolate, mas sempre comprava *cheesecake* para ele. Sabia que adorava. — Resolveu a coisa dos pneus e tudo mais? — Imaginava que sim, uma vez que estavam longe um do outro há nove horas. Ele devia ter tido condições de fazer tudo até a hora em que voltou ao apartamento dela para jantar.

— Você não vai acreditar, não vai acreditar na preguiça que eu estava sentindo. Voltei para casa, me organizei todo e acabei vendo um filme velho e bobo de gladiadores na TV. Não era *Spartacus*, mas uma versão ruim dele. Fiquei sentado lá durante três horas, e aí estava realmente morrendo de preguiça. Tirei um cochilo, telefonei para umas pessoas, fui apanhar minha roupa e dei de cara com Dave Mackerson, que não via há anos. Então, fomos almoçar e depois fui à casa dele e fiquei jogando video game. Ele acabou de se mudar para uma mansão maravilhosa na marina, com uma vista completa da baía. Bebemos uma garrafa de vinho e, assim que acabamos, vim para cá. Vou pegar os pneus na semana que vem. Foi um daqueles dias em que não consegui terminar coisa alguma, mas foi legal. Foi bom encontrar Dave novamente. Não sabia que ele tinha se divorciado no ano passado. Está com uma namorada muito bonitinha. — Riu à vontade então, enquanto Sarah tentava não encará-lo. — Ela tem a mesma idade que o filho mais velho dele. Na verdade, é um ano mais jovem. Deu a casa em Tiburon para Charlene, mas gosto muito mais da atual. Tem mais estilo, é mais moderna, e Charlene sempre foi uma megera.

Sarah ouvia Phil, sentindo-se sem fôlego. Não disse nada. Ela o deixara sozinho o dia inteiro para que resolvesse suas coisas e porque não queria incomodá-lo, e enquanto isso ele estava em casa, vendo TV, almoçando com um amigo e jogando video game a tarde toda. Ele podia ter passado a tarde com ela, se quisesse. A dura realidade, porém, era que ele preferia passá-la com um companheiro, conversando sobre os defeitos da ex-esposa dele e admirando a namoradinha de 12 anos. Sarah quase chorou enquanto ouvia, mas fez tudo que podia para evitar. Era sempre tão doloroso e decepcionante quando ele fazia esse tipo de coisa. E Phil não fazia a menor ideia de que ela estava aborrecida, ou de por que estaria. Esse era o cerne da questão. Tudo que ele havia feito naquele dia parecia bem para si próprio, incluindo deixar Sarah de fora, apesar de ser sábado. Mas, na cabeça de Phil, era a vida dele, não a "deles": apenas dele. Ela aceitava isso há quatro anos, mas agora ficou furiosa. Suas prioridades eram tão insultantes que a magoavam. E afirmar isso, como tentara uma ocasião, fez com que ela parecesse uma peste, como ele a acusou. Mais que tudo, Phil detestava queixas e queria liberdade total para decidir como passar o tempo.

— Você a conheceu? — inquiriu Sarah, fitando o prato. Sabia que, se olhasse para Phil, diria algo que não deveria e poderia lamentar depois, como começar uma briga que se arrastaria a noite inteira. Ela estava realmente irritada, mais do que magoada, desta vez. Sentia-se como se ele tivesse lhe roubado o dia.

— Charlene? Claro. Fomos colegas de faculdade. Você não lembra? Saí com ela no meu primeiro ano, e foi assim que Dave a conheceu. Ficou grávida e ele se casou com ela. Ainda bem que foi ele e não eu. Meu Deus, não consigo acreditar que ficaram casados por 23 anos. Pobre coitado. Ela realmente o deixou limpo. Elas sempre fazem isso — comentou Phil, dando cabo do *cheesecake* com um olhar satisfeito enquanto, mais uma vez, elogiava Sarah pelo jantar. Ela lhe parecia um pouco quieta, mas concluiu que provavelmente tinha comido muito ou estava cansada por ter cozinhado. Para Sarah, tudo o que ele dissera parecia muito desrespeitoso, tanto sobre Charlene, o casamento deles, quanto sobre as mulheres em geral. Como se todas as mulheres estivessem à espreita de homens, tramando para se casar com eles e depois pedir o divórcio e ferrá-los, tirando tudo o que tinham. Algumas faziam isso, ela sabia. A maioria não.

— Não me referia a Charlene — replicou Sarah em voz baixa. — Mas à garota, mais nova que o filho mais velho dele. — No caso de Dave, Sarah tinha noção de que isso significava que ela tinha 22 anos. Sabia fazer as contas. Só não tinha estômago para o que aquilo aparentava ser, ou o que revelava sobre o antigo colega de quarto de Phil. O que havia de errado com todos esses caras para ficarem por aí babando por garotas que eram pouco mais do que crianças? Nenhum deles queria uma mulher adulta com um cérebro? Ou alguma experiência ou maturidade? Sentada lá, à mesa com Phil, sentiu-se como uma relíquia. Com 38, essas moças podiam quase ser filhas dela. Foi um pensamento assustador. — Você a conheceu? — Sarah repetiu a pergunta, e Phil olhou para ela com estranheza, se perguntado se ela estaria com ciúmes. Do ponto de vista dele, isso teria sido uma tolice, mas com mulheres nunca se sabe. Elas ficavam aborrecidas por qualquer coisinha. Ele tinha quase certeza de que Sarah não era velha o suficiente para ficar ressentida a respeito de sua idade ou a de qualquer outra pessoa. Mas, na verdade, ela estava, e mais ainda pela forma como ele havia passado o dia, sem incluí-la. Estivera sozinha o dia todo, enquanto ele ficara no próprio apartamento e, em seguida, jogara video game com o amigo. Essa realidade a magoava intensamente.

— Conheci, é claro que sim. Ela estava por lá. Jogou sinuca conosco uns minutos. É bonita, não tanto de rosto, mas parece uma coelhinha da *Playboy*. Você conhece o Dave — explicou Phil, quase em tom de admiração. A garota era obviamente considerada uma espécie de troféu, até mesmo por Phil. — Foi expulsa do apartamento pelas colegas, e acho que está morando com ele.

— Que sorte a dele... ou talvez a dela — comentou Sarah em tom ácido, e se sentiu uma megera ao dizer isso.

— Você está zangada com alguma coisa? — Estava escrito no rosto dela. Helen Keller teria percebido. E Phil a observava de perto. Estava começando a perceber.

— Na verdade, estou, sim — disse Sarah, com sinceridade.

— Sei que você precisa de espaço para fazer suas coisas. Então, não telefonei o dia todo. Imaginei que você ia me ligar quando tivesse terminado. Em vez disso, você estava na sua casa, vendo TV e depois saiu com o Dave e a Barbie burra dele e foi jogar video game e sinuca, em vez de ficar comigo. De um modo geral, já vejo você muito pouco. — Ela odiou o tom da própria voz, mas não conseguiu evitar. Estava lívida.

— Qual é o drama? Às vezes preciso de um tempo para refrescar a cabeça. Não estávamos numa orgia, pelo amor de Deus. A moça é uma garota. Pode ser o fraco de Dave, mas não é o meu. Eu te amo — justificou-se, inclinando-se para beijá-la, mas desta vez ela não respondeu e virou o rosto, e Phil começou a se mostrar aborrecido. — Pelo amor de Deus, Sarah! O que é que você tem? Ciúmes? Vim para ficar com você, não vim? Acabamos de ter um jantar muito bom. Não estrague tudo.

— Com o quê? Meus sentimentos? Estou decepcionada. Teria preferido passar esse tempo com você. — A voz dela parecia tão triste e tensa quanto zangada.

— Eu o encontrei por acaso. Aconteceu. Não é um drama. — Ele parecia ressentido e na defensiva.

— Talvez não para você. Mas para mim é. Poderíamos ter feito alguma coisa juntos. Senti sua falta a tarde inteira. Espero a semana toda por esses fins de semana.

— Então aproveite. Não fique se queixando. Tudo bem, na próxima vez em que esbarrar com um velho amigo num sábado pela manhã, ligo para você. Mas acho que não teria gostado de ficar para lá e para cá com a namorada dele enquanto nós dois conversávamos.

— Você entendeu bem. É tudo uma questão de prioridades de novo. Você é minha prioridade, só que eu não me sinto como a sua. — Há meses Sarah se sentia assim, agora mais do que nunca. Tinha a sensação de que Phil acabara de demonstrar, mais uma vez, a pouca importância que ela tinha para ele.

— Você também é minha prioridade. Ele me convidou para jantar, e eu respondi que não podia. Você não pode me prender numa coleira, pelo amor de Deus. Preciso de tempo para mim mesmo, para relaxar e me divertir. Trabalho muito a semana inteira.

— Eu também. Ainda assim quero ficar com você. Lamento que não ache tão divertido ficar comigo. — Ela detestava o timbre da própria voz, mas não conseguia ocultar a raiva ou o ressentimento.

— Não disse isso. Preciso de ambos em minha vida. Tempo com meus amigos e com você. — Ela sabia que essa discussão não ia levar a lugar nenhum. Ele não entendia e talvez nunca entendesse. Não queria. Sarah havia se apaixonado pelo Ray Charles dos relacionamentos. A música era maravilhosa, às vezes romântica, mas ele não enxergava nada. Pelo menos, não do ponto de vista dela. Com o intuito de terminar a discussão antes que fosse longe demais, ela se levantou e pôs a louça na pia. Ele a ajudou por um instante e, em seguida, foi se sentar no sofá e ligou a TV. Estava cansado de se defender e também não queria discutir com Sarah. Não a viu chorar, de costas para ele, enquanto esfregava as panelas na pia. Tinha sido uma semana de merda. Primeiro Stanley, e agora isso. Para ela, era de fato um drama. Talvez mais ainda porque a mãe batia sempre na mesma tecla a respeito de Phil. E ele nunca perdia a oportunidade de provar que ela tinha razão. Agora estava com as palavras de Stanley na cabeça, junto com as da mãe e as dela mesma. A vida tinha que ser mais que isso.

Quando veio se sentar perto dele no sofá, meia hora depois, parecia mais calma de novo. Não disse mais nada sobre Dave ou sua amiga coelhinha da *Playboy*. Sabia que não adiantava, mas ficara deprimida por causa disso mesmo assim. Tendo em vista a atitude e as defesas de Phil, sentia-se incapaz de mudar as coisas, e a impotência sempre a deprimia.

— Você está cansada? — perguntou Phil, gentilmente. Ele achava a irritação dela uma tolice, mas queria fazer as pazes. Ela não estava cansada e meneou a cabeça negativamente. — Venha, meu bem, vamos para a cama. Nós dois tivemos um dia comprido e uma longa semana. — Sarah sabia que ele não estava convidando-a para dormir e, por uma vez, sentiu-se ambivalente a respeito disso. Não era a primeira vez que se sentia assim, mas parecia pior esta noite.

Ele zapeou os canais durante um tempo e achou um filme que agradava aos dois. Ficaram assistindo até meia-noite, depois tomaram uma chuveirada e foram para a cama. Como era de se imaginar, o inevitável aconteceu. Como sempre, foi excepcionalmente bom, o que dificultava ficar zangada com ele. Às vezes detestava corresponder quando não estava gostando do que rolava no relacionamento, mas, afinal, ela era apenas humana. E o sexo entre eles era muito, muito bom. Quase bom demais. Chegava a pensar que a cegava para todo o resto. Adormeceu nos braços dele, relaxada e fisicamente satisfeita. Ainda estava aborrecida pelo modo como ele passara o sábado, mas mágoas constituíam a natureza do relacionamento com ele, assim como o sexo maravilhoso. Por vezes temia que fosse um vício. Mas antes de conseguir chegar a uma conclusão sobre o assunto, ou remoê-lo um pouco mais, caiu no sono.

Capítulo 5

Phil e Sarah acordaram tarde na manhã de domingo. O sol já estava alto e se espalhava pelo quarto. Ele se levantou e tomou banho antes de Sarah estar completamente acordada; ela, deitada no seu lado da cama, pensava nele e em tudo o que havia acontecido na véspera. O dia sem ele, Phil ter preferido passá-lo com um amigo sem ter sequer telefonado, o modo como tinha se referido à ex-mulher de Dave e à namorada deste, e o sexo excepcionalmente bom que fizeram. Tudo junto, parecia um quebra-cabeça no qual nenhuma peça se encaixava direito. Sarah sentia como se estivesse tentando juntar peças que representavam árvores, céu, metade de um gato e parte da porta de um estábulo. Todas juntas não chegavam a formar um quadro. Ela sabia o que eram as imagens, mas nenhuma estava completa; ela própria não se sentia inteira. Lembrou a si mesma que não precisava de um homem para se sentir plena. No entanto, grande parte da relação que mantinha com Phil era constantemente insatisfatória. Talvez fosse tudo o que ela precisava saber para finalmente tomar uma decisão. Era como se nunca tivesse existido uma ligação real entre eles. Pela simples razão de que Phil não queria estar ligado de verdade. A ninguém.

— Por que está com essa cara de desânimo? — perguntou ao sair do banho. Estava parado diante dela totalmente nu; o corpo perfeito era suficiente para nocautear qualquer mulher.

— Estava apenas pensando — respondeu Sarah, acomodando-se nos travesseiros. Ela não se dava conta, mas também estava linda: o corpo esguio, enxuto e gracioso, o cabelo escuro espalhado sobre os travesseiros, os olhos da cor de um céu azul. Phil tinha plena consciência da beleza dela. Sarah nunca explorara a aparência ou sequer pensara no assunto.

— Pensando no quê? — perguntou ele, sentando-se na beira da cama enquanto secava o cabelo. Parecia um viking nu.

— Que eu odeio os domingos, porque significam o final do fim de semana, e em poucas horas você terá ido embora.

— Olha, sua boba, aproveite enquanto estou aqui. Pode ficar deprimida depois que eu sair, embora não entenda por que o faria. Vou estar de volta na semana que vem, como faço há quatro anos.

— Era aí que estava o problema para ela, embora obviamente não para ele. O que eles tinham era um grave conflito de interesses. Como advogados, isso deveria estar claro para ambos, mas para Phil não estava. Às vezes, negar era muito conveniente. — Por que não fazemos um brunch em algum lugar? — Ela concordou. Gostava de sair com ele, assim como apreciava ficar em casa. Foi quando, ao olhá-lo, teve uma ideia.

— Amanhã devo receber a avaliação da casa de Stanley Perlman. Estou com as chaves. Vou me encontrar com a corretora antes de ir para o escritório. Vamos até lá depois do brunch? Estou louca para dar uma olhada na mansão. Pode ser divertido. É um lugar fantástico.

— Tenho certeza disso — disse Phil, pouco à vontade, pondo-se de pé diante dela com todo o esplendor de seu corpo. — Mas casas velhas não são a minha praia. E acho que me sentiria como um intruso bisbilhotando por lá.

— Não estaríamos bisbilhotando. Sou a responsável pelo patrimônio, posso entrar a qualquer hora. Adoraria ver a casa com você.

— Talvez em outra ocasião, meu bem. Estou morto de fome, e depois tenho que ir para casa. Terei novamente uma semana cheia de depoimentos pela frente. Levei duas caixas dessa porcaria para casa. Após o brunch tenho que ir. — Apesar do esforço para não demonstrar, Sarah ficou abatida pelo que ele acabara de dizer. Ele sempre fazia isso com ela. Ela pensava, ou pelo menos esperava, que fossem passar a tarde juntos, e lá vinha ele com alguma razão pela qual não podia.

Raramente Phil ficava até a hora do almoço nos domingos, e hoje não ia ser diferente, o que piorava o sábado que havia estado com Dave, por isso Sarah havia ficado tão aborrecida. Desta vez, porém, ela não disse nada. Levantou-se sem uma palavra ou comentário. Estava cansada de ser a pedinte na relação. Se ele não queria passar o dia com ela, arranjaria alguma coisa para fazer sozinha. Podia sempre ligar para alguém. Há muito não saía com as amigas antigas, porque principalmente nos fins de semana estavam ocupadas com os maridos e os filhos. Além disso, gostava de passar os sábados sozinha com Phil, e aos domingos não queria ficar sobrando ao lado dos outros. Aproveitava os domingos para ir a museus ou antiquários, andar na praia em Fort Mason ou mesmo trabalhar. Os domingos sempre foram difíceis. Pareciam os dias mais solitários da semana. Agora era ainda pior. Deixavam um gosto amargo depois que Phil ia embora. O silêncio no apartamento após sua saída era deprimente. Sabia que naquele dia não seria diferente.

Pensou no que fazer enquanto se vestia. Tentou parecer bem-disposta ao saírem do apartamento para o brunch. Ele vestia uma jaqueta de couro marrom, jeans e uma camisa azul imaculada e passada à perfeição. Phil mantinha no apartamento dela roupas suficientes para sair vestido decentemente. Demorara três anos para tomar essa iniciativa. E talvez, com mais três anos, pensou desanimadamente, ele consiga ficar até domingo à noite. Ou talvez isso fosse precisar de cinco anos, pensou sarcasticamente ao segui-lo escada abaixo. Ele estava assobiando e de ótimo humor.

Apesar de tudo, Sarah se divertiu durante o brunch. Ele contou histórias engraçadas e algumas anedotas muito picantes. Imitou um dos colegas de escritório, e, embora fosse uma coisa boba, sem qualquer significado, fez com que ela risse. Sarah lamentava que ele não a acompanhasse à casa de Stanley. Não queria ir sozinha, por isso decidiu esperar pela segunda de manhã, quando iria com a corretora.

Phil estava no melhor dos humores e comeu bastante. Sarah pediu um cappuccino e torradas. Nunca tinha fome quando ele estava prestes a ir embora. Mesmo que isso acontecesse semanalmente, sempre a deixava triste. De alguma forma, sentia-se rejeitada. Este fim de semana tinha sido bom, mas para ela o dia anterior fora um fiasco. A transa da noite anterior havia sido fabulosa, mas as manhãs de domingo eram sempre curtas demais. Esta não ia ser diferente. Apenas mais um dia solitário e deprimente depois que ele fosse embora. Era o preço que pagava por não ter se casado ou tido filhos, ou estar numa relação mais estável. Os outros pareciam sempre ter com quem passar o domingo. Ela não tinha, quando Phil partia após o café da manhã. E preferia cortar os dois braços e a cabeça a telefonar para a mãe. Para Sarah, essa não era a solução. Preferia ficar sozinha. Apenas desejava ter passado o dia com Phil.

Sarah havia virado mestre em esconder o que realmente sentia quando ele se despedia nos domingos de manhã. Conseguia parecer disposta, às vezes até divertida, quando ele a beijava levemente nos lábios, levava-a até em casa e seguia para a dele. Desta vez ela lhe disse que ficaria no restaurante. Queria caminhar pela Union Street e ver as vitrines. O que não queria era voltar para o apartamento vazio. Ela acenou corajosamente, como sempre fazia quando ele partia, de volta para a própria vida. Acabara o fim de semana.

Sarah caminhou pela marina e se sentou num banco, olhando pessoas que soltavam pipas. No final da tarde, fez o caminho de volta até seu apartamento, em Pacific Heights. Ao regressar, não se deu ao trabalho de fazer a cama. Nesta noite não jantou, mas preparou uma salada e tirou alguns arquivos da pasta. Eram os arquivos de Stanley Perlman, e o que a animava a essa altura era ver a casa. Tinha um milhão de fantasias a respeito dela. Gostaria de conhecer sua história. Ia pedir à corretora que fizesse uma pesquisa antes de colocá-la no mercado. Mas primeiro, queria ver o lugar. Tinha a sensação de que seria fantástico. Tornou a pensar no assunto naquela noite, ao se deitar.

Sarah estava quase dormindo quando o telefone tocou. Era Phil. Contou que estivera trabalhando nos depoimentos até aquela hora e parecia cansado.

— Sinto a sua falta — disse ele com voz apaixonada. Era o tom de voz que sempre fazia o coração dela bater descompassadamente, mesmo agora. Era a voz do homem que fizera amor com ela, com paixão e habilidade, na noite anterior. Sarah fechou os olhos.

— Também sinto a sua falta — disse baixinho.

— Parece sonolenta. — A voz dele era agradável.

— E estou.

— Estava pensando em mim enquanto pegava no sono? — perguntou em um tom mais sexy do que nunca, e desta vez ela riu.

— Não — respondeu Sarah, virando de lado e olhando a parte da cama onde ele dormira na noite anterior. Parecia agora tão vazio. O travesseiro dele estava caído no chão. — Estava pensando na casa de Stanley Perlman. Mal posso esperar para vê-la amanhã.

— Você está obcecada com essa casa — disse Phil desapontado. Gostava quando ela pensava nele. Como Sarah costumava lhe dizer, tudo sempre girava em torno dele, e às vezes até concordava.

— Estou? — perguntou em tom provocador. — Pensei que estivesse obcecada por você.

— É melhor que esteja — disse ele, satisfeito consigo mesmo. — Estava pensando na nossa noite de ontem. Estamos cada vez melhor, não é?

— Estamos sim — concordou ela sorrindo, mas sem estar certa de que isso era uma coisa boa. Na maior parte das vezes, o sexo que praticavam lhe toldava a visão, e ela não queria que isso acontecesse. Era difícil separar o joio do trigo na relação deles. A vida sexual era decididamente trigo. Mas havia uma grande parte de joio, sob vários aspectos.

— Bom, tenho que levantar cedo. Queria apenas lhe dar um beijo antes de dormir e dizer que estou com saudades. — Sarah quis lembrá-lo de que havia uma solução simples para isso, mas não disse palavra.

— Obrigada. — Estava comovida. Era um gesto doce. Ele era doce, mesmo que a desapontasse tantas vezes. Talvez todos os homens agissem assim, e essa fosse a verdadeira natureza de uma relação. Não tinha certeza. Este era o relacionamento mais longo que já tivera. Sempre havia estado muito ocupada com estudos e trabalho para se comprometer totalmente com um homem.

— Eu te amo, meu bem... — disse ele com a voz rouca que a amolecia.

— Também te amo, Phil...Vou sentir sua falta esta noite.

— É, eu também. Telefono amanhã. — A tristeza era que, por mais que eles se reaproximassem no fim de semana, ele, de alguma maneira, conseguia se distanciar durante a semana. Nunca queria ou conseguia sustentar a intimidade estabelecida. Phil parecia se sentir mais seguro mantendo-a a certa distância, mas com certeza não estiveram distantes na noite anterior.

Ficou deitada pensando nele após desligarem. Afinal Phil tinha conseguido o que queria. Ela estava pensando nele, e não na casa de Stanley. Deitada ali, os olhos foram se fechando e, quando se deu conta, o despertador tocava, e o sol entrava pelas janelas. Era a manhã de segunda-feira, e ela tinha que se levantar.

Uma hora depois, estava vestida, pronta para passar no Starbucks. Precisava de um café antes de encontrar a corretora na casa de Stanley. Tinha a sensação de que participaria de uma caça ao tesouro. Tomou a bebida e leu o jornal no carro que estacionara em frente à entrada da mansão, enquanto esperava pela chegada da corretora. Estava tão entretida com o jornal que não percebeu a presença da mulher senão quando esta bateu no vidro do carro.

Sarah se apressou a apertar o botão para baixar o vidro. A mulher ali de pé diante dela devia ter uns 50 anos, e sua aparência ficava entre um ar de executiva e um aspecto de desalinho. Sarah já lidara com ela em outros espólios e gostava dela. Chamava-se Marjorie Merriweather, e Sarah a olhou com um sorriso caloroso.

— Obrigada por ter vindo me encontrar hoje — declarou Sarah ao sair do carro. Era um pequeno BMW conversível comprado há um ano. Normalmente o deixava na garagem e tomava um táxi para o trabalho. Não precisava de carro na cidade, sobretudo porque custava uma fortuna deixá-lo o dia inteiro em um estacionamento. Mas esta manhã tinha sido mais conveniente dirigir.

— O prazer é meu. Sempre quis ver esta casa por dentro. Para mim é um presente — disse Marjorie com um largo sorriso.

— Esta casa tem história. — Sarah ficou satisfeita, pois sempre pensara que sim, mas Stanley insistia em dizer que não sabia nada sobre isso.

— Acho que devemos fazer uma pesquisa antes de colocá-la à venda. Dará à casa um certo toque de classe para compensar a parte elétrica e o encanamento do início do século passado — comentou Sarah, dando uma gargalhada.

— Sabe quando foi a última vez que o interior foi restaurado? — perguntou Marjorie com ar profissional, enquanto Sarah pegava as chaves na bolsa.

— Bom, vejamos — disse Sarah ao subirem os degraus de mármore branco até a porta da frente. Esta era de vidro com uma requintada grade de bronze por cima. Uma verdadeira obra de arte. Sarah nunca havia entrado pela porta principal, mas não queria que a corretora entrasse pela cozinha. Achava que Stanley nunca havia feito uso da porta da frente durante o tempo em que lá morara. — O Sr. Perlman comprou a casa em 1930 e nunca mencionou qualquer remodelação. Na verdade sempre pensou em vendê-la. Comprou-a como investimento, mas acabou ficando com ela. A meu ver, mais por acaso do que intencionalmente. Acomodou-se e foi ficando. — Sarah pensou no minúsculo quarto de empregada no sótão, onde ele passara 76 anos de sua vida. Mas guardou o pensamento para si. A corretora certamente ia perceber ao visitar a casa. — Suponho que nunca tenha sido remodelada desde que foi construída. Acho que o Sr. Perlman disse que datava de 1923. Nunca me contou o nome da família que a construiu.

— Era uma família de banqueiros muito conhecida que enriqueceu na época da Corrida do Ouro. Veio da França, com outros banqueiros de Paris e Lyon. Acredito que tenham permanecido no ramo durante várias gerações até que a família se extinguiu. O homem que construiu esta casa se chamava Alexandre de Beaumont, pronunciado à francesa. Construiu a casa em 1923, para sua lindíssima mulher, Lilli. Ela era reconhecidamente uma beldade. Foi uma história triste. Alexandre de Beaumont perdeu toda a fortuna na Quebra da Bolsa de 1929. Acho que ela o deixou em seguida, em 1930. — A corretora sabia muito mais sobre a casa do que Sarah, ou do que Stanley algum dia soubera. Embora ele tivesse vivido ali durante três quartos de século, não tinha qualquer apego emocional ao local. Fora para ele, até o fim, um mero investimento e o lugar onde dormia. Nunca a decorara ou se mudara para a ala principal. Estava satisfeito vivendo no quarto de empregada no sótão.

— Acho que foi quando o Sr. Perlman comprou a casa, em 1930, mas nunca me disse uma só palavra sobre os Beaumont.

— Acho que o Sr. Beaumont morreu algum tempo depois que a mulher o deixou e, pelo que sei, ela desapareceu. Ou talvez essa seja apenas a versão romântica da história. Quero pesquisar um pouco mais para o folheto de divulgação.

Ambas se calaram enquanto Sarah lutava com as chaves; aos poucos, a pesada porta de vidro e bronze cedeu. Sarah dissera à enfermeira para tirar a corrente de segurança antes de ir embora, para que a corretora entrasse pela frente. A porta se abriu para uma densa escuridão. Sarah entrou primeiro e foi à procura de um interruptor para acender as luzes. A corretora foi atrás dela. As duas tinham uma sensação esquisita e fantasmagórica ao entrarem na casa, meio intrusas e meio crianças curiosas. A corretora escancarou a porta para que o sol iluminasse o chão que pisavam, e foi quando ambas viram o interruptor. A mansão tinha 83 anos, e nenhuma delas sabia se o interruptor ainda funcionava. Havia dois botões na entrada de mármore onde se encontravam. Sarah apertou um botão de cada vez e nada aconteceu. Sob a luz difusa podiam ver que a janela no hall de entrada estava revestida com tábuas. Além disso, não enxergavam mais nada.

— Devia ter trazido uma lanterna — disse Sarah aborrecida. A coisa não ia ser tão fácil como imaginara. Marjorie enfiou a mão na bolsa e tirou uma lanterna que ofereceu a Sarah. Havia trazido outra para ela própria.

— Casas antigas são meu passatempo. — Ambas ligaram as lanternas e olharam ao redor. Pesadas portadas fechavam as janelas, o chão era de mármore branco e parecia se estender por quilômetros, e no alto havia um enorme lustre eletrificado, embora já não funcionasse há anos, como todo o restante.

O hall de entrada era muito grande, com teto alto, revestido de painéis almofadados. Em cada lado havia pequenas salas que provavelmente serviram para acolher os visitantes. Não havia uma só peça de mobília. O chão das duas salas de visita era composto por lindos tacos de madeira, enquanto as paredes eram revestidas de antigos lambris, provavelmente de origem francesa. As duas saletas eram requintadas. Em cada uma delas havia lustres espetaculares. A casa estava vazia quando Stanley a comprara, mas ele mencionara a Sarah que os antigos proprietários tinham deixado todos os candeeiros e lustres. Foi quando viram que em cada aposento havia antigas lareiras de mármore. As salas tinham tamanho idêntico. Qualquer uma delas daria um magnífico estúdio ou escritório, dependendo do que se pretendesse para o local futuramente. Talvez um pequeno hotel incrivelmente elegante, um consulado ou uma mansão para um proprietário fabulosamente rico. O interior lembrava um pequeno *château*, e Sarah sempre tivera essa mesma impressão do exterior. Era uma casa única em toda a cidade, talvez mesmo em todo o estado. Era o tipo de residência, ou pequeno *château*, que se esperava ver na França. E, segundo Marjorie, o arquiteto era francês.

À medida que adentraram no enorme hall de mármore branco, viram uma magnífica escadaria bem no centro. Os degraus eram de mármore branco, o corrimão, um de cada lado, de bronze. A escadaria se lançava majestosamente para os andares superiores, e era fácil imaginar homens de casaca e chapéu alto e mulheres de longo, subindo e descendo. No alto, havia um imenso candelabro. Sarah e Marjorie recuaram, afastando-se dele, ambas pensando a mesma coisa ao mesmo tempo. Não havia como saber se a casa seria segura depois de tantos anos de abandono. Sarah ficou subitamente aterrorizada com a ideia de o lustre despencar. Conforme se afastaram, deram com uma enorme sala de estar com cortinas nas janelas. Ambas foram até lá para verificar se também estas estavam cobertas por tábuas. As pesadas cortinas se desfizeram quando puxadas para os lados. As janelas eram, na realidade, portas de batente que davam para o jardim. Havia uma parede delas, e estas, em particular, estavam entaipadas com um semicírculo de madeira apenas na parte superior. As outras janelas estavam imundas, mas descobertas, como viram ao puxar as cortinas. A luz do sol penetrou na sala pela primeira vez desde que Stanley Perlman comprara a casa. Conforme examinavam o cômodo, Sarah arregalou os olhos e soltou um suspiro de espanto. Havia uma gigantesca lareira num dos lados, com um consolo de mármore, lambris de madeira e painéis espelhados. Era quase como um salão de baile. O chão parecia ser muito antigo. Obviamente ele havia sido removido de algum *château* na França.

— Meu Deus — sussurrou Marjorie surpresa. — Nunca vi nada parecido. Já não existem mais residências assim e nunca existiram por aqui. — Fazia com que se lembrasse das casas de campo de Newport, construídas pelos Vanderbilt e pelos Astor. Nada na Costa Oeste se comparava a isto. Parecia uma Versalhes em miniatura, exatamente o que Alexandre de Beaumont prometera à mulher. A mansão tinha sido um presente de casamento para ela.

— Este seria o salão de baile? — perguntou Sarah impressionadíssima. Ela sabia da existência de um, mas nunca sequer remotamente imaginara uma beleza como essa.

— Acho que não — disse Marjorie, adorando cada minuto da incursão. Isto era muito melhor do que esperara. — Os salões de baile eram, em geral, construídos no segundo andar. Acho que esta deve ser a sala de estar principal, ou uma delas. — Logo encontraram outra, ligeiramente menor, do outro lado da casa, com uma pequena rotunda ligando as duas. O chão dela era de mármore, e uma fonte bem ao centro parecia ter funcionado algum dia. Era só fechar os olhos para imaginar grandes bailes de épocas passadas, sobre os quais só se lia em livros.

Havia igualmente vários aposentos menores, que Marjorie explicou serem "quartos de desmaio" onde, no início do século, na Europa, as senhoras podiam descansar e desapertar os espartilhos. Também viram uma série de copas e quartos de serviço para onde era trazida a comida preparada na cozinha. Hoje em dia, certamente, as copas seriam transformadas em cozinhas, uma vez que ninguém ia querer a cozinha no porão. As pessoas já não tinham uma legião de empregados para levar as bandejas escada acima e escada abaixo. Havia uma fileira de pequenos elevadores para transporte de comida, mas, quando Sarah abriu um deles para examiná-lo com a mão, as cordas se romperam. Não havia sinal de roedores ou de danos. Nada tinha sido roído, nada estava úmido ou mofado. A equipe de limpeza de Stanley mantivera a casa limpa, mas não obstante, sinais de estragos causados pelo tempo eram visíveis. Também encontraram seis banheiros no andar principal, quatro de mármore, para convidados, e dois mais simples, azulejados, com certeza para os criados. A área dos fundos, destinada ao enorme contingente de empregados que deviam ter tido, era enorme.

A essa altura, estavam prontas para irem até o andar superior. Sarah sabia da existência de um elevador na casa, mas Stanley nunca o usara. O elevador havia sido selado, uma vez que o próprio Stanley reconhecia que seria arriscado usá-lo. Enquanto as pernas permitiram, subira e descera pela escada dos fundos. E, quando já não podia andar, nunca mais desceu.

Marjorie e Sarah andaram cautelosamente até a grande escadaria que dividia a casa, admirando cada centímetro e detalhe ao redor conforme avançavam: chão, marchetaria, lambris de madeira, frisos, janelas e lustres. O teto sobre a majestosa escadaria era da altura de três andares e cobria toda a ala principal da residência. Acima dele ficava o sótão, onde Stanley tinha vivido, e abaixo, o porão. Mas a escadaria propriamente dita, em todo esplendor e elegância, ocupava um grande espaço na ala central.

O tapete que a revestia, desbotado e desfeito, parecia persa, e estava preso por intrincadas peças de bronze com cabeças de leões nas extremidades das varas. Cada detalhe era requintado.

No segundo andar, encontraram mais duas esplêndidas salas de estar, uma sala íntima que dava para o jardim, uma de jogos e outra de música, onde costumava ficar o piano de cauda, e, finalmente, o salão de baile de que tinham ouvido falar. Era, de fato, a cópia exata da Sala dos Espelhos em Versalhes, de tirar o fôlego. Quando Sarah tornou a puxar as cortinas para os lados, como fizera em quase todos os aposentos, quase chorou. Jamais havia visto nada tão lindo em toda sua vida. Não conseguia compreender como Stanley nunca fizera uso da casa. Era bonita demais para ter ficado vazia todos esses anos, sem ter sido amada. Mas grandiosidade em tal escala e tamanha elegância claramente não lhe interessavam. Só o dinheiro o comovia e, ao perceber isso, subitamente ficou triste por ele. Finalmente entendia o que ele queria lhe dizer. Stanley Perlman não tinha desperdiçado sua vida, mas sob muitos aspectos importantes, ela o deixara de lado. O amigo não desejava que o mesmo acontecesse com ela, e agora compreendia as razões. Esta casa era o símbolo de tudo o que ele possuíra, mas na verdade nunca tivera. Não a amara ou usufruíra dela, nem se permitira expandir seu universo. O quarto de empregada onde havia passado três quartos de século era o símbolo de sua vida, de tudo o que não tinha tido, nem companhia, nem beleza, nem amor. Ao pensar nisso Sarah ficou entristecida. Agora entendia melhor as coisas.

Ao chegarem ao terceiro andar, foram confrontadas com enormes portas duplas no alto da escadaria. Primeiro, Sarah pensou que estivessem trancadas. Ela e Marjorie puxaram e empurraram e estavam quase desistindo quando, de repente, elas se abriram, revelando aposentos belíssimos e acolhedores, sem dúvida a suíte principal. Ali, as paredes tinham sido pintadas num tom esmaecido de rosa pálido, quase imperceptível. O quarto era digno de Maria Antonieta e dava para o jardim. Tinha uma saleta de estar, vários quartos de vestir e dois extraordinários banheiros em mármore, cada um deles maior que o apartamento de Sarah, obviamente construídos para Lilli e Alexandre. As peças eram requintadas; o chão do banheiro dela era de mármore rosa e o dele, bege, de uma qualidade digna do Uffizi em Florença.

Também ali havia duas saletas de estar ladeando a entrada para a suíte principal; do outro lado da casa ficava o que deviam ter sido os quartos das duas crianças, claramente um para a menina e o outro para o menino. Os quartos de vestir e os banheiros exibiam lindos azulejos pintados com flores e barcos à vela. Cada uma das crianças tivera um amplo quarto com grandes janelas ensolaradas. Havia um enorme quarto de brinquedos para ambos, e vários aposentos menores, que deviam ser das governantas e empregadas que cuidavam delas. E, enquanto Sarah olhava em volta com um espanto enternecido, uma dúvida surgiu. Virou-se e perguntou a Marjorie:

— Quando Lilli sumiu, levou as crianças com ela? Se levou, não admira que tenha partido o coração de Alexandre. — O pobre homem deve ter perdido não só a linda e jovem mulher, mas também o menino e a menina que viviam ali e, de quebra, a fortuna. Perder tanto assim e abrir mão de tudo isso era o suficiente para destruir qualquer um, particularmente um homem.

— Não acho que tenha levado as crianças com ela — respondeu Marjorie pensativamente. — A história que li sobre eles e a casa não falava muito disso. Dizia que ela havia "sumido", e não fiquei com a impressão de que as crianças tinham sumido junto com ela.

— O que acha que aconteceu com elas, e com ele?

— Só Deus sabe. Parece que ele morreu relativamente jovem, supõe-se que de desgosto. Não falava nada sobre a família. Acredito que tenha se extinguido. Não há mais nenhuma família proeminente em São Francisco com esse nome. Talvez tenham voltado às origens, na França.

— Ou talvez tenham morrido todos — disse Sarah, entristecida.

Após saírem dos aposentos destinados às crianças, Sarah levou Marjorie para a escada dos fundos que ia dar no sótão, com o qual estava tão familiarizada devido às inúmeras visitas a Stanley. Ficou no corredor, olhando para o chão, enquanto a corretora inspecionava os quartos sozinha. Não queria ver o de Stanley. Sabia que ia ficar triste demais. Levava todas as lembranças importantes de Stanley no coração e na mente. Não precisava ver o quarto, ou a cama na qual ele havia morrido, e não ia querer nunca mais. Aquilo que amara nele estava guardado dentro dela. O restante não era importante. Pensou no livro de Saint-Exupéry, *O pequeno príncipe*, de que sempre gostara. Sua frase preferida era: "O essencial é invisível aos olhos. Só se vê bem com o coração." Era como se sentia em relação a Stanley. Estava para sempre em seu coração. Fora um grande presente em sua vida durante os três anos que durara a amizade deles. Jamais o esqueceria.

Marjorie desceu com ela a escada até o terceiro andar e comunicou que havia vinte quartos de empregados no sótão. Se algumas paredes fossem derrubadas, o novo proprietário poderia contar com vários bons quartos de dormir, além de seis banheiros funcionando, embora com tetos bem mais baixos do que nos andares principais.

— Você se incomodaria se eu voltasse a percorrer a casa para fazer algumas anotações e esboços? — perguntou Marjorie, educadamente. Estavam ambas estarrecidas com o que acabaram de ver. Era totalmente surpreendente. Nenhuma das duas jamais vira tanta beleza, tanta riqueza de detalhes e acabamentos, a não ser em museus. Os artesãos que construíram a mansão vieram da Europa. Marjorie também lera sobre isso. — Vou mandar alguém para fazer as plantas e tirar fotografias, é claro, se você nos encarregar de vender a casa. Mas gostaria de fazer uns rápidos esboços para me lembrar da forma dos quartos e do número de janelas.

— Vá em frente. — Sarah havia tirado a manhã para ficar com ela. Já estavam lá há duas horas, mas marcara a primeira reunião no escritório para as três e meia. E estava impressionada com o profissionalismo de Marjorie. Sarah sabia que encontrara a pessoa certa para vender a casa de Stanley.

Quando chegaram à suíte principal, Marjorie pegou um bloco de desenho e rapidamente mediu distâncias e tomou notas enquanto Sarah revia os banheiros e passeava pelos quartos de vestir, abrindo uma infinidade de armários. Não pensava em encontrar alguma coisa, mas era divertido imaginar as roupas que estiveram penduradas quando Lilli morava ali. Ela devia ter tido uma montanha de joias, peles incríveis, e até uma tiara. Isso tudo fora vendido, com certeza, há quase um século. Pensar nisso e na catástrofe, inclusive financeira, que atingira a família, deixou Sarah triste. Em todos os anos em que visitara Stanley, quase nunca havia pensado nos antigos proprietários. Stanley nunca falava no assunto e parecia não se interessar por eles. Jamais mencionara sequer o nome deles. Mas, de repente, Beaumont lhe pareceu importante. Com o pouco que Marjorie tinha contado, imaginava como seriam as pessoas naquela época, incluindo as crianças. E o nome lhe dizia alguma coisa. Já ouvira falar neles em algum momento. Tinha sido uma família importante na história da cidade, e sabia que o sobrenome não lhe era estranho, embora não soubesse onde o havia ouvido ou em que contexto. Talvez durante uma visita com a escola, ainda criança, a um museu.

Quando abriu o último armário, o cheiro de mofo se misturava ao rico odor do cedro, e Sarah se deu conta de que era num deles que Lilli guardava as peles, provavelmente arminhos e zibelinas. Ao olhar para o fundo, como se esperasse encontrar uma delas, sua atenção foi atraída por algo no chão. Usou a lanterna que Marjorie lhe dera e viu que se tratava de uma fotografia. Ficou de quatro e alcançou-a. Era frágil e estava coberta de poeira. Era o retrato de uma elegante jovem descendo a escadaria, vestida a rigor. Olhando para ela, Sarah achou que era a mais linda criatura que já tinha visto. Era alta e majestosa, com o corpo esguio de uma deusa. O cabelo estava penteado conforme a moda da época, com um coque na nuca e cachos emoldurando o rosto. E, exatamente como Sarah imaginava, usava um enorme colar de brilhantes e uma tiara. Quase parecia dançar ao descer a escadaria, um dos pés em ponta numa sandália prateada. Estava sorrindo e tinha os olhos mais penetrantes, hipnóticos e enormes que Sarah já vira. A fotografia era marcante. Ela soube instantaneamente que era Lilli.

— Encontrou alguma coisa? — perguntou Marjorie ao passar apressada, fita métrica e bloco de nota na mão. Não queria tomar muito tempo de Sarah e estava tentando acabar o mais rapidamente possível. Parou apenas um minuto para olhar a foto. — Quem é? Está anotado no verso?

Sarah não se lembrara de olhar. No verso do retrato estava escrito com tinta já desbotada, porém ainda legível, numa caligrafia antiga e rendada: "Meu querido Alexandre, vou amá-lo para sempre, sua Lilli." As lágrimas brotaram dos olhos de Sarah. Aquelas palavras a tocaram diretamente, quase como se tivesse conhecido aquela jovem e pudesse sentir o desgosto do marido quando ela o deixara. A essência da história deles dilacerava o coração de Sarah.

— Fique com ela — disse Marjorie. — Os herdeiros não darão por sua falta. Você estava claramente destinada a achá-la. — Sarah não discutiu e olhou a foto repetidas vezes, absolutamente fascinada enquanto aguardava a corretora terminar o serviço. Não queria guardá-la na bolsa com medo de danificá-la. Sabendo o destino posterior do casal, a foto e a inscrição no verso se tornavam ainda mais significativas e pungentes. Teria Lilli esquecido a foto no armário quando sumira? Teria Alexandre alguma vez a visto? Teria alguém deixado que caísse enquanto esvaziava a casa para que Stanley a comprasse? A coisa mais estranha era que Sarah tinha uma fortíssima impressão de já ter visto essa foto antes, mas não conseguia se lembrar de onde. Talvez num livro ou numa revista. Ou talvez fosse imaginação. Mas que era definitivamente familiar, isso era. Ela havia não só visto a mulher, como tinha certeza de ter visto o mesmo retrato em algum lugar. Gostaria de se lembrar, mas não conseguia.

As duas mulheres fizeram o percurso de volta, enquanto Marjorie tomava mais notas e fazia mais esboços, e uma hora depois estavam na porta da frente, com uma luz fraca que entrava pelo salão do andar principal e ia até o hall. Já não havia a sensação estranha ou a aura de mistério. Voltara a ser apenas uma lindíssima casa descurada e abandonada por muito tempo. Para a pessoa certa, com dinheiro suficiente para trazê-la de volta à vida e lhe dar uma destinação adequada, restaurá-la seria um projeto extraordinário. Assim voltaria a ocupar o merecido lugar como peça importante na história da cidade.

Saíram da casa para a luz do sol de novembro. Sarah trancou cuidadosamente a porta. Tinham feito uma pequena incursão ao porão onde ficava a antiga cozinha, uma relíquia de outro século, com a enorme mesa de jantar dos empregados e os apartamentos do mordomo e da governanta, além de mais vinte quartos de empregadas, bem como a caldeira, as adegas, o frigorífico das carnes, do gelo, e um quarto para o arranjo de flores, com todos os utensílios de uma florista ainda lá.

— Nossa! — exclamou Marjorie, enquanto uma olhava para a outra, paradas nos degraus da entrada. — Nem sei o que dizer. Nunca vi nada parecido, exceto na Europa, ou em Newport. Nem mesmo a casa dos Vanderbilt é tão bonita como esta. Espero que encontremos o comprador certo. Ela precisa voltar à vida e ser tratada como um projeto de restauração. Queria muito que fosse transformada em um museu, mas seria melhor ainda se voltasse a ser habitada e amada. — Havia ficado chocada ao perceber que Stanley, certamente um grande excêntrico, passara a vida no sótão. Sarah acabara de dizer, em voz baixa, que ele era despretensioso e muito simples. Marjorie não fez mais qualquer comentário, vendo a afeição e a admiração da jovem advogada pelo antigo cliente.

— Quer conversar sobre isso agora? — perguntou Sarah. Era meio-dia e ela ainda não queria ir para o escritório. Queria absorver tudo o que tinha visto.

— Adoraria. Mas preciso pensar no assunto. Quer tomar um café? — Sarah concordou e Marjorie a seguiu no seu carro até o Starbucks. Sentaram a uma isolada mesa de canto, compraram dois cappuccinos e Marjorie passou os olhos em suas anotações. A casa em si era mesmo magnífica, ficava num imenso terreno, num lugar nobre, com um jardim extraordinário, embora nada fosse plantado ali há anos. No entanto, uma vez mais, caso encontrassem a pessoa certa, tanto a mansão quanto o jardim poderiam ser um sonho.

— Tem ideia de quanto a casa pode valer? Não oficialmente, é claro. Não vou cobrar isso de você. — Sabia que Marjorie precisava fazer cálculos e tirar as medidas oficiais do local. A visita dessa manhã tinha sido uma missão de reconhecimento, mas ambas achavam que haviam descoberto um dos maiores tesouros já vistos.

— Meu Deus, Sarah, não sei — confessou a mulher mais velha honestamente. — Qualquer casa que se veja, grande ou pequena, só vale o que o comprador estiver disposto a pagar. Trata-se, na melhor das hipóteses, de uma ciência imperfeita. E quanto maior a residência e mais fora dos padrões, mais difícil prever. — Sorriu e tomou um gole do cappuccino. Estava precisando dele. Tinha sido uma manhã incrível para as duas. Sarah estava louca para contar a Phil. — Certamente não há termos de comparação — continuou Marjorie com um sorriso. — Como se avalia uma mansão dessas?

Não existe nada similar, com exceção talvez da Frick, em Nova York. Mas isto não é Nova York, é São Francisco. A maior parte das pessoas vai morrer de medo de uma casa desse tamanho. Iria custar uma fortuna restaurá-la e decorá-la, para não falar no exército de empregados necessários. Ninguém mais vive assim. Esta região não está licenciada para hotel ou empreendimentos do gênero. Ninguém vai comprar para transformá-la em uma escola. Os consulados estão fechando as residências e alugando apartamentos para os funcionários. Vamos precisar de um comprador muito especial. Seja qual for o preço que estipularmos, será uma quantia arbitrária. Corretores e intermediários falam sempre em compradores estrangeiros: um árabe importante, ou talvez um chinês de Hong Kong, quem sabe um russo. Mas na realidade o provável é que seja comprada por alguém daqui. Talvez alguém do mundo tecnológico do Vale do Silício, mas precisa querer uma casa assim e entender o que está comprando... Não sei... Cinco milhões? Dez? Vinte? No entanto, se ninguém quiser se envolver com uma coisa dessas, os herdeiros podem se considerar felizes se conseguirem três, ou mesmo dois. Pode permanecer aqui por anos e anos sem ser vendida. É impossível prever. Os herdeiros estão muito aflitos para vendê-la? Podem querer estabelecer um preço abaixo do custo só para se livrarem dela. Só espero que caia nas mãos da pessoa certa. Fiquei apaixonada por ela — disse honestamente, e Sarah concordou, pois se sentia do mesmo jeito.

— Eu também. — Deixara a foto de Lilli no banco da frente do carro com medo de danificá-la. Havia algo de mágico naquela jovem. — Odiaria ver os herdeiros se livrarem dela por uma bagatela. A casa merece ser tratada com mais respeito que isso, mas ainda não me reuni com eles. O único com quem falei mora em St. Louis, no Missouri. Dirige um banco lá e não deve querer uma casa aqui. — Pelo que Sarah sabia, nenhum deles ia querer. Todos moravam em outros lugares e, como não conheceram Stanley, não havia qualquer sentimentalismo envolvido na transação. Stanley tampouco experimentara qualquer apego pela moradia. Longe disso. Para eles, assim como para o ex-proprietário, tudo se resumia a dinheiro. E, certamente, nenhum deles ia querer restaurar uma casa em São Francisco. Não faria sentido. Ela tinha certeza de que iam querer vender a casa rapidamente, do jeito que estava.

— Podíamos tentar aplicar uma demão de tinta e limpá-la um pouco — sugeriu Marjorie. — Provavelmente deveríamos. Limpar os lustres, desentaipar as janelas, jogar fora as cortinas em frangalhos. Encerar o chão e passar óleo nas madeiras. Mas isso não resolverá o problema da eletricidade, ou do encanamento. Alguém terá que fazer uma nova cozinha, provavelmente nas copas do andar principal. E vai precisar de um novo elevador. Há muito trabalho pela frente e com alto custo. Não sei quanto estarão dispostos a investir para vendê-la. Talvez nada. Espero que o relatório sobre a possível presença de cupins dê negativo.

— Stanley substituiu o telhado ano passado; pelo menos isso está feito — explicou Sarah, e Marjorie assentiu, satisfeita.

— Não vi nenhum sinal de infiltração, o que é surpreendente — observou Marjorie com objetividade.

— Acha que pode me dar algumas estimativas? Um preço para ser vendida assim como está, outro para limpá-la superficialmente. Talvez o preço que alcançaria estando restaurada.

— Vou fazer o possível — prometeu Marjorie. — Mas tenho que ser honesta com você. Estamos navegando em águas desconhecidas. Tanto pode alcançar vinte milhões como dois Tudo depende de quem a comprar, e da pressa dos herdeiros. Se quiserem se livrar dela, podem ficar satisfeitos com dois milhões. Pode ser até menos. A maior parte dos compradores ficará apavorada com a mansão e com os problemas que irão encontrar. C exterior me parece em bom estado, o que já é uma boa notícia, embora algumas janelas precisem ser substituídas. Quanto ac apodrecimento de algumas madeiras, isso é comum, até em casas novas. Ano passado, eu mesma tive que substituir dez janelas na minha. — A fachada em pedra parecia sólida e em boas condições. As garagens no porão apresentavam um bom acesso, embora as entradas tivessem sido construídas para os carros mais estreitos da década de 1920, necessitando ser alargadas. Nenhuma das duas duvidava de que havia muito trabalho a ser feito. — Vou tentar encontrar algumas respostas e estimativas aproximadas na semana que vem. Conheço um arquiteto que gostaria de consultar, para que nos dê sua opinião sobre o que temos pela frente. Ele e sua sócia são especialistas em restauração. Ele é muito bom, embora duvide que alguma vez tenha encontrado algo assim. Sei que trabalhou no Museu da Legião de Honra, que pelo menos é um termo de comparação. E estudou na Europa. Sua sócia também é muito boa. Acho que vai gostar deles. Será que poderíamos convidá-los para ver a casa, se não estiverem muito ocupados?

— Quando quiser. Tenho as chaves e fico à disposição. Agradeço muito a sua ajuda nisso tudo, Marjorie. — Ambas se sentiam como se tivessem viajado no tempo e acabado de voltar ao século em que viviam naquele momento. Fora uma experiência inesquecível.

Despediram-se em frente ao Starbucks, e Sarah seguiu para o escritório. Era quase uma hora da tarde. Ligou para Phil enquanto dirigia pelo centro da cidade, ainda sob o efeito da visita. De quando em quando, olhava a foto de Lilli no assento ao lado. Phil atendeu o celular. Estava num intervalo para o almoço e de muito mau humor. As coisas não iam bem para seu cliente. Ele omitira evidências que agora vieram à tona: perdera dois casos de assédio sexual no Texas, antes de se mudar para São Francisco. Isso fez com que o cliente de Phil ficasse na pior.

— Sinto muito — disse Sarah com solidariedade. Ele estava possesso e pronto para matar o cliente. Era mais uma daquelas semanas. — Tive uma manhã incrível — disse ela, entusiasmada por tudo que tinha visto. Não importava o que os herdeiros decidissem sobre a casa, Sarah adorara a oportunidade de tê-la visto primeiro.

— É? Fazendo o quê? Inventando novos impostos? — perguntou em tom sarcástico e fazendo pouco caso. Ela detestava quando ele reagia assim.

— Não. Fui ver a casa de Stanley Perlman com a corretora. É o lugar mais lindo que já vi. Como um museu, só que melhor.

— Ótimo. Depois me conta — declarou ele, parecendo assoberbado e ansioso. — Telefono à noite depois da academia. — Desligou antes que ela pudesse dizer até logo, ou falar da casa, ou da foto de Lilli, ou da história que Marjorie lhe contara. De qualquer modo, não era coisa que despertasse o interesse de Phil. Ele gostava de esportes e negócios. Casas históricas nunca o haviam impressionado.

Sarah parou carro no estacionamento do escritório e pôs a foto de Lilli cuidadosamente na bolsa para não amassá-la ou dobrar os cantos. Dez minutos depois, já sentada em sua mesa, voltou a olhá-la. Sabia que em algum momento de sua vida havia visto aquela foto. Nutria a esperança de que, aonde quer que Lilli tenha ido após desaparecer, ela tenha encontrado o que procurava ou escapado daquilo de que fugia. E não importa o que tivesse acontecido, que a vida tivesse sido boa para as crianças. Sarah apoiou a foto na mesa, pensando se deveria mostrá-la aos herdeiros. Aquele rosto era inesquecível, cheio de juventude e beleza. O rosto de Lilli, como os muitos avisos de Stanley ao longo dos anos, lembravam Sarah que a vida era breve e preciosa, e o amor e a alegria, fugazes.

Capítulo 6

Na quinta-feira seguinte, Sarah já havia recebido notícias de todos os herdeiros de Stanley, menos dois: os primos mais velhos que viviam em lares de idosos em Nova York. Decidiu ligar para eles. Um estava sob tutela e sofria de Alzheimer. Sarah foi encaminhada à filha desse senhor, e a informou sobre a leitura do testamento de Stanley e o legado que este havia deixado para o pai dela. Sarah explicou que possivelmente o dinheiro teria de ficar sob custódia, dependendo das leis de inventário de Nova York, e passaria para ela e outros irmãos, que porventura existissem, por ocasião da morte do pai. A mulher chorou de tão agradecida, pois estavam tendo dificuldade para pagar a internação do pai, com 92 anos, e ele não devia viver muito mais tempo. O legado de Stanley não podia ter chegado em melhor hora. Disse que nunca ouvira falar nele, ou num primo do pai da Califórnia. Sarah prometeu lhe enviar uma cópia das partes do testamento referente a ambos, após a leitura oficial, supondo que haveria uma. O senhor com quem falara na semana anterior e que havia telefonado para ela de St. Louis tinha lhe assegurado que viria a São Francisco, embora também nunca tivesse ouvido falar de Stanley. Parecia vagamente constrangido, talvez devido à posição que ocupava como presidente de um banco. Sarah ficou com a impressão de que não precisava do dinheiro.

O segundo herdeiro que não havia respondido tinha 95 anos e não o fez porque pensou que se tratava de um trote. Lembrava-se perfeitamente de Stanley e contou que eles se detestavam quando crianças. Depois deu uma gargalhada. Parecia ser uma figura, e disse que ficara espantado ao saber que Stanley possuía algum dinheiro. Da última vez que o vira ou ouvira falar dele, Stanley era um garoto maluco que tinha ido para a Califórnia. Pensava até que já tivesse morrido. Ela prometeu lhe mandar uma cópia do testamento. Sabia que ia ter de falar com ele novamente para perguntar como queria dispor da casa.

Na quinta feira à tarde, a leitura do testamento foi marcada para a manhã da segunda-feira seguinte, no escritório dela. Doze dos herdeiros estariam presentes. O dinheiro tinha a capacidade de fazer com que as pessoas se dispusessem a viajar, até por um tio-avô desconhecido e de quem ninguém se lembrava. Stanley fora claramente a ovelha negra da família, cuja lã se tornara branca como a neve em função do legado deixado. Sarah não sabia dizer o montante em questão, mas lhes assegurou que era uma quantia apreciável. Teriam de esperar até segunda-feira para o restante das informações.

O último telefonema que recebeu na tarde foi de Marjorie, a corretora, que perguntou se Sarah estaria disponível para se encontrar com ela e os dois arquitetos especializados em restauração no dia seguinte, a única data possível para eles, que estavam indo para Veneza naquele fim de semana, para participar de um congresso sobre sua especialização. Sarah achou muito conveniente. Esse encontro lhe daria certamente mais munição para lidar com os herdeiros na leitura do testamento na segunda de manhã. Prometeu se encontrar com Marjorie e os arquitetos às três horas da tarde de sexta-feira. Ia fazer com que esta fosse a última reunião do dia. Então iria para casa para aproveitar o fim de semana. Isso lhe daria tempo para se descontrair e relaxar, antes da chegada de Phil algumas horas mais tarde, depois da academia. Quase não se falaram durante a semana. Ambos estiveram ocupados. E ele se mostrara de péssimo humor nas vezes em que conversaram. O advogado da outra parte fizera picadinho dele e de seu cliente. Esperava que o estado de espírito de Phil melhorasse consideravelmente até sexta à noite, ou seria um fim de semana bastante desagradável. Sabia como ele ficava quando estava perdendo, fosse o que fosse. Não era legal. E ela queria pelo menos passar um fim de semana decente com Phil. No momento, não estava nada otimista.

Marjorie e os dois arquitetos já estavam esperando quando Sarah chegou às três horas em ponto. A corretora disse que haviam chegado cedo e que ela não precisava se preocupar. Apresentou Sarah aos dois acompanhantes. O homem era alto, bem-apessoado e tinha o cabelo escuro como o de Sarah, e grisalho nas têmporas. Os olhos eram de um castanho caloroso e ele sorriu ao ser apresentado. Possuía um aperto de mão firme e um jeito agradável. Usava calça cáqui, camisa, gravata e blazer. Parecia ter uns 40 anos, sem nada de particularmente atraente. Não era excessivamente bonito e parecia competente, interessado e de trato fácil. Ela gostou do sorriso dele, que parecia iluminar o rosto e torná-lo mais atraente. Via-se logo que tinha uma personalidade agradável, e Sarah percebeu por que Marjorie gostava de trabalhar com ele. Mesmo após a troca de poucas palavras, ficava com a impressão de que ele tinha senso de humor e não se levava muito a sério. Chamava-se Jeff Parker.

A sócia dele, por outro lado, era exatamente o oposto. Enquanto ele era alto, tanto quanto Phil, ou mais, ela era miúda. O cabelo dele era escuro e arrumado, o dela, ruivo brilhante, tinha olhos verdes e pele aveludada, com algumas sardas. Ele sorriu quando Sarah se aproximou. Ela franziu a testa. Parecia irritada, uma pessoa difícil e raivosa. Ele era agradável, ela não. Usava uma jaqueta de caxemira verde brilhante, jeans azul e salto alto. Ele tinha uma aparência simples; ela era exibida, elegante de uma forma sexy e informal. Ele parecia um americano clássico, com blazer e calça cáqui. Quanto a ela, assim que pronunciou umas poucas palavras, Sarah percebeu que era francesa, e aparentava isso. Tinha estilo e certa desenvoltura na forma como se arrumava. Também parecia exalar uma espécie de irritação e aborrecimento por estar ali. Chamava-se Marie-Louise Fournier e, embora falasse com sotaque, seu inglês era fluente. Ela deixou Sarah imediatamente desconfortável e mostrava estar com pressa. Jeff estava relaxado, interessado na casa, como se tivesse o dia todo disponível. Marie-Louise consultou o relógio várias vezes, enquanto Sarah abria a porta, e falou em francês com Jeff. Qualquer que tenha sido a resposta dele em voz baixa, em inglês, deve tê-la acalmado, mas ainda mantinha um ar quase zangado por estar ali.

Sarah se perguntou se seria porque a chance de conseguirem o trabalho era ínfima. Estavam ali apenas como consultores. Marjorie os avisara que a casa seria quase certamente vendida no estado atual. Para Marie-Louise, isso significava que estavam perdendo tempo. Jeff quisera vir de qualquer jeito. Tudo o que a corretora contara sobre a mansão o fascinara. Era apaixonado por casas antigas como esta. Sua sócia não gostava de perder tempo. Jeff explicou a Sarah que ele e Marie-Louise eram parceiros, tanto profissional como na vida privada, há 14 anos. Tinham se conhecido na Escola de Belas-Artes de Paris, na qual ele estudava, e ficaram juntos desde então. Explicou, sorrindo, que Marie-Louise era uma refém relutante em São Francisco e passava três meses por ano na França. Disse com certo humor que ela odiava viver nos Estados Unidos, mas fazia isso por ele. Os olhos dela faiscaram ao ouvir isso, mas não fez qualquer comentário. Parecia ter a mesma idade de Sarah e tinha um físico fantástico. Dava a impressão de ser extremamente irritadiça e pouco amigável. Mas mesmo assim amoleceu quando Sarah os fez entrar na casa, e ela e Marjorie os guiaram por todos os lugares que haviam visto e descoberto anteriormente. Jeff ficou estarrecido ao pé da escadaria, olhando para o teto de três andares e para o incrível lustre. Até Marie-Louise ficou impressionada e fez um comentário em voz baixa para o sócio.

Percorreram a casa durante umas duas horas, examinando tudo diligentemente, enquanto Jeff fez copiosas anotações num bloco amarelo e Marie-Louise contribuiu com alguns comentários lacônicos. Sarah odiava ter de admitir, mas não gostava dela. A sócia a incomodava como uma pedra no sapato. E mesmo sem legendas, seus comentários pareciam ferinos. Ao chegarem à suíte principal, Marjorie confessou em voz baixa que tampouco gostava dela, mas disse que ambos trabalhavam bem e formavam uma excelente equipe. Porém Marie-Louise era muito difícil e não parecia feliz. Para Sarah, isso era evidente. Mas Jeff mais que compensava essa falha com o jeito caloroso, à vontade, e as extensas explicações. Informou que os lambris de madeira eram excepcionalmente valiosos, provavelmente do começo do século XVIII, e removidos de um *château* em algum lugar da França, o que provocou um comentário de Marie-Louise, desta vez em inglês.

— É incrível como os americanos desnudaram a França de tesouros que nunca deveriam ter saído do país. Hoje em dia isso seria impossível. — Olhou para Sarah como se ela fosse diretamente responsável por essa caricatura da cultura francesa. Tudo o que Sarah podia fazer era concordar. Não havia o que dizer. O mesmo se aplicava aos pisos, claramente mais antigos que a casa da Scott Street, presumivelmente removidos de um *château* na França e enviados para os Estados Unidos. Jeff esperava que os herdeiros não tentassem arrancar da casa o piso e os lambris para vendê-los em separado, provavelmente em algum leilão na Christie's ou na Sotheby's. Disse que alcançariam uma fortuna, mas que ele esperava que permanecessem onde estavam, o que também era o desejo de Sarah. Para ela, seria um crime canibalizarem a casa agora, após ela ter sobrevivido intacta por tanto tempo.

Ao terminarem a visita, sentaram-se nos degraus da escadaria e Jeff fez uma avaliação informal. Em sua opinião, modernizar a casa, ou seja, trocar a parte elétrica e hidráulica, instalando canos de cobre, custaria ao novo proprietário cerca de 1 milhão de dólares. Uma restauração mais superficial, embora atendendo ao código vigente, poderia ser feita pela metade disso, mas seria um desafio. Não se mostrou muito preocupado com a deterioração das madeiras nas janelas e nas portas de batente, alegando que isso era esperado e era uma surpresa o desgaste não ser maior. Não podia adivinhar o que iriam encontrar atrás das paredes ou debaixo do chão, mas ele e Marie-Louise haviam restaurado casas mais antigas do que esta na Europa. Exigiam muito trabalho, mas certamente não era impossível. Acrescentou que adorava este tipo de desafio. Marie-Louise não fez comentários ou disse uma palavra sequer.

Para Jeff, construir uma nova cozinha não era uma tarefa monumental, e concordou com Sarah e Marjorie sobre a transferência desta para o andar principal. Achava que o porão todo devia ser esvaziado e utilizado como depósito. O elevador podia ser modernizado na parte mecânica, preservando o aspecto original. O restante deveria permanecer como estava. Artesãos precisariam ser contratados para restaurar as madeiras, tratá-las e lustrá-las. Devia-se lidar com os lambris de madeira com muito cuidado e precisão. Todo o restante precisava de tinta, verniz ou polimento. Os lustres estavam perfeitos e podiam voltar a funcionar. Havia uma porção de detalhes a serem trabalhados e ressaltados. Luz indireta podia ser instalada. Tudo dependia da quantidade de trabalho e dinheiro que o novo proprietário quisesse investir. O exterior estava em bom estado, e a edificação da casa era sólida. Precisava de um novo sistema de aquecimento. Um novo proprietário poderia fazer muito, dependendo da quantia que se dispusesse a gastar e do quanto quisesse ostentar. Pessoalmente, ele adorava os banheiros como estavam. Achava-os lindos e parte integrante da casa. Podiam receber um encanamento moderno, sem interferir no aspecto atual.

— Basicamente é possível gastar aqui o dinheiro que quiser. Um milhão de dólares faria maravilhas e poria tudo no devido lugar. Se a ideia é ser econômico, dá para gastar metade disso, se for como eu, louco o suficiente para fazer parte do trabalho sozinho. Se desejar, pode gastar 2 ou mesmo 3 milhões, mas não é necessário. Esta é uma estimativa aproximada, mas posso fazer um cálculo mais preciso para você apresentar a um comprador em potencial. Por um milhão de dólares seria possível restaurar a casa, devolvendo-a a seu antigo esplendor. E é provável que possam fazer isso por metade dessa quantia — reafirmou —, se trabalharem duro para manter os custos baixos. Sem dúvida, levaria mais tempo, mas de todo modo um projeto como este não deve ser feito às pressas. Tem que ser feito como deve ser, com muito cuidado, caso contrário, detalhes importantes poderiam ser danificados e ninguém ia querer que isso acontecesse. Eu recomendaria uma pequena equipe que trabalhasse aqui de seis meses a um ano, proprietários dedicados que saibam o que estão fazendo e acreditem no projeto, e um arquiteto honesto que não os explore. Se caírem nas mãos de vigaristas, os custos podem chegar a 5 milhões de dólares, mas isso não deve acontecer. Marie-Louise e eu restauramos dois *châteaux* na França, no ano passado. Os custos dos dois ficaram em menos de 300 mil e ambos eram maiores e mais antigos do que este aqui. É mais fácil encontrar artesãos lá, mas estamos bem-servidos na baía de São Francisco — declarou, entregando a Sarah um cartão de visita. — Pode dar ao futuro comprador os nossos nomes. Teríamos prazer em nos reunirmos com ele para uma consulta, tendo ele interesse ou não em nos contratar. Adoro este tipo de casa. Gostaria de ver alguém realmente interessado em restaurá-la e fazer tudo como deve ser. Ficaria feliz em ajudar no que for preciso. E Marie-Louise é um gênio com detalhes. É uma perfeccionista. Juntos damos conta do recado. — Marie-Louise esboçou finalmente um sorriso. Sarah achou que, afinal, ela podia ser mais gentil do que parecia. Formavam um par interessante. Marie-Louise tinha um ar inteligente e capaz, só não era simpática. Parecia irritadiça e muito francesa. Jeff era caloroso, cooperativo e amigável, e Sarah já se sentia à vontade com ele. Trabalhar com Marie-Louise ia ser um desafio.

— Marjorie me disse que você e sua mulher estão indo para Veneza amanhã — comentou Sarah enquanto percorriam vagarosamente o hall em direção à saída. Tinham ficado na casa mais de duas horas. Já passava das cinco da tarde.

— Estamos sim — confirmou, sorrindo de forma simpática. Gostava da dedicação dela ao projeto e do óbvio respeito que sentia pela casa do antigo cliente.

Sarah pretendia obter o maior número de informações possível para transmiti-las aos herdeiros, de forma precisa, embora duvidasse que eles quisessem fazer qualquer obra. Obteriam um preço muito mais alto pela casa, no final das contas, se investissem em algumas melhorias, mas sabia que provavelmente não se preocupariam com isso. Só podia lhes transmitir as informações. O que fizessem com elas era problema deles. Sarah não tinha nenhum poder de decisão. As instruções vinham deles.

— Vamos ficar na Itália por duas semanas — explicou Jeff. — Pode entrar em contato conosco através do nosso número de celular europeu, se precisar. Vou passar para você. Vamos ficar em Veneza durante uma semana, para a conferência, depois uma semana em Portofino para descontrair. Pretendemos passar os últimos dias com a família de Marie-Louise, em Paris. E, a propósito — disse casualmente —, não somos casados. Somos sócios em todo o sentido da palavra — declarou, sorrindo para Marie-Louise, e ela pareceu de repente maliciosa e sexy. — Mas minha parceira não acredita em casamento. Acha que é uma instituição puritana, que corrompe uma boa relação. Deve estar certa, porque estamos juntos há muito tempo. — Eles trocaram sorrisos.

— Muito mais tempo do que eu esperava — disse Marie-Louise. — Pensei que fosse um romance de verão, e então ele me arrastou para cá, contra a minha vontade. Sou uma prisioneira nesta cidade — declarou impaciente e ele sorriu para ela. Há anos ouvia essa história, mas não se incomodava. Davam a impressão de gostar de trabalhar juntos, embora Sarah achasse que ele era bem mais jeitoso com os clientes do que ela, que era ríspida a ponto de ser rude.

— Marie-Louise tem tentado me convencer a me mudar para Paris desde que chegou. Mas eu cresci aqui e gosto. Paris é grande demais para mim, assim como Nova York. Sou um menino da Califórnia, e embora ela não o admita, gosta de muitas coisas daqui. Especialmente no inverno, quando Paris fica gelada e cinzenta.

— Não tenha tanta certeza! — apressou-se ela em responder. — Um dia desses ainda vou surpreender você e me mudar para Paris. — Para Sarah soou mais como uma ameaça do que um aviso, mas Jeff não tomou conhecimento das palavras agressivas.

— Temos uma casa ótima em Potrero Hill, que eu mesmo restaurei, antes que o lugar virasse moda. A nossa era a única residência decente em todo o quarteirão. Agora o bairro ficou badalado e estamos rodeados de lindas casas. Fiz todo o trabalho sozinho, com minhas próprias mãos. Adoro aquela casa — disse com orgulho.

— Não é tão boa como a de Paris — retrucou Marie-Louise com afetação. — Nossa casa em Paris fica no sétimo *arrondissement*. Essa fui eu que fiz. Passo todos os verões lá, enquanto Jeff insiste em congelar na neblina daqui. Detesto os verões em São Francisco. — Eram, sem dúvida, frios e cheios de neblina. Definitivamente ela não pretendia passar a vida nesta cidade, e falava de um jeito que não deixava dúvidas quanto a vontade de se mudar para Paris. Jeff não parecia preocupado. Provavelmente sabia que não passavam de ameaças em vão. Sarah achou estranho que depois de 14 anos juntos ainda não tivessem se casado. Marie-Louise parecia muito independente. Mas, do jeito dele, Jeff também. Ela reclamava muito, no entanto nunca o desviava do caminho.

Sarah agradeceu aos dois pela consultoria e pela honesta avaliação dele a respeito dos custos de uma restauração para seus clientes. O leque era vasto, dependendo da vontade do novo proprietário, da extensão em que queria restaurar a mansão e de quanto do trabalho necessário estava disposto a fazer sozinho. Sarah podia apenas transmitir a informação aos herdeiros.

Desejou a ambos uma boa viagem para Veneza, Portofino e Paris e, após alguns minutos, Marie-Louise e Jeff foram embora num Peugeot antigo que Marie-Louise disse ter trazido da França. Explicou também, ao entrar no carro, que não confiava nos carros americanos.

— Nem tampouco nos outros! — acrescentou Jeff, e todos riram.

— Ela é uma figura e tanto, não é? — comentou Sarah com Marjorie ao se dirigirem para os respectivos automóveis.

— É difícil trabalhar com Marie-Louise, mas ela é boa no que faz. Tem extremo bom gosto e muito estilo. Ela trata Jeff como lixo, e ele parece gostar. É sempre assim, não é? As megeras sempre ficam com os melhores caras. — Sarah riu do comentário. Ela não queria admitir, mas muitas vezes parecia ser verdade. — Ele é um gato, não é? — disse Marjorie com admiração, e Sarah sorriu.

— Não sei se o chamaria assim. — Phil era um gato, a seus olhos. Jeff, não, mas parecia ser boa pessoa. — Mas é um cara legal e parece ser um bom profissional. — Ele tinha uma óbvia paixão por casas antigas e amava seu trabalho.

— Os dois são. Eles se complementam. Doce e azedo. Parece funcionar, em casa e no escritório. Embora ache que tenham tido altos e baixos. De tempos em tempos, Marie-Louise se enche e volta para Paris. Uma vez, chegou a deixá-lo por mais de um ano, enquanto ele trabalhava num grande projeto para o qual o indiquei. Mas ela sempre volta, e ele a aceita quando ela retorna. Acho que Jeff é louco por ela, e ela sabe o que tem. Ele é sólido como uma rocha. É uma pena que nunca tenham se casado. Ele seria ótimo com crianças, embora ela não me pareça do tipo maternal.

— Talvez façam isso um dia — disse Sarah, pensando em Phil. O fim de semana estava prestes a começar. Essa era sua recompensa por todo o trabalho duro no escritório de advocacia.

— Quem pode saber o que faz um relacionamento funcionar — comentou Marjorie filosoficamente, e então desejou a Sarah uma boa reunião com os herdeiros na segunda-feira.

— Após a reunião eu aviso o que decidiram. — É claro que iam vendê-la. A única dúvida era em que condições, se restaurada ou não, e até que ponto. Sarah adoraria supervisionar o projeto, mas sabia que as chances eram quase nulas. Os herdeiros não pareciam dispostos a gastar 1 milhão de dólares na melhoria da casa de Stanley, nem mesmo a metade disso, para depois ficarem esperando de seis meses a um ano até ser vendida. Estava certa de que, na segunda-feira, diria a Marjorie para pôr a casa à venda no estado atual.

Sarah se despediu e foi para casa se preparar para receber Phil. Trocou os lençóis e fez a cama, depois se jogou no sofá com uma pilha de documentos trazidos do escritório. Às sete horas o telefone tocou. Era Phil, telefonando da academia. Não parecia bem.

— Tem alguma coisa errada? — perguntou Sarah. Ele parecia doente.

— Tem sim. Entramos num acordo hoje. Não consigo nem dizer o quanto estou furioso. Fomos trucidados. A merda do meu cliente foi pego com as calças na mão mais de uma vez. Não havia outra saída.

— Sinto muito, querido. — Ela sabia como ele odiava ter que desistir. Devia ter sido mesmo um caso perdido para ele ter feito isso. Normalmente, lutava até o fim. — A que horas você vem? — Estava ansiosa para se encontrar com ele. A semana dela tinha sido interessante, principalmente a parte referente à casa. Ela ainda não havia tido tempo de lhe contar nada, de tão absorvido que estava com o caso. Quase não tinham se falado durante a semana, e, quando conseguiam, ele estava muito ocupado.

— Não vou aí esta noite — respondeu Phil bruscamente, Sarah ficou chocada. Era raro ele cancelar completamente as noites de fim de semana, a não ser que estivesse doente.

— Não vem? — Ela estava ansiosa para vê-lo, como sempre.

— Não, não vou. Estou com um humor de merda e não quero ver ninguém. Amanhã vou me sentir melhor. — Ela ficou imediatamente desapontada ao ouvi-lo dizer isso, querendo que ele fizesse um esforço e viesse de qualquer jeito. Talvez até o animasse.

— Por que não vem depois da academia e esfria a cabeça? Podemos encomendar o jantar e eu faço uma massagem. — Ela parecia esperançosa e tentou ser convincente.

— Não, obrigado. Telefono amanhã. Vou ficar por aqui algumas horas. Talvez jogue squash para liberar minha agressividade. Hoje eu seria uma péssima companhia.

Parecia mesmo que sim, mas, de qualquer forma, ficou aborrecida por não estar com ele. Ela já o havia visto em péssimo humor antes, e não era nada agradável. Mas teria sido melhor ficar com ele, mesmo de mau humor, do que não vê-lo. Relacionamentos não implicavam estar juntos só nos bons momentos. Ela queria dividir com Phil os dias ruins também, mas ele foi categórico quanto a querer ficar em casa naquela noite. Ela ainda tentou, mas ele a interrompeu. — Esqueça, Sarah. Telefono amanhã de manhã. Durma bem. — Ele quase nunca fizera isso durante os quatro anos da relação. Porém, quando Phil estava aborrecido, o mundo parava, e ele queria pular fora.

Não havia coisa alguma a fazer. Sarah se sentou no sofá por um longo tempo, olhando para o espaço. Pensou no arquiteto que conhecera naquele dia, e na sua difícil companheira francesa. Lembrou-se de Marjorie ter dito que Marie-Louise já deixara Jeff várias vezes, tendo regressado a Paris, mas que sempre acabava voltando. Assim como Phil. Sabia que ia vê-lo na manhã seguinte, ou em algum momento do sábado, logo que ele estivesse disposto a telefonar. Mas não era grande consolo para uma noite de sexta-feira solitária. Ele nem sequer lhe telefonou ao chegar em casa. Ela ficou acordada até meia-noite, trabalhando, na esperança de falar com ele. Não falou. Quando Phil estava aborrecido por alguma razão, não havia espaço para mais ninguém em sua vida. O mundo girava em torno dele. Pelo menos era o que pensava. E, naquele momento, estava certo.

Capítulo 7

Phil não deu notícias até as quatro da tarde de sábado. Ligou para o celular de Sarah quando ela estava na rua e disse que continuava com o ânimo péssimo, mas prometeu levá-la para jantar para compensar. Apareceu às seis horas da noite, vestindo um casaco esportivo e suéter, com reserva feita num restaurante novo de que Sarah ouvira falar há semanas. A noite correu de forma agradável e contrabalançou o tempo em que estiveram separados. Phil chegou a ficar até mais tarde do que de costume no domingo, indo embora quando já era quase noite. Ele sempre a compensava após desapontá-la de alguma maneira, e por isso era difícil continuar zangada. Por essa razão não o tinha deixado, ainda. Ele ora soltava a corda, ora a recolhia, manipulando-a.

Durante o jantar no restaurante novo, ela lhe contara sobre a visita à casa de Stanley, mas era óbvio que ele não estava interessado. Respondeu que mais parecia um velho depósito de lixo. Não conseguia imaginar alguém querendo fazer todo aquele trabalho. Mudou de assunto antes que ela pudesse mencionar a reunião com os arquitetos. Simplesmente não era a dele. Estava mais predisposto a falar sobre uma nova causa que ia defender. Tratava-se de mais um caso de assédio sexual, mas desta vez bem menos complicado do que aquele que o obrigara a fazer um acordo naquela semana. Era, na verdade, fascinante do ponto de vista jurídico, e Sarah debateu com ele exaustivamente no domingo à tarde. Assistiram a um filme no apartamento dela e fizeram amor antes que ele fosse embora. O fim de semana havia sido curto, mas doce. Phil tinha um jeito especial para recuperar estragos, acalmar Sarah e resolver as situações, como vinha fazendo nos últimos quatro anos. Era uma arte.

Sarah estava bem-disposta quando saiu para trabalhar na segunda-feira e entusiasmada por se encontrar com os herdeiros de Stanley. Cinco deles não conseguiram deixar o trabalho e a vida em suas respectivas cidades. Doze viriam, e os dois primos de Nova York estavam muito velhos e doentes. Tinha pedido à secretária para preparar a sala de reuniões e servir café e folhados. Sabia que iam ter uma grande surpresa. Alguns já estavam esperando no hall quando ela chegou. Sarah pousou a pasta e foi cumprimentá-los. O primeiro foi o banqueiro de St. Louis. Era um homem distinto, por volta dos 60 anos. Ele já tinha dito que era viúvo, com quatro filhos adultos, e ela percebera, durante a conversa, que um deles precisava de cuidados especiais. Talvez, embora ele tivesse dinheiro, o legado de Stanley pudesse lhe ser útil.

Eram quase dez horas quando o último herdeiro finalmente entrou. Havia oito homens e quatro mulheres. Vários deles já se conheciam melhor do que conheceram Stanley, que era apenas um nome para alguns. Outros sequer tinham ouvido falar dele ou sabiam de sua existência. Duas mulheres e três homens eram irmãos. Moravam espalhados pelo país: Flórida, Nova York, Chicago, St. Louis, Texas. O texano usava um chapéu de caubói e botas muito gastas. Era o capataz de uma fazenda havia trinta anos, morava num trailer e tinha seis filhos. A mulher morrera na primavera anterior. Sarah notou, enquanto circulava entre o grupo, que os primos estavam gostando de conversar uns com os outros. Sarah ia sugerir que visitassem a casa de Stanley naquela tarde. Achou que eles deviam ao menos vê-la antes de decidir o que fazer com o imóvel ou como se desfazer dele. Resumira cuidadosamente numa única folha de papel as opções examinadas, junto com a avaliação de Marjorie, que era mais propriamente uma estimativa, pois há anos nada sequer remotamente comparável fora vendido ou mesmo existia ainda, e o estado atual da casa afetava seu preço. Sarah queria primeiro terminar a leitura do testamento.

O presidente de banco de St. Louis, Tom Harrison, sentou-se ao lado de Sarah na mesa de conferência. Ela quase achou que ele ia conduzir a reunião. Tom Harrison vestia um terno azul-escuro, uma camisa branca e uma conservadora gravata azul-marinho, e tinha os cabelos brancos impecavelmente cortados. Ao olhá-lo, Sarah não conseguiu deixar de pensar na mãe. Ele tinha a idade perfeita e estava um nível acima de qualquer um com quem a mãe saíra nos últimos anos. Formariam um bonito casal, Sarah pensou com um sorriso, enquanto examinava os herdeiros em torno da mesa. As quatro mulheres sentaram juntas, à direita, Tom Harrison estava à esquerda, e os demais haviam ocupado os lugares livres. O caubói, Jake Waterman, tirara o pé de cima da mesa. Esbaldava-se nos docinhos e estava na terceira xícara de café.

Todos ficaram atentos quando Sarah deu início à reunião. Os documentos estavam numa pasta à frente, bem como a carta manuscrita lacrada que Stanley entregara a outra advogada do escritório seis meses antes. Sarah não havia tomado conhecimento dela, e sua sócia, ao entregá-la naquela manhã, informou-lhe que Stanley deixara instruções para que não fosse aberta antes da leitura do testamento. Informara que se tratava de uma mensagem adicional aos herdeiros, mas que de maneira alguma alterava ou comprometia o que ele e Sarah haviam estabelecido. Tomara o cuidado de acrescentar uma linha ratificando e confirmando o testamento anterior, e garantiu à sócia de Sarah que estava tudo em ordem. Por respeito a Stanley, Sarah havia deixado a carta lacrada e planejava torná-la pública depois da leitura do testamento.

Os herdeiros a olhavam com clara expectativa. Ela estava satisfeita por eles terem vindo pessoalmente, em vez de apenas darem instruções para o envio do dinheiro. Stanley teria gostado de conhecer todos, ou quase todos. Sarah sabia que duas das mulheres eram secretárias e solteiras. As duas outras eram divorciadas e tinham filhos adultos, como a maioria; alguns mais novos que outros. Apenas Tom dava a impressão de não precisar do dinheiro. Os outros tinham feito um esforço para deixar os trabalhos e pagar a viagem até São Francisco. A impressão que se tinha era de que, para a maioria deles, a dádiva que iam receber mudaria suas vidas para sempre. Sarah sabia, melhor do que ninguém, que o valor que tinham para receber ia deixá-los surpresos. Ela achava emocionante dividir esse momento com os herdeiros. Só desejava que Stanley pudesse estar presente, e esperava que estivesse em espírito. Olhou os rostos de todos sentados em volta da mesa. Havia um silêncio mortal enquanto esperavam que ela falasse.

— Quero agradecer a todos por terem vindo. Sei que isso exigiu muito esforço da parte de alguns. Sei que sua presença aqui significaria muito para Stanley. Lamento por todos que não o conheceram. Ele era um homem notável e uma pessoa maravilhosa. Durante os anos em que trabalhamos juntos, aprendi a respeitá-lo e a admirá-lo muito. Me sinto honrada por conhecê-los e por ter tratado do espólio dele. — Tomou um gole de água e pigarreou. Abriu o arquivo à sua frente e dele retirou o testamento.

Sarah não se deteve mais que o necessário nos detalhes legais, explicando do que se tratava à medida que prosseguia. A maior parte era relativa a impostos e à forma como tinham protegido o espólio. Stanley havia reservado mais do que o suficiente para pagar os impostos de sucessão. As cotas do patrimônio deixadas por Stanley não seriam afetadas pelos tributos referentes aos governos federal e estadual. Todos pareceram tranquilizados. Tom Harrison entendia o assunto melhor que os demais. Sarah pegou, então, a lista dos legados, divididos em 19 cotas iguais.

Ela leu os nomes em ordem alfabética, incluindo os dos ausentes. Tinha uma cópia do testamento para cada um deles, para que pudessem examiná-la mais tarde ou entregá-la a advogados. Tudo estava em ordem. Sarah havia sido meticulosa.

Em seguida, Sarah leu a lista dos bens, com os valores atualizados até o último minuto, sempre que possível. Alguns eram mais nebulosos, caso das propriedades antigas adquiridas há muitos anos, como shoppings no Sul e no Centro-Oeste, mas para esses casos Sarah havia relacionado cifras comparáveis recentes, para que tivessem uma ideia do valor. Os herdeiros poderiam ficar individualmente com alguns desses bens; em relação a outros, precisariam tomar decisões sobre mantê-los como um grupo, vendê-los ou comprá-los uns dos outros. Sarah explicou cada situação em separado e disse que teria muito prazer em aconselhá-los, conversar com eles ou seus advogados e fazer recomendações baseadas em sua experiência com a carteira de investimentos e bens de Stanley. Algumas coisas ainda soavam como grego para os herdeiros.

Os bens de Stanley eram compostos de títulos, ações, terrenos, shoppings, edifícios de escritórios e de apartamentos e poços de petróleo, que se tornaram seu bem mais expressivo nos últimos anos, e ainda o mais valioso no futuro, na opinião de Sarah, principalmente diante do atual clima político internacional. O patrimônio apresentava uma substancial liquidez no momento de sua morte. E havia a casa, sobre a qual ela falaria detalhadamente depois da leitura do testamento, apresentando-lhes várias opções. Os herdeiros continuavam a encará-la silenciosamente, tentando apreender o que tinham acabado de ouvir, bem como a lista de bens que abrangia o país de leste a oeste. Era muito para absorver de uma só vez, e nenhum deles estava certo de ter compreendido tudo. Era quase uma língua estrangeira, exceto para Tom, que a olhava atentamente, sem acreditar no que ouvia. Embora ele desconhecesse os detalhes, percebia a implicação do que fora dito e estava gravando tudo mentalmente.

— Nos próximos dias entregaremos a vocês avaliações completas e precisas de cada um dos bens. Mas, com base no que já temos, e algumas estimativas bem aproximadas, o patrimônio de seu tio-avô está atualmente avaliado, depois de pagos os impostos que foram tratados separadamente, em 400 milhões de dólares. Segundo nossos cálculos, isso dará um legado em torno de 20 milhões de dólares por pessoa, ou seja, cerca de 10 milhões de dólares depois da tributação. Pode haver uma flutuação da ordem de algumas centenas de milhares de dólares, dependendo dos valores atuais do mercado. Mas acho que é seguro supor que a herança de cada um de vocês, após o pagamento dos impostos, será de 10 milhões de dólares para cada um. — Sarah se encostou no espaldar da cadeira e respirou fundo enquanto os herdeiros a olhavam em total silêncio, até que um súbito pandemônio irrompeu na sala, quando todos começaram a falar, estarrecidos e animados. Duas das senhoras choravam, e o caubói soltou uma exclamação de alegria que serviu para quebrar o gelo e provocou risos em todos, pois se sentiam exatamente como ele. Era inacreditável. Muitos tinham vivido de baixos salários ao longo da vida, alguns suprindo apenas as necessidades básicas, assim como Stanley no início.

— Caramba, como é que ele conseguiu tanto dinheiro? — perguntou um dos sobrinhos-netos. Ele fora um policial em Nova Jersey e acabara de se aposentar. Estava tentando começar uma pequena agência de segurança e, como Stanley, nunca se casara.

— Era um homem brilhante — disse Sarah baixinho, com um sorriso.

Era extraordinário participar de um momento e um acontecimento que iam mudar tantas vidas. Tom Harrison sorria. Alguns deles pareciam embaraçados, sobretudo os que nunca tinham ouvido falar de Stanley. Era como se tivessem acertado na loteria, só que melhor, porque alguém que eles sequer conheciam havia se lembrado deles e lhes dado o bilhete da sorte. Embora Stanley não tivesse a própria família, os parentes eram tudo para ele, mesmo sem conhecê-los. Pensava neles como os filhos que nunca tivera. Era a oportunidade, após a morte, de ser o pai amado e benfeitor. Sarah se sentia honrada por participar de tudo e desejava que ele pudesse ter visto isso.

Após enxugar os olhos, o caubói assoou o nariz e disse que ia comprar a fazenda, ou começar a construir a própria. Os filhos estudavam em escolas públicas e ele poderia então mandar todos para Harvard, com exceção do que estava na cadeia. Falou ao grupo ali reunido que ia voltar para casa, dar uma bronca no rapaz e contratar um advogado decente para defendê-lo. Ele havia sido apanhado roubando cavalos e vivia drogado. Agora talvez tivesse uma chance. Todos eles tinham. Stanley lhes proporcionara isso. Era seu presente póstumo para todos, incluindo aqueles que não apareceram. Gostava de todos igualmente. A própria Sarah estava quase chorando. Talvez fosse pouco profissional de sua parte, mas era uma experiência inesquecível dividir isso com eles. Era o evento único mais notável e significativo de seus 12 anos como advogada. Graças a Stanley.

— Todos aqui têm muito o que pensar — explicou Sarah, trazendo-os de volta à realidade. — Alguns bens serão individuais, outros vocês terão em conjunto. Listei-os separadamente e gostaria de conversar com vocês ainda hoje sobre o que pretendem fazer. O mais simples seria vender os que são comuns e dividir os lucros, dependendo da recomendação de nossos consultores. Em alguns casos, pode não ser a hora ideal para isso, mas, se assim decidirem, procederemos à venda quando for apropriado. — Sabia melhor do que os presentes que isso podia levar meses, e, em alguns casos, anos. Mas também explicou que a quantia individual do legado era de aproximadamente 7 ou 8 milhões de dólares para cada um. O restante viria mais tarde, após as vendas dos bens comuns. Stanley havia tentado simplificar tudo, sem prejuízo para os investimentos. Não queria provocar uma guerra entre os 19 parentes, conhecendo-os ou não. E, com a ajuda de Sarah, tinha feito um trabalho brilhante na divisão do patrimônio, para que fosse possível dispor dele com facilidade.

— Há também a questão da casa em que seu tio-avô morava — prosseguiu Sarah. — Eu estive lá na companhia de uma corretora na semana passada para tentar obter uma avaliação concreta. É um lugar incrível, e acho que deveriam visitá-la. Foi construída na década de 1920 e, infelizmente, nunca foi reformada, renovada ou modernizada. É quase um museu. O tio-avô de vocês morava numa pequena parte, no sótão, na verdade. Nunca usou a ala principal, que permaneceu intocada desde 1930, quando ele a comprou. Pedi a arquitetos especializados em projetos de restauração que a examinassem na última sexta-feira, para me dar uma estimativa de quanto custaria modernizá-la de acordo com a legislação vigente. Há uma ampla gama de possibilidades quanto à abrangência do trabalho a ser feito. Seria possível gastar um mínimo de 500 mil dólares para limpá-la, torná-la habitável, restaurá-la de acordo com os códigos em vigor, ou dez vezes mais do que isso se a ideia for remodelá-la e devolvê-la a seu antigo esplendor. O mesmo se aplica à venda da casa. A corretora disse que poderíamos obter entre 1 e 20 milhões por ela, dependendo de quem a compre e dos valores atuais do mercado imobiliário. No estado em que está, não deverá valer muito, devido à enormidade do projeto, além do fato de não haver muitas pessoas dispostas a morar numa mansão daquele tamanho hoje em dia. São quase 3 mil metros quadrados de construção. Ninguém quer, ou mesmo conseguiria encontrar o pessoal necessário para manter uma residência tão grande. Minha recomendação seria vendê-la. Talvez limpá-la, retirar as madeiras das janelas, lustrar o chão e uma demão de tinta nas paredes, mas colocá-la no mercado praticamente como está, sem arcar com os trabalhos de eletricidade, encanamento e reforma para atender os códigos atuais. Isso custaria uma fortuna. A não ser que algum de vocês estivesse disposto a adquirir as partes dos demais, mudar-se para São Francisco e ir morar lá. Pensei em visitarmos a residência esta tarde. Pode ajudar a tomar uma decisão. É uma bela casa antiga que, por si só, vale conhecer.

Antes mesmo que ela terminasse, os herdeiros já recusavam a hipótese. Nenhum deles tinha planos de se mudar para São Francisco, e concordaram, depois de conversarem, que um projeto de reforma daquela magnitude era a última coisa que desejariam.

— Venda — disse um dos parentes.

— Se livre dela — acrescentou outro.

— Isso mesmo — concordou mais um.

— Coloque no mercado — sugeriu alguém.

Até a demão de tinta e a limpeza básica sugeridas foram recusadas. Sarah ficou triste com a decisão. Era como jogar fora uma beldade antiga. Seu tempo havia passado, e ninguém queria mais nada com ela. Os outros herdeiros teriam de ser consultados, é claro, mas, como sequer tinham vindo a São Francisco para a reunião, era pouco provável que tivessem uma opinião diferente.

— Gostariam de visitá-la esta tarde? — Só Tom Harrison teria disponibilidade, embora também fosse favorável à venda. Disse que poderia passar por lá a caminho do aeroporto. Todos os outros tinham de pegar voos de volta no início da tarde, e de forma unânime pediram a Sarah para pôr a casa no mercado e vendê-la do jeito que estava. Os legados de Stanley eram tão generosos, e eles estavam tão entusiasmados, que a venda da residência e o que conseguiriam com isso parecia não fazer diferença. Ainda que conseguissem 2 milhões de dólares, só daria a cada um deles um adicional de 100 mil que, após os impostos, seria menos ainda. Para eles, agora, isso era uma migalha. Uma hora atrás, teria caído do céu. Agora não significava nada. Era impressionante como a vida podia mudar num único e inesperado momento. Sarah sorriu ao olhar em volta da mesa. Todos pareciam decentes, e ela tinha a sensação de que Stanley gostaria deles. Os que compareceram pareciam pessoas íntegras, de bem, que ele gostaria de ter como membros da família. E eles estavam realmente extasiados pelo parentesco com Stanley.

Sarah pediu novamente a atenção deles, embora agora com mais dificuldade. Estavam ansiosos para sair da sala e entrar em contato com esposas, irmãos e filhos. Era uma grande notícia para todos e queriam compartilhá-la. Sarah lhes garantiu que o dinheiro começaria a ser distribuído dentro dos próximos seis meses, talvez mais cedo, dependendo da questão da validação. O espólio de Stanley estava extremamente em ordem.

— Tenho um último item a tratar. Aparentemente, Stanley, seu tio-avô, me pediu para ler uma carta. Só hoje fiquei sabendo que foi entregue a uma das minhas sócias seis meses atrás e que contém um codicilo ao testamento, que ainda não vi. Minha sócia me deu isto esta manhã e me informou que Stanley queria que fosse lida após o pronunciamento do testamento, o que já fizemos. Como a recebi lacrada, não tenho ideia de seu conteúdo. Mas me asseguraram que em nada altera o testamento. Com sua permissão, passo a ler. Depois posso mandar fazer cópias para todos. Está lacrada, por instrução dele, desde que minha colega a recebeu. — Sarah supunha se tratar de uma mensagem amável, ou alguma pequena adição, aos herdeiros que nunca iria encontrar. Era o lado doce e áspero de Stanley que Sarah conhecera e amava. Abriu o envelope com um abridor de cartas que trouxera para essa finalidade. Todos tentaram ouvir educadamente, embora houvesse uma eletricidade e uma animação palpáveis na sala, por tudo que tinham ouvido antes. Quase não conseguiam ficar sentados, e quem poderia culpá-los? Ela também estava entusiasmada por eles. Ficara emocionada só de anunciar a dádiva. Era apenas a mensageira, mas mesmo assim fora uma alegria. Teria gostado de ficar com alguma lembrança sentimental de Stanley, mas não havia nada, apenas livros e roupas que foram doados a uma associação beneficente. Ele não possuía uma só peça que valesse a pena guardar. A vasta fortuna e a casa eram tudo. Não tinha literalmente mais nada. Só dinheiro. E 19 estranhos a quem deixá-lo. Dizia muito sobre a vida dele e sobre quem havia sido. Mas Stanley fora importante para ela, tanto quanto agora era para eles. Nos últimos anos de sua vida, Sarah fora, de fato, a única pessoa que amara. E ela retribuíra esse afeto.

Sarah pigarreou mais uma vez e começou a ler a carta. Ficou surpresa ao notar que segurava o papel com mãos trêmulas. Havia qualquer coisa de profundamente comovente naquela caligrafia vacilante que se espalhava pelo papel, e, na última linha, como prometera, a carta ratificava o atual testamento, testemunhada por duas das enfermeiras. Tudo estava em ordem, mas Sarah sabia que estas eram as últimas palavras que leria do amigo Stanley, embora fossem de caráter oficial e não dirigidas a ela. Eram como um último murmúrio vindo da sepultura, um último adeus a todos. Ela nunca mais veria aquela caligrafia ou ouviria a voz dele. Esse pensamento fez com seus olhos se enchessem de lágrimas, enquanto lutava para manter a voz firme. Sob vários aspectos, ele havia significado mais para ela, como cliente e amigo, do que para qualquer um dos presentes.

— Para os meus caros parentes e para minha amiga e advogada, Sarah Anderson, a melhor no ramo e uma pessoa maravilhosa — pronunciou com os olhos marejados. Respirou profundamente e continuou: — Gostaria de tê-los conhecido. Gostaria de ter tido filhos e ter envelhecido junto a eles e dos possíveis netos, e de vocês. Passei a minha vida toda ganhando o dinheiro que agora lhes deixo. Utilizem-no bem, façam coisas que sejam importantes para vocês. Permitam que faça diferença em suas vidas, mas não que *seja* a própria vida, como aconteceu comigo. É só dinheiro. Usufruam dele. Tornem suas vidas melhores por conta dele. Dividam-no com seus filhos. Se não têm filhos, tratem logo de tê-los. Eles serão a maior dádiva que já receberam. Este é o meu presente para vocês. Talvez esteja na hora de gozarem de novas vidas, ou de aproveitarem novas oportunidades, novos mundos que gostariam de descobrir e agora podem, antes que seja tarde. O presente que quero dar é o de opções e oportunidades, de uma vida melhor para vocês e para aqueles que lhes são caros, não apenas dinheiro. No final, o dinheiro nada significa, exceto pela alegria que lhes proporciona, pelo que fizerem com ele e com as vidas sob sua influência, pela diferença que fazem para quem vocês amam. Durante a maior parte da minha vida, não amei ninguém. Apenas trabalhei duro e enriqueci. A única pessoa que amei nos últimos anos de minha vida foi Sarah. Gostaria que ela tivesse sido minha filha ou minha neta. Ela é tudo que eu gostaria que uma filha fosse.

"Não sintam pena de mim. Tive uma vida boa. Fui feliz. Fiz o que queria. Foi emocionante fazer uma fortuna, criar algo do nada. Vim para a Califórnia aos 16 anos, com 100 dólares no bolso. Cresceram um bocado desde então, não foi? Mostra o que se pode fazer com 100 dólares. Portanto, não desperdicem esse dinheiro. Façam algo significativo com ele. Algo que lhes seja importante. Tenham uma vida melhor, abandonem empregos que detestam, ou que os sufocam. Permitam-se crescer e se sentir livres com este presente. Meu desejo para vocês é felicidade, qualquer que seja o significado para cada um. Para mim, felicidade foi fazer uma fortuna. Em retrospecto, gostaria de ter tido tempo também para formar uma família, mas não o fiz. Vocês são minha família, embora não me conheçam e eu não os conheça. Não deixei meu dinheiro para a Sociedade Protetora dos Animais, porque nunca gostei muito de cães e gatos. Não deixei para associações beneficentes, porque elas recebem bastante de outras pessoas. Deixei-o para vocês. Usem-no.

Divirtam-se com ele. Não o desperdicem ou o acumulem. Sejam melhores, mais felizes e mais livres, porque agora o possuem. Permitam que os ajude a concretizar seus sonhos. Este é meu presente para vocês. Sigam seus sonhos.

"Quero também agradecer à minha querida, amada Sarah, minha jovem amiga e advogada. Ela tem sido como uma neta para mim, a única família que tive desde a morte de meus pais quando eu ainda era menino. Tenho muito orgulho dela, embora ela trabalhe demais. Não faça isso, Sarah! Espero que aprenda uma lição comigo. Conversamos muito sobre isso. Quero que saia e construa uma vida para você agora. Já a mereceu. Já trabalhou mais do que muitas pessoas em toda a vida delas, exceto eu, talvez. Mas não quero que seja igual a mim. Quero que seja melhor. Quero que seja você mesma, o melhor que puder. Não digo isso a ninguém há cinquenta anos, mas quero que saiba que amo você, como uma filha, ou neta. Você é a família que nunca tive. Estou grato por cada momento que passou comigo, sempre trabalhando demais, ajudando-me a salvaguardar meu dinheiro dos impostos, para que eu pudesse deixá-lo para meus parentes. Graças a você, eles têm mais dinheiro, e espero que venham a ter vidas melhores agora, devido ao seu e ao meu trabalho.

"Quero lhe dar um presente. E quero que meus parentes saibam por que o fiz. Porque a amo e você merece. Ninguém merece mais do que você. Ninguém merece uma boa vida mais do que você, uma vida ótima mesmo. Quero que a tenha, e, se meus parentes criarem dificuldades para você, voltarei do túmulo para lhes dar uns cascudos. Quero que usufrua do presente que vou lhe dar e faça algo maravilhoso com ele. Não se limite a investi-lo. Use-o para viver melhor. Estando com a mente sã num corpo totalmente deteriorado, droga, eu lego a você, Sarah Marie Anderson, a soma de 750 mil dólares. Achei que 1 milhão faria com que ficasse nervosa, e talvez aborrecesse os demais, e meio milhão não me pareceu suficiente, portanto, fiquei no meio-termo. Sobretudo, querida Sarah, tenha uma vida maravilhosa e feliz, e saiba que estarei olhando por você com amor e agradecimento, sempre. Para todos os demais, meus melhores votos e meu amor, junto com o dinheiro que lhes deixei. Fiquem bem, continuem bem e que seus dias sejam felizes e produtivos junto às pessoas que amam.

"Nesta data, eu, Stanley Jacob Perlman."

Concluíra com a assinatura familiar que Sarah tinha visto tantas vezes em documentos anteriores. Era seu último adeus para ela e todos os demais. As lágrimas escorriam pelo seu rosto quando pousou a carta e olhou para os outros. Com a voz rouca, cheia de emoção, falou que nunca, jamais esperara receber coisa alguma dele, nem estava certa de poder fazer isso agora. Mas sabia também que o codicilo feito por uma das sócias, e não por ela, tornava o documento legítimo. Ele havia feito tudo de acordo com as regras.

— Não tinha ideia do conteúdo desta carta. Há alguma objeção? — indagou, disposta a abrir mão do legado. Eles eram parentes de Stanley, ela, apenas a advogada, embora o tivesse amado verdadeiramente, e eles não.

— Claro que não — disseram as senhoras em uníssono.

— Diabos, não — acrescentou Jake, o caubói. — Ouviu o que ele disse, que se tivéssemos objeções, ele voltaria para nos dar uns cascudos. Não preciso de nenhum fantasma apoquentando minha vida. Dez milhões livres de impostos está muito bom para mim e meus filhos. Talvez até compre uma esposa jovem e sexy.

— Os outros riram do comentário dele, e todos fizeram gestos de assentimento. Tom Harrison se pronunciou a favor, enquanto dava palmadinhas na mão dela. Uma das senhoras lhe deu um lenço de papel para assoar o nariz. Sarah, de tão comovida, estava quase soluçando. A melhor parte fora ele ter dito que a amava. Embora estivesse beirando os 100 anos no período em que conviveram, ele havia sido o pai que ela não tivera, o homem que ela mais respeitara na vida; na realidade, o único. Homens bons não foram abundantes para Sarah.

— Parece que você merece o legado bem mais do que nós, Sarah. Ficou bem claro que você lhe deu muito conforto e alegria, além de nos poupar muito dinheiro — comentou Tom Harrison, e todos concordaram e sorriram. — Lamento muito a sua perda — acrescentou Tom, o que só fez com que ela chorasse ainda mais.

— Sinto falta dele, de verdade — disse ela. E todos podiam ver que sentia mesmo, e alguns gostariam de ter podido abraçá-la, mas não o fizeram. Ela era a advogada, e eles não a conheciam, embora a emoção estivesse correndo solta. Stanley os afetara profundamente e abalara seus respectivos mundos até o âmago.

— Você fez com que os últimos dias dele fossem mais felizes, por tudo que ele escreveu na carta — disse uma das senhoras bondosamente.

— Raios, é isso aí, e agora você é quase uma milionária — acrescentou Jake e Sarah riu.

— Não tenho ideia do que fazer com o dinheiro. — Como sócia, ganhava um bom salário, participava dos lucros do escritório e nunca passara por grandes problemas financeiros. Não havia nada que realmente quisesse. Apesar dos pedidos de Stanley, ia fazer bons e sólidos investimentos. Dificilmente deixaria o trabalho para começar a comprar casacos de vison e fazer cruzeiros, embora ele pudesse ter apreciado isso. Mas não era do feitio de Sarah se entregar a esses luxos, mesmo agora que podia. Ela poupava boa parte do que ganhava.

— Nós também não — ecoaram várias vozes ao redor da mesa.

— Todos nós teremos que pensar no que fazer com o dinheiro. É óbvio que Stanley queria que tivéssemos uma boa vida — disse solenemente um senhor ao lado de Jake. Estava sentado entre o caubói do Texas e o policial de Nova Jersey. Ela ainda não decorara os nomes de todos. — E você também, Sarah — acrescentou. — Você ouviu o que ele disse. Use-o. Não acumule. Siga seus sonhos. — Ela não tinha a menor ideia de quais eram seus sonhos. Nunca havia parado para se fazer essa pergunta.

— Sou mais de acumular do que de gastar — admitiu Sarah e, em seguida, se levantou e sorriu para todos. Houve apertos de mão e abraços pela sala. Vários a abraçaram. Todos pareciam em estado de choque ao sair. Fora uma manhã inacreditável. A recepcionista chamou táxis para levá-los ao aeroporto. A secretária de Sarah entregou a cada um deles um envelope de papel pardo contendo uma cópia do testamento e alguns documentos sobre os investimentos. A última palavra em relação à casa tinha sido vendê-la no estado atual. Instruíram Sarah para que a pusesse imediatamente no mercado e obtivesse o que fosse possível por ela. Tom Harrison havia concordado em visitar o local por gentileza, mas ela sabia que tampouco ele estava interessado. Ninguém estava. Era um elefante branco em outra cidade de que ninguém precisava ou que nenhum deles queria. E é provável que nem fossem precisar do dinheiro. A mansão da Scott Street nada significava para eles. Mesmo para Sarah só tinha valor pela beleza, e porque seu querido amigo Stanley, agora seu incrível benfeitor, vivera no sótão. Mas mesmo ela, com a recente fortuna, não sabia o que fazer com a residência, embora não tivesse voz nessa questão. A decisão de vendê-la fora deles.

Sarah deixou Tom Harrison na sala de reunião e telefonou para Marjorie do escritório. Contou-lhe o que tinham decidido e perguntou se ela poderia encontrá-la na casa dentro de meia hora, para mostrá-la a um dos herdeiros. Mas avisou que se tratava de uma visita por pura formalidade. Cada um deles havia assinado um documento com instruções para que a casa fosse vendida no estado atual, pelo preço que Sarah e Marjorie estipulassem. Tinham deixado tudo em suas mãos.

— Vamos arrumá-la um pouco? — perguntou Marjorie, esperançosa.

— Receio que não. Eles me pediram para contratar os serviços de uma empresa de manutenção, desentaipar as janelas, jogar fora as cortinas em farrapos e vendê-la do jeito que está. — Sarah ainda tentava entender o legado que recebera de Stanley e procurava se recuperar emocionalmente da afetuosa carta, que tinha tocado diretamente seu coração. Pela primeira vez, sua voz soava menos profissional, um pouco abalada e distraída. As palavras carinhosas de Stanley e o generoso presente faziam com que ela sentisse mais do que nunca a falta dele.

— Isso vai afetar o preço — disse Marjorie, entristecida. — Odeio ter que vender uma casa daquelas como se estivesse em liquidação. Merecia mais. Vai ser um verdadeiro achado para quem comprá-la por uma ninharia.

— Eu sei. Também odeio fazer isto. Mas eles não querem ter dor de cabeça. A casa não representa nada para eles e, após dividir o valor em 19 partes, o dinheiro que vão receber, perto do restante, não representa grande coisa.

— É uma pena mesmo. Encontro com você em meia hora. Tenho um compromisso marcado para a duas, bem perto de lá. Não deve levar muito tempo, ainda mais se tratando de uma visita apenas simbólica, sem um real interesse por trás.

— Vejo você lá — disse Sarah, e foi encontrar Tom Harrison na sala de reunião. Ele estava falando com o escritório no celular e desligou rapidamente.

— Foi uma manhã e tanto — disse, ainda recuperando o fôlego. Como os outros, também estava abalado. Presumira que se tratava de um espólio modesto e tinha vindo por respeito a um parente que lhe deixara uma herança. Era o mínimo que poderia fazer.

— É, para mim também — admitiu Sarah, ainda atordoada pela carta de Stanley. Setecentos e cinquenta mil dólares. Era mais que espantoso, era de tirar o fôlego. Estarrecedor. Com o que tinha economizado ao longo dos anos como sócia no escritório de advocacia, possuía agora mais de 1 milhão de dólares, e se sentia uma mulher rica, embora estivesse determinada a não permitir que isso mudasse seus hábitos, ou sua vida, apesar dos conselhos de Stanley. — Gostaria de comer um sanduíche ou qualquer outra coisa antes de visitarmos a casa? — perguntou educadamente a Tom Harrison.

— Acho que não ia conseguir comer. Preciso de um tempo para absorver tudo isto. Mas tenho de admitir que estou curioso para ver a casa. — Os outros não estavam.

Foram no carro de Sarah. Quando chegaram, Marjorie os esperava. Tom Harrison também ficou impressionado com a residência, mas continuou satisfeito por terem decidido coletivamente vendê-la. Era um extraordinário e venerável pedaço de história, mas impossível de ser habitado, na opinião dele, no mundo de hoje.

— Ninguém mais vive assim. Tenho uma casa de 370 metros quadrados nos arredores de St. Louis e não consigo alguém para limpá-la. Uma mansão como esta é um verdadeiro pesadelo, e, se não é possível vendê-la para hotelaria por causa das restrições nesta zona, provavelmente vamos ficar empacados com ela por muito tempo.

— Pode ser que sim — admitiu Marjorie, embora soubesse que o mercado imobiliário era cheio de surpresas. Às vezes, uma casa que ela supunha invendável era comprada cinco minutos após a oferta, enquanto outras, que ela jurava que seriam imediatamente vendidas pelo preço pedido, não saíam. Não havia como prever o gosto, algumas vezes até mesmo o valor, no setor imobiliário. Era tudo muito pessoal e quixotesco.

Com pesar, Marjorie sugeriu vendê-la por 2 milhões de dólares, dado seu estado de conservação. Sarah sabia que os herdeiros não iam se incomodar se a casa fosse vendida por menos, queriam apenas se livrar dela. Tom concordou.

— Vamos anunciá-la por 2 milhões e ver o que acontece — propôs Marjorie. — Sempre se pode considerar outras propostas. Vou contratar um serviço de limpeza e depois preparar um *open house* para os corretores. Não sei se consigo fazer isso antes do Dia de Ação de Graças, que é na semana que vem, mas prometo que estará à venda uma semana depois. Terei um *open house* para os corretores na terça-feira após o feriado. Pode estar oficialmente à venda no dia seguinte. Provavelmente será comprada por alguém que tentará fazer com que o município mude as regras do planejamento urbano. Daria um pequeno hotel magnífico, se os vizinhos concordarem, embora eu duvide. — Ambas sabiam que uma batalha como essa poderia durar anos, com resultado provavelmente negativo. Os habitantes de São Francisco eram muito resistentes à presença de imóveis comerciais em seus bairros residenciais. E quem poderia culpá-los?

Tom pediu para ver os aposentos onde Stanley tinha vivido, e foi com o coração pesado que Sarah subiu com ele a escada dos fundos. Era a primeira vez que a via sem a presença de Stanley. A cama hospitalar ainda estava lá, mas ele não. Agora, parecia uma concha vazia. Ela se virou, com os olhos cheios de lágrimas, e voltou para o hall, acompanhada por Tom Harrison, que a consolava com tapinhas no ombro. Ele era um homem bom, e parecia ser um bom pai. Ela ficara sabendo, enquanto esperavam pelo começo da reunião, que a filha dele com necessidades especiais era cega e tinha uma lesão cerebral causada pela falta de oxigênio durante o parto prematuro. Tinha 30 anos, morava com ele e era tratada por enfermeiras. Vinha sendo particularmente difícil para Tom cuidar dela depois que a mulher faleceu, pois dedicava a maior parte do tempo à filha deficiente. Mas ele não a queria numa instituição. Como tantas coisas na vida, era um grande desafio, e ele parecia estar à altura.

— Não posso acreditar que Stanley tenha vivido num quarto de empregada no sótão durante toda a vida — disse Tom tristemente enquanto desciam as escadas. — Que homem incrível deve ter sido. — E mais do que um pouco excêntrico.

— Ele era — confirmou Sarah baixinho, tornando a pensar no inacreditável legado que recebera. Assim como os outros, ainda não conseguira assimilar os últimos acontecimentos. Tom continuava em choque por conta da herança. Dez milhões de dólares.

— Fico contente que ele tenha se lembrado de você no testamento — comentou Tom generosamente, ao chegarem ao hall principal. O táxi que ela tinha chamado para levá-lo ao aeroporto estava à espera. — Telefone se alguma vez for a St. Louis. Tenho um filho da sua idade. Acabou de se divorciar e tem três filhos adoráveis. — Ela riu diante da sugestão e ele, de repente, ficou encabulado. — Presumo, pela carta de Stanley, que não é casada.

— Não, não sou.

— Bom. Então venha a St. Louis. Fred precisa conhecer uma mulher como você.

— Mande-o para São Francisco. E me telefone você também, se vier a negócios — disse Sarah calorosamente.

— Farei isso, Sarah — disse ele em tom paternal, abraçando-a. Haviam se tornado amigos numa única manhã e se sentiam quase aparentados, e isso por causa de Stanley. Estavam unidos por sua generosidade e benevolência, uma bênção para todos eles. — Se cuide — disse Tom gentilmente.

— Você também — respondeu ela ao acompanhá-lo até o táxi, sorrindo sob o pálido sol de novembro. — Adoraria apresentá-lo à minha mãe — acrescentou maliciosamente, e ele riu.

Ela estava brincando, mas não era má ideia, embora achasse que Audrey seria uma pedra no sapato de qualquer homem. E Tom parecia normal demais para ela. Não havia nada de disfuncional nele. Ela não teria razão para frequentar um grupo de 12 passos caso se envolvesse com ele, e, então, o que Audrey faria? Sem um alcoólatra em sua vida, ela ficaria entediada.

— Está bem. Vou trazer Fred até aqui e jantaremos com sua mãe.

Sarah acenou para Tom enquanto o táxi se distanciava e então entrou na casa para acertar os detalhes com Marjorie. Sarah estava satisfeita por ter ido ao quarto de Stanley com Tom. Quebrara o feitiço. Não havia nada ali do que se esconder ou do que lamentar. Era só um quarto vazio, a concha na qual ele vivera e da qual se libertara. Stanley tinha ido embora e viveria para sempre em seu coração. Era difícil se conscientizar de que, de repente, as circunstâncias de sua vida haviam mudado dramaticamente. Para ela, a necessidade de reajuste era menor do que a dos outros, mas tinha sido uma grande dádiva dos céus. Sarah decidiu que não ia contar a ninguém por enquanto, nem à mãe, nem a Phil. Precisava primeiro se acostumar com a ideia.

Sarah e Marjorie conversaram sobre o serviço de manutenção e a abertura da casa para visitação pelos corretores. Ela assinou um documento confirmando o preço estipulado em nome dos herdeiros. Tinham assinado uma procuração no escritório, autorizando-a a vender a mansão e a conduzir a negociação. Um documento idêntico fora enviado por fax àqueles que não haviam comparecido, para as respectivas assinaturas. Ela e Marjorie concordaram que demoraria a ser vendida, a não ser que um eventual comprador tivesse muita imaginação ou fosse apaixonado por história. Uma casa desse tamanho, e no estado em que se encontrava, ia apavorar a maioria das pessoas.

— Tenha um bom Dia de Ação de Graças — desejou Marjorie —, se não nos encontrarmos antes disso. Vou mantê-la informada sobre a visita dos corretores.

— Obrigada. Bom feriado. — Sarah sorriu e entrou no carro. O feriado caía na semana seguinte, ainda faltavam dez dias. Phil estaria fora com os filhos, como sempre. Costumava ser um período sossegado para ela, mas antes disso ainda tinha um fim de semana com ele.

Phil telefonou para o celular de Sarah quando ela estava a caminho do escritório e perguntou como havia corrido a reunião com os herdeiros.

— Ficaram atônitos? — perguntou ele, interessado. Ela ficou surpresa por ele ter lembrado e telefonado para saber. Normalmente se esquecia das coisas em que ela vinha trabalhando, mas, dessa vez, registrara.

— Com toda certeza. — Ela nunca lhe dissera qual o montante em questão, mas ele próprio chegara à conclusão de que era uma bolada.

— Sacanas sortudos. Esse é um bom jeito de ficar rico. — Sarah não revelou que também acabara de ficar rica, porque ainda não queria falar sobre isso. Mas sorriu diante do comentário e ficou imaginando o que ele diria se ela contasse que também era uma sacana sortuda. Merda, não apenas sortuda, virara de repente uma menina rica. Sarah se sentia como uma herdeira, enquanto seguia para o centro. E então ele a surpreendeu, como às vezes fazia. — Tenho más notícias, meu bem — comunicou, e ela sentiu o habitual peso de uma âncora no coração. Más notícias para ele normalmente significavam menos tempo com ela. E tinha razão. — Tenho que ir à Nova York na quinta-feira. Vou ficar lá até terça ou quarta da semana seguinte, tomando depoimentos de um novo cliente. Só vou te ver depois do feriado. Pego as crianças na noite em que chegar em São Francisco e vamos direto para Tahoe. Você sabe como a coisa funciona.

— É, eu sei — disse Sarah, tentando levar na esportiva. Diabos, tinha acabado de herdar quase 1 milhão de dólares. A vida não podia ser tão ruim. Estava apenas desapontada porque não ia vê-lo. Seriam quase três semanas até que o encontrasse de novo desde o fim de semana anterior. Era tempo demais para eles. — Que pena.

— De qualquer forma, você vai passar o Dia de Ação de Graças com sua mãe e sua avó — argumentou Phil, com a intenção de convencê-la de que estaria muito ocupada para vê-lo, o que não era o caso. Ela ficaria na casa da avó durante algumas horas, como sempre, e depois teria três dias solitários sem ele. E é claro que ele não compensaria isso passando mais tempo com ela na semana seguinte. Teria que esperar uma semana inteira até o próximo fim de semana para encontrá-lo. Que Deus o livre de perder uma noite na academia ou uma oportunidade de jogar squash com os amigos.

— Tenho uma ideia — disse ela, tentando parecer entusiasmada, como se fosse uma nova sugestão nunca antes proposta. Na realidade, propunha-a todos os anos, sempre com o mesmo resultado negativo. — Por que eu não vou para Tahoe na sexta para passar o fim de semana? Os meninos são crescidos o suficiente para não ficarem chocados com minha presença. Pode ser divertido. Além do mais, posso ficar em outro quarto no hotel para não perturbá-los — acrescentou Sarah, mais alegre do que se sentia e tentando convencê-lo.

— Você sabe que não vai dar, meu bem — respondeu Phil, com firmeza. — Preciso passar um tempo a sós com meus filhos. Além disso, minha vida amorosa não é da conta deles. Sabe que gosto de manter as coisas separadas. E a mãe deles não precisa receber um relatório em primeira mão sobre a minha vida. Vejo você na volta.

De nada adiantou a tentativa de Sarah. A sugestão nunca fora aceita, embora tentasse todos os anos. Ele mantinha uma divisão firme entre Estado e Igreja. Entre ela e os filhos. Definira um lugar para ela há anos e a mantinha lá. "Que fim de semana de merda." Não gostava dessa situação. Havia herdado quase 1 milhão de dólares naquele dia, que lhe abriram mil portas, exceto a que ela tanto queria com ele. Por mais rica que tivesse ficado, nada mudara em sua vida amorosa. Phil continuava inatingível como sempre, a menos que fosse nos termos dele. Só estava emocional e fisicamente disponível quando era de seu interesse. E, nos feriados, não era. Tanto quanto lhe dizia respeito, os feriados eram dele e dos filhos, e Phil esperava que ela se virasse. Esse era o acordo. Os termos tinham sido estabelecidos por ele desde o início sem nunca serem mudados.

— Sinto muito por perder este fim de semana — disse ele, em tom de desculpa, mas estou atarefado.

— Eu também — comentou Sarah, tristemente. — Compreendo. Vejo você daqui a três semanas. — Como sempre, fizera o cálculo rapidamente. Era sempre capaz de calcular, num piscar de olhos, desde quando não se viam e quanto tempo ia demorar para se verem de novo. Desta vez iam ser duas semanas e cinco dias. Pareceu-lhe uma eternidade. Não teria sido tão ruim se pudessem estar juntos no fim de semana de Ação de Graças. Não teve essa sorte.

— Telefono mais tarde. Tem gente me esperando — disse Phil apressadamente.

— Com certeza. Sem problema. — Ela desligou e seguiu para o escritório. Tentou se convencer de que a notícia não estragaria seu dia. Coisas maravilhosas já tinham acontecido. Stanley lhe deixara uma fortuna. O que importava se Phil ia para Nova York e ela não podia passar o feriado com ele, ou se não o veria por quase três semanas? Que diabos estava errado com suas prioridades?, perguntou-se. Havia herdado três quartos de 1 milhão de dólares e estava preocupada por não ver o namorado? Mas não era com as suas prioridades que estava preocupada. A pergunta verdadeira era: que diabos estava errado com as de Phil?

Capítulo 8

O Dia de Ação de Graças sempre fora importante para Sarah e sua família. Era uma data especial que partilhavam não apenas uns com os outros, mas também com amigos próximos. A avó de Sarah insistia em convidar, todos os anos, aqueles que chamava de "almas perdidas": pessoas de quem gostava e que não tinham para onde ir. Convidar os amigos, mesmo que fossem poucos, dava ao dia um ar festivo e fazia com que as três mulheres se sentissem menos sozinhas, e os convidados sempre ficavam profundamente agradecidos por terem sido incluídos. Mais recentemente, as festividades haviam ficado mais animadas ainda com a participação de um dos pretendentes da avó. Durante os últimos dez anos, foram muitos.

Mimi, como as pessoas a chamavam, era um ser humano irresistível: pequena, bonitinha, engraçadinha, divertida, calorosa e doce. Era a avó que todos gostariam de ter e a mulher ideal para a maioria dos homens. Aos 82 anos, era animada, feliz, tinha uma atitude otimista diante da vida e nunca remoía assuntos desagradáveis. Encarava tudo com uma perspectiva positiva, e mostrava abertura e interesse diante de todos que conhecia. Irradiava satisfação e alegria. Como resultado, as pessoas queriam estar com ela. Sarah sorriu ao pensar na avó a caminho da casa dela na tarde do Dia de Ação de Graças.

Phil telefonara na noite anterior, ao passar rapidamente pela cidade para buscar os filhos. Chegara tarde de Nova York, mas não havia tido tempo de vê-la. Agora já não estava aborrecida com ele, ou triste, apenas apática. Desejara-lhe um feliz Dia de Ação de Graças pelo telefone e desligara. Falar com ele a deprimira. Servia apenas para lembrá-la das muitas coisas que não partilhavam e nunca o fariam.

Quando Sarah chegou à casa de Mimi, as duas amigas da avó já estavam lá, ambas mais velhas que ela e viúvas. Pareciam duas velhas senhoras, mas Mimi não. Tinha cabelos brancos, grandes olhos azuis e uma pele perfeita. Quase não apresentava rugas e ainda era esbelta. Acompanhava diariamente um programa de exercícios na televisão, fazendo tudo que eles mostravam. Caminhava pelo menos uma hora por dia. Ainda jogava tênis de vez em quando e adorava dançar com os amigos.

Usava um bonito vestido de seda num profundo tom turquesa e salto alto preto de camurça. Complementava o traje com lindos brincos de turquesa e um anel combinando. Não tiveram uma grande fortuna quando o avô de Sarah era vivo, mas viviam confortavelmente, e ela sempre se apresentava bem-vestida e elegante. Formaram um lindo casal durante mais de cinquenta anos. Raramente, se é que alguma vez aconteceu, ela falava da infância. Gostava de dizer que nascera no dia do casamento com Leland. Foi quando sua vida começou. Além do fato de que Mimi havia crescido em São Francisco, Sarah tinha poucas informações sobre a avó. Nem sequer sabia em que escola ela estudara, ou qual era seu nome de solteira. Eram assuntos que Mimi evitava. Nunca se detinha no passado, vivia no presente e no futuro, e era isso que a tornava tão atraente para todos os que a conheciam. Não havia nada de depressivo nela. Era uma mulher plenamente feliz.

Quando Sarah entrou na sala de estar, o atual pretendente de Mimi já estava lá. Era alguns anos mais velho que a avó, fora corretor na bolsa e jogava golfe todos os dias em um campo com percurso de 18 buracos. Tinha filhos com quem se dava muito bem e gostava de dançar tanto quanto Mimi. De pé ao lado do bar, na pequena e bem-arrumada sala de estar, ele se ofereceu para preparar uma bebida para Sarah.

— Não, obrigada, George — respondeu Sarah com um sorriso. — É melhor me apresentar para o serviço na cozinha.

— Sabia que a mãe estaria centralizando os trabalhos, vigiando o peru e reclamando do tamanho dele, como fazia todos os anos. Ou era muito grande ou muito pequeno, muito velho ou muito novo e, depois de assado, muito molhado ou muito seco, nem de longe tão bom quanto o do ano anterior. Mimi, por outro lado, sempre dizia que estava perfeito; era a diferença básica entre as duas. Mimi sempre estava satisfeita com o quinhão que a vida lhe dava e se divertia. A filha sempre estava contrariada com o que lhe cabia, permanentemente zangada, aborrecida ou preocupada. Ambas estavam espiando o interior do forno quando Sarah entrou. Vestia um novo conjunto marrom de veludo que se dera de presente para celebrar a fortuna caída do céu. Havia comprado também sapatos de camurça marrons para combinar e estava muito chique. Mimi a elogiou no minuto em que ela entrou na cozinha. Tinha muito orgulho da única neta e se gabava dela para quem quisesse ouvir. Audrey fazia o mesmo, embora nunca tivesse admitido isso para Sarah.

— Vamos ter cachorro-quente hoje? — perguntou Sarah, ao pousar numa cadeira a bolsa nova de camurça marrom. A mãe se virou para vê-la e ergueu uma sobrancelha.

— É pouco provável — respondeu. — Vai a algum lugar? Uma festa depois do jantar?

— Eu, não. Vim para cá. A festa de Mimi é a melhor festa da cidade.

— Você nunca diz isso quando vai a minha casa — queixou-se Audrey, parecendo magoada. Usava um elegante terninho preto, com um colar de pérolas e um broche de ouro na lapela. Estava chique, mas com uma aparência austera. Desde a morte do marido, há 22 anos, raramente usava roupas coloridas, embora fosse uma mulher atraente. Tinha os olhos azuis como os de Sarah e os da mãe, pintava o cabelo de louro e o penteava em um coque ou preso atrás, à francesa. Parecia uma Grace Kelly mais velha, porém igualmente bonita. Também tinha uma pele linda, com poucas rugas, e um corpo ótimo. Era alta como Sarah, ao contrário de Mimi, que era pequena. O pai de Audrey era alto.

— Digo que adoro ir a sua casa sim, mamãe. — Sarah beijou as duas. Audrey voltou a vigiar o peru com uma expressão desgostosa, previsivelmente resmungando sobre o tamanho dele.

Mimi retornou à sala para a companhia das amigas e de George. Era curioso que Mimi tivesse três convidados, mas nem Audrey nem Sarah tivessem alguém para trazer. Audrey havia convidado a amiga Mary Ann, no entanto a companheira do clube do livro ficara doente na última hora. Conheceram-se há muitos anos no Alcóolicos Anônimos, quando os respectivos maridos andavam bebendo. Sarah gostava de Mary Ann, mas sempre a achou um pouco depressiva. Nunca funcionava como uma adição alegre para o grupo e, para Sarah, parecia que puxava sua mãe para baixo, o que não era difícil. Audrey, na maior parte do tempo, encarava a vida de forma pessimista, ao contrário de Mimi.

— O peru deste ano é muito pequeno — declarou Audrey. Sarah riu examinando as panelas no fogão. Havia purê de batatas, ervilhas, cenouras, batata-doce e molho. Na mesa da cozinha estavam pãezinhos, molho de *cranberry* e salada. O jantar usual do Dia de Ação de Graças. Sobre o balcão, três tortas esfriavam: de frutas, de abóbora e de maçã.

— Você sempre diz isso, mamãe.

— Não digo não — respondeu Audrey, ofendida, colocando um avental. — Onde comprou esse novo conjunto?

— Na Neiman's. Comprei esta semana para o Dia de Ação de Graças.

— Gostei — disse Audrey, e Sarah sorriu.

— Obrigada, mamãe — declarou e deu um abraço em Audrey, mas logo tornou a se irritar com a pergunta seguinte.

— Onde está Phil?

— Em Tahoe. Lembra? Exatamente como em todos os anos.

— Virou-se e foi olhar a panela com o purê de batatas para que a mãe não visse o desapontamento em seus olhos. Em alguns dias era mais complicado esconder do em que outros. Os feriados sem ele eram sempre difíceis.

— Não sei por que você atura essa situação. Suponho que não tenha convidado você para o fim de semana — declarou Audrey com amargura. Ela detestava Phil, sempre o detestara.

— Não. Não me convidou. Estou bem. Tenho muito trabalho com um novo cliente esta semana. Parece que todos enlouquecem antes das festas. Não ia ter tempo para estar com ele de qualquer forma. — Era uma mentira, ambas sabiam disso, mas desta vez Audrey deixou passar. Estava ocupada com o peru, pois temia que ficasse muito seco.

Meia hora mais tarde, estavam sentados à mesa da pequena e elegante sala de jantar de Mimi, decorada por Audrey. Os acompanhamentos foram servidos em tigelas, e George havia trinchado o peru. Tudo parecia perfeito. Mimi fez a oração de agradecimento, como de costume, e então uma conversa animada tomou conta da mesa. As duas amigas de Mimi iam fazer um cruzeiro pelo México, George tinha vendido a casa da cidade e estava se mudando para um apartamento, Audrey contava sobre a decoração que estava fazendo para um cliente em Hillsborough, e Mimi fazia planos para a festa de Natal. Sarah sorria ouvindo tudo. Dificilmente conseguiria dar um pio sequer. Era bom vê-los tão contentes. O entusiasmo era contagiante.

— E você, o que tem feito, Sarah? — perguntou Mimi, lá pelo meio do jantar. — Tem estado muito calada. — A avó sempre gostava de saber o que ela andava fazendo.

— Venho trabalhando na regularização de um grande espólio. Ao todo são 19 herdeiros espalhados por todo o país. Todos receberam uma inesperada fortuna de um tio-avô. Tenho andado ocupada com isso. Estou vendendo a casa para eles, uma belíssima mansão antiga. Vai ser comercializada por uma ninharia. Ela é enorme, o que torna a venda difícil nos dias de hoje.

— Nada neste mundo me convenceria a ter uma casa grande outra vez — disse Mimi de forma enfática.

— Você devia dar um jeito no seu apartamento — declarou Audrey olhando diretamente para Sarah. Era o mantra dela. — Pelo menos compre dois flats. Seria um bom investimento.

— Não quero ter a dor de cabeça que um inquilino pode trazer. É um convite para um processo — disse Sarah de forma realista, embora, com o dinheiro deixado por Stanley, tivesse pensado exatamente nisso durante a semana. Mas não queria dar o braço a torcer para a mãe. Estava quase decidida a comprar um apartamento num condomínio. Essa ideia lhe parecia melhor do que a de dois flats.

A conversa transcorreu de forma amena sobre os mais variados assuntos. As tortas de fruta, abóbora e maçã vieram e se foram, acompanhadas de creme batido e sorvete. Sarah ajudou a mãe a tirar a mesa e lavar os pratos. Haviam acabado de limpar a cozinha quando Sarah foi ao quarto da avó para usar o banheiro. Uma das senhoras estava no banheiro social, por isso decidira usar o da avó. Passou pela cômoda que tinha várias fotografias emolduradas, boa parte delas encoberta pelas outras. Sarah parou para olhar um retrato dela própria quando tinha 5 ou 6 anos, na praia com a mãe. Havia outro de Audrey no dia do casamento e, mais atrás, um do casamento da avó, ainda durante a guerra, com um vestido de cetim branco, cintura mínima e ombros enormes. Mimi aparentava ao mesmo tempo discrição e elegância. Foi quando uma foto chamou sua atenção, a de outra jovem em traje de noite. Estava encoberta por uma de Mimi com o marido. Ela parou e estava olhando a foto no momento exato em que Mimi entrou no quarto. Sarah se virou para olhar para a avó, ainda segurando a fotografia na mão, com uma expressão atordoada. Então foi aqui que a vira. Era uma foto igual a que encontrara no chão do armário do quarto principal na casa do espólio de Stanley, na Scott Street. Sarah sabia quem era, mas teve de perguntar. Queria saber. De repente, precisava ter a confirmação.

— Quem é? — perguntou Sarah, quando seus olhos se encontraram.

A expressão de Mimi era séria quando pegou o retrato e o olhou com nostalgia.

— Você já a havia visto. — Era a única foto dela que Mimi possuía. Todas as outras sumiram quando a mulher fez o mesmo. Esta pertencera ao pai. Tinha-a encontrado entre os documentos dele após sua morte. — É minha mãe. É a única foto que tenho dela. Morreu quando eu tinha 6 anos.

— Ela morreu, Mimi? — indagou Sarah gentilmente. Agora sabia a verdade, à medida que se dava conta de que a avó nunca havia falado da própria mãe. E por isso a mãe de Sarah lhe dissera que a avó morrera quando Mimi tinha 6 anos. Audrey nunca chegou a conhecê-la.

— Por que está me perguntando uma coisa dessas? — questionou Mimi com tristeza, fitando os olhos de Sarah.

— Vi a mesma fotografia esta semana numa casa que estamos vendendo para um cliente na Scott Street. Na verdade, está sendo vendida por instrução dos herdeiros. Essa é a residência que mencionei durante o jantar. Número 2.040 da Scott Street.

— Eu me lembro do endereço — disse Mimi, colocando a foto de volta na cômoda e se virando com um sorriso para Sarah. — Vivi lá até meus 7 anos. Minha mãe se foi quando eu tinha 6, e meu irmão, 5. Foi em 1930, o ano posterior à quebra da bolsa. Mudamos alguns meses depois para um apartamento na Lake Street. Morei lá até me casar com seu avô. Meu pai morreu naquele ano. Ele nunca se recuperou realmente da crise mundial e por ter sido deixado pela minha mãe. — Era uma história espantosa, a mesma que ela ouvira de Marjorie Merriweather sobre a família que havia construído a casa da Scott Street. Porém mais estarrecedora era a notícia de que a mãe de Mimi não tinha morrido, mas ido embora. Era a primeira vez que a avó se referia a isso. Sarah se perguntou se Audrey sabia a verdade, mas nunca lhe contou, ou se Mimi também havia mentido para ela.

— Até ter pensado nisso recentemente, não tinha me dado conta de que nunca soube seu nome de solteira. Você não fala sobre sua infância — disse Sarah gentilmente, grata pela franqueza da avó naquele momento. Mimi, fugindo de suas características, pareceu infeliz ao responder:

— Era Beaumont. Minha infância não foi feliz — disse honestamente pela primeira vez. — Minha mãe desapareceu, meu pai perdeu toda a fortuna. A governanta que eu amava foi mandada embora. Foi um período de perdas, inclusive das pessoas que eu amava. — Sarah sabia que o irmão de Mimi havia morrido na guerra, e que foi assim que conhecera o homem com quem veio a se casar. O avô de Sarah fora o melhor amigo do irmão de Mimi, e tinha vindo vê-los e trazer-lhes alguns pertences do irmão. Ele e Mimi se apaixonaram e se casaram pouco depois. Esse pedaço Sarah já conhecia, mas nunca ouvira a primeira parte da história.

— O que aconteceu depois que ela desapareceu? — perguntou Sarah, emocionada, pois a avó estava finalmente contando o que acontecera. Ela não queria ser invasiva, mas de repente tudo aquilo adquiriu uma importância terrível. A casa na qual Stanley havia morado por 76 anos, e que ela estava vendendo, tinha sido construída pelo seu bisavô para sua bisavó. Estivera lá dezenas de vezes ao longo dos anos para visitar Stanley, sem nunca suspeitar que tinha ligações profundas com ela. Agora, de repente, estava fascinada e queria saber tudo.

— Não sei muito sobre o que aconteceu. Ninguém falava dela quando eu era pequena, e eu não tinha permissão para perguntar. Esse assunto sempre aborrecia meu pai. Acho que ele nunca se recuperou do ocorrido. Naqueles dias, o divórcio era inconcebível. Descobri mais tarde que ela havia deixado meu pai por outro e foi viver na França com ele. Era um marquês francês, muito atraente, segundo me disseram. Se conheceram numa recepção diplomática e se apaixonaram. Muitos anos depois de meu pai ter falecido, descobri que ela havia morrido de pneumonia ou tuberculose durante a guerra. Nunca voltei a vê-la depois que nos deixou, e meu pai jamais falou comigo sobre ela. Enquanto criança, nunca soube por que ela desaparecera, ou o que acontecera.

E, no entanto, com toda essa tragédia, Mimi era uma das pessoas mais felizes que Sarah conhecia. Perdera toda a família — mãe, irmão, pai — ainda criança. Mesmo assim, era alegre, despretensiosa e contente, trazendo felicidade para todos. Sarah compreendia agora por que ela sempre dizia que havia nascido no dia em que se casara. Tinha sido o início de uma nova vida para ela. Não tão luxuosa como a que fora acostumada em criança, mas sólida, estável e segura, com um homem que a amava e uma filha.

— Acho que meu pai nunca chegou a superar isso tudo — continuou Mimi. — Não sei se foi a perda da fortuna ou da minha mãe, provavelmente as duas. Deve ter sido devastador e totalmente humilhante ser deixado por outro homem e, pior ainda, um ano depois da quebra da Bolsa. Iam abrir mão da casa, de todo modo, e acho que, àquela altura, já haviam começado a vender as coisas. Depois disso, ele foi trabalhar num banco e se tornou um recluso pelo resto da vida. Não me lembro de ele ter saído socialmente até sua morte, 15 anos mais tarde. Ele morreu logo depois que me casei. Construiu aquela casa para minha mãe. Me lembro dela como se fosse ontem, ou pelo menos acho que lembro. Me lembro das festas no salão de baile. — Seus olhos tinham um ar sonhador enquanto falava, e era ainda mais incrível para Sarah, sabendo que, na semana anterior, estivera no mesmo salão de baile e no quarto de dormir da avó quando criança.

— Gostaria de voltar a ver a casa, Mimi? — perguntou Sarah com delicadeza. Podia facilmente levar a avó antes da venda; a residência não estaria no mercado até a semana seguinte, após a visitação dos corretores na terça depois do Dia de Ação de Graças. — Estou com as chaves. Podíamos ir este fim de semana.

Mimi hesitou, depois meneou a cabeça com expressão nostálgica.

— Pode parecer bobagem, mas acho que ficaria perturbada. Não gosto de fazer nada que me deixe triste. — Sarah assentiu. Tinha de respeitar isso. Estava muito emocionada com a história que a avó finalmente partilhara com ela, depois de tantos anos. — Quando estive na Europa com seu avô, depois do nascimento de sua mãe, fui visitar o *château* em que ela morou com o marquês com quem se casou, mas estava todo entaipado e deserto. Sabia que ela já havia morrido então, mas queria ver para onde tinha ido depois de nos deixar. O pessoal da região disse que o marido, o marquês, também havia morrido durante a guerra. Pertencera à Resistência. Não tinham filhos. Fiquei me perguntando se conseguiria encontrar alguém que a tivesse conhecido e pudesse me dar alguma informação sobre ela. Mas ninguém sabia nada, e nem seu avô nem eu falávamos francês. Apenas disseram que o marquês tinha morrido, assim como ela. Curiosamente, meu pai morreu na mesma época. Ele sempre se comportou como se minha mãe tivesse morrido desde o momento em que foi embora.

E foi isso que sempre contei às pessoas quando estava crescendo. Era mais simples. Também foi o que contei a sua mãe. — Mimi parecia estar se desculpando por ter mentido, e Sarah sentiu um aperto no coração por ela. Que tragédia fora para a avó. Sarah estava agradecida por Mimi finalmente ter contado a verdade. Era como um presente.

— Como deve ter sido horrível para você — disse Sarah, entristecida, e abraçou Mimi. Não podia nem imaginar como foram aqueles anos para ela. Perder a mãe, os anos de depressão do pai, e depois a morte do único irmão na guerra, em Iwo Jima. Esse havia sido o golpe fatal para o pai. Faleceu menos de um ano depois. Mimi tinha perdido o que restava da família praticamente num só golpe. E agora, quase misteriosamente, a casa que o bisavô construíra havia entrado na vida de Sarah, trazendo com ela toda sua história e seus segredos.

— O que está acontecendo aqui? — perguntou Audrey de forma ríspida, ao entrar no quarto da mãe e se deparar com Sarah abraçando Mimi. Audrey sempre sentia um pouco de ciúme da calorosa e fácil relação que a mãe e a filha partilhavam. A relação dela com Sarah era muito mais tensa.

— Estamos só conversando — respondeu Mimi, sorrindo para a filha.

— Sobre o quê?

— Na verdade, sobre meus pais — declarou Mimi simplesmente para Audrey, que a encarava.

— Você nunca fala sobre isso, mãe. O que trouxe o assunto à tona? — Há anos Audrey deixara de questionar a mãe sobre a infância dela.

— Estou vendendo a casa dos pais dela — explicou Sarah. — É uma linda mansão antiga, embora seu estado não seja dos melhores. Não é reformada desde quando foi construída. — Mimi então saiu do quarto à procura de George. Achava que já haviam falado o suficiente.

— Você não a deixou perturbada, deixou? — perguntou Audrey à filha em tom conspiratório. — Sabe que ela não gosta de tocar nesse assunto. — Audrey tinha ouvido rumores de que a avó havia abandonado a mãe ainda criança, mas Mimi nunca confirmara isso e ela sabia muito pouco sobre o assunto. Como encarregada do espólio de Stanley, Sarah sabia muito mais.

— Talvez — disse Sarah com franqueza. — Tentei evitar. Encontrei uma fotografia da mãe dela na casa esta semana. Não sabia quem era, mas percebi que já a havia visto antes. Acabei de encontrar uma foto sobre a cômoda — declarou, pegando o retrato de Lilli e mostrando-o à mãe. Não queria contar as confidências da avó até que Mimi dissesse que podia, ou decidisse contar ela mesma.

— Que estranho. — Audrey ficou pensativa e então colocou a foto no lugar. — Espero que Mimi não tenha ficado muito chateada.

Mas, quando voltaram à sala de estar, Mimi parecia ter recuperado a compostura e conversava animadamente com George. Ele estava brincando com as três senhoras à volta, mas seus olhos eram todos para Mimi. Claramente tinha uma queda por ela. E ela também parecia gostar dele.

Sarah saiu uma hora depois. Audrey ficou mais uns minutos e disse que ia se encontrar com uma amiga. Não convidou Sarah, mas ela não teria ido mesmo. Tinha muito em que pensar e queria ficar sozinha em casa para digerir o que ouvira da avó. Quando entrou no apartamento e viu a pilha de pratos sujos, a cama desfeita e a roupa imunda no chão do banheiro, se deu conta do que a mãe queria dizer sobre o apartamento. O lugar estava um verdadeiro desastre. Era sujo, escuro, deprimente. Não tinha cortinas, as venezianas estavam quebradas. No tapete viam-se velhas nódoas de vinho, e o sofá que ela vinha arrastando desde os tempos da universidade já devia ter sido jogado fora há anos.

— Merda — exclamou, ao se sentar no sofá e olhar em volta. Pensou em Phil com os filhos em Tahoe e se sentiu solitária. Tudo em sua vida parecia deprimente. O apartamento era feio e ela mantinha uma relação de fim de semana com um homem pouco atencioso que sequer passava os feriados com ela depois de quatro anos. Tudo o que realmente tinha na vida era o trabalho. Ela podia ouvir o eco dos avisos de Stanley, e de repente conseguiu se ver num apartamento como esse, ou pior, dali a dez ou vinte anos, com um namorado ainda pior que Phil, ou mesmo nenhum. Havia permanecido nessa relação porque não queria complicar as coisas ou perder o pouco que tinha. Mas o que tinha? Uma sólida carreira como advogada tributarista, sociedade num escritório, uma mãe que estava sempre pegando no seu pé, uma avó encantadora que a adorava e Phil, que usava todas as desculpas possíveis para não passar os feriados com ela. Era como se sua vida pessoal não pudesse piorar. Na verdade, quase não tinha uma.

Talvez um apartamento mais agradável fosse um começo, pensou, sentada no sofá antigo. E depois? O que faria depois? Com quem passaria o tempo, particularmente se decidisse que o que tinha com Phil não era suficiente e rompesse com ele? Era aterrador pensar em tudo isso. E de repente sentiu vontade de limpar a casa, livrar-se de tudo e talvez de Phil também. Olhou para as duas plantas mortas na sala de estar e se perguntou por que não as notara por dois anos. Será que isso era tudo que acreditava merecer? Uns trastes de segunda mão que possuía desde os tempos de Harvard, plantas mortas, e um homem que não a amava, apesar de suas justificativas. Se a amava, por que ela não estava em Tahoe com ele? Pensou na coragem da avó, em como devia ter sido difícil perder a mãe, o irmão, o pai, e seguir em frente, como um raio de sol, trazendo alegria para todos. Depois pensou em Stanley, no quarto no sótão da Scott Street, e de repente tomou uma decisão. Ia telefonar para Marjorie Merriweather pela manhã e procurar um novo apartamento. Ela dispunha de dinheiro, o que não ia resolver tudo, mas era um começo. Precisava fazer algo diferente. Se não, ficaria presa ali para sempre, sozinha nos feriados, com plantas mortas e uma cama por fazer.

Phil não se preocupou em lhe telefonar naquela noite para desejar um feliz Dia de Ação de Graças. Essa era a importância que tinha para ele. E não gostava que Sarah telefonasse quando estava com os filhos. Considerava uma intrusão em sua vida pessoal e dizia isso com todas as letras se ela telefonasse. Ela sabia que, quando ele finalmente ligasse, daria uma desculpa complicada, mas plausível. E engolir o que quer que ele dissesse só pioraria as coisas. Estava na hora de arregaçar as mangas e dar um jeito na vida. Decidiu atacar o apartamento primeiro. Graças a Stanley, essa era a parte mais fácil. Mas talvez, tendo resolvido isso, o restante ficasse mais fácil também. Permaneceu sentada no sofá, no escuro, pensando no assunto. Merecia muito mais que isso. E se Mimi conseguira transformar sua história numa vida feliz, Sarah sabia que também poderia fazê-lo, custasse o que custasse.

Capítulo 9

Sarah telefonou para Marjorie na sexta-feira seguinte ao Dia de Ação de Graças, às nove da manhã. Ela não estava no escritório, mas Sarah conseguiu contatá-la pelo celular. Marjorie pensou que ela estivesse telefonando para saber da casa da Scott Street. O serviço de manutenção passara lá, as tábuas e as cortinas tinham sido colocadas num contêiner de lixo, e o local ficara imaculado depois que uma equipe de limpeza, trabalhando em tempo integral, escovara, polira e deixara tudo brilhando ao longo da semana. O *open house* para os corretores seria na terça-feira. Todos tinham sido avisados e, até então, a reação vinha sendo boa. Marjorie disse estar esperando a presença de quase todos os agentes imobiliários da cidade.

— Não é por isso que estou telefonando — explicou Sarah, depois que Marjorie lhe fizera um extenso relatório sobre a Scott Street, acrescentando que os corretores tinham até gostado do preço estipulado e o achado bastante justo, devido às condições em que se encontrava a casa, contrabalançadas pelos muitos metros quadrados e os incomparáveis detalhes antigos. — Eu queria, na verdade, conversar com você sobre um novo apartamento. Para mim. Eu adoraria encontrar um condomínio bem simpático em Pacific Heights. Faz anos que minha mãe me enche os ouvidos com isso. Você acha que é possível encontrar algo? — perguntou Sarah, em tom esperançoso.

— Claro! — exclamou Marjorie, encantada. — Em Pacific Heights, o que você está procurando deve estar em torno de meio milhão de dólares, se é que isso lhe convém. Flats custariam mais caro, por volta de 1 milhão de dólares, se estiverem em bom estado. Uma casa estaria por volta de 2 milhões. A menos que comecemos a procurar em outras áreas da cidade, mas então vamos achar casas que precisam de muitas obras. Qualquer demolição custa hoje cerca de 1 milhão de dólares, mesmo em bairros onde você não gostaria de morar. Os imóveis não são baratos em São Francisco, Sarah.

— Nossa! Por esses preços, talvez devêssemos pedir mais pela mansão da Scott Street. — Mas ambas sabiam que aquela era uma casa especial, que exigiria muitas obras.

— Vamos encontrar um apartamento bastante simpático para você, não se preocupe — disse Marjorie, tranquilizando-a. — Tenho aqui mesmo em meus fichários algumas possibilidades. Vou ver qual é a situação delas, se não têm pendências legais. Quando você quer ver?

— Você tem tempo hoje? Meu escritório está fechado até segunda-feira, e não tenho outros compromissos.

— Ligo de volta para você dentro de uma hora — prometeu Marjorie. Enquanto esperava, Sarah colocou roupas na máquina e jogou fora as plantas mortas. Custava a acreditar que elas tivessem ficado tanto tempo ali sem que ela as notasse antes. Isso depunha bastante contra si mesma, censurou-se. Marjorie retornou a ligação para avisar que tinha quatro condomínios para lhe mostrar. Dois eram lindos, um era mais ou menos, e o último era interessante, embora talvez muito pequeno para ela, mas valendo a pena dar uma olhada. Esse último ficava em Russian Hill, bairro que não era muito do agrado de Sarah, mas não tinha importância.

Os outros três eram em Pacific Heights, a alguns quarteirões de distância de onde ela morava. Sarah concordou em encontrá-la ao meio-dia. De repente, tudo isso a animou, embora soubesse que levaria certo tempo até encontrar a coisa exata. Quem sabe a mãe não a ajudaria a decorá-lo? As artes domésticas não eram o forte de Sarah.

Ela já havia calculado que, se desse dez por cento de entrada num condomínio, ainda poderia investir boa parte do dinheiro de Stanley. Dez por cento de meio milhão, admitindo que ela gastasse tanto assim, seriam 50 mil. Isso lhe deixaria 700 mil para investir. Se ficasse totalmente louca e comprasse uma casa por 2 milhões de dólares, teria de dar uma entrada de 200 mil. E ainda ficaria com meio milhão do dinheiro de Stanley. E o escritório de advocacia lhe permitia ganhar o suficiente para pagar uma hipoteca. Mas não queria uma casa, não precisava de tanto espaço. Um apartamento lhe parecia a melhor solução.

Ela desceu correndo as escadas de seu prédio às onze e meia, parou no Starbucks e se encontrou com Marjorie pontualmente ao meio-dia, no primeiro endereço. Começaram por Russian Hill, e Sarah não gostou. Marjorie tinha razão. Era uma garagem convertida em casa que decididamente não lhe servia. Nem tampouco qualquer dos três apartamentos de Pacific Heights, nenhum dos quais lhe pareceu caloroso e acolhedor. Eram frios, pequenos e exíguos. Por meio milhão de dólares, queria comprar uma coisa de que gostasse, algo que tivesse alma. Sentiu-se desapontada, mas Marjorie a encorajou. Muitos apartamentos seriam colocados no mercado até o fim do ano, e haveria outros mais depois do Natal. Ninguém queria se aborrecer vendendo casas durante o período de festas, explicou, pois para Sarah este era um mundo inteiramente novo. Estava descobrindo os horizontes que Stanley evocara em sua carta e fazendo justamente o que ele recomendara a ela e aos outros herdeiros. Ele lhe abrira uma porta muito importante.

Marjorie e ela tornaram a falar da possibilidade de uma casa ao voltarem para seus carros, no último endereço. Sarah ainda pensava que seria demais para ela. Receava ficar deprimida por ter tanto espaço e ninguém com quem dividi-lo. Marjorie sorriu ao ouvir isso.

— Você não vai passar o resto da vida sozinha, Sarah. Ainda é muito jovem. — E era mesmo, comparada com a corretora. Marjorie a achava uma criança, mas Sarah estava impaciente.

— Não sou tão jovem assim, tenho 38 anos. Quero uma coisa na qual eu possa me sentir bem mesmo sozinha. — Essa era, afinal, sua realidade.

— Vamos resolver isso — prometeu Marjorie. — E vamos encontrar exatamente a coisa certa. Casas e apartamentos são como o amor. Quando você vir o que é certo, logo saberá, tudo se encaixará como por milagre. Não terá que pedir, suplicar, pressionar ou forçar para que aconteça. — Sarah assentiu, pensando em Phil. Ela havia pedido, suplicado e pressionado muito nos últimos quatro anos e isso estava começando a desgastá-la. Fazia dois dias que ele não dava sinal de vida. Obviamente, não estava se esforçando ou sequer pensando nela.

Ele acabou finalmente telefonando naquela noite, depois que ela fora sozinha ao cinema. O filme tinha sido uma porcaria, e a pipoca estava velha. Quando o telefone tocou, ela estava deitada, ainda vestida, sentindo pena de si mesma.

— Oi, querida, como vai? Tentei falar com você mais cedo, mas seu celular estava desligado. Por onde andava?

— Fui ao cinema. Uma porcaria de filme. Um desses filmes estrangeiros em que nada acontece, e as pessoas roncam tão alto na plateia que não dá para ouvir as falas dos atores. — Essa descrição o fez rir; parecia estar de ótimo humor. Disse que estava se divertindo com os filhos. — Obrigada pelo telefonema no Dia de Ação de Graças — comentou, acidamente. Se ela estava amargurada, ele também tinha que se sentir assim. Era muito irritante vê-lo tão feliz, especialmente quando isso não a incluía.

— Desculpe, querida. Pensei em ligar para você, mas acabou ficando tarde. Estive numa boate com as crianças até as duas da manhã. Esqueci meu celular no quarto e, quando voltamos, já era muito tarde. Como passou o Dia de Ação de Graças?

— Bem. Minha avó e eu conversamos sobre coisas interessantes, sobre a juventude dela. É raro ela se abrir assim. Foi muito bom.

— E o que é que você fez hoje? — Ele parecia estar falando com um dos filhos, não com a mulher que amava. E Sarah não deixou de registrar a ida a tal boate na noite de Ação de Graças. Não se sentia como parte da vida de Phil, pelo menos não uma parte importante. Ele parecia ter ligado quase por obrigação, e ela estava deprimida demais para apreciar aquele telefonema. Ficou ainda mais deprimida ao pensar em tudo o que a relação deles não era e provavelmente nunca seria. Ela era apenas uma mulher com quem ele passava os fins de semana. Sarah queria mais do que isso, ele não. Para Phil, tudo podia continuar como sempre foi.

— Andei vendo apartamentos. Condomínios, na realidade — respondeu ela, com voz desanimada.

— A troco de quê? — Ele parecia estarrecido. Era pouco habitual que ela pensasse sobre o lugar onde morava. Os condomínios eram muito caros. Obviamente, ela devia estar se saindo melhor do que ele pensava. Ficou momentaneamente impressionado.

— Na verdade, a troco do meu sofá e das minhas plantas mortas — respondeu ela, rindo de si mesma.

— Você poderia comprar um sofá novo e jogar fora as plantas mortas, em vez de comprar um apartamento num condomínio. É uma solução muito radical por conta de algumas plantas mortas.

— Achei que ia ser divertido procurar — respondeu ela honestamente.

— E foi?

— Na verdade, não. Fiquei ainda mais deprimida. Mas cheguei à conclusão de que realmente quero me mudar. A corretora diz que provavelmente encontraremos alguma coisa depois do Natal.

— Deus do céu, basta deixar você sozinha por um ou dois dias e se mete na maior confusão — declarou, provocando Sarah, mas ela não o repreendeu. Não tinham sido "um ou dois dias"; fazia pouco menos de duas semanas que ela não o via, entre o feriado e a viagem dele a Tahoe com os filhos, na qual ela não fora incluída, a semana que ele passara em Nova York tomando depoimentos, e a insana decisão de só se verem durante os fins de semana. E ainda faltava uma semana para que eles se vissem. Diabos, por que não um mês?, sentiu vontade de dizer, mas não teve coragem. Era quase como se ele estivesse querendo provar algo, só que não estava. Estava apenas sendo ele mesmo. — Bem, não se mude antes de eu voltar. Tenho que dar uma olhada nas crianças. Elas estão lá embaixo dentro da banheira de água quente com um grupo de universitários. — E com quem estaria ele naquela banheira?, não pôde deixar de se perguntar. Mas isso, na verdade, não tinha importância. Tudo o que importava era que ele não estava com ela na banheira de água quente nem; aliás, em nenhum outro lugar. Viviam em mundos separados, e ela estava cansada disso. Sentia-se muito solitária quando Phil não estava com ela, sobretudo durante um fim de semana longo, que incluía um feriado.

Ela teve um sono agitado naquela noite e despertou às seis da manhã seguinte, esqueceu que era sábado e começou a se aprontar para ir trabalhar. Então lembrou que dia era e voltou para a cama. Teria de enfrentar mais dois dias daquele fim de semana, antes que pudesse se refugiar de novo no trabalho do escritório. Já terminara todos os arquivos que trouxera para casa, dera uma olhada nos anúncios de condomínios nos jornais, vira todos os filmes que queria. Telefonou para a avó, mas ela estava ocupada durante todo o fim de semana; e não teve vontade de ver a mãe. Ligar para as amigas casadas só a deprimiria ainda mais. Estavam ocupadas com maridos e filhos que ela não tinha. O que havia acontecido com sua vida? Será que tudo o que realizara nos dez últimos anos fora trabalhar, perder amigos de vista e encontrar um namorado de fins de semana? Não sabia o que fazer quando tinha tempo livre. Precisava de um projeto. Decidiu ir a um museu e, no caminho, passou pela Scott Street. Não tinha sido de propósito, a casa simplesmente surgira lá, diante dela, ao fazer uma curva. Significava ainda mais para ela desde que soubera que havia sido construída pelo bisavô e que a avó tinha morado ali quando criança. Não podia deixar de se perguntar quem a compraria. Esperava que quem quer que fosse a amasse, como a casa merecia.

Surpreendeu-se pensando nos dois arquitetos a quem Marjorie a apresentara e perguntou a si mesma se estariam se divertindo em Veneza e Paris. Começou a pensar na possibilidade de fazer uma viagem. Talvez devesse ir à Europa, fazia anos que não ia lá. Mas não gostava de viajar sozinha. Em um projeto assim, talvez Phil a acompanhasse. De repente, tentava preencher os vazios de sua vida, fazendo com que tudo tivesse um sentido e dando a ela significado e movimento. Em algum lugar, em algum momento, de algum modo, sentiu como se o motor de sua vida tivesse morrido. Estava tentando ver se ele pegava novamente e não tinha ideia de como fazê-lo.

Perambulou sem rumo pelo museu, vendo pinturas que não lhe interessavam, depois dirigiu lentamente de volta para casa, ainda pensando numa viagem à Europa. Sem se dar conta, encontrou-se de novo diante da casa de Stanley. Parou o carro, desceu e ficou olhando para ela. Teve então a ideia mais louca de sua vida. Não era apenas louca, era bem mais do que isso, não fazia nenhum sentido. Uma vez na vida, Phil tinha razão. Em vez de comprar um sofá novo e jogar fora as plantas, estava pensando em comprar um imóvel num condomínio. Mas ao menos podia dizer que era um investimento. Esta sua nova ideia seria um poço sem fundo para suas economias. Ia acabar não só devorando todo o dinheiro que Stanley lhe legara tão inesperadamente, mas também daria cabo do restante de sua poupança. Mas, se o que Marjorie dissera era verdade, qualquer casinha em Pacific Heights custaria tanto quanto esta, que era uma parte da história, de sua história. O bisavô a havia construído, a avó tinha nascido ali. Um homem que ela amara e respeitara vivera enfurnado em seu sótão. Se ela precisava de um projeto, esse era o que punha fim a todos os demais.

— Não! — disse para si mesma, em voz alta. Procurou as chaves na bolsa, subiu os degraus da frente da casa, contemplou a pesada porta de bronze e vidro e a destrancou. Era como se algo mais forte do que ela a obrigasse a avançar, a entrar. Sentiu-se sem vontade própria, como se tivesse sido subitamente pela corrente de um rio caudaloso. Entrou lentamente no hall principal.

Como Marjorie prometera, tudo estava imaculado. Os assoalhos brilhavam, os candelabros refulgiam à luz da tarde, e a escada de mármore branco resplandecia. A feia e velha passadeira fora removida, embora as barras de bronze ainda estivessem lá. Os corrimãos tinham sido polidos à perfeição. A casa havia sido limpa, mas todos os problemas ainda estavam lá: a velha fiação elétrica, o encanamento que não era trocado havia anos, a cozinha que precisava ser removida para outro andar, a caldeira que tinha que ser substituída por outra mais moderna. O elevador funcionava havia pelo menos oitenta anos. Exceto os assoalhos e os lambris de madeira, todo o restante precisava de cuidado. Jeff Parker dissera que as obras poderiam ser executadas por meio milhão de dólares, desde que alguém fizesse uma boa parte do trabalho e ficasse de olho no orçamento. Mas ela não tinha a menor ideia de como se restaurava uma casa. Morava num apartamento de dois quartos e não era nem mesmo capaz de administrá-lo. No que estava pensando? Parou ali se perguntando se havia ficado inteiramente louca. Talvez isso fosse resultado da solidão, de tanto brigar com Phil sobre o pouco tempo que passava com ela, do excesso de trabalho, da perda de Stanley ou do fato de herdar de repente tanto dinheiro. Mas tudo o que conseguia pensar naquele momento era que, se pagasse aos herdeiros 2 milhões de dólares pela casa, dando 200 mil de entrada numa hipoteca, ficaria com 550 mil do dinheiro deixado por Stanley para fazer a restauração.

— Ai, meu Deus! — disse ela em voz alta, tapando a boca com as mãos, estarrecida. — Devo estar louca. — Mas era muito estranho; não se sentia assim. Sentia-se inteiramente sã, com a mente clara e, de repente, surpreendeu-se rindo e contemplando o gigantesco candelabro. — Ai, meu Deus! — exclamou ainda mais alto... — Stanley, eu vou fazer isso! — Começou a dançar pelo hall e então, como uma criança, correu até a porta da frente, saiu, trancou-a e se precipitou para o carro. Já sentada, ligou para Marjorie do celular.

— Não desanime, Sarah! Vamos encontrar alguma coisa para você — declarou a corretora tranquilizando-a imediatamente, antecipando o que ela iria dizer.

— Acho que acabamos de encontrar — disse Sarah quase num sussurro. Estava tremendo. Nunca tinha ficado tão animada nem tão aterrorizada em toda sua vida. Passar no exame da Ordem dos Advogados não fora nada comparado a isso.

— Você viu algo hoje? Se quiser me dar o endereço, posso verificar na minha lista, pode ser que seja um dos nossos.

— E é mesmo — disse Sarah com uma risada meio histérica, sentindo-se atordoada.

— Onde fica? — Marjorie a achou meio estranha e ficou imaginando se ela havia bebido. Isso não a surpreenderia, Sarah lhe parecera deprimida na véspera.

— Pode cancelar o *open house* para os corretores.

— O quê?

— Cancele o *open house* dos corretores.

— Tem alguma coisa errada? Por quê?

— Acho que fiquei inteiramente louca. Vou comprar a casa. Quero fazer uma proposta aos herdeiros. — Ela já calculara até mesmo a quantia exata. Como eles lhe disseram que aceitariam a primeira proposta feita, fosse ela qual fosse, poderia até mesmo oferecer menos, mas não achava correto proceder assim.

— Quero oferecer um milhão e novecentos mil dólares. Assim, cada herdeiro receberá cem mil dólares.

— Está falando sério? — perguntou Marjorie, perplexa. Jamais esperara que Sarah fizesse coisa semelhante. Algumas horas antes, ela lhe dissera que queria um apartamento, não uma casa. E que diabos ela iria fazer com uma casa de quase 3 mil metros quadrados, que precisaria de dois anos de obras orçadas em torno de 1 milhão de dólares? — Você tem certeza? — insistiu Marjorie, espantada.

— Tenho. Soube ontem que foi meu bisavô quem a construiu. A tal Lilli que deu o fora era minha bisavó.

— Meu Deus. E você não me disse nada sobre essa relação.

— Eu não sabia de nada disso antes, apenas que já havia visto aquela fotografia em algum lugar. Voltei a vê-la no feriado, no quarto da minha avó, em cima de sua cômoda. Lilli era a mãe dela. Minha vó nunca mais a viu depois que ela foi embora.

— Que história fantástica! Se você esta falando sério, Sarah, vou preparar os documentos e faremos uma proposta na segunda-feira de manhã.

— Pode fazer. Parece maluquice, mas sei que é a coisa certa. Foi o destino que colocou essa casa na minha vida. E Stanley me deixou esse dinheiro para que eu pudesse comprá-la. Ele não sabia, mas o legado que me deixou vai permitir que eu a compre e a restaure, se fizer como Jeff Parker sugeriu, assumindo uma grande parte do trabalho e economizando cada centavo. — Sabia que parecia uma louca fazendo tudo aquilo tão repentinamente. No entanto, de repente, era como se novas perspectivas lhe tivessem sido abertas. Tudo o que via no horizonte era bonito e vivo, como nunca acontecera em sua vida. Do dia para a noite, a casa de Stanley se tornara seu sonho. — Desculpe se pareço obcecada, Marjorie. Estou muito empolgada. Nunca fiz nada parecido na minha vida.

— O quê? Quer dizer que você nunca comprou uma casa de noventa anos com cerca de 3 mil metros quadrados necessitando de uma inspeção total e uma completa restauração? Não brinque! Pensei que fizesse isso todos os dias. — Ao ouvir isso, ambas caíram na gargalhada. — Bem, estou contente de não termos feito nenhuma proposta para aquelas ninharias que mostrei a você ontem.

— Eu também — disse Sarah, feliz. — Estou decidida.

— Certo, garota. Amanhã trarei a proposta para você dar uma olhada. Vai estar em casa?

— Vou. Vou jogar tudo o que possuo no lixo.

— Não quero que você se precipite ou coisa parecida — disse Marjorie sorrindo e balançando a cabeça. — Você pode assinar os papéis amanhã mesmo, se estiverem em ordem.

— Acho que poderia telefonar para eles na segunda-feira e fazer a proposta pessoalmente. Ou talvez passar um fax. — Considerando o que os herdeiros disseram na reunião da semana anterior, provavelmente não haveria problemas, mas quem sabe? Sarah não queria contar com isso até obter a concordância deles.

— É melhor telefonar para o banco também. — Poderiam lhe adiantar o dinheiro antes da regularização do legado de Stanley. Seu crédito era excelente e ela mantinha uma relação de longa data com a instituição.

— Se lembra do que disse a você? — recordou Marjorie, em tom experiente. — As casas são como o amor, Sarah. Quando você encontra a coisa certa, você sabe. Não tem que pedir, suplicar, brigar ou forçar. As coisas simplesmente acontecem e tudo se encaixa. Acho que essa casa foi feita para você.

— Sinceramente, também acredito nisso. — Parecia estar escrito.

— Sabe o que mais, Sarah? — disse Marjorie, sentindo-se feliz pela amiga. Ela era uma ótima pessoa, que merecia isso, se era o que desejava. — Também acho que essa é a casa certa para você. Estou com uma sensação boa.

— Obrigada — respondeu Sarah, sentindo-se mais calma do que antes. Era a coisa mais empolgante que já fizera em sua vida. E a mais apavorante também.

Marjorie prometeu passar na manhã seguinte com os documentos da proposta. Sarah deu a partida no carro e voltou para casa. Jamais se sentira tão tranquila, tão segura sobre qualquer coisa ou tão feliz. Estacionou o veículo, subiu os degraus da frente do edifício e entrou com um largo sorriso. A mansão número 2.040 da Scott Street lhe acenava no horizonte. Ela mal podia esperar!

Capítulo 10

Marjorie apareceu com os documentos no domingo de manhã. Pareceram estar em ordem para Sarah, que os assinou e os devolveu. Marjorie lhe deu uma cópia para a advogada enviar a proposta aos herdeiros de Stanley pelo fax do escritório. A coisa toda era um pouco incestuosa, pois Sarah era a advogada do espólio, mas tudo estava sendo feito às claras.

— Você deveria telefonar para Jeff e Marie-Louise assim que eles chegarem da Europa — lembrou-lhe Marjorie. Sarah já havia pensado nisso. Não dissera nada a Phil quando ele lhe telefonara, na noite anterior. Na sexta-feira, ele tinha ficado bastante chocado quando lhe contara que estava procurando um condomínio. Se, no dia seguinte, soubesse de sua proposta para comprar uma casa de quase 3 mil metros quadrados, aí mesmo é que iria pensar que ela perdera inteiramente o juízo.

Saiu sozinha para tomar o café da manhã, leu o *New York Times*, fez as palavras cruzadas e voltou ao apartamento. Assim que chegou, procurou o cartão de Jeff Parker e Marie-Louise Fournier e resolveu deixar um recado. Sabia que provavelmente ainda estariam na Europa, mas quando voltassem poderiam retornar a ligação. Queria vistoriar a casa de novo com eles, desta vez passando um pente fino. Quando a proposta fosse aceita, se é que o seria, precisaria começar a listar tudo o que teria que fazer. A parte elétrica e os encanamentos teriam que ser feitos por um empreiteiro, mas ela mesma se encarregaria de uma boa parte do trabalho manual mais simples. Precisaria da ajuda deles, de muitos conselhos. Esperava que não lhe cobrassem uma fortuna pelos serviços, mas não tinha escolha. Estava em um voo cego.

Telefonou para o escritório deles, esperando que a ligação caísse na secretária eletrônica. Jeff tinha lhe dado os números dos dois celulares, o europeu e o americano, mas eles não podiam fazer nada a distância. Dava para esperar até que a proposta fosse aceita e eles voltassem para São Francisco, de forma que pudesse se encontrar com os arquitetos novamente na casa. Sarah ouviu a secretária atender, e então, sobreposta a ela, uma voz masculina. Ambos tentaram falar por cima do recado impessoal da máquina, mas ele lhe pediu que esperasse enquanto a desligava. Voltou à linha pouco depois e Sarah tentou de novo. Não havia reconhecido a voz.

— Oi, meu nome é Sarah Anderson. Queria deixar um recado para Jeff Parker e Marie-Louise Fournier, para quando eles voltarem da Europa. Você poderia pedir que um deles ligasse para meu escritório, por favor? — Esperava que fosse Jeff, não a sócia francesa desagradável, mas estava preparada para lidar com qualquer um dos dois que tivesse tempo para ajudá-la.

— Oi, Sarah, aqui é o Jeff. — Como antes, ele parecia tranquilo e afável.

— O que você está fazendo aqui? Pensei que ainda estivesse na Itália, ou em Paris. — Ela não havia registrado o roteiro de viagem deles, portanto não sabia onde supostamente estariam e quando.

— Estava. Marie-Louise ainda está lá, eu voltei mais cedo. Tinha que fazer um trabalho para um cliente, e já estávamos atrasados.

Ela respirou fundo e entrou diretamente no assunto:

— Vou fazer uma proposta para a casa.

— Que casa? — perguntou confuso por um minuto.

— A da Scott Street, 2.040 — disse ela orgulhosamente. Do outro lado da linha, ele estava estarrecido. Sarah podia perceber isso, mesmo sem vê-lo.

— *Aquela* casa?! Puxa! Que surpresa! Você é corajosa! — exclamara de maneira um pouco desestimulante, como se pensasse que ela havia enlouquecido.

— Você acha que sou maluca por fazer isso?

— Não, não acho — disse Jeff, pensativamente. — Não se você gosta da casa.

— Gosto — respondeu ela, mais calma. — Foi meu bisavô quem a construiu.

— Ora, *isso* é muito legal. Gosto de coisas assim, quando um círculo se fecha. De alguma forma, parece que é a ordem natural das coisas. Espero que esteja pronta para encarar muito trabalho — disse ele, com um sorriso na voz. Sarah riu.

— Estou sim. Espero que você também esteja. Vou precisar de sua ajuda e de muita orientação. Vou seguir o plano A.

— Qual era mesmo esse plano?

— Aquele em que você gasta meio milhão para restaurar a casa, faz você mesma uma boa parte do trabalho e controla cada centavo.

— Ah, esse aí. Eu faria exatamente o mesmo, se estivesse em seu lugar. Sobretudo se a casa tivesse pertencido originalmente à minha família.

— A diferença é que você é arquiteto, eu sou advogada. Conheço toda a legislação sobre impostos e custódias de cor e salteado, mas não sei absolutamente nada sobre restauração de casas, nem mesmo como pregar um prego.

— Você vai aprender. De um modo geral, as pessoas que trabalham nas próprias casas não têm noção do que estão fazendo. Você vai descobrir à medida que for fazendo e, se cometer erros, sempre pode corrigi-los. — Jeff era bastante encorajador e tão amigável como antes. Sarah ficou aliviada ao ver que Marie-Louise ainda não tinha chegado. Certamente não seria tão agradável quanto ele.

— Gostaria que você fosse à casa de novo quando tiver tempo, se não estiver muito ocupado. Pode me cobrar por isso, claro. Mas estou realmente precisando de seu parecer para saber o que faço primeiro, se a eletricidade, os encanamentos ou a fiação. Preciso de alguma orientação para começar e vou querer muitos conselhos durante as obras.

— É justamente para isso que estamos aqui. Como anda sua semana? Quando você quer que eu apareça? Não creio que Marie-Louise esteja de volta antes de algumas semanas. Eu a conheço, quando ela se junta com a família em Paris. Sempre adia o retorno. Aposto que ainda vai ficar por lá mais umas três semanas. Se quiser, podemos esperar até ela chegar, ou posso eu mesmo começar a trabalhar com você.

— Para ser franca, prefiro não esperar.

— Por mim, tudo bem — disse ele, bem à vontade. — Como está sua semana?

— A mesma loucura de sempre. — Estava pensando nos encontros com clientes de que se lembrava e no restante do trabalho para validar o testamento de Stanley. Precisava ir ao tribunal na terça-feira para uma audiência de validação. Ia ser uma semana muito cheia.

— A minha também — respondeu Jeff, olhando a agenda. — Tenho uma ideia. Você está ocupada esta tarde?

— Não, mas você está — disse Sarah, sentindo-se um pouco culpada. — Suponho que não esteja sentado lendo um livro ou vendo televisão.

— Não, mas fiz muita coisa ontem e hoje de manhã. Posso tirar algumas horas agora, se você quiser que nos encontremos na casa. Além disso, agora você é nossa cliente, isso é trabalho.

— Puxa, eu adoraria. — Ela não tinha nada para fazer pela tarde inteira. A mansão já estava preenchendo seus dias.

— Perfeito. Encontro você lá daqui a meia hora. Pensando melhor, que tal comer um sanduíche antes de irmos? Podemos conversar sobre seus planos enquanto almoçamos.

— Por mim, tudo bem — disse ela, feliz. Não ficava animada assim desde que fora aceita em Harvard.

— Pego você em dez minutos. Onde você mora? — Ela lhe deu o endereço e, em 15 minutos, ele estava lá, tocando a campainha. Ela correu escada abaixo para encontrá-lo e pulou para dentro do jipe em que ele viera.

— O que aconteceu com o Peugeot? — perguntou Sarah, interessada.

— Não estou autorizado a dirigi-lo — respondeu ele, sorrindo. Pararam numa delicatéssen na Fillmore Street e compraram sanduíches e limonada. Menos de uma hora depois, estavam na casa que Sarah esperava ser dela em breve. E que seria mesmo, se a sorte ajudasse. Ela o preveniu que o negócio ainda não havia sido fechado, e ele sorriu para ela, despreocupado:

— Vai ser. Tenho um pressentimento.

— Eu também — disse ela, dando uma risadinha, ao abrir a porta da casa.

Ele levava o trabalho muito a sério. Havia trazido duas câmeras, uma fita métrica, um bloco de rascunho e uma série de instrumentos e equipamentos de medição e de verificação. Explicou-lhe que os assoalhos e os lambris teriam que ser protegidos durante as obras. Recomendou duas empresas que trabalhavam com encanamentos, para que ela pudesse escolher, e três eletricistas que, segundo Jeff, não lhe cobrariam uma fortuna. Sugeriu que lhe pagasse por hora para orientar o projeto, em função do trabalho que efetivamente realizasse, e não em função de uma porcentagem dos custos. Segundo o arquiteto, o sistema de tarifa por hora sairia mais barato. Estava sendo muito sensato. Jeff se meteu debaixo das coisas, subiu e mexeu em objetos, bateu nas paredes e verificou o madeiramento, as telhas e o reboco.

— A casa está surpreendentemente sólida para a idade que tem — avaliou, depois de passar uma hora por ali. Não havia dúvida de que os encanamentos e a fiação elétrica estavam numa situação desastrosa, embora ele não tivesse detectado nenhum vazamento visível, o que lhe parecia incrível.

— Stanley cuidava muito de seu aspecto exterior. Não queria viver no corpo principal da casa, tampouco queria que ela caísse aos pedaços. Ele havia acabado de colocar um telhado novo.

— Ele era esperto. Danos causados pela água estragam tudo, e algumas vezes os vazamentos são difíceis de detectar. — Eles ficaram lá até seis horas da tarde e, na hora de ir embora, ambos já estavam usando potentes lanternas. Sarah se sentia em casa naquele ambiente. Tivera uma tarde extremamente agradável percorrendo tudo em companhia de Jeff. E isso era apenas o começo. Ele já preenchera um bloco com notas e esboços. — Não vou cobrar por essa tarde — disse ele, depois que fecharam a porta da frente, ajudando-a a subir no jipe.

— Está brincando? Ficamos cinco horas aqui.

— É domingo. Eu não tinha nada melhor para fazer e me diverti muito. O dia foi um presente. Foi tão legal que você é que deveria me cobrar. E provavelmente a taxa que cobra por hora é muito mais alta que a minha — disse ele, provocando-a. Na verdade, eram comparáveis, considerando os preços que ele mencionara pelo telefone.

— Acho que, nesse caso, empatamos.

— Bom. Você tem tempo para jantar ou está ocupada? Poderíamos começar repassando minhas anotações. Gostaria de entregar algumas projeções para você amanhã de manhã. — Saíram apressados.

— Ainda não se cansou de mim? — Ela se sentia meio aproveitadora por estar tirando partido dele, uma vez que pretendia fazer ela mesma boa parte do trabalho. Mas ele sabia disso e parecia não se importar. Na verdade, a sugestão havia partido dele.

— Melhor eu não me cansar nem de você nem da casa. Ou você se cansar de mim. Vai me ver muito durante os próximos seis meses ou mais, dependendo do tempo que levar para as obras acabarem. Que tal um sushi? — perguntou ele, dando a partida.

— Ótimo.

Jeff a levou a um restaurante japonês perto da Union Street, e continuaram a falar sobre a casa com energia e entusiasmo. Seria divertido trabalhar com ele. É óbvio que amava a profissão e rapidamente se apaixonava pela casa que ela estava comprando. Havia uma semelhança com os projetos que executara na Europa.

Ele a deixou em seu apartamento depois das oito e meia e prometeu ligar pela manhã. O telefone estava tocando quando ela entrou em casa.

— Onde você estava? — Era Phil, que parecia ansioso.

— Comendo num restaurante japonês — respondeu ela tranquilamente.

— O dia inteiro? Estou telefonando para você desde as duas da tarde. Trouxe as crianças mais cedo. Você ficou fora de casa o dia inteiro. Deixei um monte de recados em seu celular. — Ela não havia olhado a caixa de mensagens desde o meio-dia. Estivera muito atarefada com a casa da Scott Street.

— Desculpa, não esperava que você fosse me telefonar — disse, com sinceridade.

— Queria levar você para jantar fora hoje. — Ele parecia ressentido, e ela o provocou:

— Num domingo? Ah, mas isso é uma reviravolta!

— Acabei comendo uma pizza. Desisti de falar com você às sete horas. Quer que eu vá até aí?

— Agora? — Ela parecia surpreendida, estava imunda. Eles tinham se arrastado pela casa o dia inteiro, ido até o porão. O serviço de limpeza havia feito um bom trabalho, mas, de qualquer jeito, eles ficaram cobertos de poeira. Ainda havia sujeira nos recantos e nas gretas mais remotas.

— Você está ocupada? — perguntou Phil.

— Não. Só estou muito desarrumada. Venha, se quiser. Vou tomar um banho rapidinho. — Fazia dois anos que ele tinha as chaves, pois não havia o que esconder dele. Por mais inadequado que fosse o acordo entre os dois, de seu ponto de vista, ambos sempre tinham sido fiéis um ao outro. Sarah não conseguiu deixar de se perguntar por que ele estava vindo. Estava secando o cabelo, após o banho, quando ele entrou no apartamento com o cenho franzido.

— O que há com você? — perguntou, parecendo preocupado.

— Cada vez que telefono você está fora de casa; e sai para ir a um restaurante japonês. Você nunca vai jantar sem companhia. Você foi sozinha ao cinema na sexta-feira e, ainda por cima, esteve procurando condomínios. — Ela sorriu misteriosamente, pois estava pensando na casa da Scott Street. — E está meio esquisita.

— Puxa, obrigada — disse Sarah, rindo para ele. O que Phil esperava? Ele saiu para passar o fim de semana com os filhos e nem a convidou. Talvez pensasse que ela ia ficar sentada, trancada no apartamento o tempo todo, esperando para vê-lo no próximo fim de semana. Desta vez não, embora isso já tivesse acontecido antes. — Estava apenas ocupando meu tempo. E decidi não comprar um apartamento em um condomínio.

— Ah, pelo menos uma atitude sensata. Estava começando a pensar que você estava saindo com outro cara ou coisa parecida.

Ela sorriu para ele e lhe deu um abraço:

— Ainda não — disse com honestidade —, mas qualquer dia desses vou mesmo, se não começarmos a nos ver com mais frequência.

— Pelo amor de Deus, Sarah, não comece outra vez — comentou, nervoso.

— Não estou começando nada, você é que perguntou.

— Só achei que você estava com uma atitude estranha. — Mais do que ele jamais poderia imaginar. Se conseguisse aquela casa, a coisa ia ficar ainda mais estranha. Estava ansiosa para lhe contar. Mas queria antes falar com o banco e esperar a resposta de todos os herdeiros.

Phil se sentou no sofá e ligou a televisão, puxando-a para perto de si. Em poucos minutos, adotou uma atitude amorosa e, meia hora mais tarde, foram para o quarto. A cama estava desfeita e os lençóis não tinham sido trocados, mas ele nem pareceu se importar. Na verdade, ele nunca ligava para isso. Passou a noite com ela, bem aconchegadinho, abraçando-a, mesmo sendo uma noite de domingo. Fizeram amor de novo na manhã seguinte. Engraçado como as pessoas sentem quando as coisas mudam, pensou Sarah com seus botões, enquanto dirigia para a cidade E sua vida estava a ponto de ficar ainda mais diferente. Se conseguisse aquela casa, ia mudar radicalmente.

Capítulo 11

Na segunda-feira, Sarah redigiu uma carta para os 19 herdeiros do espólio de Stanley. Enviou-a por fax àqueles que tinham aparelhos para receber e por entrega especial dos Correios aos demais, anexando o formulário oficial de proposta que Marjorie, como corretora, tinha preparado. Tudo estava oficializado e expedido por volta das dez da manhã.

Às onze horas, Tom Harrison lhe telefonou de St. Louis. Estava rindo quando ela atendeu o telefone no escritório.

— Bem que me perguntei se você não ia acabar fazendo isso, Sarah. Seus olhos brilharam quando você entrou naquela casa. Que bom para você. Acho que é exatamente o que Stanley quis dizer quando nos aconselhou a visar novos horizontes. Entretanto, devo confessar que pagaria o dobro dessa quantia para me ver livre daquele elefante branco. Mas, se você gosta dela, bom proveito. Tem minha plena e inteira aprovação. Aceito sua proposta.

— Obrigada, Tom — respondeu ela, sentindo-se emocionada.

Quatro outros herdeiros se manifestaram naquele dia, e outros nove na terça-feira. Faltavam cinco. Dois deram a aprovação na quarta-feira. A essa altura, já havia falado com o banco, que aprovou a hipoteca e até uma linha de crédito para o pagamento da entrada enquanto ela não recebesse o legado de Stanley.

Marjorie lhe sugerira fazer uma análise de presença de cupins só para prevenir, o que não deixava de ser uma boa ideia. Havia apenas alguns pequenos problemas, que eram de se esperar numa casa tão antiga. Nada que não pudesse ser consertado. Stanley encomendara uma inspeção sobre abalos sísmicos, para garantir que a residência não cairia em sua cabeça em caso de terremoto. Assim, os únicos problemas eram os óbvios, dos quais já tinha conhecimento.

Sarah recebeu as três últimas aprovações na quinta-feira e, tão logo tomou conhecimento delas, telefonou para o banco, para Marjorie e para Jeff Parker, os únicos que sabiam de sua loucura até então. Jeff soltou um grito de júbilo após ela lhe contar tudo. Quando ele lhe telefonara na terça, para conferir, ainda faltava a aprovação de cinco herdeiros. Finalmente, todos estavam satisfeitos em vender a casa e tirá-la do espólio, e acharam o preço satisfatório. Era uma complicação a menos, uma dor de cabeça da qual queriam se livrar. Concordaram com uma custódia de três dias, o que era muito incomum. Isso significava que, tecnicamente, a casa seria de Sarah no domingo.

— Temos que comemorar — disse Jeff, ao ouvir as boas notícias. — Que tal outro jantar japonês? — Era fácil e rápido, e eles concordaram em se encontrar num restaurante diferente, na Fillmore Street, depois do trabalho. Combinaram às sete e meia, e ela tinha que admitir, era ótimo ter alguma coisa para fazer e alguém com quem se encontrar durante a semana. Era muito mais divertido do que comer um sanduíche em sua mesa, enquanto trabalhava, ou voltar para casa para ver televisão e ficar sem jantar.

Jeff e ela conversaram sem parar sobre a casa por duas horas, durante a refeição. Ele tivera um milhão de ideias desde a última vez em que se falaram, na terça-feira. Queria ver se podia ajudá-la a aproveitar melhor a escada de trás e desenhara toda uma cozinha para ela no andar principal. Claro que não passava ainda de um esboço, mas ela adorou. Sugeriu uma academia no porão, onde antes ficava a cozinha, e chegou a incluir uma sauna seca e outra a vapor.

— Isso não vai custar uma fortuna? — perguntou ela, preocupada, embora Phil fosse adorar. Ainda não lhe dissera nada sobre a casa, mas pretendia fazer isso neste fim de semana.

— Não necessariamente. Podemos usar unidades pré-fabricadas. Podemos até instalar uma banheira de água quente.

— Essa sugestão a fez rir.

— Agora vamos mesmo ficar chiques. — Acima de tudo, ela adorara o projeto para a cozinha, funcional e bonito. Havia até espaço para uma mesa de jantar grande e confortável, em frente às janelas que davam para o jardim. Ele estava investindo bastante tempo e reflexão ao projeto dela. Às vezes, Sarah se perguntava de quanto seria a conta que iria apresentar. Mas ele estava visivelmente tão apaixonado quanto ela pela casa da Scott Street. Era isso que Jeff gostava de fazer.

— Meu Deus, eu amo essa casa, Jeff. E você? — declarou, dando um sorriso radiante.

— Eu também. — Ele sorriu feliz para ela, relaxado, ao acabarem de jantar. Ambos estavam bebendo chá verde. — Fazia muito tempo que não me divertia tanto. Mal posso esperar para meter a mão na massa e começar. — Ela lhe contou que telefonara para as empresas de eletricidade e encanamento naquela semana e marcara encontros com todos eles na semana seguinte, para que pudessem fazer os orçamentos. Todos lhe disseram que só poderiam começar a trabalhar depois do Natal. Assim como Jeff, estava ansiosa para começar. — Espere só até virarmos essa casa pelo avesso, limparmos cada canto e depois colocarmos tudo de volta no lugar.

— Você faz com que pareça assustador — disse ela, sorrindo. Mas ele era bastante calmo e seguro. Se alguém podia fazer uma coisa dessas, esse alguém era Jeff.

— Às vezes é mesmo assustador, mas assim que você tiver feito tudo, a sensação é incrível.

Sarah esperava que a casa voltasse a ter uma aparência respeitável lá pelo verão ou, na pior das hipóteses, no Natal seguinte. Jeff não pensava que fosse preciso um ano inteiro. Ele pagou a conta e a encarou com uma expressão meio zombeteira. Ele tinha uma cara de menino, mas olhos de um homem experiente, o que o fazia parecer jovem e velho ao mesmo tempo. No entanto, ele era apenas seis anos mais velho que ela. Tinha 44 anos e mencionara que Marie-Louise tinha 42, embora Sarah achasse que ela parecia ser mais jovem. Seu jeito malicioso e cheio de vigor a fazia parecer até mesmo mais moça do que Sarah, cuja aparência era mais sóbria, mais de mulher de negócios, ao menos nos dias em que ia ao escritório. Para o jantar com Jeff, Sarah vestira um terninho azul-marinho simples. No domingo, usara jeans, tênis Nike e um suéter vermelho. Ele gostava desse visual. Quando a mãe dele conheceu Marie-Louise, disse que ela parecia uma piranha, embora em alguns momentos Jeff tivesse que admitir que esse jeito dela também o atraía. O visual de Sarah era mais americano, mais natural e saudável, como uma modelo da Ralph Lauren ou a estudante de Harvard que fora um dia.

— Me diga uma coisa — perguntou Jeff, com sua cara de menino. — Se vamos passar todo esse tempo juntos, trabalhando na casa, estou autorizado a fazer perguntas pessoais? — Ele sentia muita curiosidade a respeito dela desde que se encontraram, mais ainda depois de saber da compra da casa. Era muita coragem da parte dela, e ele a admirava por isso.

— Claro — respondeu, com um olhar inocente e franco que ele tanto apreciava nela. Sarah sempre parecia não ter segredos. Já Marie-Louise tinha segredos demais, alguns dos quais eram decididamente desagradáveis. Ela não era uma pessoa fácil. — Vá em frente.

— Quem vai se mudar para essa casa junto com você? — Ele pareceu meio embaraçado ao perguntar isso, mas Sarah não se incomodou.

— Ninguém. Por quê?

— Está brincando? *Por quê?* Você está se mudando para uma casa de cinco andares e 2.800 metros quadrados e ainda quer saber por que estou perguntando quem vai morar com você? Pô, Sarah, você podia convidar um povoado inteiro. — Ambos riram enquanto o garçom voltava a encher as xícaras de chá. — Estava apenas curioso.

— Ninguém. Só eu mesma.

— E é isso que você quer? — Parecia que ele estava se oferecendo, mas ambos sabiam que não era o caso. Jeff vivia com Marie-Louise há 14 anos, e mesmo que Sarah a achasse uma pessoa difícil, aparentemente isso lhe convinha.

— Bem, essa já é uma pergunta mais complexa — respondeu ela francamente, olhando-o por cima da xícara de chá. — Isso depende do que você quer dizer. Se estou procurando um marido? Não, acho que não. Nunca achei que o casamento fosse uma solução para mim. Parece dar mais trabalho do que vale, mas suponho que tudo depende de com quem você se casa. Se quero filhos? Creio que não. Pelo menos, nunca quis. Ter filhos me assusta muito. Se gostaria de viver com alguém? Provavelmente, ou pelo menos, de ter alguém que quisesse ficar por perto a maior parte do tempo, mesmo que tivesse a própria vida. Acho que é isso que eu queria. Gosto da ideia de partilhar meu cotidiano com alguém. E parece que isso é muito difícil de encontrar. Pode ser que eu tenha perdido esse bonde. — Ele riu ao ouvir a resposta dela, embora a tivesse escutado com seriedade até o fim.

— Na sua idade? Seu bonde ainda nem chegou no ponto. Hoje em dia, as mulheres que conheço esperam até os 40, ou pelo menos até sua idade, para se acomodar.

— Não foi o seu caso. Você deve ter começado uma relação firme com Marie-Louise aos 30 anos.

— Mas isso é diferente. Pode ser que eu tenha sido um idiota. Nenhum dos meus amigos se casou antes dos 30. Marie-Louise e eu tivemos uma relação muito apaixonada na época em que éramos estudantes. Ainda é assim na maior parte do tempo, mas já tivemos nossos altos e baixos. Acho que isso acontece com a maioria pessoas. Algumas vezes penso que o fato de trabalharmos juntos dificulta as coisas. Mas gosto de estar com alguém no dia a dia. Ela me acha inseguro, carente e possessivo. — Sarah riu diante dessa descrição.

— Você me parece ótimo.

— É porque você não mora comigo. Pode ser que ela tenha razão. Eu digo que ela é fria, muito independente e francesa demais para o próprio bem. Ela detesta morar aqui, o que também é difícil. Volta para o país dela toda vez que pode e passa lá seis semanas, em vez de duas.

— Deve ser complicado para os negócios de vocês — comentou Sarah, de forma solidária. Ela tampouco gostaria disso.

— Nossos clientes parecem não se importar. Ela trabalha de lá mesmo e permanece em contato com eles por e-mail. Basicamente, Marie-Louise não gosta nem um pouco de viver nos Estados Unidos, o que é difícil para mim. Muitos franceses são assim. Como seus melhores vinhos, eles não viajam bem. — Sarah riu do comentário; não era maldoso, mas, muito provavelmente, verdadeiro. Ela não parecera feliz ou agradável quando Sarah a conhecera. A convivência não devia ser fácil. — E você? Não há ninguém em seu cotidiano agora? — Sarah não achou que ele estava dando em cima dela na ausência de Marie-Louise, mas apenas tentando fazer amizade. Suspeitou que Jeff se sentisse tão sozinho quanto ela.

— Não — respondeu Sarah, com sinceridade. — Tenho alguém com quem passo os fins de semana. Temos necessidades muito diferentes. Ele é divorciado há 12 anos e tem três filhos adolescentes, com quem janta uma ou duas vezes por semana e sai nos feriados. Ele só os vê nessas oportunidades, nunca durante os fins de semana, quando eles estão muito ocupados e eu acho que ele não tem vontade. Detesta profundamente a ex-mulher e também a mãe e, por vezes, todo esse ódio respinga em mim. Ele também é advogado e está sempre muito ocupado. Acima de tudo, gosta de fazer o que quer durante a semana e, às vezes, nos fins de semana também. Não tolera muita intimidade nem quer alguém invadindo seu espaço o tempo todo. Passamos as noites de sexta e sábado juntos. É estritamente um acordo de fins de semana. Ele vai à academia todas as noites de segunda a sexta e se recusa terminantemente a me ver, exceto nos fins de semana. Os feriados não estão incluídos.

— E isso funciona para você? — perguntou Jeff, interessado. Não lhe parecia uma boa coisa. Eis um arranjo que talvez agradasse a Marie-Louise, se ela conseguisse fazê-lo, mas com ele isso era impossível. Jamais toleraria o que Sarah acabara de descrever e havia ficado surpreso ao ver que ela conseguia. Parecia uma mulher que queria e precisava de mais do que isso. Porém, talvez estivesse enganado, e não fosse o caso.

— Francamente? — respondeu ela. — Não, isso não funciona para mim. Arranjo de fim de semana é o fim da picada. Detesto isso. No início era bom, mas acabei me cansando depois dos primeiros anos. Passei o último ano aborrecida e me queixando por causa disso, mas ele não quer nem tocar no assunto. Esse é o acordo que está em vigor. Aceite ou dê o fora. Ele é um negociador implacável e um excelente advogado.

— E por que atura isso se você não gosta? — perguntou Jeff, ainda mais intrigado.

— O que mais podia fazer? — perguntou ela, tristemente. — Não sou mais tão jovem assim. Na nossa idade, não há muitos caras decentes por aí. A maior parte tem pavor de compromisso. Tiveram um casamento ruim e não querem outro, nem mesmo um compromisso de tempo integral. Os que nunca se casaram são em geral problemáticos e não suportam qualquer tipo de relação. Os legais já se casaram e têm filhos. Além disso, estou sempre muito ocupada. Trabalho demais. Quando posso sair para encontrar alguém? E onde? Não costumo frequentar bares e quase não vou mais a festas. Não bebo o suficiente para chegar a gostar disso. Os caras com quem trabalho são todos casados, e não saio com homens casados. Daí, só me resta o que tenho. Fico pensando que, algum dia, ele acabará querendo passar mais tempo comigo, mas nunca quis, pelo menos até agora. E pode ser que não queira nunca. Esse arranjo funciona muito mais para ele do que para mim. É um cara legal, embora às vezes um pouco egoísta. Gosto de estar com ele a maior parte do tempo, quando não fico me preocupando com o fato de nos vermos muito pouco — concluiu, pois não queria acrescentar que o sexo continuava ótimo, mesmo após quatro anos.

— Ele nunca vai passar mais tempo com você — sentenciou Jeff clinicamente. Estavam se tornando amigos, ao pôr as cartas emocionais na mesa, e gostavam um do outro. — Por que o faria? Ele tem tudo o que quer. Uma mulher que fica à sua disposição nos fins de semana e que não lhe causa muitos problemas, porque você não quer entornar o caldo demais. Ele tem carinho quando quer, dois dias por semana, e liberdade pelo restante do tempo. Que diabo, é o arranjo perfeito para ele. Já foi casado, tem filhos e não quer mais do que tem com você atualmente. O que mais um homem como ele pode querer? — Ela sorriu ao ouvir esse comentário e não discordou.

— Não tive coragem de dar o fora até agora. Minha mãe diz o mesmo que você, que ele é um aproveitador. Mas só eu sei como são duros os fins de semana sem ninguém e, para ser honesta com você, Jeff, eu os detesto. Sempre detestei. Simplesmente não estou pronta para encarar isso de novo. Ainda não.

— Você nunca vai achar alguém melhor, a menos que decida enfrentar isso.

— Você tem razão, mas é muito difícil — respondeu ela, sinceramente.

— Nem me fale... É por isso que Marie-Louise e eu continuamos juntos. Por isso e por uma casa que compramos juntos, uma empresa e um apartamento que dividimos em Paris, que eu pago o aluguel, mas é ela quem aproveita. Porém cada vez que rompemos, ambos olhamos em volta, ficamos apavorados com o que vemos e acabamos voltando. Depois de 14 anos, pelo menos você sabe com o que pode contar. Ela não é louca e eu não sou problemático. Não ficamos nos destruindo mutuamente nem traindo um ao outro. Pelo menos espero que não — disse ele, com um sorriso meio triste, pois a mulher se encontrava a quase 10 mil quilômetros de distância, em Paris. — Mas suponho que qualquer dia desses ela voltará de vez para Paris e vamos ter que separar nossa empresa, o que não seria conveniente para nenhum de nós. Ganhamos um bom dinheiro trabalhando juntos. Ela é uma pessoa legal, somos apenas muito diferentes, o que talvez seja até bom. Mas ela sempre diz que não gostaria de envelhecer aqui, e eu não consigo me imaginar mudando para Paris. Começa que meu francês ainda não é grande coisa. Eu me viro, mas seria muito difícil trabalhar por lá. E como não somos casados, seria complicado conseguir visto de trabalho para mim. Marie-Louise afirma que nunca se casará e não é apenas da boca para fora. E com toda certeza não quer ter filhos. — Nem Sarah. Tinha isso em comum com Marie-Louise, embora fossem diferentes em todo o resto.

— Meu Deus, as coisas são complicadas demais hoje em dia, não? Cada um tem suas ideias tortas sobre as relações e sobre como gostaria de viver. Todo mundo tem problemas, nada é simples. As pessoas não dizem simplesmente "sim, eu quero" e saem juntas ao entardecer, decididas a fazer com que a relação dê certo. Construímos esses arranjos loucos que às vezes funcionam, às vezes não, e que talvez pudessem até funcionar, mas então não dão certo. Fico me perguntando se as coisas sempre foram assim. Acredito que não — disse Sarah, pensativa ao refletir.

— Provavelmente somos assim porque nunca vimos um casamento feliz em nossa juventude. A geração dos nossos pais ficava junta, mas se detestava. A nossa, ou não se casa ou se divorcia de uma hora para outra. Ninguém tenta fazer as coisas funcionarem. Se a situação não está confortável, eles caem fora — disse ele. Sarah, no fundo, concordava com aquela opinião.

— Pode ser que você tenha razão — disse ela, pensativamente. Não deixava de ser uma teoria interessante.

— E seus pais? Eles eram felizes? — perguntou Jeff, fitando Sarah. Gostava dela. Podia sentir que era uma pessoa verdadeiramente decente, íntegra e com valores sólidos. Mas Marie-Louise também era assim, o problema é que ela possuía arestas afiadas. Tivera uma infância difícil, que ainda exercia alguns efeitos sobre ela, quer ela admitisse isso ou não.

— Claro que não. — Sarah riu, ao ouvir a pergunta. — Meu pai era um alcoólatra convicto e minha mãe o acobertava. Ela sustentou todos nós enquanto ele ficava jogado na cama, bêbado demais para fazer o que quer que fosse, e ela ainda encontrava um jeito de desculpá-lo. Eu o detestava por agir assim. Morreu quando eu tinha 16 anos. Não posso nem dizer que senti sua falta porque era como se nunca estivesse presente. Na verdade, tudo ficou muito mais fácil depois que ele se foi. — Durante grande parte da juventude, ela desejara que o pai fosse embora. Depois que ele morreu, sentiu-se culpada por isso.

— Ela se casou de novo? — perguntou Jeff, interessado. — Deve ter ficado viúva muito cedo, se você tinha apenas 16 anos.

— Nessa época, ela tinha um ano a mais do que eu agora, se bem me lembro. Ela era corretora de imóveis, depois se tornou decoradora de interiores e conseguiu fazer um bom dinheiro. Pagou meus estudos em Harvard e depois a faculdade de direito de Stanford. Mas nunca quis se casar de novo. Tem um bando de namorados bastante efêmeros, que são sempre alcoólatras ou problemáticos, ou pelo menos ela acha que são. Na maioria das vezes, passa o tempo com as amigas e vai a clubes do livro.

— Isso é meio triste — disse Jeff com compaixão.

— É, é mesmo, embora ela diga que é feliz. Não acredito, eu não seria. Por isso me agarro ao meu cara dos fins de semana. Não gostaria de acabar indo a clubes do livro daqui a vinte anos, como mamãe.

— Mas isso vai acontecer de qualquer jeito — disse Jeff, sem rodeios. — Ele está empatando sua vida. Você realmente acha que ele vai estar ao seu lado daqui a vinte anos?

— Provavelmente não — respondeu ela francamente —, mas está aqui agora. Eis o problema. Acho que isso vai desmoronar qualquer dia desses, mas não quero apressar as coisas. Detesto esses fins de semana solitários.

— Eu sei. Compreendo. Eu também os detesto. Não quero parecer arrogante, tampouco tenho respostas.

Eles deixaram o restaurante logo depois. Como tinham vindo em carros separados, despediram-se com um abraço e ela foi para casa. O telefone estava tocando de maneira ensurdecedora quando chegou. Consultou o relógio e se surpreendeu ao ver que já eram onze horas da noite. Ela havia desligado o celular durante o jantar.

— Onde raios você estava? — Phil parecia fora de si.

— Nossa, relaxa, calma. Fui jantar fora. Nada de mais. Fui num restaurante japonês.

— Outra vez? Com quem? — berrou ele no telefone e ela ficou se perguntando se estaria com ciúmes ou se era simplesmente um imbecil. Talvez ele também tivesse saído e bebido.

— Que diferença faz? — perguntou, aborrecida. — De qualquer maneira, você nunca está aqui durante a semana. Saí com alguém com quem estou trabalhando num projeto. Foi estritamente comercial. — O que não deixava de ser verdade.

— O que significa isso? Vingança? Só porque vou à academia depois do trabalho para fazer um pouco de exercício? Castigo? Deus do céu, isso é tão infantil.

— Não sou eu quem está gritando — observou ela. — É você. Qual é o problema?

— Durante quatro anos, você volta para casa todo dia e fica aí quietinha sentada diante da televisão. Agora de repente sai para comer comida japonesa todas as noites. O que está acontecendo? Está trepando com a porra de um japonês?

— Cuidado com o que diz, Phil. E também com suas maneiras. Já saí para comer comida japonesa com você também. Isso foi trabalho. Desde quando combinamos que não se pode sair para jantares de negócio durante a semana? — Ela se sentia levemente culpada porque se divertira muito e, após uma ou duas horas, aquilo mais parecia uma relação de amizade. Mas dissera a verdade. Era também uma relação de negócios. — Se você quer me vigiar durante a semana, por que não reduz um pouco o tempo de academia e aparece por aqui? Você é sempre bem-vindo. Preferiria ir a um restaurante japonês com você.

— Vai se foder — respondeu Phil, batendo o telefone. Não havia outra resposta possível porque sabia que ela estava com a razão. Ele não podia ter fome e vontade de comer, ter liberdade total durante a semana, enquanto tinha certeza de que ela ficava presa em casa, esperando para vê-lo nos fins de semana. Quem sabe ele gostaria até de lhe colocar um cinto de castidade. Sorte a dele, pensou Sarah, Jeff Parker já namorar alguém. Ele era um cara tremendamente simpático. E tinha razão em todas as afirmações que fizera sobre Phil e seu comprometimento com ela. A relação entre os dois não tinha nada de ideal.

Phil voltou a telefonar mais tarde, desculpando-se, mas ela deixou a secretária atender. Havia passado bons momentos naquela noite e não queria estragá-los falando com ele. O que dissera a perturbou realmente. Ele a estava acusando de traição, coisa que jamais fizera. Nunca tinha feito isso e nunca o faria. Ela simplesmente não era esse tipo de pessoa.

Phil voltou a ligar na manhã seguinte, quando ela estava se vestindo às pressas para ir trabalhar. Era sexta-feira. Ele parecia nervoso novamente.

— Vamos mesmo nos ver esta noite?

— Por quê? Você tem outros planos? — perguntou Sarah friamente, mas receosa de levar aquilo mais longe.

— Não, tive medo de que você tivesse — declarou, mas sem qualquer afetuosidade. Ia ser um fim de semana formidável.

— Estava planejando te ver, porque faz três semanas que não nos encontramos — respondeu ela, de maneira cortante.

— Não vamos entrar nessa agora. Tive que ir a Nova York por uma semana, para tomar depoimentos. E na semana passada, estive com meus filhos. Você sabe disso.

— Entendido, doutor. E então?

— Vou hoje à noite depois da academia.

— Até mais tarde — disse ela, desligando. O clima não estava bom; ambos claramente cultivavam ressentimentos. Ela, por conta das três semanas em que ele não dera sinal, embora pudesse perfeitamente ter dado um pulo até lá durante a semana. Ele, porque não gostou de ela ter saído para jantar fora e desligado o celular. E Sarah estava justamente planejando contar a ele sobre a casa da Scott Street durante este fim de semana e, talvez, até mesmo ir até lá com ele. Nem mesmo a crise de raiva de Phil a demovera dessa ideia.

No caminho para o escritório, telefonou para Jeff e lhe agradeceu pela noite tão agradável.

— Espero não ter sido franco demais — disse Jeff, se desculpando. — Acabo sempre fazendo isso quando bebo muito chá.

— Ambos deram uma risada. E Jeff lhe falou que tivera novas ideias para a cozinha e talvez até para a academia. — Você teria tempo para a gente se ver neste fim de semana? Ou vai estar muito ocupada com ele?

— Ele se chama Phil e sempre vai embora por volta de meio-dia no domingo. Podemos nos ver à tarde.

— Ótimo. Me ligue quando ele tiver ido embora. — Ela não lhe contou que Phil tivera um ataque de ciúmes por causa dele na noite anterior. E adorou a ideia de que a casa ia mantê-la ocupada daqui para a frente. Isso tornaria as coisas menos deprimentes quando Phil fosse embora nos domingos e em todas as noites durante a semana. Com uma mansão daquele tamanho para reformar, ia ter um bocado de coisas para fazer, o que preencheria todo seu tempo livre.

Parou no caminho para fazer compras e estava pensando em preparar um jantar naquela noite, pois fazia tempo que não se viam. Ficou surpresa ao ver Phil chegar logo depois das sete horas.

— Você não foi à academia? — Ele nunca chegava na casa dela antes das oito da noite.

— Achei que você gostaria de sair para jantar fora esta noite — disse ele, parecendo um pouco mais apaziguador. Era raro que ele pedisse desculpas verbalmente, mas sempre tentava compensar de outras maneiras, se achava que a tinha ofendido de algum modo.

— Seria ótimo — respondeu ela gentilmente, levantando-se para lhe dar um beijo. Surpreendeu-se com a força do abraço e o fervor de seu beijo. Talvez estivesse mesmo com ciúmes. Quase chegou a achar que isso era legal. Deveria sair mais vezes para jantar comida japonesa e desligar o celular com mais frequência, se o efeito era esse.

— Senti sua falta — disse Phil amorosamente, e ela sorriu para ele. A relação deles era tão estranha. A maior parte do tempo, ele não queria vê-la, e, quando Sarah se virava sozinha, ele ficava com ciúmes, tinha um acesso de raiva e dizia que sentia falta dela. Era como se um deles precisasse sempre se sentir desconfortável. Um lado da gangorra tinha que estar em cima e o outro embaixo, não podiam nunca estar no mesmo nível ao mesmo tempo. Era uma pena.

Phil a levou para jantar naquela noite num dos restaurantes preferidos de Sarah e parecia estar realmente fazendo um esforço. Tão logo voltaram para casa, insistiu que estava cansado e a chamou para a cama com ele. Ela sabia perfeitamente o que ele queria e não tinha objeções. Não transavam há três semanas. Quando fizeram amor naquela noite, ela percebeu que ele sentira sua falta. Sarah também sentira a dele, mas não tanto assim, porque estivera distraída com a mansão. Não lhe dissera nada sobre isso durante o jantar. Queria esperar até sábado de manhã, depois do café, porque provavelmente Phil estaria de melhor humor. Não sabia exatamente por que, mas tinha a sensação de que ele não ia aprovar. Phil detestava qualquer mudança, e não havia como negar que a casa era, de fato, singularmente grande.

Preparou ovos mexidos com bacon para ele naquela manhã, com bolinhos de amora comprados na noite anterior. Serviu até mesmo um coquetel acompanhado por champanhe e suco de laranja junto com o jornal quando ele ainda estava na cama.

— O-ou. — Phil deu um sorriso travesso enquanto ela lhe oferecia um cappuccino com a espuma cheia de raspinhas de chocolate. — Por que você está tentando tanto me agradar?

— O que faz você pensar que estou fazendo isso? — respondeu ela, com um sorriso malicioso.

— O café da manhã estava bom demais. O cappuccino estava perfeito. Você nunca trouxe o jornal na cama para mim. E o toque final foi o champanhe com suco de laranja. — Então, olhou-a com ar preocupado. — Ou você vai me deixar ou andou trepando por aí.

— Nem uma coisa nem outra — disse ela com olhar vitorioso, sentando-se na beirada da cama. Não podia mais conter a empolgação, estava morrendo de vontade de contar a novidade para saber o que ele iria achar. Esperava levá-lo para ver a casa naquela tarde. —Tenho uma coisa para contar — declarou sorrindo para ele.

— Não me diga — respondeu, parecendo ansioso. — Isso eu já havia percebido. O que foi que andou fazendo?

— Vou me mudar — disse ela simplesmente e, de repente, ele pareceu apavorado.

— Para longe de São Francisco?

Ela riu e ficou contente. Ele realmente parecia assustado, o que era um bom sinal.

— Não. Apenas alguns quarteirões daqui. — Ele respirou, aliviado.

— Comprou um apartamento? — perguntou surpreso. — Você disse que tinha decidido não fazer isso.

— É verdade. Não comprei um apartamento. Comprei uma casa.

— Uma casa? Para você sozinha?

— Só para mim. E para você nos fins de semana, se quiser.

— E onde ela fica? — perguntou meio cético. Podia perceber que Phil achava isso uma má ideia. Já havia experimentado ter uma casa quando era casado. E agora não queria nada além do pequeno apartamento onde morava, que tinha apenas um quarto grande e outro, bem menor, nos fundos, com um beliche triplo para os filhos. Era fácil entender por que eles quase nunca queriam ficar lá, pois precisavam ser contorcionistas para caber naquele espaço. Quando queria passar mais tempo com eles, levava-os para fora. No restante do tempo, ficavam com sua ex-mulher, na antiga casa. Para Phil, bastava sair com eles para jantar uma ou duas vezes por semana.

— Fica na Scott Street, não muito longe daqui. Podemos ir vê-la esta tarde, se você quiser.

— E quando termina o prazo de custódia? — Tomou um gole do cappuccino e ficou esperando.

— Amanhã.

— Você está brincando? Quando foi que fechou o negócio?

— Na quinta-feira. Eles aceitaram minha proposta. Eu a comprei no estado em que está. Vai precisar de muitas reformas — disse ela, com sinceridade.

— Santo Deus, Sarah. Você não precisava dessa dor de cabeça. O que você sabe sobre reformas de casa?

— Nada. Vou aprender e pretendo fazer eu mesma grande parte do trabalho.

— Você está sonhando. O que havia fumado quando tomou essa decisão? — perguntou impaciente.

— Nada. Confesso que é uma coisa meio louca. Mas é uma loucura boa. É meu sonho.

— Desde quando? Você nem tinha começado a procurar até a semana passada.

— Essa casa pertenceu a meus bisavós. Foi nela que minha avó nasceu.

— Isso não é motivo para comprá-la. — Nunca ouvira nada tão estúpido em sua vida, pensou ele, sem saber a história toda. Sarah estava contando a notícia aos poucos, e ele ficava cada vez mais cético, a cada minuto que passava. — Quando ela foi construída?

— Meu bisavô a construiu em 1923.

— E quando foi remodelada pela última vez? — perguntou ele, como se estivesse interrogando uma testemunha.

— Nunca — respondeu Sarah, dando um sorrisinho meio sem jeito. — Tudo é original. Nunca tocaram nela. Eu te falei que vai precisar de muitas obras. Imagino que isso levará mais ou menos um ano. Não vou me mudar imediatamente.

— Espero que não. Parece que você adquiriu uma enorme dor de cabeça. Vai custar uma fortuna. — Ela não lhe revelou que, graças a Stanley Perlman, agora possuía uma fortuna. Eles nunca abordavam assuntos relativos a dinheiro. Era algo que não compartilhavam. — De que tamanho ela é?

Ela sorriu para Phil. Era a chave de ouro. Quase deu risada quando disse:

— Dois mil e oitocentos metros quadrados.

— Você está maluca? — exclamou, empurrando para longe a bandeja do café e pulando da cama. — Enlouqueceu de vez? Dois *mil* e oitocentos metros quadrados? O que era? Um hotel? Parece a droga do Fairmont, pelo amor de Deus.

— É ainda muito mais bonita — disse ela orgulhosamente. — Quero que vá vê-la comigo.

— Sua mãe está sabendo o que você fez? — Como se isso tivesse a mínima importância para qualquer dos dois. Ele nunca sequer a mencionara antes, pois não gostava de Audrey, e a recíproca era verdadeira.

— Ainda não. Vou contar a elas durante a ceia de Natal. Quero fazer uma surpresa para minha avó. Ela não entra nessa casa desde que tinha 7 anos.

— Não sei o que deu em você — disse ele, fulminando-a com os olhos. — Tem se comportado como uma lunática e vem agindo estranhamente há algumas semanas. Ninguém decide comprar uma casa como essa assim, a menos que seja um investimento para, depois de remodelá-la, vender com certo lucro. Mas nem isso faz sentido. Você não tem tempo para empreender um projeto desse porte, você trabalha tanto quanto eu. É uma advogada, pelo amor de Deus, não uma empreiteira ou uma decoradora. O que é que você está pensando?

— Tenho mais tempo livre do que você — alegou Sarah timidamente. Estava cansada de sua atitude ofensiva em relação à casa, e também a ela. Não estava pedindo que pagasse a mansão, mas ele se comportava como tal, o que não era o caso.

— É mesmo? De onde tirou a ideia de que tem mais tempo livre? Da última vez que soube, você estava trabalhando 14 horas por dia.

— Eu não vou à academia. Isso me dá cinco noites livres por semana. E posso trabalhar nela durante os fins de semana.

— E o que eu devo fazer? — perguntou ele, com cara de insultado. — Ficar de braços cruzados enquanto você lava janelas e lixa assoalhos?

— Você podia ajudar. De qualquer forma, Phil, você nunca está aqui durante o dia nos fins de semana. Sempre acaba cuidando de seus interesses.

— Isso é conversa fiada, e você sabe muito bem disso. Não posso acreditar que tenha feito algo assim tão estúpido. E você vai morar numa casa desse tamanho?

— Ela é maravilhosa. Espere até ver — declarou Sarah, ofendida por tudo o que ele dissera, e ferida pela maneira como o fizera. Se houvesse tido o cuidado de olhar, Phil veria isso em seus olhos. Mas não, estava muito ocupado fazendo pouco dela.

— Tem até um salão de baile — disse ela, baixinho.

— Formidável. Você vai poder alugar para Arthur Murray, e talvez pagar as obras. Sarah, acho que você ficou maluca — sentenciou ele, sentando-se de novo na cama.

— É o que parece. Obrigada pelo apoio.

— A essa altura de nossas vidas, temos que simplificar as coisas. Reduzir tudo. Possuir menos. Ficar menos envolvidos. Quem precisa de uma dor de cabeça dessas? Você não tem nem ideia de onde está se metendo.

— Tenho sim. Passei quatro horas com o arquiteto na quinta-feira à noite.

— Ah, então era aí que você andava. — Ele pareceu arrogante, mas aliviado. Na verdade, estava preocupado com isso há dois dias, por isso a levara para jantar fora na noite anterior. — Você já contratou um arquiteto? Não perdeu tempo, não é? E obrigado por pedir minha opinião.

— Ainda bem que não pedi, se isso é tudo o que teria a dizer.

— Você deve ter dinheiro para jogar pela janela. Não fazia ideia de que sua empresa estivesse tão bem assim. — Ela não comentou o assunto. Como conseguira o dinheiro não era da conta dele, e não pretendia lhe dar explicações sobre isso.

— Vou dizer uma coisa, Phil — declarou ela, com voz cortante. — Você pode estar "simplificando", como mencionou, ou "reduzindo"; eu não. Você se casou, teve filhos, morou numa grande casa. Você já teve tudo isso, eu nunca tive. Nunca fiz nada disso. Estou nesse apartamento de merda desde que entrei na Ordem dos Advogados, com os mesmos móveis que tinha quando saí de Harvard. Não tenho nem mesmo uma maldita planta. Pode ser que eu queira algo grande e bonito, algo emocionante para fazer. Não vou ficar aqui o restante da vida, sentada ao lado de uma porção de plantas mortas, esperando que você dê o ar de sua graça nos fins de semana.

— O que você está dizendo? — A voz dele ficou mais alta, da mesma forma que a dela.

— Estou dizendo que isso me entusiasma. Mal posso esperar para começar. Eu amo aquela casa. E, se você não consegue ser solidário, me dar algum apoio ou ser pelo menos educado, pelo amor de Deus, então vá para o inferno. Não estou pedindo para pagar a conta, nem mesmo para me ajudar. Tudo o que tem que fazer é sorrir, assentir e me encorajar um pouquinho. Será que para você é tão difícil assim? — Ele ficou calado por um longo momento; depois se levantou e entrou intempestivamente no banheiro, batendo a porta. Ela detestara a reação de Phil e não sabia por que ele estava fazendo isso com ela. Talvez estivesse com ciúmes, se sentisse ameaçado ou simplesmente detestasse qualquer mudança. Fosse o que fosse, não era agradável nem bonito de se ver.

Quando ele saiu do banheiro, com os cabelos molhados, envolto numa toalha, Sarah havia vestido uma camiseta e um jeans. Olhou-o com tristeza. Não havia nada de gentil ou terno no que dissera. Fora pura mesquinharia.

— Olha, me desculpe se não me sinto feliz por você em relação à casa — disse ele, com voz grave. — Só acho que é realmente uma péssima ideia. Estou preocupado com você.

— Não fique. Se for demais para mim, sempre poderei vendê-la. Mas gostaria ao menos de tentar. Você gostaria de dar uma olhada nela?

— Na verdade, não — respondeu honestamente, vendo-a olhar para ele. Era tudo uma questão de controle. Ele gostava do *status quo* e não queria que nada mudasse. Nunca. Phil a queria ali naquele apartamento, com o qual estava familiarizado, em casa nas noites de semana, para que soubesse onde estava. Ele a queria triste, solitária e aborrecida enquanto esperava sua aparição duas vezes por semana, tal como dissera. Nunca vira tudo isso tão claramente. Ele não queria que sua vida tivesse nenhuma emoção, ainda que ela mesma pagasse por isso. Não era essa a questão. Queria a independência e a liberdade dele, mas não podia suportar o mesmo dela. — Vou ficar ainda mais irritado se for até lá — respondeu francamente. — Nunca ouvi algo tão imbecil em minha vida. De qualquer modo, tenho que jogar tênis hoje. — Olhou de relance para o relógio. — E, graças a você, já estou atrasado.

Sarah não pronunciou uma palavra. Entrou no banheiro, fechou a porta, sentou-se no tampo da privada e explodiu em lágrimas. Quando saiu, vinte minutos mais tarde, ele já havia ido embora, deixando um bilhete em que dizia que voltaria às seis horas da tarde.

— Obrigada pelo sábado maravilhoso — disse ela, ao ler o recado. As coisas estavam indo de mal a pior. Era como se ele quisesse testar seus limites. Mas ainda não estava pronta para deixá-lo. Pensou nas palavras de Jeff Parker enquanto colocava a louça na pia, mas não a lavou nem fez a cama. Nada disso tinha importância. Para quê? Phil era realmente um cretino. Nada do que dissera durante aquela manhã mostrava qualquer respeito por ela, nem mesmo alguma consideração. Dizer que a amava não significava nada, se ele se comportava assim. Lembrou-se do que Jeff lhe perguntara, na noite anterior, o que seria preciso para romper com ele, e que ela respondera não ter certeza. Fosse o que fosse, Phil se aproximava disso a passos largos. Estava ultrapassando todos os limites.

Sarah foi até a casa naquela tarde, entrou e ficou olhando em volta. Começou a pensar se Phil não teria razão, se isso não seria mesmo meio insano. Era o primeiro sinal de remorso do comprador, mas, ao visitar a suíte principal, pensou na linda mulher que havia morado ali e que fugira para a França, abandonando o marido e os filhos. E no velho senhor que ela amara e que havia morado no sótão, e nunca tivera uma vida de verdade. Queria que a casa agora fosse feliz. A casa merecia, e ela também.

Voltou ao apartamento um pouco antes das seis horas e pensou no que diria a Phil. Passara o dia inteiro pensando em acabar tudo entre eles. Não era o que ela queria, mas estava começando a pensar que não lhe restava alternativa. Merecia muito mais do que ele vinha lhe dando. Entretanto, ao entrar em casa, percebeu que o apartamento estava limpo, a louça tinha sido lavada, sentia um cheiro de comida no fogão e duas dúzias de rosas estavam depositadas em um vaso sobre a feia mesa. Phil saiu do quarto e olhou para ela.

— Pensei que você estivesse jogando tênis — disse ela, em tom desalentado. Andara deprimida o dia inteiro pensando nele, não na casa.

— Cancelei. Voltei para me desculpar por ter sido um imbecil e estragado sua festa, mas você já tinha saído. Liguei para o seu celular, mas estava desligado. — Ela havia desligado o telefone porque não queria falar com ele. — Sinto muito, Sarah. O que você pretende fazer com essa casa não é da minha conta. Só não quero que se complique, mas a decisão é sua.

— Obrigada — disse ela tristemente. Viu que ele também fizera a cama. Nunca o tinha visto se ocupar dessas coisas antes. E não sabia se o que estava vendo agora era verdadeiro ou pura encenação. Mas uma coisa estava clara. Phil também não queria perdê-la. Não queria fazer as coisas direito, mas não queria deixá-la. Não eram tão diferentes assim um do outro, exceto pelo fato de que ela queria uma relação real, que avançasse e se desenvolvesse; Phil não. Ele queria as coisas exatamente como estavam, congeladas no tempo, estagnadas. Isso não a satisfazia, mas era difícil dizer essas coisas após o esforço que ele acabara de realizar.

— Comecei a fazer o jantar — disse ele, abraçando-a. — Eu te amo, Sarah.

— Eu também te amo, Phil — respondeu ela, desviando o rosto para ele não ver suas lágrimas.

Capítulo 12

Na manhã seguinte, Phil levou Sarah para um brunch no Rose's Café, na Steiner Street. Sentaram-se sob os aquecedores, no sol de inverno. Ela permaneceu calada, enquanto ele lia o jornal. Comeram em silêncio. Na noite anterior, viram um filme na televisão e foram para a cama cedo, mas não fizeram amor. Havia sido um dia extenuante, ela se sentia exausta.

Não o convidou de novo para ver a casa, pois não queria ouvir o que Phil tinha a dizer. Seria muito doloroso e estragaria seu prazer. Não objetou quando, depois do brunch, ele disse que tinha que trabalhar. Ficou ainda mais deprimida quando se sentiu aliviada com sua partida. A relação deles estava na reta final, e Sarah sabia disso, ainda que ele não soubesse ou não quisesse admitir. Restara pouca coisa boa e havia muito ressentimento e mal-estar de ambos os lados. Isso havia ficado claro pelo impacto de seu comentário sobre a casa, no dia anterior. Ela se deu conta de que isso não tinha nada a ver com a casa, e sim com eles mesmos. Phil estava cansado de suas exigências, pedindo sempre mais, e Sarah estava cansada de pedir. Chegaram a um impasse. Por alguma razão, a compra da mansão da Scott Street o ameaçava, assim como a distância e a ausência dele a ameaçavam.

Ligou para Jeff ao meio-dia, como havia prometido. Ele estava no escritório, esperando o telefonema.

— Encontro você na casa daqui a meia hora — disse ela, baixinho. Pelo tom de Sarah, ele percebeu que o fim de semana não correra bem. Não tinha a voz de uma mulher que acabara de ser amada e confortada. Soava solitária, triste e mal-humorada.

Ela ficou sensibilizada quando ele chegou na casa com uma cesta de piquenique. Trouxera patê, queijo, pão de levedo, frutas frescas e uma garrafa de vinho tinto.

— Pensei que a gente podia fazer um piquenique — disse ele sorrindo, sem perguntar sobre o fim de semana. Era visível. Eles saíram da casa com a cesta e se sentaram numa amurada de pedra, no jardim. Não havia mais flores, apenas ervas daninhas. Mas, depois do almoço, Sarah estava com outra cara. Então, Jeff lhe mostrou os novos esboços para a cozinha. Toda a concepção foi tomando forma enquanto ele a descrevia.

— Estou adorando — disse Sarah, com os olhos brilhando de animação. Parecia uma pessoa inteiramente diferente da que chegara uma hora antes. Sentira-se morta durante todo o fim de semana. Agora, olhando para a casa com Jeff, sentia-se reviver. Ela não sabia se isso provinha dele, da mansão ou da combinação dos dois, mas, de qualquer forma, era muito melhor do que as grosserias de Phil no dia anterior. O relacionamento deles estava ficando agressivo, uma guerra de poder que ninguém venceria.

Percorreram novamente os andares superiores e ele esbarrou nela, enquanto tentavam imaginar o que fazer com os armários no quarto de vestir. Ela alegou não ter tanta roupa assim.

— Talvez precise comprar mais algumas — disse ele, provocando-a. Marie-Louise usava quase todos os armários. Sempre voltava de Paris com malas cheias de novidades e dúzias de sapatos novos que eles nunca tinham onde botar.

— Sinto muito por ter chegado aqui tão para baixo — desculpou-se ela, enquanto iam em direção ao quarto que a avó ocupara quando criança. — Tive um fim de semana de merda.

— Imaginei. Ele apareceu?

— Claro. Ele sempre aparece nos fins de semana. Teve um ataque quando soube da casa. Acha que eu fiquei doida.

— E ficou mesmo — declarou Jeff, sorrindo gentilmente. Havia tanta coisa nela de que ele gostava. — Mas uma doida do bem. Não há nada de errado em ter um sonho, Sarah. Todos nós precisamos disso, não é pecado.

— Não. — Ela sorriu melancolicamente para ele. Considerava-o agora um amigo, embora o conhecesse há pouco tempo. Mas tinha a impressão de que o conhecia havia anos, e ele sentia o mesmo. — Mas você tem que admitir que é um sonho e tanto.

— Não há nada de errado nisso. Grandes pessoas têm grandes sonhos. Pessoas pequenas não têm sonho nenhum. — Ele já detestava Phil só por ter provocado aquela expressão no rosto de Sarah. Podia ver que ele a magoara. Pelo pouco que ela lhe contara na quinta-feira à noite, achava Phil um imbecil. Ela tampouco gostava de Marie-Louise, mas nunca o confessara a Jeff.

— As coisas não estão indo bem — admitiu Sarah, enquanto desciam as escadas.

Não haviam trabalhado muito nesse dia, mas estavam ambos relaxando e descobrindo a casa. Tinham explorado cada canto. Jeff gostava de fazer isso junto com ela. Marie-Louise telefonara naquela manhã, e ele dissera que ia almoçar com um cliente, sem revelar quem era. Jamais havia feito isso antes nem sabia direito por que o fez agora, a não ser pelo fato de Marie-Louise não ter gostado de Sarah quando se conheceram. Ela tecera comentários desagradáveis sobre Sarah ao saírem, e os repetira em Veneza. Sarah era americana demais para o gosto de Marie-Louise. Ela também tinha detestado a casa. Jeff não ia pedir que trabalhassem juntos nesse projeto. Não seria justo com Sarah trazer um arquiteto que não gostasse da residência. Marie-Louise achava que era uma tarefa impossível e que aquele lugar deveria ser posto abaixo, o que lhe parecera uma piada.

— Vi que as coisas não tinham corrido bem assim que você chegou — disse Jeff, guardando as sobras do piquenique na velha cesta, comprada no mercado de pulgas em Paris.

— Não sei por que ainda fico com ele. Foi tão cretino ontem, nos comentários sobre a casa, que cheguei a pensar em acabar tudo à noite. Mas, quando voltei, ele tinha limpado o apartamento, estava fazendo o jantar, tinha trazido duas dúzias de rosas e pediu desculpas. Nunca havia feito nada disso antes. É difícil terminar tudo quando ele faz coisas assim.

— Vai ver ele percebeu que você estava ficando farta. Algumas pessoas têm um incrível senso de sobrevivência quando se trata de seu relacionamento. Talvez tudo isso tivesse mais a ver com ele mesmo do que com você. Provavelmente ele também não está disposto a abrir mão de você. Isso me parece uma reação de pânico. — Ela sorriu diante da avaliação masculina.

— Sei lá. Preferiria mil vezes gentileza em relação à mansão a ganhar rosas. Ele disse tantas coisas horríveis sobre ela. Estou me sentindo muito covarde por continuar com ele.

— Você desistirá quando se sentir pronta para isso, quando for a coisa certa a fazer. Você vai saber — disse ele, com sabedoria.

— Como você é tão esperto para essas coisas? — perguntou ela. Jeff sorriu.

— Sou mais velho e já passei por isso. Mas não sou nem mais esperto nem mais corajoso que você. Marie-Louise telefonou esta manhã. — Não contou a Sarah que mentira a Marie-Louise sobre ela, só o restante. — Tudo o que ela fez foi se queixar por ter que voltar e me dizer como detesta isso aqui. Estou cansado de ouvir esse tipo de coisa. Se detesta tanto, seria melhor que ficasse por lá de vez. É o que vai acabar fazendo qualquer dia desses, eu sei. — Era a segunda vez que Jeff falava isso e parecia deprimido. Marie-Louise sempre ameaçava não voltar.

— Então por que você fica com ela? — perguntou Sarah, achando que isso talvez lhe ensinasse algo sobre si mesma.

— É muito duro se separar depois de 14 anos e admitir que talvez você estivesse enganado. E nunca sei ao certo se estou ou não.

— Já é bastante difícil renunciar a quatro anos — admitiu ela.

— Tente acrescentar mais dez. Quanto mais longo, pior fica.

— Pensei que fosse melhorando com o passar do tempo.

— Isso só funciona com a pessoa certa.

— Como a gente pode saber isso, Jeff?

— Não sei. Minha vida seria muito mais simples se eu soubesse. Eu também me faço um monte de perguntas. Talvez as coisas nunca sejam fáceis entre duas pessoas. É o que digo a mim mesmo.

— Eu também. Vivo desculpando o péssimo comportamento dele.

— Não faça isso. Procure ao menos ver a coisa como ela é. — Sarah assentiu, pensando no conselho. Estava na sala de estar, contemplando o jardim, quando sentiu Jeff ao seu lado e se virou para encará-lo. Ele era mais alto, e ela havia erguido o rosto para ele quando seus olhos se encontraram. Os lábios dele encontraram os dela sem esforço, seus braços se entrelaçaram e aquele beijo pareceu durar uma eternidade. Ela esquecera o que era sentir isso, assim como ele. Não era difícil. Pelo contrário, era muito fácil. Mas era também novo, o fruto proibido. Ambos estavam comprometidos, por mais complicado que fossem os relacionamentos.

— Acho que isso foi um erro — disse ela baixinho, mais tarde. Sentia-se um pouco culpada, mas não muito. Gostava muito de Jeff. Ele era muito mais legal que Phil.

— É, eu temia isso — contestou Jeff. — Mas não tenho tanta certeza de que tenha sido um erro. Não foi o que senti. O que você acha?

— Não sei. — Sarah parecia confusa.

— Talvez seja melhor a gente tentar de novo, para ter certeza — declarou e a beijou novamente. Desta vez, ela pressionou o corpo contra o dele. Ele se sentiu poderoso, e ela, segura e acolhida em seus braços. — Foi um erro ou não? — sussurrou ele. Então ela riu.

— Vamos nos meter numa enorme confusão com Phil e Marie-Louise — disse, enquanto Jeff a abraçava. Era tão bom.

— Talvez tenham feito por merecer. Não é certo nos tratar dessa forma. — Jeff também estava cansado de seus problemas.

— Se isso é verdade, talvez devêssemos ter a coragem de nos afastarmos deles — disse ela, com sensatez. Seria mais digno.

— Ah, isso — disse Jeff, sorrindo para ela. A tarde havia se tornado excepcionalmente encantadora, particularmente nos últimos minutos. — Eu já fiz isso várias vezes. Ela também, mas sempre acabamos voltando um para o outro e começando tudo de novo.

— Por quê?

— Hábito. Medo. Preguiça. Familiaridade. Facilidade.

— Amor? — perguntou ela honestamente. Sarah fazia o mesmo questionamento em relação a Phil. Ela o amava ou não? Não tinha mais certeza.

— Pode ser. Após 14 anos, é difícil saber. Acho que, no nosso caso, é mais por hábito. E também pelo trabalho. Seria muito complicado tentar dividir a empresa. Não é como se vendêssemos sapatos. A maioria dos nossos clientes nos contrata como uma equipe. E somos bons nesse trabalho. Gosto de trabalhar com ela.

— Não é uma boa razão para se ficar junto — comentou Sarah. — Do ponto de vista pessoal, de qualquer forma. Se vocês se separassem, poderiam continuar trabalhando juntos? — perguntou para testá-lo, assim como ele.

— Muito provavelmente não. De qualquer forma, ela voltaria para Paris. O irmão dela também é arquiteto. Ela sempre me diz que, se voltasse, trabalharia com o irmão. Ele tem uma empresa importante em Paris.

— Que bom para ela.

— Não tenho medo de trabalhar sozinho. Só não gosto da confusão necessária para chegar a isso. — Sarah assentiu. Ela compreendia. Mas tampouco queria ser "a outra" em sua vida. Seria ainda pior do que a confusão em que estavam metidos agora.

— Às vezes, temos que deixar a vida acontecer — disse ele filosoficamente. — Tudo consiste em fazer a coisa certa na hora certa. Acho que você sabe quando é a coisa certa. Mas sempre tive uma enorme atração pela coisa errada — admitiu ele, com uma expressão encabulada. — Quando jovem, gostava de mulheres perigosas, ou de trato difícil. Marie-Louise tem um pouco de ambos.

— Eu não — disse Sarah cautelosamente.

— Sei disso — declarou ele, sorrindo. — É o que gosto em você. Devo estar amadurecendo.

— E você não é mau — comentou ela, refletindo. — Embora não esteja disponível. Essa é a minha especialidade. Você já está com outra. Não creio que seja uma boa ideia para nenhum de nós nesse momento. Perigoso para você, indisponível para mim. É um não e não. — Ambos sabiam que ela tinha razão, mas era muito tentador, e os beijos haviam sido muito doces. Mas, se era a coisa certa, podia esperar.

— Vamos ver no que vai dar — disse Jeff com sensatez. Eles iriam passar bastante tempo juntos trabalhando na casa dela. Seria melhor para ambos se as coisas amadurecessem com o tempo.

— Quando ela vai voltar? — perguntou Sarah após saírem pela porta da frente em direção à Scott Street.

— Daqui a uma semana, foi o que ela disse. Muito provavelmente duas, três ou quatro semanas.

— Vai estar de volta para o Natal?

— Não tinha pensado nisso — disse ele, ensimesmado, levando-a até o carro. — Não tenho certeza, talvez não. Com ela, nunca se sabe. Um belo dia, ela vai aparecer, quando as desculpas para ficar por lá se esgotarem.

— Ela parece Phil. Se ela não voltar até lá, você gostaria de passar o Natal comigo e com a minha família? Somos apenas minha avó, minha mãe e eu e, provavelmente, o namorado da minha avó. Eles são uma gracinha juntos.

— É provável que eu aceite o convite mesmo que ela já tenha voltado — concordou Jeff, rindo. — Ela detesta o período de festas e se recusa a comemorá-las. Já eu, gosto muito do Natal.

— Eu também. Mas preferiria não fazer isso se ela já estiver de volta. Ia me sentir muito grosseira se não a convidasse, e não quero agir assim, caso você esteja de acordo.

Ele a beijou suavemente nos lábios e a ajudou a entrar no carro.

— O que você fizer está bem para mim, Sarah. — Gostava de muitas coisas nela. Era uma mulher de conteúdo e integridade, com princípios, cérebro e um enorme coração. Para ele, não havia combinação mais fabulosa. Sarah era completa.

Ela lhe agradeceu pelo almoço que trouxera e deu a partida no carro, com um aceno. Dirigindo de volta a seu apartamento, perguntou-se o que fazer com Phil. Não queria tomar decisões em função de Jeff. Não se tratava de Jeff, e sim de Phil. E era bom não esquecer que Jeff tinha Marie-Louise. Ela não ia entrar de novo nessa de indisponibilidade, mesmo que, desta vez, em outro formato. Jeff era um homem verdadeiramente adorável, mas o fato de estar inacessível o deixava fora dos limites que estabelecera. Não ia se permitir fazer o mesmo de novo. O que quer que decidisse, desta vez tinha que ser a coisa certa. Pelo que podia ver, Phil não era. E ainda não sabia se Jeff seria.

Capítulo 13

Como sempre faziam, Phil e Sarah comemoraram o Natal juntos na noite anterior à ida dele para Aspen com os filhos, sempre no primeiro sábado das férias escolares, só retornando após o Ano-Novo. Isso deixava Sarah sozinha durante os feriados, o que era difícil para ela, mas era a mesma velha história. Ele queria passar algum tempo a sós com os filhos. E Sarah tinha que se virar no final do ano. Sabia que a mãe a criticaria muito por conta disso, como sempre. Era, na verdade, o quinto Natal que passava sem ele, pois a relação acabara de entrar no quinto ano.

Na última noite em que ficaram juntos, Phil a levou para jantar no Gary Danko. A comida era requintada e ele escolheu vinhos excelentes e bem caros. Depois, voltaram para a casa dela, trocaram presentes e fizeram amor. Ele lhe deu uma nova máquina de espresso, porque a antiga já começava a dar defeito, e uma pulseira de prata da Tiffany, que ela adorou. Era um bracelete simples que podia ser usado em qualquer ocasião, mesmo no escritório, pois não era chamativo. Sarah o presenteou com uma pasta nova, algo que ele precisava bastante, e um lindo suéter de caxemira azul da Armani. E, como sempre, quando ele saiu pela manhã, ela detestou vê-lo ir embora. Phil demorou mais do que de costume. Só se veriam de novo dali a duas semanas, período muito significativo por coincidir com os feriados, que ela passaria, mais uma vez, sozinha.

— Até mais... Eu te amo... — disse ela de novo quando ele a beijou mais uma vez antes de sair. Ia sentir uma falta tremenda dele, como sempre, mas não discutiu o assunto novamente. Não havia sentido. A única diferença é que ela estaria ocupada com a casa nos feriados deste ano.

Sarah passava muito tempo lá nos fins de semana, lixando, limpando, medindo, fazendo listas. Havia comprado uma vistosa caixa de ferramentas e ia tentar construir uma estante para o quarto. Jeff ficou de ensiná-la a fazer isso.

Marie-Louise tinha finalmente voltado na semana anterior. Parecia mais francesa do que nunca cada vez que Sarah falava com ela, mas não estava envolvida no projeto. Ela voltara para se dedicar aos próprios projetos, porque a maioria dos clientes estava clamando por seu retorno. Sarah conversava com Jeff quase diariamente. Haviam concordado, antes da chegada de Marie-Louise, em não continuar com o romance e manter a amizade e as relações profissionais inteiramente centradas na casa. Se alguma coisa se desenvolvesse mais tarde, se os relacionamentos atuais terminassem, isso seria um bônus, mas Sarah tinha deixado muito claro que se sentia pouco à vontade nutrindo sentimentos românticos por Jeff enquanto ele morasse e estivesse tão envolvido com Marie-Louise, quer se sentisse feliz ou não. Ele concordou.

Eles almoçaram juntos no dia seguinte à partida de Phil. Era um domingo, e Marie-Louise estava no escritório tentando recuperar o tempo perdido. Sarah ficou espantada e emocionada quando, depois de comerem omeletes no Rose's Café, Jeff lhe entregou um embrulhinho por cima da mesa. Ela o desembrulhou com cuidado e respirou fundo quando viu um lindo brochezinho antigo no formato de uma pequena casa de ouro com minúsculos diamantes engastados nas janelas; o presente perfeito. Ele fora ao mesmo tempo generoso e sensível.

— Não é tão grande quanto a sua — disse, com um sorriso tímido —, mas achei bonito.

— Adorei! — exclamou, sensibilizada. Poderia usá-lo na lapela das jaquetas de todos os terninhos de trabalho, para se lembrar dele e da casa. Estava aprendendo muito com Jeff sobre como restaurar o local. Ele lhe dera também um livro sobre carpintaria e consertos de casa que lhe seria muito útil. Seus presentes foram perfeitos, escolhidos a dedo.

Sarah, por sua vez, lhe dera uma bonita coleção de primeiras edições de livros de arquitetura encadernados em couro. Descobrira-os numa velha livraria bolorenta do centro da cidade e custaram uma fortuna. Jeff os adorara. Eram um lindo acréscimo à biblioteca, que ele aumentava sempre que podia e da qual cuidava com amor.

— O que você vai fazer durante os feriados? — perguntou ele, ao tomarem o café, no final da refeição. Parecia cansado e bastante estressado. Tinha um bocado de projetos para terminar, e agora, com Marie-Louise de volta, seus dias estavam mais ocupados e menos tranquilos. Ela sempre ocupava o espaço dele como um furacão. Com os anos, Jeff descobriu que a maior parte dos comentários sobre as ruivas era verdade. Ela era mordaz, dinâmica e tinha um temperamento pavoroso. Mas era igualmente apaixonada, por tudo, de bom e de ruim.

— Vou ficar trabalhando na casa — disse Sarah tranquilamente. Ela estava louca para fazer isso. Com a partida de Phil, poderia trabalhar nos fins de semana inteiros, e mesmo até tarde da noite. Esperava que assim os feriados corressem mais depressa. — Vou passar a ceia de Natal com minha avó, minha mãe e quem mais elas convidarem. No restante do tempo pretendo trabalhar na mansão. Nosso escritório está fechado entre o Natal e o Ano-Novo.

— O meu também. Talvez possa ir lhe dar uma mãozinha. Marie-Louise detesta tanto esses feriados que sempre fica particularmente irritadiça nessa época do ano. Não apenas detesta comemorá-los, como encara as celebrações feitas pelos outros como uma ofensa pessoal, especialmente por mim. — Ele deu uma gargalhada, e Sarah sorriu. Nada era fácil, para ninguém, não importava como parecesse visto de fora. — Ela está pensando em esquiar no Ano-Novo. Como não sei esquiar, provavelmente vou ficar aqui e trabalhar um pouco. Costumava ir com ela e ficar sentado entediado perto da cabana o dia inteiro e, à noite, ela estava cansada demais para ir a qualquer lugar. Marie-Louise quase chegou a disputar as Olimpíadas quando era mais jovem, dá para ver que ela é boa. Tentou me ensinar algum tempo atrás, mas não tenho jeito. Não sou bom mesmo e não gosto do esporte. Detesto frio — admitiu sorrindo. — Como detesto cair de bunda no chão, o que me aconteceu muitas vezes, enquanto ela ria de mim. Agora ela vai sozinha para Squaw. Preferimos assim.

— Venha quando quiser — convidou Sarah cordialmente. Sabia que o tempo que passassem na casa seria mais circunspeto de agora em diante. Ele nunca mais a beijara desde o dia do piquenique. Tinham concordado que não era uma boa ideia, que só traria problemas, e alguém sairia machucado. Sarah não queria que fosse ela, ele tampouco. Jeff lhe dera razão, por mais difícil que fosse ficar ao lado dela sem tomá-la nos braços quando estavam sozinhos. Ele agora resistia a seus impulsos, tanto em consideração a Sarah quanto a si mesmo. Em vez disso, trabalhavam juntos durante horas, lado a lado, sem nem mesmo se tocar. Às vezes era muito difícil, mas ele respeitava a decisão e os desejos dela, além de não ter nenhuma vontade de complicar sua situação com Marie-Louise.

— Como ela não gosta de comemorações, o que vocês dois costumam fazer no dia de Natal? — Sarah continuava curiosa sobre a vida deles. Pareciam tão diferentes um do outro.

Jeff sorriu antes de responder.

— Normalmente brigamos. Eu me queixo que a atitude dela estraga as festas para mim. Ela me acusa de ser falso, grosso e comercial, uma vítima de instituições que me venderam um monte de produtos quando eu era criança, e que sou fraco e estúpido demais para perceber isso agora e resistir. Você sabe, coisas assim corriqueiras. — Sarah riu. — Sua infância se assemelha às narradas por Dickens, passada no meio de parentes que a detestavam, que maltratavam Marie-Louise e uns aos outros. Ela não respeita laços familiares, tradições ou festas religiosas. Ainda passa muito tempo com a família, mas eles todos se detestam.

— Deve ser bem triste para ela.

— Imagino que sim. A raiva a ajuda a disfarçar a tristeza. Funciona para ela — declarou sorrindo. Ele a aceitava como era, ainda que isso não facilitasse a vida em comum.

Andaram vagarosamente até a Union Street, onde tinham deixado os carros. As lojas estavam decoradas para as festas, com luzes brilhando nas árvores, mesmo durante o dia. Tudo tinha um ar muito festivo.

— Telefonarei pra você quando nossos escritórios fecharem — prometeu ele. — Posso vir para ajudar quando você quiser.

— Marie-Louise não vai se incomodar? — perguntou Sarah, com cuidado. Tinha medo de pisar nos calos dela. Pelo que sabia, achava que ela era uma víbora. Mas, ainda assim, respeitava os laços que Jeff mantinha com ela, da mesma forma que ele respeitava, apesar das reclamações ocasionais.

— Ela nem vai notar — garantiu ele. Não confessou a Sarah que tampouco pretendia contar isso a Marie-Louise. Sabia como ela era honesta, mas pensava que a maneira de lidar com Marie-Louise era problema dele. Ele a conhecia melhor e sabia até onde iam seus limites. E, como Sarah, estava decidido a não perder o controle de seus sentimentos. Haviam concordado em ser apenas amigos.

Agradeceram um ao outro os presentes e Sarah voltou para o apartamento. Um pouco mais tarde, voltou à casa da Scott Street com o novo livro que Jeff lhe dera debaixo do braço, e ficou trabalhando lá até bem depois da meia-noite. Na véspera do Natal, usou o lindo broche de ouro em formato de casa que ganhou de presente. A mãe o notou quase imediatamente, assim que Sarah se sentou. Havia esquecido no armário a pulseira de prata que Phil lhe dera. Fazia três dias que não tinha notícias dele. Ele sempre fazia isso quando estava em Aspen. Divertia-se demais para se lembrar de ligar para Sarah.

— Gostei disso — comentou a mãe, olhando o broche. — Onde você comprou?

— Foi presente de um amigo — respondeu Sarah, de modo enigmático. Estava planejando lhes contar sobre a casa naquela noite. Mal podia esperar.

— De Phil? — surpreendeu-se a mãe. — Não pensei que tivesse esse bom gosto.

— E não tem mesmo — disse Sarah, virando-se para falar com George, o namorado da avó. Ele havia acabado de comprar uma casa em Palm Springs e estava todo animado. Tinha convidado todos ali para visitá-la. Mimi já a vira e a adorara. Ele estava lhe ensinando a jogar golfe.

A ceia de Natal correu tranquila e calorosa. Audrey preparara um rosbife acompanhado do famoso bolo inglês *Yorkshire pudding*, que ela fazia com perfeição. Mimi havia preparado os legumes e assara duas tortas, que foram muito elogiadas. Sarah trouxera o vinho e todos a cumprimentaram pela escolha. E George presenteara Mimi com um lindo bracelete de safira, que fez seus olhos brilharem ao exibi-lo, arrancando suspiros de todos os presentes, o que o deixou imensamente feliz.

Sarah esperou até que a comoção amainasse, após acabarem de comer. Audrey estava servindo o café enquanto Sarah olhava em volta da mesa.

— Você está com a cara do gato que engoliu o canário — disse a mãe, rezando para que ela não fosse anunciar o noivado com Phil. Audrey achou que, se fosse o caso, ele teria pelo menos aparecido. E, graças a Deus, Sarah não usava nenhuma aliança no dedo. Audrey ficou mais tranquila, não devia ser isso.

— Não exatamente o canário — respondeu Sarah, incapaz de disfarçar a animação. — Finalmente decidi seguir o conselho de mamãe — disse a todos os presentes, enquanto Audrey revirava os olhos e se sentava.

— Seria a primeira vez na vida — interveio Audrey, interrompendo-a, e Sarah sorriu para ela com benevolência. Tudo estava perdoado.

— Segui mesmo, mamãe. Comprei uma casa. — Sussurrou as palavras como se anunciasse que ia ter um bebê, ao mesmo tempo animada, extasiada e orgulhosa.

— Comprou? — perguntou Audrey, feliz. — Quando foi que você fez isso? Não me contou nada!

— Estou contando agora. Comprei há algumas semanas. Foi tudo muito inesperado, sem planejamento. Comecei a procurar apartamentos em condomínios e uma oportunidade muito rara caiu no meu colo. É como se fosse um sonho que se tornou realidade, um sonho que nem eu mesma sabia que tinha até que aconteceu e me deixou apaixonada.

— Que maravilha, querida! — disse Mimi, partilhando imediatamente sua animação, assim como George, também entusiasmado com a casa recém-comprada. Como sempre, Audrey parecia ligeiramente desconfiada.

— Não fica num desses bairros horríveis, fica? E você não vai querer mudar o mundo ao se mudar para lá, vai? — Sabia que a filha era bem capaz de uma coisa dessas.

— Não — respondeu Sarah —, acho que você vai aprovar. Fica a apenas alguns quarteirões de onde eu moro atualmente, em Pacific Heights. Tudo muito respeitável e absolutamente seguro.

— Então, qual é a pegadinha? Sei que vem uma por aí. — Audrey era infatigável. Sarah bem que gostaria que ela encontrasse um namorado que a distraísse. Mas, nesse caso, teriam que lhe dar um sedativo para que calasse a boca. Ela os espantava ou os abandonava. Suas arestas eram muito afiadas, especialmente em relação a Sarah, que sofria com frequência as investidas da língua ferina da mãe.

— Não há pegadinha, mamãe. Precisa de reformas. De muitas obras, mas estou animada com a perspectiva de fazer isso, e a comprei por um preço fabuloso.

— Ah, meu Deus, é um lixo. Eu sei que é.

Sarah negou e continuou:

— Não é não, é maravilhosa. Vou levar seis meses ou um ano até colocá-la em condições, mas aí vocês ficarão atônitos com ela. — Olhou para a avó ao dizer isso. Mimi balançava a cabeça, pronta a acreditar nela. Sempre estava, ao contrário de Audrey, que a desafiava a cada passo.

— E quem vai ajudar você? — perguntou Audrey, de forma realista.

— Contratei um arquiteto e vou fazer eu mesma boa parte do trabalho.

— Acho que não é difícil supor que não veremos Phil pegar o martelo durante os fins de semana. Seu escritório de advocacia deve estar indo bem, se você pode contratar um arquiteto. — Audrey franziu os lábios, e Sarah balançou a cabeça. O legado de Stanley também não era da conta deles. — Quando toma posse?

— Ela já é minha — respondeu Sarah, com um sorriso orgulhoso.

— Essa foi rápida — disse Audrey, suspeitando de algo.

— É verdade — admitiu Sarah. — Foi amor à primeira vista, uma vez que tomei a decisão. Já conhecia a casa há muito tempo e ela acabou de ser posta à venda. Nunca pensei em comprá-la ou coisa que o valha.

— De que tamanho ela é? — perguntou Audrey, com naturalidade, e Sarah riu alto, ao ouvir aquela pergunta.

— Cerca de 2.800 metros quadrados — respondeu orgulhosamente. Os presentes a olharam incrédulos.

— Você está brincando? — perguntou Audrey, arregalando os olhos.

— Não, não estou. Foi por isso que a obtive por um preço tão bom. Ninguém mais quer uma casa desse tamanho. — Então ela se virou para a avó e disse suavemente. — Mimi, você a conhece. Você nasceu lá. É a mansão dos seus pais, na Scott Street, 2.040. Foi em grande parte por isso que a comprei. Ela significa muito para mim e espero que para você também, quando a vir.

— Ah, querida... — disse Mimi, com lágrimas nos olhos. Ela nem sabia se queria ver novamente aquele lugar. Na verdade, tinha quase certeza de que não queria. As lembranças daquele lugar eram tão pungentes, lembranças do pai antes que a depressão o destruísse, das últimas vezes que vira a mãe antes de seu desaparecimento. — Tem certeza?... Quero dizer... é uma casa tão grande para que você assuma sozinha. Ninguém mais vive dessa maneira... Meus pais tinham uns trinta empregados lá, talvez até mais. — Parecia preocupada e quase amedrontada, como se um fantasma do passado estendesse a mão para tocá-la. O fantasma de sua mãe, Lilli.

— Bem, posso garantir que não vou ter trinta empregados — disse Sarah, ainda sorridente, apesar da carranca da mãe e do olhar de pânico da avó. Até mesmo George parecia um pouco espantado. Seu novo lar em Palm Springs tinha apenas uns 450 metros quadrados e, ainda assim, ele temia que fosse grande demais. Dois mil e oitocentos metros quadrados desafiavam a imaginação. — Talvez contrate uma pessoa para fazer a limpeza uma vez por semana. Eu mesma farei o restante. Mas ela é tão bonita, e, quando eu acabar de restaurá-la, deixando-a como era antigamente, ou pelo menos o mais perto possível disso, acho que todos vocês vão adorá-la. Já é o meu caso.

Audrey estava pasma, como se convencida de que a filha estava doida.

— Quem foi o dono dela durante todos esses anos? — perguntou, vagamente curiosa.

— Meu cliente que morreu há pouco, Stanley Perlman — respondeu Sarah sobriamente.

— Ele a deixou para você? — perguntou bruscamente a mãe. Ia indagar se Sarah havia dormido com ele, mas lembrou que ela comentara que ele tinha quase 100 anos.

— Não, não deixou para mim. — O restante ficaria entre ela, Stanley e os 19 herdeiros. — Os herdeiros a puseram à venda por um preço bastante baixo, e eu a comprei. Saiu por menos do que uma pequena casa em Pacific Heights, e gosto muito mais dela. Além disso, significa muito para mim tê-la de volta na família, e espero que para vocês também — disse ela, olhando para a avó e para a mãe. Ambas ficaram caladas. — Espero que venham vê-la comigo amanhã. Isso significaria muito para mim. — As duas permaneceram em silêncio por um longo tempo, e o desapontamento, como uma mariposa, voejou pelo coração de Sarah.

Como sempre, a mãe falou primeiro:

— Não posso acreditar que tenha comprado uma casa desse tamanho. Tem ao menos ideia de quanto vai custar para restaurá-la e enquadrá-la nas normas vigentes, ou até para decorá-la e mobiliá-la? — Como sempre, as palavras soavam aos ouvidos da filha como acusações.

— Tenho. Mesmo que demore anos, isso é importante para mim. E, se em algum momento achar que é demais, posso vendê-la.

— E perder um dinheirão nesse meio-tempo — disse Audrey, suspirando. Mas a avó de Sarah estendeu o braço e pegou a mão da neta. Mesmo com aquela idade, suas mãos ainda eram bonitas e delicadas, os dedos, longos e finos.

— Você fez uma coisa maravilhosa, Sarah. Acho que só nos pegou um pouco de surpresa. Gostaria muito de vê-la amanhã. Nunca pensei em entrar lá de novo, mas agora que é a dona, quero muito ir... — Era a coisa certa a dizer. Mimi sempre se saía bem, ao contrário de Audrey.

— Vamos amanhã, Mimi? — Era dia de Natal. Sarah se sentia como se fosse uma criança, mostrando à avó algum projeto que fizera ou o novo cachorrinho. Queria que Mimi tivesse orgulho dela, e também sua mãe. Sempre fora muito difícil arrancar de Audrey um elogio.

— Iremos todos amanhã cedo — disse Mimi firmemente, lutando contra as próprias emoções e medos. Não era fácil voltar lá, mas, por Sarah, teria afrontado todos os demônios do inferno, até mesmo seu inferno particular e suas lembranças dolorosas. George disse que iria com ela. Restava Audrey.

— Tudo bem. Mas não espere que diga que o que você fez está certo. Não é o que penso.

— Não esperaria nada diferente de você, mamãe. — Sarah parecia contente. Saiu alguns minutos depois e foi para casa. Passou em frente à mansão da Scott Street e sorriu para ela. Na véspera, tinha posto uma guirlanda na porta. Mal via a hora de se mudar para lá.

Phil lhe telefonou à meia-noite para desejar um feliz Natal. Contou que os filhos estavam se divertindo muito e ele também. Falou que sentia falta dela, e Sarah lhe disse o mesmo, sentindo-se triste quando ele desligou. Não podia deixar de pensar se algum dia teria um homem com quem pudesse passar as festas. Quem sabe, um dia... Quem sabe, até mesmo o próprio Phil...

Na manhã seguinte, pensou em ligar para Jeff e lhe desejar um feliz Natal, mas teve medo de que Marie-Louise atendesse ao telefone. Acabou não telefonando. Foi direto para a casa da Scott Street e ficou perambulando por ali, esperando que a família viesse às onze horas, como prometido. Eles chegaram apenas alguns minutos mais tarde. A mãe apanhara Mimi e George, fingindo ignorar que haviam passado a noite juntos. Eles eram inseparáveis ultimamente. George finalmente levara vantagem sobre os outros pretendentes de Mimi. Sarah a provocou, dizendo que era por causa das aulas de golfe. Audrey, por sua vez, alegava que era a casa de Palm Springs. Mas seja lá qual fosse o motivo, o relacionamento parecia funcionar, e Sarah ficou feliz pelos dois. Pelo menos uma mulher da família tinha uma relação amorosa decente. Era bom que fosse Mimi, porque ela era uma gracinha e merecia ser feliz pelo resto da vida. Sarah achava que George era o par perfeito para ela.

Mimi foi a primeira a cruzar o umbral, olhando em volta como se temesse ver fantasmas. Caminhou lentamente pela entrada principal, com os outros atrás, e foi até o pé da grande escadaria, olhando para cima como se ainda visse rostos familiares. Voltou-se para Sarah com os olhos marejados de lágrimas, que lhe escorriam pelo rosto.

— Está exatamente como eu me lembrava — disse com voz suave. — Sempre me lembro da minha mãe descendo essas escadarias em seus vestidos de baile, coberta de joias e de peles, e do meu pai esperando embaixo, de fraque e cartola, sorrindo ao olhar para ela. Ela era uma figura maravilhosa. — Sarah podia imaginar a cena a partir da única fotografia que vira. Lilli tinha algo mágico, quase hipnótico. Parecia uma estrela de cinema, uma princesa de contos de fadas ou uma jovem rainha. A presença de Mimi na casa reviveu tudo de um modo único para Sarah.

Eles percorreram o piso principal por cerca de uma hora, enquanto Sarah lhes explicava seus planos, onde colocaria a nova cozinha e o projeto que concebera para ela. Audrey ficou muito calada enquanto examinava as almofadas das portas, as frisas e os lambris. Fez um comentário sobre os sublimes assoalhos feitos de madeira importada da Europa. E George estava deslumbrado com os candelabros. Quem não estaria?

— Meu pai os trouxe da Áustria para minha mãe — explicou Mimi, enquanto os admiravam. Ainda não podiam ser acesos, mas Jeff já trouxera alguém para se certificar de que estavam firmes e não cairiam na cabeça de ninguém. Podiam ficar tranquilamente debaixo deles. — Certa vez, minha governanta me falou sobre eles — disse Mimi, pensativamente. — Se bem me lembro, dois deles são russos, os demais vieram de Viena, e o que está no quarto da minha mãe veio de Paris. Meu pai saqueou os castelos de toda a Europa quando construiu esta casa. — Isso era fácil de imaginar. Os resultados eram fantásticos.

Passaram mais meia hora no segundo andar, olhando as salas de estar, admirando o salão de baile com seus espelhos e os detalhes dourados, painéis e tacos de assoalho. Era, por si só, uma obra de arte. Depois foram para cima. Mimi foi diretamente para seu quarto e para o do irmão. Sentia como se os tivesse visto ainda ontem. Ali parada, não conseguia nem falar, e George pôs suavemente a mão sobre seu ombro. Estar de novo nesses cômodos era uma profunda viagem emocional para ela. Sarah quase se sentiu culpada por fazê-la passar por isso, mas, ao mesmo tempo, esperava que ajudasse a cicatrizar antigas feridas.

Mimi lhes explicou tudo sobre o quarto da mãe e os de vestir, os antigos móveis, as cortinas de cetim cor-de-rosa e a caríssima tapeçaria Aubusson. Conforme ela leu mais tarde, tinha custado uma fortuna num leilão, mesmo em 1930. Descreveu os vestidos que a mãe conservava nos vários armários, os adereços que usara, os fantásticos chapéus feitos sob encomenda em Paris. Escutá-la equivalia a uma lenda incomparável, a uma aula de história. Audrey ficara incrivelmente quieta durante todo esse tempo. Aos 61 anos, nunca havia ouvido a mãe discorrer tão extensamente sobre a infância, ou simplesmente evocá-la, e ficou espantada ao ver do quanto ela se lembrava. Sempre pensara que não se lembrava de nada. Somente o que tinha escutado ao crescer era que a família de Mimi havia perdido tudo na crise de 1929 e que o avô morrera logo em seguida, sem deixar nada. Audrey ignorava tudo sobre as pessoas que tinham povoado a vida da mãe quando criança, os detalhes sobre o desaparecimento da avó materna ou até mesmo a existência dessa casa. Mimi nunca falara de nada disso, e agora lembranças e histórias se derramavam, como joias do interior de profundos cofres, finalmente destrancados, e cuspindo todo o conteúdo. Estavam compartilhando uma riquíssima história.

Examinaram o sótão e o porão por desencargo de consciência, embora houvesse pouco para ver ali. Mimi se lembrava do elevador, no qual gostava tanto de andar com o pai, e da criada favorita, que costumava trabalhar no primeiro andar, e que ela visitava furtivamente no sótão, sempre que podia escapar das mãos da governanta.

Eram quase duas horas da tarde quando terminaram a visita. Mimi estava exausta, assim como todos os demais. Fora mais do que um tour ou uma aula de história, fora uma viagem ao passado para visitar pessoas esquecidas há muito e agora revisitadas porque Sarah havia decidido realizar seu sonho e os incluíra nele.

— Bem, o que acharam? — perguntou Sarah, quando já estavam na parte da frente da casa, prontos para ir embora.

— Obrigada — disse Mimi, abraçando-a. — Deus a abençoe — declarou, com os olhos marejados. — Espero que seja muito feliz aqui, Sarah. Eles foram, durante algum tempo. Espero que você seja para sempre. Você merece. Você está fazendo uma coisa maravilhosa ao trazer esse lugar de volta à vida. Gostaria de fazer tudo o que estiver ao meu alcance para ajudá-la — disse ela, com honestidade. George abriu os braços e também abraçou Sarah.

— Obrigada, Mimi — disse Sarah, abraçando-a de volta. Só então olhou para a mãe, com os olhos cheios da ansiedade que sempre sentia ao buscar sua aprovação. Não era fácil de obter, nunca fora.

Audrey assentiu, pareceu hesitar. Falou então com a garganta contraída e uma expressão vaga:

— Eu ia dizer que você era doida. Cheguei mesmo a pensar que era... mas agora compreendo. Você tem razão. Isso é importante para todos nós... e é uma linda casa antiga... Vou ajudar a decorá-la, se quiser, quando estiver pronta. — Sorriu para a filha com amor. — Vai precisar gastar um bocado de tecido para refazer este lugar... Só as cortinas vão custar uma fortuna... Gostaria de ajudar... Tenho algumas ideias para as salas de estar, também. Você poderia alugá-la para casamentos, quando estiverem prontas, sabe? Pode dar uma boa renda. As pessoas estão sempre procurando locais elegantes para alugar para casamentos. Isso seria perfeito e você poderia cobrar uma fortuna.

— Grande ideia, mamãe — respondeu Sarah, com lágrimas nos olhos. A mãe jamais se oferecera para ajudá-la no que quer que fosse, só lhe dizia o que deveria fazer. De uma maneira estranha, a casa estava aproximando todos. Não tinha sido sua intenção original, mas era um bônus inesperado, que ela também estava apreciando. — Nunca pensei nisso. — Sarah achou que era realmente uma excelente ideia.

As três ficaram sorrindo umas para as outras antes de deixar o local, como se partilhassem um segredo muito especial. As descendentes de Lilli de Beaumont haviam voltado afinal para casa, sob o teto que Alexandre construíra para ela. Fora um lar cheio de amor naquela época, e todas as três sabiam que, nas mãos de Sarah, ele o seria outra vez.

Capítulo 14

Sarah passou cada momento do recesso de Natal trabalhando na casa. Audrey se habituou a dar uma passada por lá de vez em quando. Havia ido a uma biblioteca pesquisar a história do local e encontrara algumas informações interessantes, que partilhara com Sarah. Fez também algumas sugestões muito interessantes sobre a construção e a futura decoração. Pela primeira vez em muitos anos, Sarah desfrutava da companhia da mãe. Mimi também chegou a ir diversas vezes lá. Levou sanduíches para Sarah se alimentar enquanto martelava, lixava e serrava. A estante que construía estava tomando forma, e ela passava diligentemente óleo nos lambris, que já começavam a brilhar.

Jeff também passou muitas tardes ali com ela, quando Marie-Louise foi esquiar. Numa noite, trabalhavam arduamente em quartos separados. Ele não cobrava pelo tempo em que ficava lá, apenas por esboços e desenhos e a ligação com os empreiteiros durante esse tempo. Dizia que trabalhar na casa o ajudava a relaxar. Ele checava os progressos de Sarah, que experimentava uma nova cera em um dos quartos com lambris. Ela parecia exausta, as mãos estavam ásperas, o cabelo repuxado no alto da cabeça, e usava um macacão e botas de trabalho. Parou de trabalhar por alguns minutos, quando ele lhe ofereceu uma cerveja.

— Sinto como se meus braços fossem cair — disse, sentando-se no chão para descansar um pouco. Ele a olhou com um largo sorriso. Pouco antes, tinham dividido uma pizza.

— Sabe que dia é hoje? — perguntou Jeff, pondo de lado uma pequena lixa, enquanto bebericava a cerveja.

— Não tenho a menor ideia. — Ela perdia por completo a noção de tempo quando estava trabalhando. Eles tinham instalado uma iluminação provisória, que clareava as áreas onde faziam reparos, deixando o restante do cômodo imerso em sombras. Isso dava uma sensação de suavidade, sem ser fantasmagórico. Ela nunca sentia medo ali, nem mesmo quando trabalhava sozinha, tarde da noite. Mas era bom tê-lo a seu lado.

Ele verificou a data em seu relógio e sorriu quando viu que dia era:

—É véspera de Ano-Novo.

— É mesmo? — indagou Sarah, espantada. — Isso significa que vou ter que voltar ao escritório daqui a dois dias. Foi excelente poder trabalhar aqui todo esse tempo livre. Vou detestar ter que retornar ao trabalho e só vir para cá nos fins de semana. Talvez possa fazer alguma coisa aqui durante a noite, depois do expediente. — Quanto mais rápido o trabalho, quanto mais tempo na casa, mais depressa tudo ficaria pronto.

Ela estava ansiosa para se mudar. Esperava ter tempo suficiente para fazer isso até a primavera. De repente, deu-se conta do que ele acabara de dizer.

— Que horas são?

— Onze e cinquenta e três. Sete minutos para o Ano-Novo.

— Do chão onde estava sentada, ela ergueu a cerveja na direção dele. Jeff se aproximou e Sarah fez um brinde. Para ambos, era uma excelente maneira de passar o Ano-Novo. Fácil e à vontade, ao lado de um bom amigo, porque era isso que eles tinham se tornado. — Espero que seja bom para nós dois.

— Eu também. Ano que vem, nessa época, estarei morando aqui e poderei dar uma festa de Ano-Novo no meu salão de baile. — Não lhe parecia um cenário muito verossímil, mas era divertido imaginar.

— Espero ser convidado — disse ele, sorrindo para ela, provocando-a um pouquinho. Sarah lhe devolveu o sorriso.

— Claro, sem a menor dúvida. Você e Marie-Louise. Vou mandar um convite para os dois.

— Por favor, faça isso — disse ele, com uma reverência graciosa. Marie-Louise estava esquiando em Squaw Valley. Ela não ligava para o Ano-Novo, assim como Phil, que estava em Aspen com os filhos. Ele telefonara para ela na véspera, mas não fizera menção à data, nem ela. Deveria retornar na semana seguinte, quando os meninos teriam que voltar à escola. — Onze e cinquenta e oito — anunciou Jeff, olhando de novo o relógio. Sarah se levantou com a cerveja em punho. Colocou a garrafa sobre a caixa de ferramentas e limpou as mãos no macacão. Estava imunda da cabeça aos pés, tinha até manchas de poeira e de cera no rosto. Viu de relance sua imagem num espelho encaixado num dos lambris e deu uma risada.

— Lindo traje para o Ano-Novo, hein? — Ele também riu; ela estava feliz por estarem juntos. Se ele não estivesse ali, tudo estaria quieto demais. Sarah se sentia muito menos solitária trabalhando ali do que ficando em seu apartamento.

— Onze e cinquenta e nove. — Jeff desta vez manteve os olhos nos ponteiros e deu um passo em sua direção. Ela não se moveu nem recuou. — Feliz Ano-Novo, Sarah — disse suavemente. Ela assentiu, como que lhe dando permissão. Apenas desta vez, no Ano-Novo.

— Feliz Ano-Novo, Jeff — respondeu ela baixinho, enquanto ele a abraçava e a beijava. Fazia algum tempo que não tinham feito isso e nem tinham a intenção. Ficaram abraçados por um longo tempo e lentamente se separaram, com os olhos cravados um no outro. — Obrigada por estar aqui.

— Não gostaria de estar em nenhum outro lugar. — Lentamente, voltaram a trabalhar nos projetos em que estavam ocupados, sem comentar nada sobre aquele beijo, se deveria ou não ter acontecido. Foram embora juntos às três da madrugada.

Ao chegar em casa, havia um recado de Phil na secretária. Ele lhe telefonara à meia-noite, hora local, para desejar um feliz Ano-Novo. Não tinha ligado para o celular, que Sarah levara com ela para a casa, por via das dúvidas. Voltou a ligar de manhã, acordando-a às oito horas.

— Onde você estava ontem à noite? — perguntou com interesse. Estava ligando do celular, de dentro de um teleférico, e a ligação estava ruim. O som estava sempre sumindo e Sarah não estava ouvindo direito.

— Trabalhando na casa. Cheguei no apartamento às três da madrugada e vi seu recado. Obrigada por ter telefonado — declarou se esticando e bocejando.

— Você e essa sua casa maluca. Senti sua falta — disse ele. A ligação foi momentaneamente interrompida, e depois Phil voltou à linha.

— Eu também. — Tinha mesmo sentido a falta dele. Mas beijara Jeff à meia-noite e havia sido bom.

— Vejo você quando chegar — avisou Phil, e a ligação foi cortada quando ele chegou ao topo da montanha. Sarah então se levantou e já estava de volta à casa por volta das dez horas.

Jeff se juntou a ela ao meio-dia, sem revelar que, naquela manhã, tivera uma briga pelo telefone com Marie-Louise. Apesar de não ter lhe telefonado na noite anterior, queria saber por onde ele andava. Disse a verdade, acrescentando que era algo totalmente inocente. Ela não acreditou em sua inocência, dada a dedicação a Sarah e à mansão. Jeff lhe respondeu que não tinha nada melhor para fazer no Ano-Novo do que trabalhar na casa. Marie-Louise o mandou à merda e desligou. Devia estar de volta naquela noite. Ele passou o restante do dia com Sarah, deixando-a às seis horas da tarde. Nenhum dos dois fez qualquer referência ao beijo da meia-noite anterior, mas isso não saía da cabeça dela. Lembrara a si mesma severamente, naquela manhã, que não devia se deixar levar pela indisponibilidade de Jeff. Mas ele era tão sexy e atraente. Ela o achava inteligente, com um bom coração, e gostava de sua aparência. E talvez do fato de que ele já vivia com alguém. Sarah era sempre dura consigo mesma.

As preocupações a respeito dele não os impediram de passar bons momentos naquele dia trabalhando juntos na casa, como sempre. As seções de painéis de madeira que ela tinha encerado ficaram esplêndidas. Sarah estava decidida a fazer aquilo no restante do ambiente.

— Acho que não terei unhas de novo por mais um ano — comentou rindo e se observando. — Vou ter que pensar numa desculpa para os clientes. Vão achar que eu também trabalho à noite cavando valas. — Ultimamente Sarah não conseguia mais manter as mãos inteiramente limpas, mas pouco lhe importava, pois valia a pena.

Trabalhou naquela noite até as nove horas, depois voltou para casa e se jogou diante da televisão. Este ano, as festas haviam sido perfeitas. Ou quase. Talvez tivessem sido mais simpáticas se as tivesse passado com Phil, ou talvez não. Foram bastante agradáveis trabalhando na casa com Jeff. Havia sido uma sorte para eles que Marie-Louise também estivesse fora da cidade.

Sarah voltou ao trabalho na manhã seguinte, Phil regressou à cidade um dia depois. Ele telefonou assim que chegou em casa, mas não se ofereceu para passar para vê-la. Ela tampouco pediu isso. Sabia que diria que estava muito ocupado, tinha um monte de trabalho esperando, precisava ir à academia. Estava cansada de ficar desapontada, era mais simples esperar pelo fim de semana. Phil disse que a veria na sexta-feira e, por mais que tivesse feito isso outras vezes, ainda era um sentimento estranho saber que ele estava de volta à cidade, no apartamento dele, a apenas alguns quarteirões de distância, e que ela não podia estar com ele. Isso a atormentou durante dias.

Tentou ir todas as noites até a casa para trabalhar nos painéis que estava encerando e, na quinta-feira à noite, se dedicou um pouco à estante que estava construindo. Sarah errou algumas vezes e teve que arrancar os pregos e começar de novo. Era frustrante, e se sentiu bastante desajeitada. Finalmente, decidiu desistir por volta das onze da noite. Dirigia de volta para casa quando se deu conta de que estava a um quarteirão do apartamento de Phil. Ela ia vê-lo no dia seguinte, mas de repente pensou que seria divertido dar um pulinho lá para lhe dar um beijo, ou se meter na cama dele e esperar que voltasse da academia. Fizera isso apenas uma vez. E tinha as chaves do apartamento. Ele concordara com isso no ano passado, um ano após Sarah lhe entregar as suas. Phil era sempre mais lento para retribuir. E ele sabia que ela não abusaria desse privilégio. A não ser para lhe fazer uma surpresa, como nesse caso, ela nunca iria lá sem que ele estivesse em casa. Respeitava muito sua privacidade, e ele, a dela. Raramente um aparecia na casa do outro e sempre telefonavam primeiro. Isso lhes parecia mais simpático e respeitoso. Esse respeito mútuo era uma das razões pelas quais a relação havia durado quatro anos.

Estacionou na rua do apartamento dele, ainda de macacão e botas de trabalho. Estava coberta da cera que empregara nos lambris e os cabelos estavam presos no alto da cabeça para não atrapalhar o trabalho.

Ao se aproximar do prédio, viu que as luzes do apartamento estavam apagadas. E de repente gostou da ideia de deslizar para debaixo das cobertas e esperar por Phil. Deu uma risadinha quando utilizou as chaves para abrir a porta da rua e a do apartamento, no segundo andar. Quando entrou, estava tudo às escuras. Não se preocupou em acender as luzes porque não queria revelar sua presença, caso ele estivesse justamente na rua, chegando em casa depois da academia e, por acaso, olhasse para as janelas.

Atravessou o hall de entrada no escuro em direção ao quarto, abriu a porta e entrou. Na luz precária, viu que a cama estava desfeita e rapidamente começou a despir o macacão e a camiseta. Enquanto tirava a blusa, ouviu uma espécie de gemido e deu um pulo para trás. Parecia que alguém estava machucado e se virou na direção do som, aterrorizada. De repente, debaixo do edredom emergiram duas figuras humanas, que se sentaram.

— Merda — disse uma voz masculina.

Ele acendeu a luz e viu Sarah de calcinha, sutiã e botas de trabalho, e ela o viu inteiramente nu, com uma mulher loura igualmente nua ao seu lado. Sarah olhou para eles, completamente aturdida, tempo suficiente para registrar que a menina parecia ter 18 anos e era linda.

— Ah, meu Deus — disse ela, olhando para Phil, segurando a camiseta e o macacão nas mãos trêmulas. Por um momento, chegou a pensar que ia desmaiar.

— O que *você* está fazendo aqui, *merda*? — perguntou ele com um olhar assustado e um tom perverso na voz. Ela se deu conta, mais tarde, de que poderia ter sido pior, mas não muito, se tivesse flagrado Phil penetrando aquela loura espetacular no momento em que ela entrou, em vez de o que quer que estivessem fazendo debaixo das cobertas. Por sorte, a noite estava fria e o apartamento era sempre gelado, por isso eles haviam ficado sob o edredom.

— Vim para fazer uma surpresa — disse Sarah com voz trêmula, sufocando lágrimas de dor, raiva e humilhação.

— Bota surpresa nisso — disse ele, passando a mão pelos cabelos, ao se sentar. A menina continuou deitada na cama quando as luzes se acenderam, sem saber o que fazer. Sabia que Phil não era casado e ele não lhe dissera que tinha uma namorada. A mulher parada ao pé da cama em roupas de baixo tinha uma aparência horrível. — O que você acha que é isso? — Ele não sabia o que mais dizer, e a loura adolescente estava muda, olhando para o teto, esperando que tudo desaparecesse.

— Para mim, isso parece traição — acusou Sarah, fitando Phil. — Acho que essa baboseira de encontros apenas nos fins de semana tinha a ver o tempo todo com isso. Que maldito monte de merda — declarou, não sabendo se estava se referindo ao acordo do relacionamento com ela ou a ele mesmo. Tentou vestir a camiseta com as mãos trêmulas e só conseguiu enfiá-la pelo avesso. Queria correr porta afora, mas sem sair na rua de calcinha e sutiã. Conseguiu vestir o macacão, mas se limitou a abotoá-lo apenas de um lado, e ele ficou meio torto.

— Olha, volte para casa. Ligo para você mais tarde. Isso não é o que parece — explicou olhando de Sarah para a loura. Mas ele não podia se levantar da cama por razões óbvias. Estava nu e provavelmente ainda com uma ereção.

— Você está brincando? — perguntou Sarah, tremendo da cabeça aos pés. — Isso *não é* o que parece? Acha que sou estúpida? Ela estava em Aspen com você? Será que você vem aprontando essa merda há quatro anos?

— Não... Eu... Olha... Sarah...

A moça então se sentou na cama e perguntou para Phil com um olhar sem expressão:

— Você quer que eu vá embora?

Sarah respondeu no lugar dele:

— Não se incomode — declarou e enveredou pelo hall, bateu com força a porta da frente, jogou as chaves dele no chão ao sair e correu escada abaixo para fora do prédio, de volta ao carro. Estava tremendo tanto que teve dificuldade em dirigir. Desperdiçara quatro anos de sua vida. Mas ao menos sabia disso agora. Não haveria mais manipulações ou mentiras, mais desapontamentos, mais autoexames agonizantes sobre as razões que a faziam aguentar aquela conversa fiada. Enfim, estava tudo acabado. Disse a si mesma que estava contente, mas lágrimas corriam quando entrou em casa. Fora um choque infernal. O telefone estava tocando quando destrancou a porta, mas ela não atendeu. Não havia nada mais a dizer. Ouviu-o deixar uma mensagem na secretária. Conhecia aquela voz, a voz da reconciliação. Foi até a secretária e apagou o recado sem escutá-lo. Ela se recusava a ouvi-lo.

Ficou acordada na cama durante horas naquela noite, repassando aquela cena horrível em sua cabeça, aquele maldito e inacreditável momento em que Phil se sentara na cama e ela se dera conta de que havia uma mulher ao lado. Era como observar o colapso de um edifício que implodira ou a explosão de uma bomba. A versão deles das torres gêmeas. O mundo de fantasia que dividiram durante quatro anos, por menos conveniente que fosse, tinha desabado. E não havia como reconstituir aquilo tudo. Sarah não queria. E mesmo perturbada como estava, sabia que era uma bênção. Provavelmente teria continuado a aceitar aquela fórmula de somente-fins-de-semana por vários anos.

O telefone continuou a tocar durante toda a noite até que finalmente ela o arrancou da tomada, desligando também o celular. Era gratificante saber que ele se importava tanto. Mas Phil apenas não queria dar má impressão. Ou pode ser que os fins de semana fossem, afinal de contas, bem cômodos, e ele não quisesse perdê-la. Sarah não se importava mais. Podia suportar tudo, menos traição. Já havia suportado coisas demais. Mas essa era, de forma categórica e irreversível, a gota d'água.

Tentou dizer a si mesma, na manhã seguinte, que estava se sentindo melhor. Na verdade, sabia que não era o caso. Mas tinha certeza de que ia acabar melhorando. Ele finalmente não havia lhe dado escolha. Vestiu-se para ir trabalhar e chegou ao escritório na hora. A mãe telefonou dez minutos mais tarde, parecendo preocupada.

— Você está bem?

— Estou, mamãe. — Aquela mulher parecia ter um maldito radar.

— Tentei telefonar para você ontem à noite. A companhia telefônica disse que seu aparelho não estava funcionando.

— Estava trabalhando numa súmula, então tirei da tomada. Sinceramente, estou bem.

— Bom. Estava apenas conferindo. Tenho hora marcada no dentista. Ligo para você mais tarde.

Quando ela desligou, Sarah telefonou para o apartamento de Phil, sabendo que naquela hora ele já teria saído para trabalhar. Deixou um recado, pedindo que enviasse as chaves dela por um mensageiro.

— Não as deixe aqui nem as traga pessoalmente. Não as envie por correio tampouco. Envie por um mensageiro. Obrigada.

E foi tudo. Ele ligou seis vezes naquele dia para o escritório, mas ela não atendeu. Finalmente, na sétima chamada, decidiu falar com ele. Disse a si mesma que não precisava se esconder de Phil, não havia feito nada de errado. Ele, sim.

Ela mal dissera alô, quando a secretária lhe passou o telefonema. Phil parecia em pânico, o que a surpreendeu. Era um filho da puta tão convencido que ela acreditava que ele tentaria se livrar daquela situação contando uma conversa mole qualquer, mas não foi o caso.

— Olha, Sarah... Desculpa... É a primeira vez nesses quatro anos... Essas coisas acontecem... Sei lá... Pode ter sido meu último grito de liberdade... Precisamos conversar... Poderíamos talvez nos ver algumas vezes durante a semana... Talvez você tenha razão... Passo aí esta noite e conversaremos sobre isso... Desculpa, meu amor... Você sabe que te amo...

Finalmente, ela interveio:

— É mesmo? — contestou, friamente. — Você tem uma maneira muito engraçada de demonstrar isso. Amor por procuração. Imagino que ela estivesse no meu lugar.

— Vamos lá, querida... por favor... Sou humano... você também... Podia acontecer com você um desses dias... e eu a perdoaria...

— Não, isso não poderia acontecer comigo, na verdade. Porque sou incrivelmente estúpida. Acreditei em todas essas baboseiras que você me contou. Permiti que me deixasse em casa para ir passar os fins de semana e os feriados com seus filhos. Passei todos os malditos dias de Natal e Ano-Novo sozinha durante quatro anos, enquanto você me dizia que estava ocupado durante a semana e que estava indo para a academia, quando, na verdade, estava trepando com outra mulher. A diferença entre nós, Phil, é que eu sou honesta, tenho integridade. Você, não. Tudo se resume a isso. Acabou. Não quero te ver de novo. Devolva minhas chaves.

— Não seja estúpida, Sarah. — Ele começou a ficar impertinente. Não tinha demorado muito para chegar lá. — Nós investimos quatro anos nisso.

— Você devia ter pensado nisso ontem à noite, antes de ir para a cama com ela, não depois — disse Sarah friamente. Estava tremendo de novo, pois ainda sentia alguma coisa por ele, mas não havia como dar para trás. Ela não queria. Agora, finalmente, depois de tanto tempo, queria sair dessa.

— É culpa *minha* se você irrompeu no meu apartamento e invadiu meu espaço? Você devia ter telefonado antes.

— *Você* é que não devia estar trepando com outra mulher, pouco importa se eu "irrompi" ou não em seu apartamento. Ainda bem que fiz isso. Deveria ter feito há muito tempo. Poderia ter me poupado bastante sofrimento e quatro anos perdidos. Adeus, Phil.

— Você ainda vai se arrepender — preveniu ele. — Você está com 38 anos e vai acabar sozinha. Pelo amor de Deus, Sarah, não seja estúpida — gritou quase em tom de ameaça, mas ela não o aceitaria de volta agora nem que fosse o último homem na Terra.

— Sempre estive sozinha durante o tempo que passei com você, Phil — disse Sarah, baixinho. — Agora, só vou ficar em minha própria companhia. Obrigada por tudo — respondeu ela, desligando sem ouvir o que ele ainda tinha a dizer. Ele não voltou a telefonar. Tentou ainda algumas vezes naquela noite, depois que Sarah tornou a colocar o telefone na tomada, mas, desta vez, ela desligara a secretária, porque não queria nunca mais ouvir a voz dele. Tudo estava realmente acabado. Ainda derramou algumas lágrimas por Phil naquela noite, tentando tirar a cena horrível da véspera da cabeça. Suas chaves chegaram por um mensageiro na manhã seguinte. Ele as enviara para o apartamento. Era sábado de manhã. Incluíra um bilhete dizendo que estava à disposição dela a qualquer momento em que quisesse conversar e que esperava que ela fizesse isso. Ela o jogou fora após olhar o conteúdo e empacotou as coisas que ele deixara lá. Não eram muitas, apenas objetos de toalete, alguns jeans, roupa de baixo, camisas, um tênis Nike, um chinelo, uns mocassins e uma jaqueta de couro que ele deixava lá para usar nos fins de semana. Ao arrumar tudo, deu-se conta de que ele havia sido mais uma fantasia do que uma realidade em sua vida. Phil era a encarnação da esperança e o ponto culminante da própria neurose de Sarah, o terror de ficar sozinha, de se sentir abandonada por um homem, como o pai fizera com ela. Assim, tolerava as migalhas que ele atirava e nunca pedia mais. Apesar das súplicas, estava disposta a aceitar quando lhe dava menos do que ela merecia. E, ainda por cima, ele a traía. Phil fizera um grande favor na noite em que fora para a cama com aquela jovem loura. Estava, na verdade, surpresa por não se sentir tão mal quanto receara depois que terminara tudo. No fim daquela tarde, havia ido para a casa continuar o trabalho na estante. Achava que algumas marteladas a ajudariam a se sentir melhor, e ajudaram. Nem ouviu a campainha tocar, e, quando finalmente a escutou, teve medo de que fosse Phil. Olhou com cautela para baixo, de uma janela do segundo andar, e viu que era Jeff. Desceu correndo a grande escadaria até a porta principal para deixá-lo entrar.

— Oi — disse ele tranquilamente. — Vi seu carro na entrada e pensei em dar um pulinho aqui. — Notou seu ar distraído e a observou mais de perto. — Você está bem?

— Estou — declarou para tranquilizá-lo, mas não parecia. Algo estava errado, mas ele não conseguia saber exatamente o quê. Podia ver em seus olhos.

— Teve uma semana dura no escritório?

— É. Mais ou menos. — Ele a seguiu escadas acima e examinou o progresso na estante. Era surpreendentemente bom para uma amadora. Ela era diligente em seu trabalho. Seus olhos se encontraram e ele perguntou sorrindo:

— O que aconteceu, Sarah? Não precisa me dizer se não quiser, mas tem alguma coisa errada.

Ela assentiu, sem chorar.

— Terminei com Phil há dois dias. Já devia ter feito isso muito antes. — Ela pousou o martelo por um minuto e afastou o cabelo dos olhos.

— O que houve? Uma briga feia quando ele voltou de Aspen?

-- Não foi bem isso — disse ela baixinho. — Eu o flagrei com outra mulher. Foi uma experiência nova. Algo novo e diferente — disse ela num tom monótono, e, levando tudo isso em conta, Jeff achou que ela estava bem até demais.

— Puxa! — exclamou ele. — Deve ter sido bem desagradável.

— Foi mesmo. Eu parecia uma idiota. Ela, uma puta. E ele, um perfeito imbecil. Talvez tenha feito isso durante todo o tempo.

Joguei as chaves dele no chão e dei o fora. Devolvi as coisas dele esta manhã. Ele tem telefonado como um louco.

— Você acha mesmo que tudo terminou ou acredita que vai aceitá-lo de volta? — Marie-Louise o traíra há alguns anos, e ele cedera quando ela voltou e implorou que a perdoasse. Depois, arrependeu-se. Ela fez de novo, e depois nunca mais, porque, dessa vez, ele batera o pé. Tinham passado por muita coisa em 14 anos.

— Não, não vou aceitá-lo de volta — disse Sarah tristemente. Ela se sentia mais triste por ter sido uma boba durante tanto tempo do que por perdê-lo. — Acabou. Deveria ter acabado há muito tempo. Ele é um idiota. E um mentiroso e um traidor. Todas essas coisas boas.

— Ele não vai desistir de você tão facilmente — previu Jeff.

— Pode ser que não. Mas eu, sim. Jamais poderia perdoá-lo. Foi uma cena detestável. Eu estava a ponto de me meter na cama dele para fazer uma surpresa quando descobri que alguém já tinha feito isso. Nunca me senti tão estúpida ou fiquei tão chocada em minha vida. Pensei que fosse ter um ataque do coração quando fui embora. De qualquer forma, está tudo acabado, e aqui estou eu, trabalhando na casa de novo. Admirável mundo novo. Mal posso esperar para me mudar para cá — disse ela, mudando de assunto, e ele concordou, entendendo. Tinha curiosidade em saber se ela se manteria longe de Phil. Naquele momento, parecia firmemente decidida. Mas o evento infeliz acontecera há apenas dois dias. Tinha a impressão de que fora terrível, como de fato tinha sido.

— Quando é que você acha que vai poder se mudar?

— Não sei. O que você acha? — As obras na rede elétrica iam começar na semana seguinte, e no encanamento, logo depois. Durante meses, haveria equipes de operários pela casa inteira. Só iam iniciar o trabalho na cozinha em fevereiro ou março, depois que as outras obras já estivessem terminadas ou, pelo menos, bem encaminhadas.

— Talvez em abril — disse ele, pensativo. — Depende da dedicação com que vão trabalhar. Se houver empenho da parte deles, talvez você possa acampar aqui em março, se conseguir aguentar a poeira e o barulho.

— Eu adoraria — declarou Sarah, sorrindo. — Estou doida para sair do apartamento. — Estava cansada dele, especialmente agora que Phil se fora. Queria seguir em frente. Desesperadamente. Já era tempo.

Jeff ainda ficou mais um pouco, fazendo-lhe companhia enquanto ela trabalhava. Hoje ele estava sem tempo para ajudar, tinha outras coisas para fazer. Mas se sentia mal por deixá-la sozinha ali, especialmente depois do que acontecera. Finalmente, duas horas depois, disse que ia tentar voltar no dia seguinte, e a deixou martelando a estante. Ela trabalhou até quase meia-noite e voltou para o apartamento vazio. A secretária eletrônica ainda estava desligada, assim como o celular. Não queria falar com ninguém, não havia nenhum motivo para receber chamadas. E ao se enfiar na cama desfeita naquela noite, lembrou-se de Phil e da mulher com quem ela o surpreendera transando. Ficou se perguntando se estaria com ela ou com outra pessoa. Perguntou-se também com quantas mulheres mais ele a teria traído durante todos esses anos, quando lhe dizia que não poderia vê-la durante a semana, apenas nos fins de semana. Era deprimente perceber como tinha sido boba. Não havia nada a fazer agora, exceto se assegurar de que ele nunca mais voltaria. Nunca mais queria botar os olhos nele.

Capítulo 15

Lá pelo final de janeiro, Sarah já se sentia bem melhor. Estava ocupada no escritório e trabalhando na casa todos os fins de semana. Jeff tinha razão. Phil não havia desistido facilmente. Telefonara para ela muitas vezes, escrevera, enviara rosas, tendo mesmo chegado a aparecer, sem avisar, na casa da Scott Street. Ela o tinha visto de uma das janelas do andar de cima e não o deixara entrar. Não havia respondido a nenhum de seus telefonemas ou mensagens, não agradecera pelas flores e jogara fora as cartas. Sarah tinha certeza do que dissera, não havia mais nada a discutir, tudo estava acabado. Supunha, a essa altura, que provavelmente ele a havia traído durante anos. Tendo organizado a vida deles daquela maneira, tivera todas as oportunidades. Sabia agora que não podia confiar nele. Foi a gota d'água. Acabou. Phil levou quase um mês para parar de telefonar. E então, ela soube que ele havia seguido em frente. Uma vez ele admitira para Sarah que tinha traído a mulher no final do relacionamento, mas pusera a culpa nela, alegando que ela o levara a isso. E talvez agora, pensou Sarah, ele a estivesse culpando pelo mesmo.

O espólio de Stanley estava quase terminado. Já tinham desembolsado uma soma considerável dos ativos para os herdeiros. Ela recebera igualmente seu legado, da parte líquida do espólio, e o vinha distribuindo cuidadosamente entre os empreiteiros que Jeff contratara. Um deles pusera um gravame sobre a casa, insistindo que era o procedimento regular, mas ela o forçara a retirar. Até agora, a restauração estava dentro do orçamento, e Jeff supervisionava todos os subempreiteiros para Sarah, que realizava uma enorme parte do trabalho, adorando cada minuto. Era incrivelmente gratificante fazer trabalho manual depois dos estresses mentais no escritório. Ela estava surpresa por descobrir que não sentia tanto a falta de Phil como temera. Os reparos na casa durante os fins de semana ajudaram muito.

Sarah ficou contente ao ter notícias de Tom Harrison na última semana de janeiro. Ele disse que viria a São Francisco a negócios na semana seguinte e a convidou para jantar. Ela se ofereceu para lhe mostrar os progressos na casa, e ele respondeu que ficaria encantado. Ela marcou um encontro para pegá-lo no hotel na noite em que chegasse.

Quando ele chegou, chovia a cântaros, como era de se esperar naquela época do ano, mas Tom preferia isso à neve de St. Louis. A caminho do jantar, ela o levou à casa da Scott Street, e ele ficou realmente impressionado com a quantidade de trabalho realizada em tão pouco tempo. Ela não percebia mais isso porque estava ali quase todos os dias.

— Estou espantado com o que você fez aqui, Sarah — disse ele, com um amplo sorriso. — Para ser honesto, pensei que você era doida por comprar esta casa. Mas agora posso ver por que o fez. Vai ser um lugar lindo quando estiver pronto. — Embora, sem dúvida, enorme para ela. Mas Sarah não resistira a recuperar uma parte da história, particularmente da sua história, e ainda por cima, uma joia como essa.

— Ela foi construída por meu bisavô — explicou, durante o jantar, contando a história de Lilli. Sarah o levara a um novo restaurante que tinha uma deliciosa comida francesa e asiática.

Divertiram-se muito, o que não a surpreendeu. Havia gostado de Tom desde que se conheceram. Ele ia ficar na cidade por uns dois dias, em reuniões, o que a lembrou de uma ideia anterior. — Você está livre para o almoço amanhã? — perguntou cautelosamente. Não queria que pensasse que ela estava dando em cima dele. Ele sorriu ao ouvir a pergunta.

— Posso estar. O que você tem em mente? — Tudo nele transpirava integridade, inteligência e gentileza. Ele a tratava como uma filha, não como uma mulher que estivesse azarando, o que deixava Sarah à vontade.

— Sei que provavelmente vai parecer uma coisa boba, mas gostaria que você conhecesse minha mãe. Falei com você sobre isso quando nos conhecemos, mas não era o momento certo. Como mãe, ela é muito chata, mas na verdade, é uma mulher simpática. Tenho a impressão de que você poderia gostar dela, e ela, de você.

— Ora, ora — disse ele, rindo, mas sem se mostrar ofendido. — Você parece uma das minhas filhas. Vive marcando encontros para mim com as mães das suas amigas. Tenho que admitir, houve algumas sensacionais, mas acho que, na minha idade, você tem que levar na esportiva quando se vê sozinho.

Ela sabia que ele tinha 63 anos. Audrey tinha 61 e ainda era uma mulher atraente. Sarah ficou feliz ao ouvir que ele se encontrava com as mães e não com as filhas. A maioria dos homens naquela idade estava mais interessada nas filhas ou, ainda pior, em meninas jovens o bastante para serem suas netas. Às vezes, mesmo com apenas 38 anos, ela já se sentia descendo a ladeira. E havia cada vez menos cavalheiros interessados em senhoras da idade da mãe. Sabia que muitas amigas de Audrey tinham recorrido a serviços de encontros pela internet, às vezes com bons resultados. Mas fora isso, os caras na faixa etária de Audrey queriam, na maior parte das vezes, encontrar moças como Sarah. Achou que

Tom Harrison seria perfeito, desde que Audrey não se mostrasse muito insistente ou agressiva e o afugentasse.

Combinaram um almoço no dia seguinte no Ritz-Carlton, e ela telefonou para a mãe assim que chegou em casa.

— Sarah, não posso — declarou Audrey embaraçada. Fora incrivelmente gentil com Sarah durante o mês anterior, desde que vira a casa no Natal. De algum modo, ela criara um interesse comum, um novo laço entre as duas. — Nem conheço esse homem. É mais provável que esteja interessado em sair com você, e esteja apenas sendo educado.

— Não, não é isso — insistiu Sarah. — Juro a você, ele é normal. É apenas um viúvo simpático, decente, atraente, inteligente e bem-vestido do Centro-Oeste. As pessoas provavelmente são muito mais decentes lá do que aqui. Ele me trata como se eu fosse uma garota.

— Você é uma garota — declarou a mãe rindo de um modo inusitadamente juvenil. Pelo menos se sentiu lisonjeada. Não tinha um encontro há meses, e o último que tivera, com um desconhecido, fora um fracasso total. Era um homem de 75 anos, com uma dentadura que vivia caindo, surdo como uma porta, de extrema-direita radical, que se recusava a deixar uma gorjeta para o garçom após o jantar e que detestava tudo em que ela acreditava. Ela queria matar a amiga que lhe arranjara aquele programa e que ficara muito chocada ao ver que Audrey não o achara "uma doçura". Ele era tudo menos isso. Na verdade, era um sujeito rabugento. Não havia razão para achar que Tom Harrison seria melhor que isso, exceto pelo fato de Sarah insistir que sim. Finalmente, Audrey cedeu quando Sarah lhe fez ver que não se tratava de espionagem, cirurgia para abrir o coração ou casamento, mas apenas um almoço. — Está bem, está bem, como devo me vestir? Roupas discretas ou sexy?

— Conservadoras, mas não deprimentes. Não use seu terninho preto. — Sarah não quis dizer que ele a envelhecia. — Use alguma coisa alegre que a faça se sentir bem.

— Que tal uma roupa com estampa de leopardo? Tenho uma jaqueta incrível de camurça estampada. Eu vi numa revista com sapatos dourados.

— *Não!* — gritou Sarah. — Você vai ficar parecendo uma piranha... Desculpa, mamãe. — Sarah voltou atrás quando sentiu Audrey se retrair.

— Eu *jamais* me pareci com uma piranha em toda a minha *vida*!

— Sei que não. Desculpa — disse Sarah, mais gentilmente. — Achei apenas que seria um pouco atrevido para um banqueiro de St. Louis.

— Ele pode ser de St. Louis, mas eu não sou — disse Audrey com arrogância, e depois se acalmando um pouco. — Não se preocupe com isso, vou achar alguma coisa.

— Sei que estará deslumbrante e vai deixá-lo de queixo caído.

— Dificilmente — respondeu a mãe, com modéstia.

Sarah estava mais nervosa do que os dois quando os encontrou no lobby do Ritz-Carlton, ao meio-dia. Ela havia chegado atrasada. Ambos foram extremamente pontuais e já estavam conversando alegremente. Tom adivinhara logo quem era Audrey. E Sarah sentiu orgulho da mãe quando a viu. Estava exatamente como devia. Usava um vestido de lã vermelha que realçava o corpo sem ser vulgar, com gola alta e mangas compridas. Calçava salto alto e pusera um colar de pérolas, tendo prendido o cabelo à francesa. Vestia um casaco de lã preta de corte excelente que ela comprara há alguns anos, mas que lhe caía muito bem. E ele estava com um terno azul-marinho de risca de giz, camisa branca e uma bela gravata azul. Faziam um lindo par, pensou Sarah, e a conversa fluía facilmente. Mal conseguiu abrir a boca, enquanto eles discorriam sobre filhos, viagens, cônjuges falecidos, interesse por jardins, orquestra sinfônica, balé, cinema e museus. Pareciam estar de acordo em quase tudo. Sarah quase bateu palmas de alegria, sentada ali, quieta, comendo um sanduíche, enquanto eles tomavam sopa e comiam salada de caranguejo. Ele falou do quanto gostava de São Francisco, e Audrey respondeu que nunca fora a St. Louis, mas que sempre gostara muito de Chicago. Conversaram sobre tantas coisas e por tanto tempo que Sarah finalmente foi obrigada a deixá-los e voltar para o escritório. Já estava atrasada para uma reunião e eles ainda conversavam a todo vapor quando ela foi embora. Bingo!, disse para si mesma, sorrindo orgulhosamente ao deixar o hotel. Que sucesso!

Telefonou para a mãe no fim da tarde, assim que saiu da reunião, e Audrey confirmou que Sarah tinha razão: ele era um homem adorável.

— Talvez um pouco indesejável geograficamente — confessou Sarah. St. Louis não ficava exatamente na esquina, nem facilitaria os encontros. Mas cada um deles tinha feito um novo amigo. — Ele tem uma filha com necessidades especiais, mamãe. Acho que é cega e tem uma lesão cerebral, e mora com ele. — Ela havia se esquecido de mencionar isso antes do almoço, mas achou que ela deveria pelo menos ficar sabendo.

— Eu sei. A Debbie — disse a mãe, como se soubesse tudo sobre Tom e ele fosse amigo dela, e não de Sarah. — Falamos sobre ela depois que você saiu. Foi uma tragédia para ele. Nasceu prematura e teve problemas na hora do parto. Isso jamais aconteceria hoje em dia. Ele disse que as pessoas que se ocupam dela são maravilhosas. Deve ser muito difícil agora que está sozinho. — Sarah estava absolutamente pasma.

— Fico contente que vocês tenham gostado um do outro, mamãe — declarou Sarah, sentindo-se como se tivesse tirado a sorte grande. Achara-os bem bonitinhos ao observá-los durante o almoço.

— Ele é um homem muito bonito e muito simpático — continuou Audrey.

— Estou certa de que vai te procurar na próxima vez que vier à cidade. Ele também parecia estar gostando de conversar com você. — Audrey era encantadora quando queria, especialmente com homens. Só com a filha era, às vezes, inflexível, podendo mesmo ser muito dura. Sarah ainda se lembrava de como ela havia sido boa com seu pai, não importava o quanto estivesse bêbado. E tinha certeza de que Tom Harrison não era um alcoólatra.

— Vamos jantar juntos hoje — confessou Audrey.

— Ah, vão? — perguntou Sarah, surpresa.

— Ele tinha outros planos com os sócios, mas decidiu cancelálos. É uma pena que tenha que ir embora amanhã — disse ela, em tom nostálgico.

— Tudo indica que ele vai voltar.

— Talvez — falou Audrey, não parecendo muito convencida, mas, por enquanto, achando bom. E a filha também. Foi tudo perfeito. Sarah gostaria de ser tão boa casamenteira para si mesma. De toda forma, não queria um namorado novo imediatamente. Queria dar um tempo depois de Phil, pois ele a decepcionara muito e a magoara demais. E andava ocupada com a casa. Pelo menos por enquanto, não queria outro homem. E há muito Audrey não tinha um de verdade.

— Divirta-se essa noite. Você estava linda no almoço.

— Obrigada, querida — disse Audrey, com uma voz mais terna do que de costume. — Mimi não pode ter o monopólio da diversão! — acrescentou, e ambas riram. A avó andava muito ocupada com George nesses últimos dias e todos os outros pretendentes pareciam ter sido descartados. Ela explicara a Sarah, após o Natal, que ela e George iam "namorar firme". Sarah quase perguntou se ele havia lhe dado seu distintivo ou anel de colégio. Era tão bom vê-los felizes assim. Havia neles uma doce inocência.

Sarah só teve notícias da mãe vários dias depois. A essa altura, Tom já havia ido embora. Deixara um recado para Sarah, agradecendo por tê-lo apresentado à mãe tão charmosa e prometendo entrar em contato quando voltasse a São Francisco. Sarah não tinha ideia de quando seria isso e, ao passar na casa de Audrey, no sábado, para deixar as roupas da mãe que fora buscar na lavanderia, percebeu um vaso cheio de rosas vermelhas de talo longo.

— Deixe-me adivinhar — disse Sarah, fingindo estar intrigada. — Humm... de quem serão?

— De um admirador — respondeu Audrey com cara de menina, pegando as roupas da mão de Sarah. — Está bem, está bem, são de Tom.

— Muito impressionante, mamãe. — Deu para ver de relance que havia duas dúzias delas. — Você teve notícias dele depois que foi embora?

— Estamos nos correspondendo por e-mail — disse Audrey, meio acanhada.

— Ah, estão? — Sarah ficou ainda mais espantada. — Eu nem sabia que você tinha um computador.

— Comprei um laptop um dia depois que ele foi embora — admitiu ela, enrubescendo. — É bem divertido.

— Acho que vou abrir uma agência de encontros — comentou Sarah, espantada por ver tudo que acontecera em apenas alguns dias.

— Você mesma podia usar seus serviços — retrucou Audrey, sabendo do rompimento com Phil. Sarah não dera muitas explicações, disse apenas que tinham se cansado um do outro. Ao menos dessa vez, Audrey deixou ficar por isso mesmo.

— Neste momento, ando muito ocupada com a casa — disse Sarah. Estava outra vez de macacão, a caminho de lá.

— Não use isso como desculpa, como você faz com o trabalho.

— Não estou dando desculpas — respondeu ela, obstinada.

— Tom gostaria de apresentar você ao filho dele. É um ano mais velho que você e acabou de se divorciar.

— Eu sei, e ele mora em St. Louis. Isso não vai me adiantar muito, mamãe. — Talvez tampouco adiantasse para Audrey, mas encontrar Tom havia melhorado seu humor e sua autoestima.

— E onde anda o arquiteto que você contratou para a casa? Ele é solteiro e tem boa aparência?

— Ele é ótimo, assim como a mulher com quem vive há 14 anos. Eles são donos da empresa e de uma casa em Potrero Hill.

— Acho que isso não vai servir, mas vai aparecer alguém quando você menos esperar.

— É, como o Estrangulador de Hillside ou Charles Manson. Mal posso esperar — disse Sarah, cinicamente. Sentia-se amarga com relação aos homens naqueles dias. Phil deixara um gosto ruim em sua boca, depois da última escapadela.

— Não seja tão negativa — ralhou a mãe. — Você parece estar deprimida.

— Não estou, não — replicou Sarah —, só estou cansada. Tive muito trabalho no escritório esta semana.

— E quando você não tem? — objetou a mãe, levando-a até a porta.

Ambas ouviram o laptop emitir um som de "Mensagem para você". Sarah levantou uma sobrancelha e sorriu para a mãe:

— O cupido está chamando!

Beijaram-se, e Sarah saiu. Estava contente por ter apresentado Tom à mãe e ver que tudo havia corrido tão bem. Talvez não desse em nada de importante, afinal de contas ele morava em St. Louis, mas foi bom para os dois. Tinha a impressão de que ele estava muito sozinho, e Audrey também. Todo mundo precisa receber rosas de vez em quando. E o e-mail de um amigo.

Capítulo 16

No final de fevereiro, Sarah tinha canos de cobre em toda a casa, e nova fiação em boa parte dela. Estavam ajeitando andar por andar. Em março, começaram o trabalho de base na cozinha. Era emocionante mobiliar o local. Escolhera o equipamento a partir de livros do escritório de Jeff, comprados para ela por preço de atacado. A casa ainda não estava pronta para que ela se mudasse para lá, mas estava indo bem. Disseram a Sarah que terminariam o restante da instalação elétrica até abril.

— Por que você não tira umas férias? — sugeriu Jeff, uma noite em que estavam estudando a disposição do equipamento na cozinha para ter certeza de que as peças iam caber. Ela estava colocando uma grande bancada de madeira no centro, e ele temia que fosse ficar muito apertado, mas Sarah insistiu que ia dar certo, e, no final, tinha razão.

— Você está tentando se livrar de mim? — perguntou rindo. — Estou deixando você maluco? — Ele respondeu que não, mas Marie-Louise estava. Estava num daqueles surtos em que odiava tudo dos Estados Unidos, inclusive ele. Ameaçava voltar para a França. Era aquela época do ano em que ela sentia falta da primavera em Paris. E só em junho viajaria para os três meses de verão lá. Embora detestasse admitir, ele estava contando os dias para isso. Era difícil conviver com ela em alguns momentos.

— Não há muita coisa que você possa fazer agora até terminarmos a parte elétrica e a cozinha. Acho que, se você ficar fora algumas semanas, vai poder se mudar para cá quando voltar. Seria estimulante para você — disse ele, tornando a sugerir as férias. Ele adorava ajudá-la com a mansão. Lembrava-o de quando fizera a dele em Potrero Hill. A de Sarah tinha uma escala consideravelmente maior, é claro, mas prevaleciam os mesmos princípios, embora cada casa antiga tivesse os próprios caprichos.

— Não posso ficar tanto tempo afastada do escritório — queixou-se Sarah.

— Que tal duas semanas, então? Se você sair em meados de abril, prometo que vai poder se mudar no dia primeiro de maio — declarou Jeff. Ela ficou pulando para cima e para baixo, como uma menina, e, nessa noite, considerou seriamente essa possibilidade.

Estava dividida em relação ao assunto. Não gostava de deixar o escritório porque não tinha para onde ir, nem com quem ir. Detestava viajar sozinha. Todas as amigas tinham filhos e maridos. Telefonou para uma colega de faculdade, em Boston, mas ela havia acabado de se divorciar e não podia deixar as crianças, que estavam arrasadas. Sarah se consolou lembrando a si mesma que tampouco poderia ter ido com Phil. Ele nunca viajara com ela em quatro anos, só com os filhos. Chegou a falar com uma das advogadas do escritório, contudo ela não podia se afastar no momento. Em desespero, convidou a mãe, mas esta tinha acabado de planejar uma viagem a Nova York com um amigo, para irem a teatros e museus, de modo que não poderia acompanhá-la. Sarah pensou em desistir da ideia, mas depois resolveu ir sozinha. A partir daí, a grande decisão a tomar era o destino. Sempre ficava doente no México, e achou que não devia ir para lá desacompanhada. Gostava do Havaí, mas duas semanas lá seriam demais. Adorava Nova York, mas sozinha não tinha graça. Ela ainda não havia decidido, quando, olhando a fotografia de Lilli no fim de semana, de repente soube exatamente para onde queria ir. Para a França, rastreá-la. Lembrava-se de Mimi ter dito que, certa vez, fora visitar o *château* em que Lilli morara com o marquês por quem havia deixado o marido. Segundo Mimi, estava todo entaipado, mas Sarah achou que seria interessante dar uma olhada nele, para ter uma noção da moradia de Lilli durante o período passado na França. Afinal, ela morara lá por 15 anos antes de falecer, um tempo relativamente longo.

Sarah foi conversar com Mimi no domingo e descobriu a localização, aparentemente na Dordogne, não muito longe de Bordeaux. Sarah achou que seria uma viagem bem agradável. Sempre tinha desejado conhecer aquela região, e os *châteaux* do Loire, se tivesse tempo. Ela amava Paris e, na segunda-feira, resolvera tirar duas semanas de férias na França. Partiria no dia seguinte à Páscoa, e disse a Jeff que ia cobrar a promessa de poder se mudar para a casa no dia primeiro de maio. Ainda faltavam seis semanas, e Jeff respondeu que existia grande possibilidade disso acontecer. Sarah já havia decidido que pintaria a casa depois de se mudar. Ia tentar acarpetar pessoalmente, com a ajuda de Jeff, os poucos aposentos menores que pretendia ocupar, como quartos de vestir, um escritório, um pequeno quarto de hóspedes e um banheiro com piso em madeira. Sempre que possível, pretendia se incumbir de uma parte da pintura, caso contrário, custaria uma fortuna e ia abalar seu orçamento. Além do que, pintar podia ser divertido, e aprender a acarpetar lhe dava a ilusão de economizar dinheiro. Na verdade, vinha se saindo bem com o orçamento até então.

Contou à mãe e à avó sobre a viagem à França. Mimi anotou toda a informação de que dispunha sobre Lilli e o nome e a localização exata do *château*. Não sabia mais que isso. Sua própria viagem nesse sentido fora decepcionante, mas Sarah não se importou. A ideia era interessante, sobretudo se conseguisse encontrar alguém que tivesse conhecido a bisavó, ainda que, a essa altura, já tivessem transcorrido mais de sessenta anos.

No mês seguinte, pôs em dia todo o trabalho do escritório e começou a empacotar o que tinha no apartamento, de forma a estar pronta para a mudança assim que voltasse. Pretendia jogar no lixo ou dar para uma instituição de caridade a maior parte do que tinha. Só precisava levar com ela, na verdade, os livros e as roupas. O resto era horrível. Olhando para aquilo ela se perguntava por que guardara aquelas coisas por tanto tempo.

Sarah passou a Páscoa com a mãe e Mimi. Foram a um agradável brunch no Fairmont, e no dia seguinte Audrey foi para Nova York, bastante animada. Mimi planejava passar alguns dias com George em Palm Springs e treinar golfe, e Sarah estava embarcando para Paris. Jantou com Jeff na véspera da partida.

— Obrigada por ter sugerido a viagem — disse ela, enquanto se sentavam à mesa de um restaurante indiano. Ele havia pedido seu curry apimentado, e o de Sarah era suave, mas ambos estavam bons. — Estou muito animada com o passeio. Vou dar uma olhada no *château* em que minha bisavó viveu.

— Onde fica? — perguntou ele, com interesse. Sabia da história por ela, mas não conhecia os detalhes. Estava tão intrigado quanto Sarah, pois dera vida, ânimo e alma à casa. Lilli fora uma jovem intrépida e um tanto extravagante para seu tempo, sobretudo levando em consideração que tinha apenas 24 anos quando foi embora. Ela nascera na noite do terremoto de 1906, em uma balsa a caminho de Oakland para fugir do incêndio na cidade. Havia sido o começo auspicioso de uma vida muito interessante e um tanto turbulenta. Sua chegada ao mundo fora provocada por um terremoto, e o final da vida pontuado por uma guerra. Sarah também ficava ensimesmada pelo fato de que Lilli tinha a idade dela quando morreu. Uma vida breve, mas impetuosa. Morrera aos 39 anos, sem ter visto os dois filhos durante 15 anos. O marido dela, o marquês, falecera no mesmo ano, na Resistência.

— O *château* fica na Dordogne — explicou a Jeff, que estava com os olhos cheios de lágrimas por causa do curry. Costumava dizer que gostava de mulheres e de curry bem picantes, embora, ultimamente, mais do curry. O temperamento de Marie-Louise estava ficando mais picante e a língua mais afiada a cada hora, porém ele estava aguentando firme.

— Seus ancestrais são muito mais interessantes que os meus — comentou ele, na conversa durante o jantar.

— Estou fascinada por ela — admitiu Sarah. — É um milagre minha avó ser tão normal tendo uma mãe que a abandonou, um pai que vivia deprimido. Além de ter todo o dinheiro perdido na bolsa e o irmão morto na guerra. Ela é incrivelmente saudável e feliz, apesar de tudo isso. — Jeff não a havia conhecido, mas tinha ouvido um bocado sobre ela e podia perceber que Sarah a adorava. Esperava conhecê-la um dia. — Ela viajou ontem para Palm Springs com o namorado. A vida dela é bem mais animada do que a minha. — Riu de si mesma. Não havia namorado ninguém desde Phil, mas estava realmente entusiasmada com a viagem, e Jeff estava contente por ela. Seguir os passos de Lilli era uma ótima ideia, que ele próprio teria gostado de fazer com Sarah. — Por falar nisso, como estão indo as coisas com Marie-Louise? — Assim como Sarah costumava falar de Phil para Jeff, antes do rompimento, ele conversava com frequência sobre Marie-Louise com ela. Tinham se tornado amigos íntimos nos meses em que trabalharam juntos na casa. E ela estava usando agora o broche antigo em formato de casa, na lapela, como quase sempre fazia. Era o símbolo de sua libertação e da paixão pela casa. E gostava ainda mais dele porque tinha sido um presente de Jeff.

— As coisas vão indo bem, eu acho — respondeu. — A visão de Marie-Louise é um pouco mais gaulesa do que o minha. Ela diz que uma vida sem discussão é como um ovo sem sal. Estou quase a ponto de entrar numa dieta sem sal qualquer dia desses.

Mas acho que ela se sentiria pouco amada se não discutíssemos o tempo todo. — Não havia dúvida de que ele a amava, mas viver com ela era um desafio. Marie-Louise sempre ameaçava abandoná-lo toda vez que ele discordava dela. Era estressante para Jeff. Chegava por vezes a achar que ela gostava disso. Para ela, era um estilo de vida. Sua família agia assim. Às vezes, quando ia com ela visitá-los, tinha a impressão de que acordavam pela manhã e batiam todas as portas, só pelo prazer de batê-las. O mesmo acontecia com as tias, os tios e os primos. Nunca falavam em um tom de voz normal. Gritavam constantemente uns com os outros. — Acho que é uma anomalia, não um traço francês, mas não posso dizer que acho bom — declarou. Não podia se imaginar vivendo desse jeito pelo resto da vida, mas o fazia há 14 anos. Sarah tampouco, mas, como Jeff continuava com Marie-Louise, obviamente a coisa funcionava para ele.

— Acho que é como você e Phil — disse ele quando acabaram de jantar. Jeff tinha a sensação de soltar vapor pelas narinas por causa do curry que comera, mas ele adorava. — Depois de algum tempo, você acaba se acostumando e esquece que existe algo diferente. Às vezes nossa capacidade de adaptação é espantosa. Tem tido notícias dele, por falar nisso?

— Não nos últimos meses. Finalmente desistiu. — Sarah tinha mantido a palavra e nunca mais falara com ele. E agora já nem sentia sua falta. De vez em quando, sentia falta de ter alguém, mas não dele. — Provavelmente está com uma nova namorada e a trai também. É o tipo de pessoa que ele é, agora sei. — Deu de ombros e voltaram a falar sobre a viagem. Partiria na manhã seguinte. Era um longo voo até Paris.

— Não se esqueça de me mandar um cartão-postal — disse ele, quando a deixou no apartamento e ela lhe agradeceu pelo jantar. Jeff não a beijou. Agora que ela estava livre, e ele não, Sarah não queria entrar nesse jogo, pois sabia que ia se magoar.

E ele respeitava os desejos dela. Gostava demais dela para querer machucá-la, e ele estava profundamente envolvido com Marie-Louise, para o bem ou para o mal. Mal no momento, mas isso poderia mudar a qualquer minuto. Nunca sabia com quem ia acordar na manhã seguinte: Bambi ou Godzilla. Às vezes se perguntava se ela não seria bipolar.

— Telefone para mim, caso aconteça alguma coisa na casa que eu precise saber, ou se houver alguma decisão que eu precise tomar. — Dera o roteiro da viagem, e também para o escritório e para a avó. Pretendia alugar um celular francês no aeroporto e prometeu ligar dando o número. E estava levando o laptop, caso o escritório necessitasse se comunicar com ela.

— Não se preocupe, esqueça tudo e aproveite suas férias. Quando voltar, ajudo você a se mudar. — Ela ficou radiante ao ouvir isso. Mal podia esperar, mas antes tinha uma divertida viagem pela frente. — Vou enviar e-mails sobre os nossos progressos. — Ela sabia que Jeff faria isso. Ele era muito bom em colocá-la a par do que acontecia na casa. Até o momento, não tinha havido surpresas ruins, só boas.

Tudo acontecia como previsto no projeto desde o início. A restauração tinha sido um sonho. Era como se fosse a vontade tanto de Stanley quanto de Lilli que ela ficasse com a casa, embora tivessem razões diferentes. Mas, para Sarah, já parecia um lar. Mudar para lá seria como a cereja do bolo. Decidira ocupar o quarto de Lilli e já havia encomendado uma cama *king-size*, com cabeceira de seda rosa pálido. Iam entregá-la assim que ela voltasse.

— *Bon voyage*! — gritou ele no momento em que Sarah subia correndo os degraus. Virou-se para acenar, desaparecendo em seguida no interior do prédio. Dirigindo de volta, Jeff pensava nela. Esperava que ela fizesse uma boa viagem.

Capítulo 17

O avião pousou no aeroporto Charles de Gaulle às oito da manhã, hora de Paris. Pegar as malas e passar pela alfândega levou uma hora. Às dez, Sarah seguia pela avenida Champs-Élysées de táxi, com um grande sorriso no rosto enquanto olhava em volta. Tinha dormido bem durante o voo de 11 horas, que parecia ter durado uma eternidade, mas agora, finalmente, chegara. Sentia-se como uma heroína de cinema ao cruzar a Place de la Concorde, com suas fontes, e atravessar a Pont Alexandre III em direção ao bairro Invalides, onde Napoleão estava enterrado. Ia ficar num pequeno hotel, na margem esquerda do Boulevard St. Germain, em pleno coração do Quartier Latin. Jeff lhe dera o nome do hotel recomendado por Marie-Louise, e era perfeito.

Sarah deixou as malas no quarto e caminhou por Paris inteira. Parou para tomar um *café filtre* num café e jantou sozinha num bistrô. No dia seguinte, foi ao Louvre e andou de Bateau Mouche, como uma típica turista. Visitou a Notre Dame e a Sacré Coeur e admirou a Opéra. Já estivera em Paris, mas desta vez era mais empolgante. Nunca se sentira tão liberta, ou tão livre de responsabilidades. Estava feliz só por ficar ali aqueles três dias antes de seguir para a Dordogne de trem. O recepcionista do hotel em Paris havia lhe dado o nome de um lugar onde se hospedar. Disse que era simples, limpo e muito pequeno, o que lhe convinha à perfeição. Não tinha vindo para se exibir, e estava espantada por se sentir tão confortável sozinha. Sentia-se totalmente segura, e, apesar do francês limitado, todos pareciam prontos e dispostos a ajudá-la durante todo o caminho.

Ao descer do trem, pegou um táxi para o hotel. Era um velho Renault que foi aos solavancos estrada abaixo, e a paisagem era linda. A região era conhecida pela criação de cavalos, e, à medida que penetravam mais no campo, viu alguns estábulos e também vários castelos, a maior parte em péssimo estado. Perguntou-se se o de Lilli estaria nas mesmas condições, ou se teria sido restaurado nesse meio-tempo. Estava animada com a perspectiva de vê-lo. Tinha anotado cuidadosamente o nome, e o mostrara ao funcionário da recepção do hotel. Ele assentiu e disse qualquer coisa ininteligível para ela em francês, depois apontou no mapa e falou num inglês inseguro. Perguntou se queria alguém para levá-la até lá e ela aceitou. Como já era tarde, ele se comprometeu a arranjar um carro com motorista para a manhã seguinte.

Nessa noite, Sarah jantou no hotel. Comeu *foie gras* do Périgord, região vizinha, que estava uma delícia, com maçãs cozidas como acompanhamento, e depois salada e queijo. De volta ao quarto, se jogou na cama de plumas e dormiu como um bebê até de manhã. Acordou com o sol entrando pelas janelas. Não tinha se dado ao trabalho de fechar as pesadas venezianas. Preferia a luz do sol. Tinha um banheiro privativo, com uma enorme banheira, e, após tomar banho e se vestir, desceu para tomar o café da manhã, que consistia de *café au lait* servido em tigelas e *croissants* recém-preparados. Só estava faltando uma companhia com quem compartilhar aquilo. Não havia com quem comentar a delícia da comida ou a beleza da paisagem, enquanto o motorista providenciado pelo funcionário do hotel dirigia em direção ao Château de Mailliard, onde a bisavó vivera.

O *château* ficava a meia hora do hotel, e a primeira coisa que viram, antes de chegar, foi uma linda igreja. Pertencera outrora ao castelo, porém não mais, explicou o jovem motorista num inglês claudicante. Então, vagarosamente seguiram por uma estrada estreita, e ela o viu. Parecia enorme. Tinha torreões, um grande pátio e um bom número de edificações anexas. Datava do século XVI, era lindo, embora no momento estivesse em reconstrução. Havia pesados andaimes em torno do edifício principal, e operários trabalhando diligentemente, tal como na Scott Street.

— Novo proprietário — explicou o jovem motorista carregando nos erres e apontando para o local. — Arruma! — Ela assentiu. Aparentemente, ele havia sido recém-comprado. — Homem rico! Vinho! Muito bom! — Sorriram um para o outro. O novo dono fizera fortuna com vinho.

Sarah desceu e olhou ao redor, curiosa em relação às edificações adjacentes e à propriedade em geral. Havia orquidários e vinhedos, um grande estábulo, mas nem sinal de cavalos. Devia ter sido lindo no tempo da bisavó, supôs Sarah. Lilli tinha o dom de morar em casas suntuosas, pensou Sarah sorrindo, e encontrar homens que a mimassem. Perguntou-se, ao olhar o *château*, se Lilli teria sido feliz ali, se sentira falta dos filhos, ou de Alexandre, ou da mansão de São Francisco. Isso era tão diferente e ficava tão longe de casa. Embora Sarah não tivesse filhos, não podia conceber a ideia de alguém abandoná-los. Ficou de coração apertado por Mimi ao pensar nisso.

Nenhum dos operários tomou conhecimento dela, e Sarah perambulou por quase uma hora, explorando a propriedade. Tinha curiosidade de ver o *château* propriamente dito, mas não se atreveu, por isso ficou observando do lado de fora. Um homem, numa das janelas, olhava para ela, e ela se perguntou se ia mandá-la embora. Ele reapareceu nos degraus da entrada alguns minutos mais tarde e caminhou até Sarah, com um olhar interrogativo no rosto. Era um homem alto, de cabelos grisalhos, usando suéter, jeans e botas de trabalho. Mas não se parecia com os outros. Tinha um ar de autoridade e, quando se aproximou, ela viu que usava um caro relógio de ouro.

— *Puis-je vous aider, mademoiselle?* — perguntou educadamente. Ele a observava há algum tempo. Sarah parecia inofensiva, mas lhe ocorreu que pudesse ser uma repórter. Raramente turistas apareciam por ali, mas, por causa dele, a imprensa às vezes sim.

— Desculpe. — Ela estendeu a mão com um sorriso tímido. — *Je ne parle pas français.* — Tudo o que sabia era dizer que não falava francês. — Americana — disse, e ele assentiu.

— Posso ajudá-la, *mademoiselle*? — perguntou de novo, desta vez em inglês. Estava curioso para saber quem ela era. — Está procurando alguém? — O inglês dele tinha sotaque, mas ele era fluente.

— Não — respondeu Sarah meneando a cabeça. — Só queria conhecer o *château*. É lindo. Minha bisavó morou aqui, há muito tempo.

— Ela era francesa? — indagou intrigado. Era um homem muito atraente, de uns 50 e poucos anos, másculo, bonito e elegante. Examinava Sarah nos mínimos detalhes.

— Não, era americana, casada com um marquês. O marquês de Mailliard e ela se chamava Lilli — disse como se apresentasse credenciais, e ele sorriu como que lhe dando passagem.

— Minha bisavó também morou aqui — comentou o francês, ainda sorrindo. — E minha avó e minha mãe. Trabalhavam aqui. Minha avó provavelmente trabalhava para a sua.

— Ela era minha bisavó, na realidade — explicou Sarah e ele assentiu. — Sinto muito por bancar a penetra. Só queria ver onde ela morou.

— Pouca gente vem até aqui — disse ele, estudando Sarah. Ela parecia uma menina, de jeans, tênis, um suéter jogado nas costas e o longo cabelo preso num rabo de cavalo. — O *château* esteve entaipado por sessenta anos. Comprei no ano passado. Estava num estado lamentável. Ninguém tocara nele desde a guerra. Estamos fazendo um trabalho imenso. Acabei de me mudar.

Sarah assentiu e sorriu.

— Acabei de comprar a casa dela em São Francisco. É enorme, embora não tão grande quanto isso aqui. Não era habitada desde 1930, com exceção de uns poucos aposentos no sótão. O marido dela, meu bisavô, vendeu-a quando ela o deixou, após a Crise de 1929. Estou restaurando-a, e vou me mudar para lá quando voltar de viagem.

— Sua bisavó aparentemente gostava de casas grandes, *mademoiselle*, e dos homens que as proporcionavam. — Ela assentiu. Essa era Lilli. — Temos muito em comum, pois, ao que parece, estamos fazendo o mesmo trabalho nas duas mansões dela. — Sarah riu e ele também. — Espero que ela aprecie. Gostaria de entrar e olhar em volta? — perguntou de forma hospitaleira. Sarah hesitou, mas em seguida concordou. Estava louca para ver o local e depois contar para Mimi, Jeff e a mãe. Agora ia poder dizer que tinha feito isso.

— Vou ficar apenas alguns minutos. Não quero incomodar. Minha avó me disse que veio aqui há muitos anos, mas estava tudo entaipado, como você falou. Por que ninguém morou aqui durante tanto tempo?

— Não havia herdeiros. O último marquês não tinha filhos. Alguém o comprou após a guerra, mas os compradores morreram pouco depois, dando início a uma batalha na família. Brigaram durante vinte anos e nunca moraram aqui. Com o tempo, desistiram, pois aqueles que o queriam já haviam morrido e os outros não queriam se mudar para cá. Ficou à venda por muitos anos, mas ninguém foi tolo o suficiente para comprá-lo até eu fazer isso — declarou rindo e cumprimentou os operários à medida que iam entrando.

O interior do *château* era vasto e meio soturno. Havia tetos altíssimos e uma escada senhorial que levava aos andares superiores. Sarah imaginou que os longos corredores ostentassem antes retratos ancestrais, mas agora apenas tapetes enrolados cobriam as paredes. Havia suportes para velas e, conforme avançavam para o interior, janelas altas deixavam o sol entrar. Ela achou que a casa de São Francisco era mais bonita e mais iluminada, mas era também muitíssimo menor. Esta tinha uma atmosfera um pouco cavernosa que Sarah, de algum modo, achou triste. Era uma vida completamente diferente. Tornou a se perguntar se Lilli teria sido feliz ali em sua vida como marquesa. Era tudo tão diferente.

O novo proprietário do *château* a acompanhou ao andar de cima e lhe mostrou os enormes quartos de dormir antigos e várias bibliotecas ainda cheias de livros. Havia uma sala de estar com uma lareira tão grande que dava para ficar de pé ali, como mostrou o anfitrião. Depois, numa reflexão posterior, estendeu-lhe a mão:

— Desculpe minha falta de educação. Sou Pierre Pettit. — Apertou-lhe a mão, e ela se apresentou. — Não o marquês de Mailliard — gracejou. — Você é bisneta de uma marquesa, eu sou bisneto de um camponês e neto de uma cozinheira. Minha mãe foi uma empregada aqui quando jovem. Comprei o *château* porque minha família morou nele enquanto existiram Mailliard aqui. Inicialmente foram servos. Achei que era hora de pôr um Pettit no castelo, uma vez que não existem mais Mailliard. Camponeses são de uma estirpe mais forte e vão acabar dominando o mundo. — Riu ao dizer isso. — Muito prazer em conhecê-la, Sarah Anderson. Gostaria de tomar uma taça de vinho? — Ela hesitou, e ele a levou a uma enorme cozinha, uma relíquia do passado ainda não restaurada. O fogão tinha pelo menos oitenta anos, e se parecia muito com aquele que ela acabara de jogar fora.

Sarah não sabia, mas Pierre Pettit era um dos mais importantes negociantes de vinho da França. Exportava a bebida para o mundo todo, particularmente para os Estados Unidos, mas também para outros países. Pierre tirou uma garrafa de uma prateleira, e ela ficou estarrecida quando viu o nome e a data. Ele ia abrir uma garrafa de Château Margaux 1968.

— É o ano em que nasci — disse Sarah com um sorriso tímido, aceitando um copo.

— Deve respirar um pouco — declarou se desculpando e a levou para conhecer o restante do *château*. Voltaram à antiga cozinha meia hora depois. Esta devia ter sido linda, mas agora era melancólica. Ele foi explicando seus planos enquanto olhavam em volta, e fez perguntas a Sarah sobre a casa dela. Ela contou sobre seus projetos, o quanto gostava de lá, e a história de Lilli, que ele também achou intrigante. — É incrível que tenha deixado os filhos, não acha? Eu não tenho nenhum, mas não consigo imaginar uma mulher fazendo isso. A sua avó a odeia por isso?

— Ela nunca toca no assunto, mas acho que não. Não sabe muito sobre ela, tinha 6 anos quando a mãe foi embora.

— Ela deve ter partido o coração do marido — disse ele com solidariedade.

— Acho que sim. Ele morreu uns 15 anos depois, mas, após ter perdido a fortuna e a mulher, minha avó conta que se tornou quase um recluso e acabou morrendo de desgosto.

Pierre Pettit meneou a cabeça e provou o vinho.

— As mulheres fazem coisas assim — disse, olhando para Sarah. — Podem ser criaturas impiedosas. É por isso que nunca me casei. É bem mais divertido ter o coração partido por muitas do que por uma só. — declarou e riu, assim como Sarah. Para ela, ele não parecia ter o coração partido. Pelo contrário, devia ser alguém que destruíra corações e se divertira muito com isso. Era um homem muito atraente, com um bocado de carisma, obviamente excelente nos negócios. Estava gastando uma fortuna na restauração do *château*.

— Sabe, acho que você gostaria de conhecer uma pessoa — disse ele pensativamente. — Minha avó. Ela era a cozinheira quando sua bisavó viveu aqui. Está com 93 anos e é muito frágil. Já não consegue andar, mas se lembra de tudo nos menores detalhes. Ainda tem uma excelente memória. Quer conhecê-la?

— Quero sim — respondeu Sarah com os olhos brilhando diante da perspectiva.

— Ela vive a cerca de meia hora daqui. Quer que eu a leve? — perguntou, pousando a taça e sorrindo.

— Não vai dar muito trabalho? Posso ir com meu motorista, se nos der as instruções.

— Não seja boba. Não tenho nada para fazer aqui. Moro em Paris. Vim por alguns dias apenas para verificar o andamento dos trabalhos. — Havia informado a Sarah que a obra ainda levaria dois anos para ficar pronta. Já trabalhava nela há um ano. — Vou levá-la pessoalmente. Gosto de estar com ela, e ela sempre me recrimina por não ir lá mais vezes. Você me proporcionou um bom pretexto. Ela não fala inglês. Vou servir de tradutor.

Atravessou o saguão de entrada com passos determinados e desceu as escadas. Sarah o seguiu, entusiasmada por tê-lo conhecido e pela oportunidade de se encontrar com uma mulher que conhecera Lilli. Esperava que a memória dela fosse tão boa quanto Pierre dissera. Queria poder dar a Mimi notícias sobre a bisavó. Era um presente que queria levar de volta e estava grata pela ajuda.

Ele a deixou no pátio, dizendo que voltaria num instante. Apareceu cinco minutos depois, guiando um Rolls-Royce preto conversível. Era um carro lindo. Pierre Pettit tinha tudo do bom e do melhor. Os ancestrais podiam ter sido servos, mas ele era obviamente um homem muito rico.

Sarah se sentou ao seu lado, depois de explicar ao motorista que aquele senhor a levaria de volta. Quis pagá-lo, mas a despesa iria para sua conta de hotel. E, logo em seguida, Sarah e Pierre partiram em velocidade. A conversa fluía, e ele lhe perguntou sobre a vida e o trabalho dela em São Francisco. Respondeu que era advogada, e ele quis saber se era casada. Ela disse que não.

— Você ainda é jovem — disse ele sorrindo. — Vai se casar um dia — declarou presunçosamente, e ela aceitou o desafio de imediato. Gostava dele, e ele fora muito gentil com ela. Estava achando muito agradável passear pelo campo no Rolls-Royce. Seria difícil não gostar. Era um perfeito dia de abril e ela estava na França, andando num Rolls-Royce com um homem muito bonito, dono de um enorme *château*. Era tudo muito surreal.

— Por que acha que me vou casar? Você não se casou. Então, por que eu iria?

— Ah, você é uma daquelas, é? Independente. Por que não quer se casar? — perguntou, gostando de provocá-la, e claramente gostava de mulheres. Sarah desconfiou que elas o amavam.

— Não preciso me casar. Estou feliz assim — respondeu Sarah à vontade.

— Não, não está — disse com arrogância. — Há uma hora estava sozinha num Renault sem ninguém com quem conversar. Está viajando pela França sozinha. Agora está num Rolls-Royce, conversando comigo, dando risada e vendo coisas bonitas. Não é melhor assim?

— Não me casei com você — rebateu Sarah enfaticamente.
— Estamos muito melhor assim. Nós dois. Não acha?

Ele riu da resposta. Estava gostando. E gostando dela. Sarah era inteligente e rápida.

— Talvez tenha razão. E filhos? Não quer ter? — Ela negou, olhando-o. — Por que não? A maior parte das pessoas parece gostar muito dos próprios filhos.

— Eu trabalho muito. Não acho que seria uma boa mãe. Não tenho tempo disponível para eles. — Era uma desculpa cômoda.

— Talvez você trabalhe demais — disse ele. Por um instante, pareceu Stanley, mas este homem era muito diferente. Vivia em função do prazer, da vida e do divertimento, não apenas do trabalho. Aprendera segredos da vida desconhecidos por Stanley.

— Talvez — respondeu. — E você? Deve ter trabalhado muito para ter tudo isto. — Não conquistara aquilo por herança, mas por esforço próprio. Pierre riu ao responder:

— Às vezes trabalho demais. E às vezes me divirto demais. Gosto de fazer as duas coisas em momentos diferentes. É preciso muito trabalho para que haja muita diversão. Tenho um barco maravilhoso no sul da França. Um iate. Você gosta de barcos?

— Há muito tempo não entro num barco. — Desde a faculdade, quando velejara com amigos em Martha's Vineyard, mas tinha certeza de que as embarcações em que estivera não eram comparáveis a dele.

Chegaram à casa da avó dele alguns minutos depois. Era um pequeno e lindo chalé rodeado por uma cerca, muito bem-cuidado, com roseiras na parte da frente e um minúsculo vinhedo nos fundos. Ele desceu do carro e abriu a porta polidamente para Sarah. Estar com Pierre era uma experiência incrível. Sentia-se como se estivesse num filme. Sua vida, naquele momento, era o filme. Ela era a estrela. Estava muito longe de São Francisco.

Ele tocou a campainha e abriu a porta; uma mulher veio correndo, enxugando as mãos no avental. Falou com Pierre e apontou para alguém no jardim dos fundos. Era quem tomava conta da avó. Pierre levou Sarah para a parte de trás da pequena casa. Estava repleta de belas antiguidades, com lindas cortinas de cores vivas nas janelas. A casa era pequena, mas ele cuidava bem da avó. Ela estava sentada numa cadeira de rodas no jardim, olhando os vinhedos e a paisagem campestre mais além. Vivera nesta região por toda a vida, e ele havia lhe comprado o chalé há muitos anos. Para ela, era um palácio. Seus olhos brilharam ao vê-lo.

— *Bonjour, Pierre!* — exclamou deliciada e sorriu para Sarah. Parecia contente em vê-la, pois gostava de visitas, especialmente do neto. Era a alegria de sua vida, e ela se orgulhava muito dele. Notava-se.

— *Bonjour, Mamie* — respondeu Pierre. Apresentou Sarah e explicou o propósito da visita. A avó respondeu com um olhar interessado, muitas exclamações, e acenou várias vezes com a cabeça, como se estivesse dando boas-vindas a Sarah. Enquanto ela e Pierre conversavam animadamente, a governanta reapareceu com biscoitos e limonada. Depois de servi-los, deixou a jarra numa mesa próxima, para o caso de quererem repetir. Os biscoitos estavam deliciosos.

Então, Pierre se virou para Sarah e puxou cadeiras para ambos.

— Ela disse que conheceu bem sua bisavó e sempre gostou dela. Era uma mulher encantadora. Minha avó tinha 17 anos e era apenas uma empregada na cozinha quando Lilli chegou. Contou que a patroa foi muito boa para ela. — Durante toda a conversa ela se referiu a Lilli como "a senhora marquesa". — Foi sua bisavó que a ajudou a se tornar cozinheira, anos mais tarde. Disse que nem imaginava que ela tivesse filhos até encontrá-la chorando, vendo fotografias deles no jardim. Mas, fora isso, estava sempre muito feliz. Era de natureza alegre e adorava o marido. Ele era alguns anos mais velho que ela e a idolatrava. Ambos eram muito felizes. Ele ria o tempo todo quando estavam juntos. Explicou que a chegada dos alemães tinha sido muito dura para todos. Que eles ocuparam os estábulos e parte do *château*. As edificações adjacentes foram tomadas por eles, que às vezes eram muito grosseiros e roubavam comida da cozinha. Sua bisavó era gentil, mas não gostava muito dos alemães. Disse que Lilli ficara muito doente perto do final da guerra. A falta de remédios fez com que fosse piorando, e o marquês quase enlouqueceu de tanta preocupação. Achou que fosse tuberculose ou pneumonia — acrescentou Pierre com delicadeza. Era um relato fascinante para ambos, particularmente para Sarah, enquanto imaginava Lilli chorando ao olhar as fotos de Mimi e do irmão. Estranhamente, agora se dava conta, ele morrera na mesma data que a mãe, em 1945, pouco antes do fim da guerra. Alexandre, o ex-marido, também morrera nesse ano. Era difícil imaginar como Lilli sobrevivera durante todos aqueles anos, sem notícias ou contato com os filhos ou qualquer uma das pessoas que um dia amara. Abandonara todos eles pelo marquês e fechara a porta do passado para nunca mais abri-la.

"Minha avó está dizendo que sua bisavó finalmente morreu, embora ainda fosse bastante jovem — continuou Pierre. — Diz que foi a mulher mais bonita que já viu. O marquês ficou inconsolável com sua morte. Minha avó acha que ele sempre participou da Resistência, mas ninguém sabia ao certo. Ele começou a se ausentar cada vez mais depois que ela morreu, talvez em missões de células locais, ou em outras regiões. Os alemães o mataram uma noite, não longe daqui. Segundo contaram, estava tentando explodir um trem, mas ela não sabe se isso era verdade ou não. Era um homem bom e não mataria ninguém, exceto, talvez, os nazistas. Ela acha que ele se deixou matar de tanto desgosto pela morte da mulher. Morreram com poucos meses de diferença um do outro e estão enterrados no cemitério perto do *château*. Posso levar você até lá, se quiser — ofereceu, e ela aceitou. — Minha avó contou que a morte deles foi muito triste para todos. Os alemães haviam mantido os empregados e os fizeram trabalhar duro. O comandante se mudou para o *château* após a morte do marquês e, enfim, os alemães partiram. Depois da guerra, os empregados foram para outros lugares, e o castelo foi entaipado. Acabou sendo comprado por alguém... e o restante você sabe. Que história incrível — comentou Pierre com Sarah, que se aproximou e pegou as mãos da senhora para lhe agradecer.

A avó de Pierre meneou a cabeça e sorriu; compreendera o gesto. Estava tão lúcida quanto Pierre dissera. A história que contara a Sarah era um presente que ela ia levar para Mimi, a história dos anos passados por sua mãe na França e seus últimos dias."

— Obrigada... *merci*... — repetiu Sarah, ainda de mãos dadas com a avó de Pierre. Esta anciã era a única ligação com a bisavó perdida, a mulher que desaparecera, e cuja casa agora possuía. A mulher que dois homens tinham amado de forma tão apaixonada que ambos morreram ao perdê-la. Ela pertencera a cada um deles, fora deles, e, no final, fora dela mesma. Era como um lindo pássaro, que podia ser amado e admirado, mas nunca engaiolado. Sentados ali, enquanto Sarah rememorava a história de Lilli, a avó disse mais alguma coisa a Pierre. Ele ouviu e assentiu, virando-se para Sarah com ar melancólico.

— Minha avó contou mais uma coisa a respeito dos filhos de Lilli. Ela a viu várias vezes escrevendo cartas. Não tinha certeza, mas achava que poderiam ter sido para os filhos. O garoto que ia ao correio disse que as cartas dela para os Estados Unidos eram sempre devolvidas. Ele as entregava à senhora marquesa pessoalmente, que ficava muito triste. Ele contou à minha avó que ela as guardava numa caixa, amarradas com uma fita. Minha avó nunca as tinha visto até a morte da marquesa. Achou a caixa quando estava ajudando a guardar suas coisas e a havia mostrado ao marquês, que ordenou que jogasse fora, e ela assim o fez. Não tem certeza, mas acha que eram cartas dirigidas aos filhos que foram devolvidas. Ela deve ter tentado entrar em contato com eles ao longo dos anos, mas alguém sempre as devolvia fechadas. Talvez o homem com quem tinha sido casada, o pai das crianças. Ele devia ter muita raiva dela. Eu teria, no lugar dele. — Era difícil entender como ela pudera deixar o marido e as duas crianças por uma paixão por outro, mas, segundo a avó de Pierre, ela amava demais o marquês. Ela nunca tinha visto duas pessoas tão apaixonadas uma pela outra, até morrerem, a ponto de Lilli ter abandonado os próprios filhos. Sarah não pôde deixar de se perguntar se ela teria se arrependido, e esperava que sim. As lágrimas ao olhar as fotos e o fato de guardar as cartas devolvidas pareciam confirmar isso. No entanto, no fim, embora não fosse fácil compreender, o amor pelo marquês fora mais forte e prevalecera, como o dele por ela. Era uma daquelas paixões que aparentemente desafiam a razão e tudo mais. Ela tinha dado as costas a toda uma vida para se entregar a ele, deixando todos para trás, inclusive os filhos. Fora para o túmulo sem nunca tornar a vê-los, o que parecia um destino terrível para Sarah, como também para Mimi, a avó de quem tanto gostava.

Pierre conversou com a avó durante mais algum tempo, então saíram. Sarah agradeceu profusamente uma vez mais antes de ir embora. Havia sido um dia surpreendente para ela. E, como havia oferecido, Pierre a levou ao pequeno cemitério no caminho de volta. O mausoléu dos Mailliard foi fácil de encontrar, e nele estavam sepultados Armand, o marquês, e Lilli, a marquesa. Ele tinha morrido aos 44 anos; ela, aos 39. Faleceram com um intervalo de oitenta dias, nem mesmo três meses. Sarah se sentiu triste ao deixar o cemitério, após ouvir a história. Ficou imaginando quantas vezes Lilli teria chorado pelas crianças que deixara, e por que nunca tiveram filhos. Talvez isso a tivesse consolado, ou talvez nem pudesse suportar a ideia de ter outro filho, depois dos dois que abandonara. Mesmo com tudo que Sarah sabia agora, Lilli seria sempre um mistério para todos eles. O que a motivara a agir, quem fora, o que sentira verdadeiramente ou não, ou amara ou desejara eram segredos que levara consigo. Claramente, a paixão pelo marquês havia sido uma força poderosa. Sarah sabia que Lilli o conhecera numa festa consular em São Francisco, pouco antes da crise. Como, quando ou por que decidira fugir com ele ninguém sabia ao certo e nem saberia. Talvez fosse infeliz com Alexandre, embora ele obviamente a adorasse. Mas foi, afinal, o marquês quem ganhou seu coração, e só ele. Sarah teve a sensação de que voltaria para casa com algo que satisfaria tanto a avó quanto a mãe, ainda que Lilli permanecesse um enigma para sempre. Tinha sido uma mulher capaz de imensa paixão e mistério até o fim. Sarah pretendia, quando voltasse, contar a Mimi sobre as cartas escritas para ela.

— Acho que me apaixonei pela sua bisavó — disse Pierre, brincando, já a caminho do hotel. — Ela deve ter sido uma mulher extraordinária, dona de grande paixão e magnetismo e, de certa forma, muito perigosa. Eles a amavam com tanto fervor que se destruíram. Não conseguiram viver sem ela quando se foi — declarou, olhando para Sarah. — Você é tão perigosa assim? — perguntou, tornando a provocá-la.

— Não, não sou — respondeu Sarah, sorrindo para seu benfeitor. Ele havia feito toda a viagem valer a pena. Sentia como se o destino os tivesse juntado. Conhecer Pierre tinha sido um presente maravilhoso.

— Talvez você seja perigosa — disse ele, enquanto se dirigiam para o hotel e ela lhe agradeceu pela gentileza e por tê-la acompanhado o dia inteiro, levando-a aqui e ali.

— Nunca teria descoberto nada disso se não tivesse conhecido sua avó. Muito obrigada, Pierre. — Estava sinceramente agradecida.

— Também gostei. É uma história e tanto — disse ele calmamente. — Ela nunca tinha me contado isso antes. Tudo aconteceu antes de eu nascer. — E então, quando ela descia do carro, ele estendeu o braço e pegou a mão de Sarah. — Vou voltar para Paris amanhã. Você quer jantar comigo esta noite? Temos apenas o bistrô local, mas é razoavelmente bom. Gostaria de sua companhia, Sarah. Passei bons momentos com você hoje.

— Eu também. Tem certeza de que não se cansou de mim? — Ela achava que já havia abusado da hospitalidade dele e não queria fazer isso de novo.

— Ainda não. Se eu me cansar, trago você de volta — respondeu Pierre sorrindo.

— Então eu gostaria muito.

— Ótimo. Venho buscá-la às oito.

Ela subiu e se deitou na cama. Tinha muito em que pensar. Não conseguia tirar Lilli da cabeça. Sentia-se assombrada por ela depois de ter ouvido a história contada pela avó de Pierre, e ele, ao voltar para buscá-la em seu Rolls-Royce, confessou que também se sentia assim.

O bistrô local para onde foram era modesto, e a comida simples, mas boa. Pierre tinha levado a própria garrafa de vinho. Encantou-a com histórias de viagens e aventuras em seu iate quando velejou pelo mundo. Era uma pessoa interessante e divertida. Sarah sentiu como se estivesse em outro planeta, ao conversar e rir com ele. Foi uma noite deliciosa para ambos. Pierre era 15 anos mais velho, mas tinha uma visão juvenil diante da vida, provavelmente porque nunca se casara ou tivera filhos. Ainda se considerava uma criança.

— E você, minha querida — comentou repreendendo-a enquanto bebiam a última gota do vinho, que era de outra excelente safra —, é séria demais pelo que vejo. Precisa se divertir mais e encarar a vida de forma mais leve. Trabalha demais e agora está se matando com a casa. Quando é que se diverte? — Sarah pensou no assunto e deu de ombros.

— Não me divirto. A mansão agora é meu divertimento. Mas tem razão. Provavelmente não me divirto o suficiente. — Sarah suspeitava corretamente que ninguém poderia acusar Pierre disso.

— A vida é curta. Devia começar a se divertir agora.

— É por isso que estou aqui, na França. Quando voltar, vou me mudar para a casa de Lilli — disse, com ar satisfeito.

— Não é a casa de Lilli, Sarah. É a sua casa. A casa de Sarah. Ela viveu a vida dela, fez exatamente o que queria, sem se importar com quem magoava ou deixava para trás. Era uma mulher que se conhecia e sempre conseguia o que queria. Pode-se concluir isso pela sua história. Tenho certeza de que era muito bonita, mas provavelmente muito egoísta. Os homens sempre parecem se apaixonar loucamente pelas mulheres egoístas, não pelas altruístas, ou gentis, ou as que são boas para eles. Não seja boa demais, Sarah... vai acabar se magoando. — Ela se perguntou se ele era do tipo que se deixava magoar ou causava mágoas nos outros. Mas achava que Pierre definira Lilli corretamente. Ela havia abandonado o marido e os filhos. Sarah continuava a achar difícil entender isso. E Mimi provavelmente ainda mais. Lilli tinha sido mãe dela. — Quem estará esperando por você quando voltar para casa? — perguntou Pierre, e Sarah pensou no assunto.

— Minha avó, minha mãe, meus amigos. — Pensou em Jeff ao dizer isso. — Será que isso é muito patético? — Era um pouco embaraçoso dizer isso com todas as letras, mas ele já havia descoberto sozinho durante a tarde. Pierre intuíra que não havia nenhum homem em sua vida e que ela encarava isso com naturalidade, o que lhe parecia triste, principalmente devido à sua beleza e idade.

— Não, parece meigo. Talvez meigo demais. Acho que deve ser mais dura com seus homens.

— Não tenho nenhum homem — declarou rindo.

— Terá. O cara certo vai aparecer.

— Tive o cara errado durante quatro anos — disse ela, em voz calma. Ela e Pierre estavam se tornando amigos. Sarah gostava dele, embora percebesse que ele era meio playboy. Mas fora gentil com ela. Paternal, de certa forma.

— É tempo demais para um cara errado. O que você quer? — Ele estava tentando protegê-la. A seu ver, ela era uma ingênua. E Pierre estava parecendo um Papai Noel perguntando qual era sua lista de pedidos.

— Já nem sei o que quero. Companheirismo, amizade, riso, amor, alguém que veja as coisas como eu e goste do mesmo que eu. Alguém que não me magoe ou decepcione... alguém que me trate bem. Quero gentileza mais que paixão. Quero alguém que me ame e a quem eu ame.

— É pedir muito — comentou Pierre seriamente. — Não sei se conseguirá achar tudo isso.

— Quando acho, são casados — disse Sarah prosaicamente.

— E o que há de errado nisso? Faço isso o tempo todo — disse, e ambos riram. Estava certa de que ele o fazia. Pierre certamente bancava o esperto às vezes. Era bonito demais e suficientemente rico para fazer o que quisesse e escapar ileso. Era muito malacostumado. — Sou um homem conscencioso — disse Pierre, assim, do nada. — Se não fosse, eu te seduziria e faria amor alucinadamente com você. — Falou meio que de brincadeira, e ela sabia. — Mas, se fizer isso, Sarah, você vai ficar magoada. Iria ficar triste ao voltar, algo que não quero. Estragaria todo o objetivo da sua viagem. Quero que volte feliz — disse, olhando-a gentilmente. Estava sendo protetor, o que era raro.

— Eu também. Obrigada por ter sido tão atencioso comigo — declarou Sarah, com lágrimas nos olhos. Pensava em Phil, e em como ele tinha sido um cafajeste com ela. Pierre era um homem bom. Era provavelmente por isso que as mulheres o amavam, casadas ou não.

— Volte e encontre um que valha a pena, Sarah. Você merece — disse em voz baixa. — Pode pensar que não, mas merece. Não perca mais tempo com os que não servem. Vai encontrar alguém bom da próxima vez — acrescentou, falando-lhe como um amigo. — Tenho certeza disso.

— Espero que esteja certo. — Era engraçado como Stanley lhe aconselhara para não desperdiçar a vida trabalhando demais, e agora Pierre lhe dizia para encontrar um homem bom. Pareciam professores colocados em seu caminho para lhe ensinar as lições que devia aprender.

— Gostaria de voltar de carro comigo para Paris amanhã? — perguntou ele ao levá-la de volta ao hotel.

— Ia voltar de trem — respondeu Sarah, com hesitação.

— Não seja boba. Com todas aquelas pessoas horríveis e fedorentas? Não seja ridícula. É uma viagem longa, mas bonita. Gostaria que viesse comigo — comentou com simplicidade e pareceu sincero.

— Então eu vou. Você já foi gentil demais comigo.

— Tudo bem. Vou ser desagradável durante pelo menos uma hora amanhã. Isso vai fazer com que se sinta melhor? — perguntou ele provocando-a mais uma vez.

Combinou de buscá-la às nove da manhã do dia seguinte e disse que estariam em Paris por volta das cinco da tarde. Comentou que ia encontrar os amigos na cidade na noite seguinte, mas que teria muito prazer em levá-la para jantar uma outra noite durante a permanência dela na cidade. Sarah achou maravilhoso, e marcaram o encontro no caminho de volta para Paris.

Divertiram-se muito durante o percurso, e ele a levou para almoçar num restaurante adorável em que era conhecido, e onde parecia parar regularmente nas idas a Dordogne. Pierre fez com que a experiência inteira fosse uma aventura e uma alegria para ela, tal como no dia anterior. As horas passaram voando, e antes que se desse conta já estava de volta ao hotel em Paris. Prometeu ligar no dia seguinte e a beijou em ambas as faces ao se despedir. Sarah se sentiu como a Cinderela ao entrar no hotel. O carro havia se transformado numa abóbora, os lacaios, em três ratos brancos, e ela subiu as escadas para o quarto carregando a mala e se perguntando se os últimos dois dias tinham sido reais, e quase se beliscando para ter certeza. Descobrira tudo o que queria sobre Lilli, vira o *château*, o lugar onde ela finalmente descansava e ainda fizera um amigo. A viagem tinha sido um grande sucesso.

Capítulo 18

Durante o restante da estadia em Paris, Sarah visitou monumentos, igrejas e museus, comeu em bistrôs, foi a cafés. Caminhou pelas ruas, descobriu parques, observou jardins e explorou antiquários. Fez tudo o que sempre tivera vontade de fazer em Paris e sentiu como se tivesse ficado lá durante um mês.

Pierre a levou para jantar no Tour d'Argent e dançar no Bain Douche. E ela nunca tinha se divertido tanto. No ambiente em que estava acostumado, Pierre era fascinante, definitivamente um playboy, embora não com ela. Beijou-a novamente em ambas as faces quando a deixou no hotel às quatro da manhã. Disse que adoraria vê-la de novo, mas estava de partida para Londres, onde ia visitar clientes. Ele já havia contribuído mais do que o suficiente para o sucesso da viagem. Sarah prometeu lhe enviar fotos da casa de Lilli, em São Francisco, e Pierre ficou de mandar fotos do *château* para que mostrasse a Mimi. Ela o fez prometer que telefonaria se alguma vez fosse a São Francisco, e não tinha dúvidas de que faria isso. Realmente gostaram de se conhecer, e ela deixou Paris sabendo que tinha um amigo lá.

Teve a sensação de estar deixando seu lar quando pagou a conta do hotel e pegou o táxi para o aeroporto. Agora compreendia por que Marie-Louise queria voltar para Paris. Teria feito o mesmo se pudesse. Era uma cidade mágica, e a viagem de Sarah fora as duas melhores semanas de sua vida. Não se importava mais com o fato de ter ido sozinha. Não se sentira desprovida, e sim mais rica. E as palavras de Pierre ecoavam em seus ouvidos, como as de Stanley: *Volte e encontre um que valha a pena*. Mais fácil falar do que fazer. Mas, na falta de "um que valha a pena", tinha a si mesma, o que era suficiente por ora, e talvez até para sempre. Gostaria de voltar a Paris em breve. Havia sido tudo o que ela esperava e muito mais.

Jeff só dera notícias duas vezes durante a viagem. A primeira, por causa de um problema elétrico de menor importância, e a segunda, sobre a substituição de uma geladeira, uma vez que a encomendada não tinha sido entregue e nem seria por vários meses. Os e-mails foram breves, e o escritório de advocacia não tinha entrado em contato. Haviam sido férias de verdade, e, ainda que estivesse triste por ir embora, também se sentia pronta para voltar. Não estava ansiosa para retornar ao trabalho, mas impaciente para mudar para sua casa. Jeff disse que estava pronta e à sua espera.

Ela tomou um avião que saiu do aeroporto Charles de Gaulle às quatro, o que fez com que chegasse a São Francisco às seis da tarde no horário local. Era um lindo e quente dia de abril. Era sexta-feira, e ela ia se mudar na segunda e começar a trabalhar na terça. Tinha o fim de semana para empacotar o restante das coisas, e podia até levar algumas delas pessoalmente. Pensou em dormir no novo endereço naquele fim de semana, embora a transportadora só viesse na segunda, no dia primeiro de maio, como Jeff prometera. Ele havia providenciado tudo para ela.

Estava ansiosa para encontrar a avó e contar tudo o que vira e ouvira, mas havia recebido um e-mail da mãe dizendo que Mimi continuava em Palm Springs com George, e que ela tinha se divertido imensamente com os amigos em Nova York. Audrey havia virado um prodígio da comunicação moderna e adorava mandar e-mails. Sarah ainda achava isso engraçado. Ficou pensando se a mãe teria tido notícias de Tom ou se o entusiasmo já tinha arrefecido. Superar uma longa distância era difícil demais para dar certo. Sarah tentara isso uma vez, ainda na faculdade e jamais gostou. Inconveniências geográficas, desde então, foram um corta barato para ela.

Tomou um táxi do aeroporto para o apartamento e, ao entrar, ele lhe pareceu pior do que nunca. Era como se nem morasse mais ali. Estava ansiosa para sair de lá. Havia caixas por todo lado, que embalara antes de partir, e o restante dos pertences se amontoava pelo chão. A instituição de caridade só viria buscar o que Sarah não ia levar na mudança na terça-feira. Não levaria grande coisa. Estava quase sem jeito de mandar buscar aquilo. Tinha a sensação de ter crescido nos últimos seis meses, desde que comprara a casa.

Ligou para a mãe à noite para contar que chegara, mas Audrey estava apressada, pronta para um compromisso. Ia passar o fim de semana em Carmel. Parecia estar saindo muito nesses dias e se divertindo bastante. A mãe falou que Mimi deveria voltar na quarta-feira. Sarah queria que todos fossem jantar na mansão no fim de semana seguinte. Tinha muito o que contar a Mimi depois da visita a Dordogne.

Sarah ficou surpresa por não ter notícias de Jeff naquela noite. Ele sabia quando ela ia chegar, mas provavelmente estava muito ocupado. Dormiu cedo, ainda no fuso horário de Paris, e acordou às cinco da manhã, inteiramente abalada pela defasagem da hora. Tomou banho, se vestiu, fez um café e, às seis, estava a caminho da casa. Fazia um lindo dia ensolarado.

Ao entrar na casa, sentiu como se já morasse ali. Percorreu seus domínios com prazer. Todas as luzes funcionavam, o encanamento estava recuperado, as madeiras brilhavam. E, quando entrou na cozinha nova, achou-a maravilhosa, ainda mais bonita do que esperava, com o refrigerador substituto melhor do que o primeiro. Ia começar a pintar os quartos menores na semana seguinte, e os pintores profissionais começariam o serviço nos maiores dentro de duas semanas. Em junho, a casa estaria quase pronta. Sarah pretendia cuidar dos detalhes restantes devagar, com tempo, e procurar móveis em leilões e hastas públicas. Isso demoraria mais, porém vinha controlando bem os gastos, graças a Jeff, que conseguira descontos e comprara tudo no atacado. Ia esperar um pouco para instalar o elevador, pois na verdade não fazia falta. Jeff havia até lhe cedido o jardineiro que trabalhava para ele e Marie-Louise em Potrero Hill. Ela mandara limpar tudo e plantar fileiras de rosas e uma sebe ao redor da casa.

— Nossa! — declarou Sarah sorrindo, ao sentar em sua nova mesa de cozinha. — Minha nossa! — Estava radiante. Adorou tudo.

Já estava lá há duas horas quando a campainha da porta tocou. Espreitou por uma janela lateral e viu Jeff de pé, segurando dois copos de café do Starbucks.

— O que está fazendo aqui tão cedo? — perguntou ele, sorrindo. Parecia relaxado e feliz ao lhe entregar o cappuccino duplo com espuma light, exatamente como ela gostava.

— Estou no fuso horário de outro planeta. — Mas só de olhar para ela deu para perceber que tinha gostado.

— Se divertiu?

— Adorei... e a cozinha está um espetáculo — disse ela. Ele foi atrás de Sarah e olhou em volta. Havia mandado vir uma equipe de limpeza no dia anterior para que, quando ela chegasse, estivesse perfeito. Jeff a provocou falando que seu escritório era um perfeito faz-tudo.

Tomavam café e conversavam confortavelmente quando Jeff perguntou se ela tinha visto Marie-Louise em Paris. Sarah pareceu confusa com a pergunta.

— Não. Ela voltou? Não está muito cedo para a temporada de verão?

— Este ano, não. Ela me deixou — declarou, fitando Sarah nos olhos.

— Deixou? — repetiu Sarah, chocada. — Deixou de verdade ou apenas por algumas semanas para passear em Paris?

— Mudou de vez. Estou comprando a parte dela na empresa. Estamos vendendo a casa. Não tenho como comprá-la também. Vou usar minha parte da venda para comprar a metade da firma. Na verdade, estou vendendo a casa para ela — explicou, soando calmo, mas ela podia imaginar como Jeff se sentia. Quatorze anos jogados fora eram uma coisa difícil de engolir. Mas ele parecia bem. De certa forma, era um alívio.

— Sinto muito — disse Sarah baixinho. — Como foi que aconteceu?

— Já era para ter acontecido antes. Ela sempre se sentiu infeliz aqui desde o primeiro dia. Acho que tampouco era feliz comigo. Suponho que não — desabafou, sorrindo com amargura —, ou ainda estaria aqui. — Mesmo que ele estivesse encarando a coisa com naturalidade, achando que era melhor assim, ainda era doloroso. Vinham brigando incessantemente desde o Natal. Ele estava exausto e quase aliviado, agora que acabara.

— Acho que não teve nada a ver com você — declarou Sarah para consolá-lo. — Acho que teve a ver com ela e o fato de precisar morar aqui contra a vontade.

— Num dado momento, há alguns anos, propus que nos mudássemos de volta para a Europa, mas isso também não a satisfez. Ela simplesmente não é uma pessoa feliz. É muito irritada.

— Ela havia ficado irritada até o último minuto e saíra batendo a porta. Não era o modo como ele gostaria que terminasse, mas Marie-Louise não sabia agir de outra forma. As pessoas saíam de casa de maneiras diferentes, algumas gentilmente, outras enraivecidas. — E você? Encontrou o homem dos seus sonhos em Paris? — perguntou ansioso.

— Fiz um amigo — declarou e depois contou sobre a visita ao Château de Mailliard, o encontro com Pierre Pettit e sua avó, e tudo que vira e ouvira. Podia ouvir o eco das palavras de Pierre: *Volte e encontre um que valha a pena.* Mas não falou disso com Jeff. Ele tinha problemas suficientes e ainda estava em carne viva após o abandono de Marie-Louise. Foi como seu rompimento com Phil. Ela sabia que era o melhor a fazer, mas mesmo assim doía. — Eu me diverti bastante — disse em voz baixa ao terminar o cappuccino. Não queria cutucar a ferida. Estava claro que ele passara por maus momentos durante sua ausência.

— Imaginei que sim. Nem sequer enviou um e-mail — comentou Jeff, sorrindo com tristeza. Fiquei preocupado.

— Estava aproveitando cada minuto e achei que você estivesse muito ocupado. — Tornou a repetir que lamentava o que acontecera com Marie-Louise. Depois disso, foram dar uma olhada na casa, ele lhe mostrou novos detalhes e acréscimos. O lugar tinha realmente adquirido forma nessas duas semanas, como ele prometera. — Vou dormir aqui esta noite — disse ela orgulhosamente. Jeff sorriu diante da aparente felicidade dela. Estava melhor do que nunca, e ele estava contente com sua chegada. Sentira saudades dela, principalmente nos últimos dias. Marie-Louise havia ido embora na semana anterior, mas ele não quis contar a Sarah até que ela voltasse. Precisava de tempo para se habituar. Ainda era estranho voltar para uma casa vazia. Ela levara tudo o que queria, dizendo a ele que vendesse ou ficasse com o restante. Não tinha grande apego por coisa alguma, nem mesmo por ele, o que era doloroso. Quatorze anos era muito tempo. Ia precisar se acostumar. Nas duas primeiras noites quase riu de si mesmo. Percebeu que sentia falta das brigas, a essência do relacionamento durante 14 anos.

— O que vai fazer hoje, Sarah?

— Embalar algumas coisas. Trazer outras para cá. Quero começar a trazer as roupas. — Não tinha tantas assim. Havia se desfeito de muita coisa. Agora, era impiedosa em seu processo de depuração, livrando-se de tudo que não queria ou de que não precisava.

— Quer ajuda? — perguntou Jeff esperançoso.

— Está sendo apenas educado ou está falando sério? — perguntou, sabendo que ele estava ocupado.

— Estou falando sério. — Não estava tão ocupado como ela imaginava e queria ajudá-la.

— Então, aceito. Podemos trazer algumas coisas de carro para que eu possa dormir aqui esta noite. Não vou mais dormir no apartamento. — Estava tudo acabado. Por ela, não teria dormido lá nem na véspera. A cama nova tinha sido entregue na Scott Street. Era maravilhosa, e muito feminina com a cabeceira rosa. Era quase digna de Lilli.

Foram juntos até o apartamento, e ele ajudou a carregar braçadas de roupas e caixas até o térreo, fazendo então quatro viagens, nos dois carros, para levá-las. Depois a ajudou a carregar tudo para o quarto de dormir. Para Jeff, era terapêutico. Sarah percebeu que ele estava absorto, um pouco em estado de choque.

— Acha que ela ainda vai voltar? — perguntou Sarah, referindo-se a Marie-Louise, quando pararam para almoçar. Estava faminta. Em Paris eram nove horas mais tarde. Ela reparou que ele comeu pouco.

— Não desta vez — disse de forma prática, enquanto mexia distraidamente o sanduíche preparado por ela. Sarah havia comido o dela em dois minutos. — Nós dois concordamos que estava acabado. Já devíamos ter feito isso há muito tempo. Fomos apenas teimosos e covardes demais para terminar. Estou contente por termos conseguido desta vez. Vou pôr a casa à venda na próxima semana. — Sarah sabia que ele amava aquela casa, que havia trabalhado nela para valer e sentiu pena dele. Mas pelo menos iam ter um bom lucro. Jeff contou que Marie-Louise queria cada centavo. Ele ia lhe pagar uma bela quantia pela cota da empresa.

— Onde você vai morar? — perguntou Sarah com interesse.

— Vou procurar um apartamento aqui em Pacific Heights, perto do escritório. Faz mais sentido. — Nunca tinham conseguido instalar o escritório em Potrero Hill por ser muito longe para os clientes. — Talvez devesse ficar com o seu antigo.

— Não faça isso. Ia detestá-lo. É horrível. — Embora com a mobília dele fosse ficar melhor do que com a dela.

— Vou dar uma olhada em alguns amanhã. Quer vir comigo? — perguntou, parecendo solitário e meio desorientado, o que era normal. Marie-Louise nunca passara muito tempo com Jeff, mas era diferente agora, sabendo que ela havia ido embora para sempre. Por mais difícil que tivesse sido, deixara um vazio, e ele ainda não descobrira como preenchê-lo. Era como um membro fantasma, agora que se fora. Às vezes, ainda doía, mas ele estava conseguindo se arranjar sem ela.

— Vou adorar ver apartamentos com você. Não vai comprar outra casa?

— Ainda não. Quero deixar a poeira assentar primeiro, vender a velha, e ver o que consigo por ela. Provavelmente terei o suficiente para comprar um apartamento depois de pagar a parte de Marie-Louise no escritório. Mas não estou com pressa.

— É uma medida inteligente — aprovou Sarah. Ele estava sendo sensato, prático e generoso com Marie-Louise, o que era típico.

Após mais algumas mudanças, ele ficou por lá, pediram comida chinesa para o jantar. Então Jeff foi embora. Voltou no dia seguinte para verem apartamentos juntos.

— Então, como foi sua primeira noite? — perguntou ao apanhá-la. Ele sorria, estava com um aspecto melhor do que no dia anterior e parecia contente por vê-la. Sentira realmente saudades dela. Tinham se tornado bons amigos nos últimos meses.

— Foi fantástico. Amei minha nova cama, e o banheiro é incrível. Dá para botar dez pessoas naquela banheira. — Sentiu-se à vontade durante a noite inteira. Sempre se sentira assim, desde a primeira vez que vira a casa. E agora era para valer. O sonho finalmente havia se tornado realidade.

Naquela tarde, encontraram um apartamento para Jeff. Era pequeno e compacto. Não era empolgante, mas era agradável, estava em boas condições e ficava a um quarteirão do escritório. Tinha até um pequeno jardim. Estava também a quatro quadras da casa da Scott Street. A localização era perfeita. Tinha uma lareira, que o agradou. Comentou com Sarah que ia ser difícil se adaptar a um apartamento depois de tantos anos morando numa casa.

Depois deixou Sarah na mansão. Tinha que voltar para a casa dele e começar a empacotar a mudança. Telefonou-lhe mais tarde, naquela noite.

— Como está se saindo, Jeff? — perguntou ela gentilmente.

— Estou bem. É deprimente ter que embalar tanta coisa. Vou vender o que puder junto com a casa, mas já vi que vou ter que pôr muita coisa em um guarda-móveis. — O apartamento que alugara era pequeno, mas era tudo o que ele queria no momento. Acabaria comprando outra casa, mas não agora. Era muito cedo. Sarah também se sentia estranha. Depois dos cinco meses de flerte intermitente, com alguns momentos de quase paixão em que ele a beijara, agora nenhum deles sabia muito bem em que pé estavam. Tinham ficado amigos ao longo dos últimos cinco meses, e, de repente, ele estava livre. Ambos se comportavam lentamente e com muita cautela. Ela não queria estragar a amizade dos dois por um romance que poderia não durar, menos ainda destruir o companheirismo que havia entre eles.

Só na terça-feira seguinte Sarah voltou a ter notícias de Jeff, no escritório. Ele disse que tinha um compromisso ali perto e perguntou se ela gostaria de almoçar. Encontraram-se no Big Four, à uma da tarde. Ele usava calça esporte e blazer, e estava muito bonito. Ela prendera o broche da casa na lapela do casaco.

— Queria perguntar uma coisa — disse ele cautelosamente, no meio do almoço. Fora essa a intenção do convite. Ela não suspeitara de nada. — Como se sente em relação a encontros?

— Em geral, especificamente, ou como hábito social? — indagou Sarah, sem entender a pergunta. — No momento, nem sei se me lembro como se faz. — Há meses não namorava ninguém, desde que rompera com Phil, ou com quem quer que fosse durante quatro anos antes disso. — Estou meio enferrujada.

— Eu também. Estava me referindo especificamente a nós.

— A nós? Como agora?

— Bom, tudo bem. Se quiser considerar isto como um encontro amoroso, podemos dizer que é o nosso primeiro. Mas eu estava pensando mais em termos de jantar, cinema, beijos, sabe, todas aquelas coisas que as pessoas fazem quando saem em encontros. — Sarah sorriu. Jeff parecia nervoso. Ela estendeu o braço e pegou a mão dele.

— Na verdade, gosto da parte do beijo. Mas jantar e cinema também cairiam bem.

— Bom — disse ele aliviado. — Então consideramos este nosso primeiro encontro, ou apenas um treino?

— Qualquer das duas coisas. O que acha?

— Treino, acho. Acredito que devemos começar com um jantar. Que tal amanhã?

— Parece uma boa ideia — respondeu Sarah, sorrindo. — Tem planos para hoje à noite?

— Não quis ser invasivo, ou parecer ansioso demais.

— Está se saindo muito bem.

— É bom saber. Não faço isso, na realidade, há 14 anos. Pensando bem, está mais do que na hora — declarou sorrindo abertamente. Saíram do restaurante de mãos dadas. Ele a acompanhou até o escritório e passou para pegá-la às oito da noite. Foram a um pequeno restaurante italiano na Fillmore Street, a pouca distância da mansão. Ia ser o bairro dele também, logo que se mudasse.

Ao levá-la de volta para casa, Jeff parou em frente à porta de entrada e a beijou.

— Acho que isso faz com que este seja oficialmente nosso primeiro encontro. Concorda?

— Inteiramente — sussurrou Sarah, e ele a beijou outra vez. Ela destrancou a porta e ele a beijou uma última vez. Depois pegou o carro e foi para casa, sorrindo sozinho. Estava pensando que Marie-Louise lhe fizera o maior favor do mundo ao se mudar para Paris.

Enquanto Sarah subia vagarosamente as escadas para o novo quarto, pensava nas palavras de Pierre. *Encontre um que valha a pena. Você merece.* Sabia, sem sombra de dúvida, que acabara de fazer isso.

Capítulo 19

Sarah deu o primeiro jantar na Scott Street no fim de semana seguinte à mudança. Pôs a mesa na cozinha e convidou Mimi e George, a mãe e Jeff. Ia apresentá-lo como o arquiteto que a ajudava na casa, o que explicaria a presença dele, sem ter de revelar, por enquanto, que estavam namorando. Tudo ainda era muito novo, e ela não se achava pronta para compartilhar essa informação. Mas era uma maneira cômoda de apresentá-lo. Na noite anterior, ele tinha dito pelo telefone que estava nervoso. Ela respondeu que achava que a mãe não ia criar problemas, que a avó era adorável, e George, de trato fácil. Isso o deixou apenas parcialmente tranquilo. A ocasião era importante para ele, e não queria que desse errado.

Já haviam se visto três vezes naquela semana. Na noite em que ela começou a pintar o quarto de vestir, ele viera trazendo curry indiano (apimentado para ele, suave para ela). O cabelo dela já estava salpicado de tinta rosa quando Jeff chegou, e rindo, mostrou a Sarah o jeito certo e acabou ajudando-a. Esqueceram-se de comer até depois da meia-noite, mas o quarto de vestir ficou lindo quando Sarah acordou na manhã seguinte e correu para verificar a cor. Rosa pastel, como ela queria, em pinceladas limpas, claras e macias.

Jeff também veio no dia seguinte, e Sarah fez o jantar. Acabaram conversando sobre tudo, desde filmes estrangeiros até política, passando por decoração, e nenhum dos dois trabalhou, mas ambos se divertiram muito. E na sexta-feira ele a levou para jantar e depois foram ao cinema "para manter o status de pessoas se encontrando", como justificou. Foram a um bom restaurante francês na Clement Street, e viram um ótimo filme de suspense de que ambos gostaram. Não era um filme sério, mas gostaram muito da companhia um do outro e, de novo, se beijaram durante um bom tempo quando Jeff a levou para casa. Progrediam devagar, embora se encontrassem regularmente. Passaram o sábado juntos, ainda pintando, e ele a ajudou a pôr a mesa para seu primeiro jantar. Sarah preparara uma perna de carneiro com purê de batatas e uma grande salada mista. Ele trouxera um *cheesecake* e doces. E a mesa ficou bonita quando ela colocou o arranjo de flores. Tudo estava em ordem, e a cozinha estava o máximo. Sarah mal conseguia esperar pela chegada da mãe e da avó. Queria contar a Mimi tudo que ouvira sobre Lilli, na França, e o encontro com a avó de Pierre. Havia sido obra do destino.

Mimi e George foram os primeiros a chegar. Ela estava feliz e doce como sempre, falou do prazer em conhecer Jeff e do bom trabalho que ele tinha feito ajudando a neta na casa. Foram diretamente para a cozinha porque, por enquanto, era o único lugar onde se podia sentar, com exceção da cama de Sarah. Logo que viu a linda cozinha no antigo local das despensas, Mimi bateu palmas.

— Ah, meu Deus! Como isto é lindo! Nunca vi uma cozinha tão grande! — A vista para o jardim era bela e serena. A disposição das bancadas e dos equipamentos tinha sido cuidadosamente planejada, em reluzente granito branco, armários clareados, a enorme bancada de madeira no centro e a grande mesa redonda que dava a impressão de ter sido colocada no jardim. Mimi adorou tudo o que viu. — Me lembro da velha cozinha quando eu era criança. Era sempre tão escura, um lugar lúgubre, mas todas as pessoas que trabalhavam lá eram sempre gentis comigo. Costumava fugir da minha babá e me esconder ali, ganhando dos empregados todos os biscoitos que conseguia comer. — Ela riu da lembrança e não parecia absolutamente perturbada por estar na casa. Pelo contrário, estava feliz. Levou Jeff para dar uma volta e, de braços dados, contou a ele uma infinidade de lembranças e histórias. Ainda se encontravam na parte superior quando a mãe tocou a campainha e Sarah abriu a porta para ela. Audrey estava sem fôlego e pediu desculpas pelo atraso.

— Não está atrasada, mamãe. Mimi acabou de chegar. Está visitando a casa com meu arquiteto. George estava me fazendo companhia na cozinha. — Pegou o casaco da mãe e o pendurou no imenso armário do hall, quase tão grande quanto o quarto de seu velho apartamento. Os Beaumont o usavam para capas e casacos de pele dos convidados em noites de festa ou baile. Sarah tinha sugerido a Jeff usá-lo como escritório, embora tivesse muitos aposentos para isso, e o estúdio do andar principal já servisse a essa finalidade.

— Convidou o arquiteto para o jantar de hoje? — perguntou Audrey um tanto surpresa, e Sarah lhe disse que seu cabelo estava muito bonito. Usava-o de um modo diferente agora, penteado para o alto da cabeça, o que lhe caía muito bem, e estava com novos brincos de pérolas muito bonitos, também elogiados por Sarah.

— Achei que gostariam de conhecê-lo — respondeu Sarah, referindo-se a Jeff, para em seguida, em tom conspiratório, acrescentar: — Achei que devia convidá-lo. Fez tanto por mim, conseguiu preços ótimos e fez um lindo trabalho na casa. — A mãe assentiu e seguiu Sarah até a cozinha, parecendo meio distraída. Audrey sorriu ao ver George, sentado à mesa, tomando vinho branco e apreciando a vista do jardim.

— Olá, George — disse Audrey, com simpatia. — Como vai?

— Às mil maravilhas. Acabamos de chegar de Palm Springs. Sua mãe está se tornando uma golfista e tanto — disse com orgulho.

— Também tenho tido algumas lições — comentou Audrey, ao pegar a taça de vinho branco da mão de Sarah, que a olhava espantada.

— Quando começou?

— Há algumas semanas, na verdade — respondeu Audrey, sorrindo para a filha. Sarah achou que ela nunca parecera tão bem. Nesse momento, Mimi e Jeff voltaram para a cozinha.

Audrey e a mãe se abraçaram, e Mimi não conseguia parar de falar sobre a limpeza imaculada da casa. Ainda precisava de uma demão de tinta, é claro, mas as novas luzes elétricas e os candelabros restaurados davam ao lugar um brilho especial. Os painéis de madeira reluziam, os banheiros eram limpos e funcionais. Mesmo sem mobília, a casa começava a se transformar em um lar. E Mimi adorou o que Sarah estava fazendo no quarto de dormir. Jeff lhe mostrara cada detalhe, enquanto Mimi contava histórias da infância e indicava todos os cubículos e cantos secretos dos quartos das crianças. Tinham ficado bons amigos durante o breve percurso.

Sarah acendeu as velas na mesa e, pouco depois, se sentaram para jantar. Mimi elogiou a perna de carneiro, que estava perfeita, e ela e George os distraíram com histórias de suas atividades em Palm Springs. Jeff ouvia todos eles avidamente, sentado entre Sarah e Mimi, apreciando tudo o que diziam. Audrey lhe perguntou sobre o trabalho, e ele falou de sua paixão por casas antigas. Todos o acharam muito atraente, embora Audrey se lembrasse de Sarah ter mencionado que ele vivia com alguém, portanto era óbvio que a relação deles era profissional, e não romântica. Ainda assim, pareciam ótimos amigos.

— E você, o que tem feito, mamãe? — perguntou Sarah enquanto colocava os pratos na máquina de lavar, e Jeff ajudava com a sobremesa. Ele parecia completamente à vontade na cozinha, comentou Mimi, e Sarah a lembrou de que ele a havia projetado.

— Um arquiteto para toda obra — brincou Mimi. — Até lava pratos.

— Eu me diverti muito em Nova York — disse Audrey em resposta à pergunta de Sarah. — As peças que vimos eram incríveis, o tempo estava ótimo. Perfeito. E como foi na França? — perguntou com interesse.

Durante a sobremesa, Sarah lhes contou as revelações de Pierre Pettit e sua avó quando fora ao Château de Mailliard, na Dordogne. Sentiu-se um pouco desconfortável falando de Lilli tão francamente diante da avó e de outras pessoas, sem saber se isso seria embaraçoso para Mimi. Falou-lhes das fotografias que faziam Lilli chorar e das cartas devolvidas e guardadas. As lágrimas escorriam pelas faces de Mimi, enquanto ouvia, mas pareciam ser tanto lágrimas de tristeza como de alívio.

— Jamais pude entender por que ela nunca tentou entrar em contato conosco. Me sinto melhor sabendo que tentou. Meu pai deve ter mandado as cartas de volta. — Mimi ficou quieta durante um minuto, absorvendo o que Sarah havia contado. Tinha ouvido atentamente cada palavra, assentido várias vezes, feito algumas perguntas pertinentes e chorado mais de uma vez. Mas depois disse a Sarah que era um grande consolo para ela saber o destino da mãe, que ela amara tão profundamente, e que também compartilhara este sentimento, e saber que os últimos dez anos de sua vida tinham sido felizes. Era um comentário tipicamente generoso da parte dela, levando em conta tudo o que havia perdido. Tinha crescido sem mãe, porque Lilli fugira com um marquês. Era uma sensação estranha e vazia saber que a mãe estava viva até ela própria completar 21 anos, quando não a via desde os 6.

Havia sido um período doloroso de sua vida. Disse que talvez ela e George fossem visitar o Château de Mailliard um dia, quando viajassem até a França. Era uma viagem que ela ainda gostaria de fazer, para ver onde Lilli estava enterrada e prestar a última homenagem à mãe que perdera quando criança.

Foi uma noite encantadora para todos, e ninguém queria que terminasse. Já se preparavam para finalmente se levantar da mesa quando Audrey pigarreou e bateu com o talher no copo. Sarah pensou que ela fosse fazer um brinde, desejando felicidades por conta da nova casa. Sorriu para a mãe em expectativa, como os demais, e Jeff parou de conversar com Mimi. Conversaram alegremente a noite inteira, particularmente sobre a casa, mas também sobre outros assuntos. Sarah percebeu que Mimi deixara Jeff inteiramente encantado.

— Tenho uma coisa para contar a todos vocês — declarou Audrey, olhando da mãe para a filha e então para George. Em seguida, fez um ligeiro aceno para Jeff, incluindo-o. Não esperava que a filha fosse convidá-lo para o jantar, mas não queria esperar mais. A decisão fora tomada em Nova York. — Vou me casar — disse de um só fôlego, enquanto todos olhavam fixamente para ela. Sarah arregalou os olhos, e Mimi sorriu. Ao contrário da neta, não estava surpresa.

— Vai? Com quem? — Sarah não conseguia acreditar no que estava ouvindo. Nem sabia que a mãe estava namorando, que dirá planejando se casar.

— A culpa é sua — respondeu sorrindo para Sarah, que continuava espantada. — Você nos apresentou. Vou me casar com Tom Harrison e me mudar para St. Louis. — Olhou com ar de desculpa tanto para a mãe quanto para a filha. — Odeio ter que deixar vocês, mas ele é o homem mais maravilhoso que conheci. — Riu de si mesma então, com lágrimas nos olhos, e disse: — Se eu estragar isso, posso não ter uma segunda chance.

Detesto a ideia de ter que sair de São Francisco, mas ele não está pronto para se aposentar, nem estará num futuro próximo. Talvez, quando isso acontecer, possamos então nos mudar para cá, mas, por enquanto, vou morar lá. — Olhou ternamente para Sarah, em seguida para a mãe, enquanto todos absorviam a revelação. Jeff se levantou para cumprimentá-la e a abraçou. Foi o primeiro a fazê-lo.

— Obrigada, Jeff — disse, comovida. Depois foi a vez de George se inclinar e lhe beijar o rosto.

— Muito bem. Quando é o casamento? — perguntou George, que adorava mais do que tudo dançar e festejar, e todos riram.

— Em breve, acredito. Tom acha que não devemos esperar. Queremos viajar no verão, e ele acha que podia ser nossa lua de mel. Tom quer ir à Europa. Ele me pediu em casamento em Nova York, e pensamos em nos casar provavelmente no final de junho. Sei que parece brega, mas gosto da ideia de ser uma noiva de junho — admitiu enrubescendo e Sarah sorriu. Estava felicíssima pela mãe. Não tinha ideia de que a aproximação que fizera entre os dois fosse se transformar num sucesso tão grande. Esperara apenas que eles se tornassem amigos e, ocasionalmente, saíssem juntos. Isso era como tirar a sorte grande em Las Vegas.

— Estava com ele em Nova York? — perguntou Sarah com interesse.

— Sim — respondeu Audrey radiante. Nunca estivera tão feliz em toda sua vida. Sarah acertara ao apresentá-los. Era um homem extraordinário.

No regresso de Nova York, Audrey tinha parado em St. Louis para conhecer os filhos de Tom. Todos foram maravilhosos e receptivos, e ela passara algum tempo com Debbie e as enfermeiras. Lera para ela algumas das histórias, como costumava fazer com Sarah quando era pequena. Tom ficara olhando para as duas na soleira da porta do quarto de Debbie, com lágrimas nos olhos. Audrey estava mais do que disposta a ajudar com as enfermeiras no tratamento de Debbie, assim como fizera sua falecida esposa. Queria fazer o que pudesse para ajudá-lo. Em seguida, fitou todos com os olhos marejados e disse:

— Me sinto tão culpada por deixar vocês duas — confessou olhando para Sarah e para a mãe. — Só não quero perder essa oportunidade... Ele me faz tão feliz.

Sarah se levantou para abraçá-la e Mimi fez o mesmo. As três mulheres choravam de alegria, enquanto Jeff sorria para George. Jeff estava um pouco embaraçado por participar da ocasião, mas os dois homens pareciam comovidos.

— Em que grande ocasião se transformou esta noite! — proclamou George, enquanto Sarah ia até o refrigerador para buscar uma garrafa de champanhe que trouxera do apartamento. Jeff a abriu para ela. Todos brindaram à noiva.

— Felicidades! — disse Jeff polidamente, ciente de que só se devia parabenizar o noivo, e não a noiva.

Cada um deles brindou a Audrey, e a Tom *in absentia*, e de repente Sarah se deu conta de que tinham um casamento para planejar.

— E onde vai se casar, mamãe?

— Santo Deus — exclamou, pousando o copo. — Não tenho a menor ideia. Tom e eu ainda nem falamos sobre isso. Aqui em São Francisco, é claro. Os filhos dele virão, com exceção de Debbie. Só queremos a família no casamento e alguns amigos mais chegados. — No caso de Audrey, isso significava umas dez mulheres com quem ela se dava há mais de vinte anos. — A filha de Tom quer nos oferecer uma festa em St. Louis, mas acho que não vamos querer um grande casamento aqui. — Não tinha um círculo de amigos muito amplo, e Tom não conhecia ninguém em São Francisco.

— Tenho uma ideia — disse Sarah, sorrindo para a mãe. — Minha casa já vai estar pintada até lá. — Ainda faltavam quase dois meses. — Vamos fazer o casamento aqui. Você podia me ajudar a decorá-la, mamãe. Podíamos alugar uns móveis, talvez colocar algumas árvores. Os drinques poderiam ser servidos no jardim, e faríamos a cerimônia na sala de estar... ia ficar tão bonito, e é uma casa de família. O que acha?

Audrey olhou para ela e resplandeceu:

— Adoraria. Tom não é muito religioso, e acho que ficaria mais à vontade aqui do que numa igreja. Vou perguntar, mas acho que seria fabuloso. O que acha, mãe? — perguntou a Mimi, que lhe sorria com ternura.

— Estou feliz por você, Audrey. Acho que seria maravilhoso fazer o casamento aqui, se Sarah puder. Significaria muito para mim — declarou Mimi, sorrindo satisfeita para a filha. Eram notícias maravilhosas para todos. Audrey ficou de contratar um serviço de bufê e alguns músicos. Sua florista cuidaria dos arranjos. Sarah só precisava estar presente. Os convites ficariam por conta dela e de Tom. Sarah mal podia acreditar no que estava acontecendo. A mãe ia se casar e se mudar para St. Louis.

— Vou sentir sua falta, mamãe — disse Sarah ao acompanhá-la até o carro, pouco depois. Tinham milhões de detalhes em que pensar, e Audrey estava animadíssima, sobretudo em relação ao noivo, que era feito sob medida. — Foi você que primeiro sugeriu que eu alugasse a casa para casamentos quando estivesse pronta — comentou Sarah, rindo ao pensar nisso. — Nunca imaginei que o primeiro seria o seu.

— Nem eu quando disse isso — confessou Audrey abraçando a filha. — Pode me usar como cobaia. Espero que um dia desses o próximo casamento aqui seja o seu — disse a mãe, de coração.

— Aliás, gosto do seu arquiteto, é uma pessoa adorável. Pena que tenha uma namorada. É muito sério esse namoro dele? — Audrey era uma incurável casamenteira, mas desta vez Sarah tinha superado a mãe. Ainda assim, não estava pronta para contar sobre o namoro com Jeff. Queria manter as coisas em segredo e usufruir delas privadamente enquanto iam se descobrindo.

— Viveram juntos durante 14 anos — disse Sarah abertamente, usando o verbo no passado, mas Audrey estava empolgada demais para notar.

— Uma pena... e você também disse que eles têm uma casa e uma empresa juntos. Bom, resta o filho de Tom, Fred, em St. Louis. Ele é adorável e acaba de se divorciar. Já tem um milhão de mulheres atrás dele. Vai conhecê-lo no casamento.

— Parece que eu teria que abrir caminho numa multidão para encontrá-lo. Além disso, inconveniências geográficas não funcionam comigo, mamãe. Sou sócia num escritório de advocacia aqui.

— Vamos encontrar alguém — declarou Audrey para tranquilizá-la, embora Sarah não estivesse preocupada. Estava bem e namorando Jeff, ainda que em segredo. Não estava desesperada para encontrar um homem e, até onde sabia, já tinha um. Aliás, um muito bom.

— Ligo para você em breve, mamãe. Estou muito feliz por você e Tom — disse Sarah, dando-lhe um beijo de boa-noite. Mimi e George saíram alguns minutos mais tarde. Os dois juntos eram adoráveis e formavam um lindo casal. Sarah brincou com Mimi, quando eles estavam de saída, falando que o próximo casamento seria o deles. A avó, com um risinho nervoso, disse-lhe para deixar de tolices, e George deu uma gargalhada. Estavam felizes do jeito deles, indo a festas, dançando, jogando golfe, e indo a Palm Springs. Tinham tudo o que queriam sem casamento. Mas Tom seria ótimo para Audrey, que ainda era suficientemente jovem para querer um marido. Mimi declarou estar feliz assim.

A casa ficou estranhamente silenciosa com a partida dos três. Sarah voltou à cozinha, pensando em como era estranho saber que a mãe ia se mudar para longe. Já estava com saudades. As duas estavam se dando tão bem ultimamente que seria uma verdadeira perda para Sarah, o que a deixava um pouco triste, como uma criança ao ser abandonada. Nem mesmo queria verbalizar esse sentimento. Sabia que estava sendo boba, mas a sensação era verdadeira.

— Bem, foi uma noite e tanto — disse Sarah, quando voltou à cozinha. Jeff estava enchendo a máquina de lavar louças enquanto esperava por ela. — Não esperava uma notícia dessas — admitiu Sarah, indo ajudá-lo. — Mas estou feliz por ela.

— Você está aceitando bem isso? — perguntou Jeff olhando-a com intensidade. Conhecia Sarah melhor do que ela supunha e se preocupava. — É um cara legal? — Gostava da família dela e, de repente, teve vontade de proteger até Audrey, que mal conhecia.

— Tom? É um sujeito fantástico. Fui eu mesma que os apresentei. Ele era um dos herdeiros da fortuna de Stanley Perlman e desta casa, mas não me passou pela cabeça que ela fosse se casar com ele. Sei que costumavam jantar juntos, quando ele vinha a São Francisco, e que trocavam e-mails. Desde então, ela nunca disse uma palavra sobre o assunto, mas acho que vai ser realmente feliz com ele. Se não levar em conta as alfinetadas ocasionais e a língua ferina, minha mãe é uma ótima pessoa. — Sarah respeitava e amava a mãe, ainda que Audrey tivesse dificultado sua vida ao longo dos anos. Mas esses dias pareciam ter ficado para trás. E agora que estavam mais próximas do que nunca, ela ia embora. Isso entristecia Sarah. — Vou sentir falta dela. Eu me sinto como se acabasse de ser deixada em uma colônia de férias — Jeff sorriu para ela e parou de encher a máquina por tempo suficiente para beijá-la.

— Você vai ficar bem. Pode visitá-la sempre que quiser. E tenho certeza de que ela virá visitar você e Mimi muitas vezes. Audrey também vai sentir saudades suas. Por falar nisso, preciso confessar uma coisa.

— O que é? — indagou Sarah. Ele tinha uma maneira simpática de tranquilizá-la, e ela gostava muito disso. Transmitia muita estabilidade e conforto. Nunca lhe dava a sensação de que estava prestes a escapar. Era o tipo de cara que se apegava e ficava, como havia feito com Marie-Louise até ela ir embora. Tinha um histórico de bons antecedentes.

— Minha confissão é a de que posso estar namorando você, mas me apaixonei loucamente por Mimi. Quero fugir e me casar com ela e, se for preciso, estou disposto a lutar com George. Ela é a mais doce, mais bonitinha, mais engraçada e mais adorável mulher que já conheci, depois de você, é claro. Só quero que saiba que pretendo pedi-la em casamento o mais breve possível. Espero que esteja de acordo. — Sarah riu da descrição feita por Jeff e ficou muito feliz por ele ter gostado da avó. Mimi era completamente irresistível, e ele tinha sido absolutamente sincero.

— Ela não é mesmo incrível? — perguntou Sarah radiante.
— É a avó mais legal do mundo. Nunca fala mal de alguém, gosta de todo mundo que conhece, se diverte onde quer que vá. Todos são loucos por ela e ela sempre passa momentos agradáveis. De todas as pessoas que conheço, é a que tem a melhor postura diante da vida.

— Concordo inteiramente — disse Jeff, pondo a máquina para trabalhar e se virando para Sarah. — Então não se incomoda se eu me casar com ela?

— De maneira alguma, até me encarrego do casamento. Nossa! Isso faria de você meu avô por afinidade, não é? Vou ter que chamar você de vovô? — Jeff fez uma careta ao ouvir isso.

— Talvez vovô Jeff seja um pouco mais carinhoso. O que você acha? — declarou dando um grande sorriso. — Acho que isso me torna um verdadeiro velho asqueroso por estar namorando você.

— Sarah era seis anos mais nova. Ao dizer isso, Jeff a abraçou e a beijou. Ficara comovido por ter participado do jantar familiar e tomado conhecimento de notícias tão emocionantes. Nenhum dos dois esperava uma coisa dessas, mas isso havia acrescentado uma certa pungência à noite para todos eles, inclusive Jeff, e certamente Mimi, cuja filha queria se casar na residência onde ela tinha nascido. Fecharam um círculo.

Sarah ofereceu outra taça de vinho a Jeff. Quase não havia lugar para eles se sentarem. Tudo que tinha era a mesa da cozinha, as cadeiras e a cama no andar de cima. O restante do tempo haviam trabalhado na casa, sem se importar de se sentar no chão. Mas num evento social como aquela noite, as opções eram limitadas. E Sarah não achava que conhecia Jeff bem o suficiente, em termos sentimentais, para ficarem no quarto vendo televisão, na cama dela. Não havia sequer uma cadeira no quarto, embora tivesse encomendado um pequeno sofá rosa que ainda demoraria meses para ser entregue.

Jeff disse que já tinha bebido bastante, e ficaram sentados à mesa da cozinha, conversando. Ele estava ciente do embaraço criado pela falta de mobília. Estava familiarizado com a situação. Finalmente, ela bocejou, e ele sorriu.

— Você precisa ir para a cama. Vou embora — disse Jeff, levantando-se e sendo acompanhado por ela devagar até a porta da rua. Havia sido uma linda noite para todos.

Ele a beijou ao chegarem à porta da frente, mas pareceu em dúvida por um momento.

— Aliás, que encontro é o de hoje?

— Não sei — murmurou ela, enquanto ele a beijava de novo. Ele fazia contas, e ela não sabia ao certo qual era sua intenção com isso. Adorava o jeito bobo dele às vezes, fazendo com que se sentisse jovem.

— Bem, se o almoço foi nosso primeiro encontro oficial... Chegamos a um acordo quanto a isso?... — disse, beijando-a um pouco mais. — Depois foram três jantares... dois aqui, um fora...

isso daria quatro... esta noite, cinco..., portanto, este é o nosso quinto encontro, acho e...

— Do que você está falando? — perguntou Sarah rindo. — Está se comportando como um completo pateta. Que diferença faz qual encontro é o de hoje? — O argumento de Jeff a deixara confusa, mas eles não conseguiam parar de se beijar. Qualquer que fosse o encontro, estava sendo extremamente agradável, e ela estava gostando muito dele, e também dos beijos. Sarah não conseguia se afastar por tempo suficiente para ele ir embora, e Jeff parecia estar tendo o mesmo problema.

— Estava apenas tentando descobrir — disse ele com a voz ainda mais rouca, provocada pela paixão — se no quinto encontro ainda é cedo demais para eu perguntar se posso passar a noite aqui... O que acha?

Ela deu uma risadinha. Gostava da ideia, e vinha pensando a mesma coisa.

— Achei que estivesse noivo de Mimi, sabe?... Vovô Jeff.

— Hum... é verdade... o noivado ainda não é oficial... e não precisamos contar para ela... Isso é se... A não ser... O que acha? Quer que eu vá para casa, Sarah? — perguntou com voz séria. Não queria aborrecê-la. Não tinha pressa, mas queria muito passar a noite com ela, aliás, desde o dia em que se conheceram. — Se quiser que eu vá, eu vou. — Ficou tentando imaginar se ainda seria muito cedo para ela. Para ele não era. E, aparentemente, para ela também não. Sarah fez que não com a cabeça. Definitivamente não queria que ele fosse para casa e sorriu timidamente.

— Eu adoraria que ficasse... É um pouco difícil aqui, não?... Não é como se meu quarto ficasse ao lado. — Teriam de subir dois lances de escadas, incluindo a grande escadaria. Decididamente não era um pequeno *pas de deux* sutil até a cama de Sarah.

— Quer apostar uma corrida? — perguntou ele rindo, enquanto ela apagava as luzes e passava a corrente na porta da frente.

Parecia, tanto para um como para outro, que ele ia ficar. — Eu poderia carregar você escada acima, mas, para ser sincero, estaria aleijado quando chegasse ao seu quarto. Lesões futebolísticas do tempo da faculdade... mas poderia levá-la nos ombros, como os bombeiros, se for realmente preciso. Não é tão penoso para a lombar. — Sarah sorriu ao pegar a mão dele e, de mãos dadas, subiram a grande escadaria e depois outras escadas até o terceiro andar, onde ficava o quarto de Sarah. A nova cama cor-de-rosa ficou linda no quarto principal, e as lâmpadas de cabeceira envolviam o ambiente em uma tênue luminosidade.

— Bem-vindo à casa — disse baixinho, virando-se para Jeff. Ele olhava para ela maravilhado, e gentilmente soltou seu cabelo, que caiu em cascata pelos ombros. Os grandes olhos azuis de Sarah estavam cheios de sinceridade e esperança.

— Eu te amo, Sarah — disse baixinho. — Amo desde a primeira vez em que a vi aqui... Nunca imaginei que fosse ter a sorte de chegar a esse ponto...

— Eu também — sussurrou ela, enquanto ele a beijava e a levava até a cama.

Despiram-se e aninharam-se sob as cobertas. Ela apagou a luz do seu lado da cama, e ele fez o mesmo. Ficaram deitados, num abraço apertado, enquanto a paixão crescia. O corpo de Sarah respondia às mãos de Jeff, que murmurava:

— Vou me lembrar para sempre do nosso quinto encontro...
— Ele a provocava com as palavras e os lábios, e ela riu baixinho.

— Shhhhh... — sussurrou Sarah, fundindo-se a Jeff, na cama de cabeceira rosa no antigo quarto de Lilli.

Capítulo 20

O romance de Sarah e Jeff desabrochou nos meses de maio e junho. Jeff passava a maioria das noites com Sarah, na casa da Scott Street. Só não ficava quando tinha trabalho e precisava usar a prancheta. Até que um dia Sarah sugeriu que ele comprasse outra e a colocasse num dos muitos quartos pequenos e vagos. Eram tantos que havia espaço suficiente para ele instalar um escritório improvisado. Jeff gostou da ideia e comprou uma de segunda mão. Trouxe-a para a casa numa sexta-feira e a arrastou escada acima. Assim, podia trabalhar enquanto ela continuava a pintar uma infinidade de quartinhos. Os pintores estavam fazendo um excelente trabalho nos aposentos grandes. A cada dia a casa ficava mais requintada.

Jeff se revelou um excelente cozinheiro e preparava o café da manhã antes de saírem para o escritório. Fazia panquecas, torradas, ovos fritos, omeletes, ovos mexidos, e até ovos Benedict nos fins de semana, e Sarah avisou que ele teria de ir embora se ela começasse a engordar. Os mimos de Jeff eram uma festa e ela tentava fazer o mesmo por ele sempre que possível. Ainda pediam comida a maior parte das noites, porque trabalhavam até tarde, mas ela fazia o jantar nos fins de semana, exceto quando saíam para comer. Há muito tempo tinham deixado de contar o número de encontros, e chegaram a um acordo de que haviam sido muitos. Desde que Audrey anunciara o iminente casamento, ficaram juntos boa parte dos dias, e Jeff passava praticamente todas as noites da semana com ela. Não tinha se mudado oficialmente, mas estava ali com frequência, e agora um dos quartos de vestir principais era dele. Tudo corria perfeitamente para ambos.

No início de junho, os preparativos para o casamento de Audrey e Tom estavam a mil. Audrey tinha escolhido a mobília que seria alugada para a sala de jantar, as salas de estar e o salão do andar principal. Havia escolhido árvores trabalhadas por topiários que abrigariam gardênias. Encomendara flores para as salas de recepção e uma guirlanda de rosas brancas e gardênias para a porta da frente. Como havia prometido, estava tomando conta de cada detalhe, arcando com todos os gastos. O evento seria pequeno, mas ela queria que fosse perfeito. Mesmo sendo o segundo casamento para ambos, desejava que fosse uma data para ser lembrada pelo resto de suas vidas, especialmente por Tom. Tinha contratado um quarteto para tocar música de câmara durante a entrada. A cerimônia ia se realizar na sala de estar. Havia pensado em tudo. Só faltava o vestido, o que a estava deixando em pânico, porque ainda não encontrara um. Tampouco Sarah, que estivera muito ocupada no escritório, sem tempo para compras, desde que Audrey dera a notícia. Finalmente, a mãe a convenceu a tirar uma tarde de folga, e foram as duas fazer compras na Neiman Marcus, com excelentes resultados.

Audrey encontrou um *cocktail dress* quase branco com contas de cristal nos punhos, na bainha e no decote. Tinha mangas compridas e um aspecto recatado. Achou sapatos de cetim com fivelas de strass que eram perfeitos, e uma bolsa de noite que combinava. Tom acabara de lhe dar espetaculares brincos de diamante como presente de casamento, e o anel de noivado era um diamante de dez quilates em corte cushion que deixara Sarah estarrecida. Audrey já havia decidido que levaria um pequeno buquê de orquídeas brancas. Ia ser a elegância em pessoa.

Por volta das cinco horas, no dia das compras, Sarah ainda não conseguira achar um vestido e começava a entrar em pânico. A mãe insistiu que ela não podia usar um velho *cocktail dress* preto que vestira para a festa de Natal do escritório nos últimos dois anos. Como dama de honra, tinha que comprar algo novo. Finalmente, a mãe descobriu um Valentino, excepcionalmente bonito, com o mesmo azul brilhante dos olhos de Sarah. Era de cetim, sem alças, e tinha um bolerinho que ela poderia tirar depois do casamento. A mãe sugeriu que o usasse com sandálias prateadas de salto alto, o que ficou muito bom. Audrey providenciara um buquê menor das mesmas orquídeas brancas para Sarah, tendo encomendado um para Mimi também, para que não se sentisse excluída. Conseguiu botões para as lapelas de Tom e seus filhos e um ramo de gardênias para a filha. E Audrey também havia contratado um fotógrafo para registrar tudo, em foto e em vídeo. Embora a festa de casamento fosse pequena, ela não descuidara de nenhum detalhe. Sarah estava aliviada por ter encontrado um vestido que lhe agradava. Não queria comprar uma coisa que achasse feia e não quisesse voltar a usar. O vestido azul que tinham escolhido combinava maravilhosamente com seus olhos, sua pele e seu cabelo. Era sexy, porque realçava o corpo, mas ao mesmo tempo era discreto, devido ao bolerinho, e tinha um decote profundo nas costas, que segundo Audrey ficava sensacional nela.

— O que há entre você e Jeff, afinal? — perguntou a mãe casualmente, ao saírem da loja. — Cada vez que apareço em sua casa para deixar alguma coisa, seja de noite ou no fim de semana, ele está lá. Não pode ser só trabalho. O que a namorada dele acha dessa dedicação ao seu projeto de restauração?

— Não acha — respondeu Sarah enigmaticamente, fazendo malabarismos com as sacolas de compras enquanto andavam em direção ao estacionamento da Union Square, onde haviam deixado os carros.

— O que isso quer dizer? — Audrey não a queria metida em outra situação que pudesse magoá-la, embora gostasse muito de Jeff.

— Eles terminaram — respondeu Sarah calmamente. Ainda não queria falar do assunto, apesar de estar mais próxima da mãe, especialmente devido ao casamento iminente. Sabendo que Audrey ia se mudar em breve, Sarah estava passando mais tempo com ela e, pela primeira vez em anos, gostando muito disso.

— Isso é interessante. Eles romperam por sua causa? — Audrey considerava isso um sinal positivo.

— Não. Antes de nós.

— Antes de "nós"? — perguntou Audrey erguendo uma sobrancelha. — Você e Jeff viraram "nós" agora? — Isso era novidade. Começara a suspeitar, mas não estava segura, e Sarah não tinha dito nada. Ele apenas estava lá, sempre muito solícito, cortês e amigável toda vez que Audrey aparecia.

— Talvez. Não tocamos nesse assunto. — Essa parte era verdade. Eles gostavam da companhia um do outro, sem discuti-la ou rotulá-la. Ambos estavam saindo de relações longas que não deram certo, o que os tornava um pouco retraídos, embora muito felizes. Muito mais feliz do que ela fora com Phil, ou ele com Marie-Louise.

— Por que não conversam sobre o assunto? — indagou Audrey.

— Porque não precisamos saber.

— Por que não? — insistiu a mãe. — Sarah, você está com 39 anos. Não tem assim tantos anos para desperdiçar em relações que não levam a lugar algum. — Não foi preciso mencionar, mas ambas sabiam que Phil fora um beco sem saída durante quatro anos.

— Não quero ir a lugar algum, mamãe. Gosto de onde estou. Ele também. Não estamos planejando nos casar. — Ela sempre dizia isso, mas Audrey sempre acreditara que, se ela encontrasse o homem certo, mudaria de ideia. E talvez desta vez tivesse encontrado. Jeff parecia ser simpático, competente, inteligente, seguro e bem-sucedido. O que mais poderia querer? Às vezes ela deixava Audrey preocupada. Achava Sarah independente demais para o próprio bem.

— O que você tem contra casamento? — perguntou Audrey quando acharam os carros e remexiam as respectivas bolsas à procura das chaves.

Sarah hesitou por um momento e decidiu dar uma resposta franca:

— Você e papai. Jamais quero viver a situação que você passou com ele. Não suportaria. — Ainda tinha pesadelos com aquilo.

— Jeff bebe? — indagou Audrey preocupada, falando baixo em tom conspiratório.

Sarah riu e meneou a cabeça.

— Não, mamãe, não bebe. Pelo menos não mais do que deveria. Eu provavelmente bebo mais do que ele, e nem bebo tanto assim. O casamento apenas me parece complicado demais. Tudo que se ouve falar é de gente que se odeia, se divorcia, paga pensão e aí se odeia ainda mais. Quem precisa disso? Eu não. Estou mais feliz assim. Logo que se acrescenta casamento à mistura, até onde sei, a gente está ferrada — declarou, e logo se deu conta do que tinha dito à mãe, no dia da compra do vestido que ela ia usar no próximo casamento. — Desculpa, mamãe. Tom é um cara maravilhoso. Jeff também. Só que isso não é para mim. E não acho que Jeff tampouco se anime com a ideia. Ele viveu com a última companheira durante 14 anos e nunca se casaram.

— Talvez ela fosse como você. Vocês, mulheres jovens, são criaturas estranhas hoje em dia. Nenhuma quer casar. Só nós, os velhos.

— Você não é uma "velha" mamãe, e fica fantástica naquele vestido. Tom vai desmaiar ao vê-la. Não sei, talvez eu seja apenas covarde. — Audrey tinha lágrimas nos olhos enquanto escutava a filha.

— Lamento se seu pai e eu fizemos isso com você. A maior parte dos casamentos não é assim — argumentou, lembrando-se do marido alcoólatra que a deixara viúva aos 39 anos, a mesma idade de Sarah agora.

— Não, mas muitos são, e não gosto das probabilidades.

— Eu também não gostava. Mas olhe para mim agora. Mal posso esperar — declarou extasiada, e Sarah também estava por ela.

— Talvez quando eu tiver a sua idade, mamãe. Por enquanto, não tenho nenhuma pressa.

A conversa deixou Audrey triste, ainda mais ao pensar que Sarah podia nunca vir a ter filhos. Mas ela sempre dissera que não queria nenhum, e ainda agora, apesar do tique-taque do relógio biológico, parecia firme em seu propósito. Sem filhos. Sem marido. Até o momento, tudo que quisera desesperadamente fora a casa. Era sua única paixão. Isso e o trabalho, embora Audrey suspeitasse que ela estava apaixonada por Jeff sem querer admitir. Não importava o que tivesse dito à mãe, Sarah sabia que amava Jeff, o que tornava ainda mais aterrador pensar em compromisso. Não estava pronta. E talvez nunca viesse a estar. Por enquanto, vinha funcionando para os dois. Jeff não a pressionava. Só Audrey. Queria que todos fossem felizes, e na empolgação do grande momento, achava que todos deviam se casar, como ela e Tom.

— Por que não tenta convencer Mimi e George? — provocou Sarah.

— Na idade deles não precisam se casar — respondeu Audrey, sorrindo, embora formassem um casal adorável e, agora, inseparável.

— Talvez não estejam de acordo. Acho que deveria jogar o buquê do casamento para ela. Se jogá-lo para mim, vou arremessá-lo imediatamente de volta para você.

— Já entendi — disse Audrey com um suspiro. Sarah sabia o que queria e o que não queria. Era uma mulher muito teimosa.

Entraram nos respectivos carros e foram embora, aliviadas por terem achado os vestidos para o casamento. Jeff falava com os pintores quando ela chegou em casa. O trabalho estava praticamente terminado. Até então, a restauração tinha levado seis meses, e estava maravilhosa. Faltava resolver alguns detalhes e ainda faltaria por bastante tempo. Mas a mansão estava linda e bastante organizada, e, graças a Jeff, havia custado bem menos que o do orçamento previsto. Até a estante de livros construída por Sarah estava pronta e agora o escritório estava repleto de livros de direito. E ainda sobrava espaço. Tudo ali era perfeito. Andava pensando em mandar fazer cortinas, pelo menos para alguns quartos. Estava terminando a casa pouco a pouco, e conseguindo o que queria. No outono, pretendia procurar móveis em leilões de antiguidades. Ela e Jeff achavam que ia ser divertido fazer isso juntos. Ele era um bom conhecedor de antiguidades e vinha ensinando um bocado a Sarah.

— Como foi o seu dia? — perguntou Jeff sorrindo, quando ela entrou e pousou suas coisas. Sarah tirou os sapatos com um suspiro. A mãe era uma compradora ferrenha e levava a coisa a sério. Estava exausta.

— Dia duro na Neiman's. Encontramos os vestidos para o casamento. — Ele sabia que as duas estavam preocupadas com isso.

— Joe e eu estamos falando sobre a cor do salão de baile. Acho que deveria ser um tom forte de creme. O que acha? — Eles já haviam concordado que um branco puro seria muito severo e, num momento de frivolidade, Sarah chegara a pensar num azul-claro, mas gostava mais da ideia do creme. Ela confiava no olho e no instinto de Jeff. Até agora não errara as orientações e respeitava as opiniões dela, mesmo sendo o arquiteto. Afinal, a casa era dela, e ele tinha consciência disso.

— De acordo.

— Bom. Agora vá tomar um banho e uma taça de vinho ou algo no gênero. Vou levá-la para jantar. — Jeff subiu para o salão de baile com o pintor, para experimentar amostras nas paredes, o que sempre apresentava muita diferença, dependendo do ângulo de incidência da luz.

— Sim, senhor — disse Sarah marchando para o quarto, carregando os sapatos e as sacolas de compras da loja. As escadas da nova casa a mantinham em forma. Ela ainda não havia começado a construir a academia no porão. Queria primeiro mandar fazer as cortinas e comprar os móveis.

Meia hora depois, Jeff entrou no quarto dela. Sarah estava deitada na cama, vendo as notícias e parecendo relaxada. Às vezes, adorava ficar apenas olhando para ela. Deitou a seu lado e a abraçou.

— Hoje contei à minha mãe sobre nós — disse Sarah como quem não quer nada, mantendo os olhos na televisão.

— E o que ela disse?

— Nada demais. Ela gosta de você. Mimi também. Veio com a breguice de sempre. Minha idade, última oportunidade, filhos, blá-blá-blá...

— Traduza isso para mim — declarou Jeff com interesse. — A parte do blá-blá-blá... Preencha as lacunas.

— Ela acha que eu deveria me casar e ter filhos. Eu não acho. Nunca achei.

— Por que não?

— Não acredito em casamento. Acho que estraga tudo.

— Bem, isso torna as coisas mais simples, não?

— Para mim, sim. E para você? — perguntou e o olhou, então, vagamente preocupada. Ainda não haviam explorado o assunto com mais profundidade. Como nunca se casara com Marie-Louise, ela pressupôs que ele pensava da mesma forma.

— Não sei. Acho que sim. Se tiver que ser. Não me importaria de ter um filho ou mesmo dois algum dia. E, para a criança, provavelmente é melhor que os pais sejam casados, mas isso não é essencial se for um ponto inegociável para você.

— Não quero filhos — disse com firmeza, parecendo assustada.

— Por que não?

— Porque dá medo. Muda radicalmente a vida das pessoas. Nunca vejo meus velhos amigos. Estão sempre muito ocupados trocando fraldas ou se revezando com outros pais no transporte escolar. Que tal isso como divertimento?

— Algumas pessoas parecem gostar — disse ele cautelosamente.

Sarah o olhou com sinceridade e perguntou:

— Diga francamente. Consegue ver qualquer um de nós com um filho? Acho que não somos esse tipo. Eu, pelo menos, não sou. Gosto do meu trabalho. Gosto do que faço. Gosto de estar aqui deitada vendo televisão antes de sairmos para jantar, sem precisar de uma babá para poder fazer isso. Amo você... Sou louca pela minha casa. Por que mexer no que está dando certo? Por que exigir mais? E se você tiver um filho que usa drogas, rouba carros ou alguma coisa no gênero, ou como a filha de Tom, cega e com lesão cerebral? Eu não daria conta.

— Você pinta um quadro bastante negro, Sarah.

— É. Devia ter visto a vida da minha mãe quando era casada com meu pai. Ele era um vegetal, sempre bêbado, se escondendo no quarto enquanto ela inventava desculpas para ele. E minha infância foi um pesadelo. Vivia com medo de que ele aparecesse quando meus amigos estavam lá, ou que fizesse alguma coisa que me envergonhasse. Depois ele morreu, o que foi ainda pior. Minha mãe chorava o tempo todo, e eu me sentia culpada porque tinha desejado que ele morresse, ou saísse de casa, ou o que quer que fosse, e, quando aconteceu, achei que a culpa era minha. Esqueça. Finalmente virei adulta e não pretendo voltar a nenhuma fase anterior. Não gostei de ser criança e não quero fazer isso com ninguém.

— Nenhum de nós bebe — disse ele de forma prática.

Sarah olhou para ele aterrorizada e perguntou:

— Está querendo dizer que quer filhos? — Isso soava para ela como um plantão de notícias, que não trazia nada de bom.

— Talvez algum dia, antes que eu vire um ancião.

— E se eu não quiser? — perguntou entrando em pânico, mas queria saber antes que fossem adiante. Podia ser um ponto não negociável para ela.

— Se você não quiser, te amo da mesma maneira. Não vou pressioná-la. Prefiro ter você a um filho... mas talvez, em algum momento, eu não achasse ruim ter os dois. — Ela ficou pasma. Partira do pressuposto de que ele também não queria filhos. Não eram boas notícias.

— Mesmo que eu tivesse um filho, não me casaria — declarou Sarah desafiadoramente. Ele riu, inclinou-se e a beijou.

— Não esperaria nada diferente de você, meu amor. Não vamos nos preocupar com isso. O que tiver que ser, será. — Estavam sendo cautelosos, mas, ao ouvi-lo, Sarah disse a si mesma que deveria ser ainda mais, pois, se acontecesse, ele provavelmente ia querer levar adiante, e ela não. Não precisavam dessa dor de cabeça nem desse pesar. Achava que a vida com ele era perfeita assim como estava.

— De todo modo, já estou muito velha para ter filhos — argumentou, insistindo no assunto. — Vou fazer 40 anos. É demais. — Mas ambos sabiam que não era. Ele não fez qualquer comentário. Era nitidamente um assunto que a transtornava e, pelo menos por enquanto, não era um problema urgente. Para nenhum dos dois.

Pararam de conversar sobre isso, saíram e tiveram um agradável jantar. Sarah contou sobre a ideia da mãe de alugar a casa, ou partes dela, para casamentos, o que achava uma boa maneira de fazer algum dinheiro extra para pagar os móveis. Gostava da ideia. Jeff achava que podia ser divertido, embora incômodo, dar de cara com desconhecidos que talvez ficassem andando por onde não deviam. Jeff tinha outra ideia, que achava legal, mas que precisaria de investimento e, naquela fase, Sarah estava economizando para a mansão e para tudo o que queria comprar para torná-la ainda mais bonita.

A ideia de Jeff era a de comprarem casas em mau estado, trabalharem juntos na restauração e remodelação e depois vendê-las com um bom lucro. Ele gostava do que Sarah havia feito na própria residência e achava que ela tinha jeito para a coisa. Ela gostou da ideia, mas ficou preocupada com os custos. Era uma ideia para o futuro, se é que haveria um. Assim como casamento e bebês. Naquela noite discutiram planos de longo prazo. Mas ela gostou da ideia de reformar casas para revenda. Sabia que ia ficar triste quando a da Scott Street estivesse finalmente pronta. Adorara e ainda adorava cada minuto de trabalho.

Ficaram juntos naquela sexta-feira e durante todo o fim de semana. Jeff já quase não ia ao apartamento dele, a não ser para buscar livros e roupas, tendo passado lá apenas uns poucos dias desde que o alugara. Durante o jantar, contou que tinha recebido uma boa oferta pela casa de Potrero Hill. Marie-Louise vinha lhe enviando e-mails, pressionando-o por dinheiro. Depois do acerto de contas, ele ficaria com a empresa e ela, com o lucro da venda da casa. Ela lhe disse para aceitar a oferta, e ele assim fez. Marie-Louise comprara a metade dele do apartamento em Paris, onde pretendia morar e montar um estúdio. Por incrível que pareça, os 14 anos de vida em comum foram facilmente desenredados, o que só confirmava o argumento de Sarah na conversa com a mãe. Era mais fácil não se casar, para o caso de algo dar errado ao longo do caminho. Sarah achava Marie-Louise uma sortuda. Jeff era um grande sujeito. Tinha tratado de tudo para ela, acertado cada tostão, fora generoso até demais e dera a ela tudo o que queria. Era um príncipe em todos os sentidos. Sarah estava impressionada com tudo que vira. Desta vez, os deuses lhe sorriram. Pelo menos por enquanto, ela não queria ir além do presente.

Capítulo 21

O dia do casamento de Audrey chegou mais depressa do que esperavam. Era difícil acreditar que já estavam no final de junho. Num momento planejavam o casamento, no momento seguinte, o pessoal do bufê tinha tomado conta da cozinha, o responsável pelo vídeo montava o equipamento no ângulo certo, a florista havia trazido as árvores encomendadas, e guirlandas enfeitavam as escadas e a porta da frente. Um fotógrafo seguia cada um que passava como se fosse um míssil teleguiado, fotografando a decoração, os preparativos e os convidados, conforme iam chegando. Os músicos tocavam. Tom e os filhos estavam no hall de entrada, conversando com Sarah e Jeff. Fred tinha trazido a nova namorada, o que fez Sarah sorrir. Esse já era. Não que ela se incomodasse, pois agora tinha Jeff. Mimi e George entraram, parecendo um anúncio de revista de idosos cheios de saúde. Ela usava um vestido de seda azul-claro com bolero que combinava bem com o tom mais brilhante do vestido de Sarah.

E, de repente, estavam esperando Audrey descer as escadas. Como não havia ninguém para acompanhá-la, caminhou sozinha ao som da "Water Music", de Handel, com lágrimas escorrendo pelo rosto ao olhar para Tom. Todos prenderam a respiração de tão linda que ela estava. Mimi estava orgulhosa, Sarah apertou o braço de Jeff, e, quando Tom olhou para a mulher com quem ia se casar, chorou abertamente, entre os dois filhos. Todos estavam emocionados quando ela foi ao encontro dele e lhe deu o braço.

    O juiz que realizou a cerimônia falou sabiamente sobre os desafios do casamento, as bênçãos trazidas por ele quando era adequado, e a sensatez entre as duas pessoas que tinham feito a escolha certa. A comida estava deliciosa, o vinho, fantástico. A casa estava espetacular, e os móveis alugados por Audrey pareciam pertencer ao lugar. Sarah realmente gostou dos filhos de Tom, e os dois rapazes se deram maravilhosamente bem com Jeff. Era o dia perfeito, a hora perfeita e, em um instante, Audrey, em seu lindo vestido de cetim branco, estava de novo no topo da escadaria, e o buquê de orquídeas brancas foi arremessado, atingindo Mimi bem no peito. Sarah deu um suspiro e Audrey piscou para a filha. Como habitual em muitos casamentos, Tom pegou a liga usada pela noiva e a jogou para Jeff. E então, os convidados se reuniram na calçada em frente à casa, jogando pétalas de rosas, enquanto Tom e Audrey partiam num Rolls-Royce alugado em direção ao Ritz-Carlton para passar a noite de núpcias e, no dia seguinte, voariam para Londres. De lá, seguiriam para Monte Carlo e depois para a Itália, onde passariam as três semanas da lua de mel meticulosamente planejada por Tom, segundo as muitas instruções de Audrey. Isso em nada o incomodava. Ao contrário, o encantava.

    Quando Sarah e sua recém-adquirida família voltaram para dentro de casa, Mimi ainda estava sentada no sofá alugado, segurando o buquê e sorrindo.

— Vou ser a próxima — disse feliz, e George fingiu desmaiar.

— Você não, George! — declarou Jeff, corrigindo-o em seu arremedo de pânico. — Fui eu que peguei a liga. Somos Mimi e eu, não você. — Mimi deu uma risadinha, e todos acharam graça, enquanto os garçons serviam mais champanhe. Mimi e George dançaram mais uma vez, e os jovens conversavam.

Sarah gostou dos novos parentes, e insistiu para que voltassem e ficassem com ela quando quisessem. Dois eram casados, um havia sido, e todos tinham trazido os filhos, que eram muito bem-comportados. Audrey tinha agora uma nova família, incluindo seis netos. Por um momento, Sarah quase sentiu ciúmes, ao pensar que eles iam vê-la muito mais do que ela. Mimi ia ser a única família que lhe restava em São Francisco. Audrey abrira mão de seu apartamento, e tudo que ela possuía fora despachado para St. Louis para a ampla casa de Tom. Tinha dado alguns móveis para Sarah, mas ficara com a maior parte. Sarah sabia que a ausência de Audrey ia ser um baque para Mimi e para ela, mas elas estavam felizes. Ao partirem, Audrey parecia uma noiva feliz e Tom, um noivo orgulhoso.

Era tarde quando todos enfim foram embora naquela noite. O pessoal do bufê ainda terminava a limpeza. As topiarias iam ser recolhidas no dia seguinte. Não havia coisa alguma para Sarah fazer, e ela e Jeff subiram vagarosamente as escadas.

— Foi bonito, não foi? — perguntou com um bocejo. Ele sorriu. Gostava demais do vestido dela. Fazia com que os olhos parecessem ainda mais azuis. Sarah se encostou em Jeff, feliz da vida.

— Foi lindo. Os dois estavam tão engraçadinhos, chorando durante a cerimônia. Quase chorei também.

— Eu sempre choro nos casamentos. De terror. — Sarah deu um risinho cínico, e Jeff, sorrindo, meneou a cabeça.

— Você não tem jeito.

— E você é um romântico incurável, e eu te amo por isso — disse Sarah, quando se beijaram no alto da escada, antes de subirem mais um andar para o quarto. Tinha sido um dia perfeito. Para Audrey e Tom e para todos que os amavam. Sarah estava feliz por ela. Nunca esperara que sua atuação como casamenteira tivesse esse resultado, mas agora que acontecera, estava contente.

Esperava que tivessem uma longa e feliz vida em comum. A mãe lhe telefonou quando estavam indo para a cama, para agradecer o uso da casa e lhe dizer o quanto a amava. Parecia completamente feliz.

Sarah passou a noite enroscada em Jeff. Ela gostava tanto de ficar perto dele como de fazer amor, o que faziam muito. O relacionamento funcionava perfeitamente para ambos. Haviam entrado numa rotina confortável, e Sarah gostava que Jeff ficasse tão à vontade com a família dela, especialmente com Mimi, que ele adorava. Disse que gostaria de ser adotado por ela, caso não se casasse com ele. Estava disposto a aceitar qualquer das alternativas, ou ambas.

— Boa noite, meu bem — sussurrou ele, já quase adormecendo.

— Te amo — respondeu Sarah, e sorriu, pensando no buquê que não a acertara e que tinha sido apanhado por Mimi.

Capítulo 22

Sarah e Jeff trabalharam na casa durante todo o verão. Começaram a pesquisar catálogos e a frequentar leilões. Ele estava trabalhando numa grande restauração/remodelação em Pacific Heights, que lhe tomava a maior parte do tempo. Sarah estava ocupada no escritório.

Em agosto, tiraram uma semana de férias e foram até o lago Tahoe. Caminharam, nadaram, andaram de bicicleta e fizeram esqui aquático no lago gelado. No fim de semana do Dia do Trabalho, já no final da estadia, Jeff lhe lembrou de que estavam juntos há quatro meses. Ambos concordaram que esses tinham sido os meses mais felizes de suas vidas. O assunto de casamento e filhos não voltara a ser abordado. Era mais uma questão teórica. Nenhum deles tinha vontade de entornar o caldo. Tinham muito com que se ocupar.

Audrey telefonava frequentemente de St. Louis desde que voltara da Itália. Estava se adaptando e tinha planos de redecorar a casa de Tom, portanto, estava ocupada e se familiarizando com os filhos dele. Sentia muita falta da filha e da mãe, mas já sabia que não estaria com elas por ocasião do Dia de Ação de Graças. Prometera a Tom que ficaria em St. Louis com a família, e Sarah disse que ia jantar com Mimi. O jantar este ano seria na casa de Sarah e, se tudo continuasse a correr bem, Jeff passaria com eles. Sarah tinha dito a Audrey que não queria ir a St. Louis porque estava ansiosa para iniciar uma tradição própria, embora este ano, sem Audrey, o grupo fosse menor. E Sarah teria de assar o peru e fazer o jantar, uma novidade para ela.

Durante o outono, Sarah esteve excepcionalmente atarefada. Tinha três espólios com que se ocupar e, nos fins de semana, trabalhava na mansão. Era uma fonte inesgotável de prazer e continuaria assim por muitos anos. Ela e Jeff começaram a frequentar leilões e chegaram a fazer lances para móveis tanto na Sotheby's como na Christie's, em Los Angeles e Nova York. Ela já havia adquirido algumas belas peças. Jeff também comprara algumas. Em outubro, Jeff desistiu do apartamento que nunca usava e se mudou para a casa de Sarah. Agora tinha um escritório, um estúdio, um quarto de vestir e um banheiro, e não se incomodava de dormir num quarto rosa. Até gostava. Mas, acima de tudo, gostava de Sarah. Amava-a sinceramente, e ela também o amava.

Jeff havia feito o acerto de contas da casa e do apartamento de Paris com Marie-Louise. A empresa agora era dele. Todos os clientes dela tinham passado para ele. Não ouvia falar dela desde agosto e, para sua surpresa, não sentia a menor falta. Mesmo que tivessem vivido juntos por 14 anos, ele sempre soubera que não era a coisa certa. Ainda assim, investira muito na relação. Mas, agora que estava com Sarah, podia ver a diferença. Era como se tivessem sido feitos um para o outro. Ele acordava todas as manhãs, da mesma forma que ela, sem acreditar em sua boa sorte. Fazia com que se lembrasse de um ditado do avô, segundo o qual, há uma tampa para cada panela ou uma panela para cada tampa. Seja lá como fosse, ele achara a sua. Sarah também estava tão espantada com essa sorte quanto Jeff, igualmente encantada com o namorado.

Conforme prometido, Sarah celebrou o Dia de Ação de Graças em sua casa. A essa altura, já tinham um sofá e algumas cadeiras, uma mesa de centro e uma linda escrivaninha antiga na sala de estar. Tinham de fato um local para botar os copos quando Mimi e George vieram para o jantar. Mimi lhe pedira para convidar as duas melhores amigas, como fazia habitualmente, e Sarah as incluíra, assim como um amigo de Jeff que viera de Nova York e não tinha onde passar o feriado. O grupo se entrosou bem, sentindo-se à vontade na sala de estar enquanto Jeff e Sarah se alternavam na cozinha vigiando o peru. Sarah estava apavorada, com medo de que ele ficasse cru ou queimado. Não era a mesma coisa sem Audrey. Mas, para sua grande surpresa, o jantar ficou muito bom. Mimi deu as graças e, este ano, Jeff se encarregou de cortar a carne. Saiu-se muito bem, e George disse que era um alívio não precisar fazer isso.

Ele e Mimi haviam acabado de chegar de Palm Springs. Sarah reparou que estavam passando cada vez mais tempo por lá. Diziam que o clima era melhor, e Mimi gostava dos amigos de George e dos jantares a que compareciam. A avó tinha acabado de comemorar 83 anos, mas ninguém diria. Continuava bonita e animada como sempre. George se tornara uma figura permanente e era apenas um pouco mais velho que ela.

Sarah servia torta de frutas, de maçã e de abóbora, com as quais sempre terminavam o jantar, e Jeff servia o sorvete e o chantili quando Mimi olhou para eles, visivelmente nervosa, e George lhe fez um sinal de encorajamento.

— Tenho uma notícia para dar a vocês — disse timidamente. Sarah podia pressentir mais do que adivinhar o que estava por vir. Mas, na idade de Mimi, o que podia ser? A vida dela transcorria sem incidentes, desde que estivesse bem de saúde. Tinha um brilho nos olhos quando se virou primeiro para Jeff, depois para Sarah. — George e eu vamos nos casar — falou quase murmurando, ligeiramente embaraçada, como se houvesse algum vestígio de tolice no que acabara de dizer. Mas eles se amavam e queriam passar os anos que lhes restavam juntos.

A única má notícia era que estavam de mudança para Palm Springs. George já havia vendido a casa dele na cidade, e Mimi estava colocando a sua no mercado. Ficariam no apartamento de George em São Francisco quando viessem, o que, Sarah suspeitava tristemente, não seria com frequência. Divertiam-se demais em Palm Springs, e bem menos em São Francisco.

— Vai se casar com *ele* e não *comigo*? — disse Jeff, parecendo ultrajado. — Fui eu que apanhei a liga, não ele. — Fazia de conta que estava desgostoso e injuriado enquanto os outros riam.

— Sinto muito, querido. — Mimi lhe deu tapinhas de consolo na mão. — Terá que se casar com Sarah.

— Não terá, não — emendou Sarah com rapidez.

— É, não tenho a menor chance — declarou Jeff se queixando. — Ela não me quer.

— Já perguntou? — interrogou Mimi, com olhos maravilhados e cheios de esperança. Ela teria gostado disso e sabia que Audrey também. Tinham conversado várias vezes sobre o assunto.

— Não — respondeu Jeff honestamente, sentando-se para comer a torta, enquanto Sarah servia champanhe.

Parecia um déjà-vu de quando a mãe, em maio, anunciara o casamento naquela mesma mesa. Agora era a vez de Mimi. Sarah pensou que todas as mulheres da família estavam se casando e mudando para longe. Isso fazia com que só ela e Jeff permanecessem na cidade. Já estava se sentindo sozinha diante da perspectiva da partida de Mimi, embora estivesse contente por eles, assim como eles, obviamente, também estavam. George sorria beatificamente enquanto os olhos de Mimi brilhavam.

— Se eu pedir a Sarah para casar comigo, ela provavelmente me dará o fora ou, no mínimo, me colocará para fora. Ela está convencida de que viver em pecado é uma forma de vida — declarou Jeff, e Mimi riu. Todos sabiam que Sarah e Jeff moravam juntos, o que não a incomodava de modo algum. Tinha quase 40 anos, e o direito de viver como quisesse.

Sarah ignorou a queixa bem-humorada de Jeff e perguntou quando eles pretendiam se casar. Ainda não haviam marcado a data, mas queriam que fosse logo.

— Na nossa idade, não podemos nos dar ao luxo de esperar — declarou Mimi alegremente, como se fosse uma coisa boa. —

Provavelmente George vai querer casar no campo de golfe, entre duas partidas. Ainda não conseguimos decidir se queremos lá ou aqui. Temos tantos amigos lá que talvez vire uma complicação — disse Mimi pensativamente, enquanto faziam um brinde ao casal com champanhe.

— Por que não faz aqui, como mamãe? — sugeriu Sarah, sentindo-se um pouco nostálgica pela coisa toda. Era tão estranho que os mais velhos da família estivessem se casando. De repente, sentiu-se sozinha e meio perdida.

— Vai criar muitos problemas para você — disse Mimi. — Não quero dar tanto trabalho. Você anda tão ocupada.

— Não estou ocupada demais para você — insistiu Sarah. — Posso usar o mesmo serviço de bufê do casamento de mamãe. Foi ótimo. Ficou tudo impecável.

— Tem certeza? — perguntou Mimi hesitante, mas George se mostrou entusiasmado. Gostava da ideia, e lhe lembrou de que ela havia nascido naquela casa. Fazia sentido casar ali. Era bonito e sentimental. O amigo de Jeff de Nova York estava gostando da troca de ideias e disse que a avó tinha casado de novo no ano anterior e mudado para Palm Beach e estava muito feliz.

— Quando gostariam de fazer isso? — indagou Sarah de forma prática, enquanto Jeff continuava a desempenhar o papel de amante descartado, para deleite de Mimi. Ela sempre se referia a ele, nas conversas com Sarah, como "aquele rapaz amoroso". Aos 45 anos, completados recentemente, era tudo menos um rapaz, embora parecesse jovem para sua idade.

— Estávamos pensando na noite de Ano-Novo — interveio George. — Assim teremos o que celebrar todos os anos. E acho que seria muito bom para sua avó realizar o casamento aqui, nesta casa. Significaria muito para ela — acrescentou, e Mimi enrubesceu. Comentara com o noivo naquela manhã que não queria atrapalhar Sarah, mas admitira que gostaria muito, por isso ficaram todos contentes.

— Mamãe já sabe? — perguntou Sarah subitamente. Audrey não tinha dito nada. Mimi assentiu.

— Ligamos esta manhã para desejar um feliz Dia de Ação de Graças e aproveitamos para dar a notícia. Ela aprovou.

— Traidora — murmurou Jeff sombriamente. — Sou um partido melhor do que ele. — Deu uma olhada para George, para o divertimento de todos. — Mas devo admitir que ele é melhor dançarino. Quando dancei com Mimi no casamento de Audrey, pisei nos pés dela e deixei seu lindo par de sapatos azul-claro num estado lamentável. Portanto, acho que não posso culpá-la. Mas despedaçou meu coração.

— Sinto muito, querido. — Ela se inclinou e lhe deu um beijo no rosto. — Venha ficar conosco em Palm Springs quando quiser. Pode até trazer Sarah.

— Espero que sim — declarou Sarah fingindo estar ofendida, e depois passaram a tratar dos detalhes do casamento. Sarah pegou um bloco amarelo e fez uma lista. Queriam tudo muito simples. Somente os familiares mais chegados. Um jantar simples. Queriam um padre para casá-los, e Mimi garantiu a Sarah que o dela iria em casa. Mimi queria marcar o casamento para as oito horas da noite, e o jantar para as nove. Audrey tinha dito a ela naquela manhã que ela e Tom viriam e que depois provavelmente iriam passar o fim de semana em Pebble Beach.

— No que minha família se tornou, assim de repente? — desabafou Sarah em voz alta. — Nômades? Será que ninguém mais quer ficar em São Francisco a não ser eu?

— Pelo jeito, não — respondeu Jeff por todos. — Acho que não é nada pessoal. Apenas se divertem mais em outros lugares. — Ele nunca admitiria, mas, embora gostasse muito de Mimi e Audrey, gostava ainda mais da ideia de ter Sarah só para ele.

— Uau — disse Sarah, ao pensar de repente no assunto. — Só temos seis semanas para planejar o casamento. Vou contratar o serviço de bufê e todos os outros amanhã. — Mas não havia convites para mandar nem nada muito complicado para organizar.

O que queriam era muito simples. Só os parentes mais chegados, na casa, na noite de Ano-Novo. Seria ainda mais simples que o casamento de Audrey e Tom.

Conversaram animadamente por duas horas, depois os convidados se retiraram. Mimi anunciou, antes de ir embora, que não pretendiam sair em lua de mel. Provavelmente passariam o fim de semana no hotel Bel Air, em Los Angeles. Mimi sempre gostara de lá e era perto. Jeff disse que estava desapontado, pois imaginava que fossem fazer algo mais exótico, como uma viagem até Las Vegas. E abraçou os dois ao se despedir.

— Menino, é ou não é uma sensação estranha! — admitiu Sarah quando estavam enchendo a máquina de lavar louças na cozinha. Jeff a convencera a ter duas, e ela estava satisfeita por isso. Ficava tudo arrumado num minuto, sem falar na ajuda de Jeff, que tornava tudo muito mais fácil para ela. Ele era ótimo para coisas assim.

— O quê? Sua avó se casar? Acho que é muito bom para ela. Bom para os dois, não terem que ficar sozinhos nessa idade.

— Mimi adorava meu avô, e minha mãe receava que ela morresse junto com ele, mas ela acabou tendo toda uma segunda vida, e às vezes acho que está usufruindo dessa tanto quanto da primeira. — Foi o que ficara parecendo nessa noite. — Quis dizer que é uma sensação estranha todos eles se mudarem para longe. Estivemos juntas aqui todos esses anos. Agora, mamãe está em St. Louis, e Mimi estará em Palm Springs.

— Eu estou aqui — disse Jeff suavemente.

— Eu sei — declarou sorrindo. Ela se inclinou e o beijou. — Suponho que isso me força a ser mais adulta. Sempre me senti uma garota enquanto elas estavam por aqui. Talvez tenha sido isso que quis dizer ao me referir à tal sensação estranha.

— Deve ser — disse Jeff. Apagaram as luzes da cozinha e subiram para o quarto, que agora chamavam "deles", não apenas dela. Era como se sentiam.

Sarah ligou para a mãe na manhã seguinte, chamando-a de traidora por ter mantido segredo na véspera, quando telefonara para lhe desejar um feliz Dia de Ação de Graças. A própria Audrey havia ligado mais tarde e não dissera uma palavra sobre o assunto.

— Não quis estragar a surpresa. Ela me pediu. Acho ótimo, e o tempo é melhor por lá para ela. O clima é melhor. Tom e eu vamos para o casamento, pelo menos por uma noite.

— Gostariam de ficar aqui? — perguntou Sarah, esperançosa.

— Adoraríamos.

— Vai ser divertido estarmos todos debaixo do mesmo teto.

Sarah obteve da mãe todos os detalhes necessários e passou a se ocupar deles na segunda-feira. Tudo o que Mimi precisava fazer era comprar o vestido. Ela se achava muito velha para se casar de branco. Telefonou para Sarah dois dias depois, com ar de vitória. Tinha encontrado a roupa perfeita na cor que chamavam de champanhe. Sarah se deu conta então de que ela também devia comprar um vestido. Desta vez, escolheu um de veludo verde-escuro. E como era véspera de Ano-Novo, decidiu-se por um longo. Audrey disse que usaria azul-marinho.

Durante as cinco semanas que decorreram entre o Dia de Ação de Graças e o Natal, a vida de Sarah virou uma corrida de revezamento sem ter a quem entregar o bastão. Não queria que Mimi tivesse o menor trabalho com o casamento, mas Sarah também não dispunha de tempo. Pediu ao pessoal do bufê que se encarregasse de tudo, mas verificasse os detalhes com ela.

Além disso, andava frenética com a casa, tentando garantir que o casamento de Mimi fosse impecável, acompanhava Jeff às festas de fim de ano e ainda procurava, ela própria, se aprontar para o Natal. Jeff não cabia em si de contentamento. Após anos andando na ponta dos pés, desculpando-se pela depressão sazonal anual de Marie-Louise, como se fosse ele o responsável pelas festas, este ano podia se dar ao luxo de celebrar a ocasião à vontade. A cada dia ele trazia para casa novos itens de decoração, mais presentes, uma fita com cantigas natalinas, e, duas semanas antes do Natal, chegou com um pinheiro de 6 metros. Foram precisos quatro homens para instalá-lo ao pé da escadaria. Depois, trouxe dois carros cheios de objetos de decoração. Sarah riu ao ver isso. A música que ele pusera para tocar estava num tal volume que ela mal podia ouvi-lo quando ele falava do último degrau da escadinha. Acabara de colocar a estrela no topo da árvore.

— Eu disse que era como viver na fábrica do Papai Noel — gritou Sarah e repetiu mais três vezes. — Deixe para lá. Está linda! — elogiou, gritando novamente e, desta vez, ele ouviu e agradeceu. Jeff estava satisfeito consigo mesmo, e ela o amava pelo que estava fazendo. Sarah havia comprado para ele uma linda e antiga mesa de arquiteto num antiquário, que ia ser entregue em casa na noite de Natal. Ele quase desmaiou quando a viu.

— Ah, meu Deus, Sarah, é lindíssima! — Ele adorou. Adorava comemorar as festas com ela.

Tanto a mãe quanto a avó estavam longe. Era o primeiro Natal de Sarah sem elas, mas Jeff fez com que fosse maravilhoso. Sarah assou um pequeno peru para a ceia, e foram juntos à missa da meia-noite. Enquanto jantavam e tomavam um ótimo vinho comprado por ele, Sarah se deu conta de que fazia exatamente um ano que contara à mãe e à avó sobre a casa na Scott Street, e agora aqui estavam.

Também não tinha esquecido que, há um ano, ficara sozinha durante o período de festas pelo quinto ano seguido, pois Phil fora para Aspen com os filhos, e ela, mais uma vez, não havia sido incluída. Sua vida se modificara radicalmente em um ano, e ela estava adorando, tanto Jeff quanto a casa. O único porém era a família se mudar, o que não a entusiasmava muito. Progresso. Às vezes era bom, às vezes não. Mas ao menos tinham se mudado por boas razões.

Jeff e Sarah passaram um dia preguiçoso no Natal. Ele lhe dera uma fina pulseira de brilhantes, e ela não se cansava de olhar para a joia e sorrir para o namorado. Jeff era muito generoso com ela, e Sarah havia gostado do presente tanto quanto ele gostara da mesa. Ela também tinha comprado um monte de presentinhos com os quais enchera uma meia para ele, tendo deixado até mesmo uma carta do Papai Noel dizendo que ele havia sido um bom menino, mas para fazer o favor de não espalhar a roupa suja pelo chão da lavanderia esperando que alguém a apanhasse. Era seu único defeito. Não tinha muitos. E gostou de tudo o que Sarah fizera por ele durante o período. Comparada à sua experiência com Marie-Louise, a diferença era da água para o vinho. Sarah era o melhor presente de Natal que já ganhara.

Cinco dias depois do Natal, Audrey e Tom chegaram de St. Louis, e então Sarah entrou realmente no espírito natalino. A avó e George também chegaram naquela noite. Os dois casais iam ficar hospedados com Sarah, e ela estava encantada. Jeff a ajudou a cozinhar para todos. E as três mulheres passaram longas horas na cozinha, conversando. Audrey contou tudo sobre a vida em St. Louis. Estava adorando. Tom era ainda melhor do que ela sonhara. Parecia verdadeiramente feliz. E Mimi estava radiante, uma verdadeira noiva ruborizada. Sarah adorava que estivessem hospedados com ela. A presença de ambas fazia com que se sentisse uma menina novamente.

Na manhã da véspera do Ano-Novo foram todos tomar café na rua. O pessoal do bufê já estava trabalhando na cozinha e, mesmo para um pequeno jantar, os preparativos pareciam infindáveis. Mas tanto Mimi quanto George aparentavam muita calma. Todos passaram bons momentos, rindo e conversando. Os três homens falaram de futebol americano e das oscilações da Bolsa. Tom e George falaram de golfe. Jeff flertava com a noiva, para seu deleite, e Audrey e Sarah discutiam detalhes e verificavam a lista do casamento. Depois foram dar um passeio, e só voltaram para casa lá para uma hora da tarde.

Depois disso, Mimi entrou num outro quarto e disse a George que só se veriam à noite. Sarah tinha providenciado a vinda de uma cabeleireira e uma manicure.

Passaram uma deliciosa tarde, aproveitando a companhia uns dos outros. Todos iam passar também esta noite na casa, para depois do casamento comemorar a passagem de ano. No dia seguinte, os recém-casados seguiriam para Los Angeles, onde ficariam pelo fim de semana, e Audrey e Tom para Pebble Beach. Jeff e Sarah pretendiam ficar em casa e descansar. Sarah ia tentar pintar mais dois quartos, e estava se tornando uma perita no assunto, e Jeff precisava trabalhar em uma porção de projetos.

A movimentação na casa foi crescendo à medida que se aproximava a hora do casamento. Sarah e Audrey subiram para ajudar Mimi. Quando entraram no quarto, ela estava sentada na cama, de camisola, o cabelo feito, segurando uma foto da mãe.

Quando olhou para a filha e a neta tinha os olhos cheios de lágrimas.

— Você está bem, mãe? — perguntou Audrey gentilmente.

— Estou bem — disse Mimi suspirando. — Estava pensando em como meus pais devem ter sido felizes aqui no início... e que eu nasci nesta casa... Estou tão feliz por me casar com George aqui. Parece tão certo... Estava pensando que minha mãe teria gostado. — Olhou, então, para Sarah. — Fico muito contente que você tenha comprado esta casa. Nunca imaginei o que significaria para mim quando nos deu a notícia... Parece tolice dizer isso na minha idade, mas, depois de toda a tristeza quando criança, e da falta que ela me fez quando eu era jovem, finalmente me sinto como se tivesse voltado para casa e encontrado minha mãe.

Então Sarah a abraçou e sussurrou gentilmente para a avó que ela e todos os demais a amavam muito.

— Eu te amo, Mimi... tanto... Obrigada por me dizer isso.

Fez a compra da casa parecer ainda mais certa. Na realidade, perfeita.

Capítulo 23

No último instante resolveram fazer o casamento a rigor. As três mulheres iam usar longos, bem como as poucas amigas de Mimi presentes, e os homens, smoking. O noivo parecia muito elegante de gravata-borboleta vermelha e botões e abotoaduras de rubi que pertenceram ao avô. Para o deleite de todos, Jeff se oferecera para levar a noiva, e ela havia aceitado. Mimi temia cair ou tropeçar na barra do vestido, caso descesse as escadarias sozinha. Sentia-se mais protegida com um braço forte em que se apoiar. Não queriam contratempos no casamento.

— E como não vai se casar comigo, Mimi, o que demonstra muito pouco juízo da sua parte, decidi de forma altruísta entregá-la a George. Embora, preciso dizer, você deva se envergonhar por ter me dado corda durante os últimos seis meses. Estarei lá, caso mude de ideia e recupere o bom senso no último instante. — Mimi adorava essas brincadeiras, e ele também.

Jeff a esperava na porta do quarto quando ela ficou pronta. Mimi usava o vestido de noite dourado pálido e cor de champanhe, com sapatos dourados de salto alto. Segurava um buquê de lírios do vale, as flores preferidas da mãe. O noivo também usava um raminho na lapela e esperava por ela ao pé da escadaria. Audrey e Tom repararam, com um sorriso, que ele parecia nervoso.

Conversavam em voz baixa com o padre, enquanto esperavam que ela descesse, ao som de harpa e violinos. Sarah iluminara tudo com velas e desligara as luzes. E então, de repente, eles a viram. Ainda era dona de uma silhueta ótima, mesmo em sua idade, e parecia absolutamente majestosa ao descer lentamente as escadas, conduzida por Jeff. Ele tinha um ar solene, distinto, e estava muito bonito. Ela olhou para Jeff e sorriu, ele lhe deu um tapinha na mão, e então seus olhos encontraram George, e ela sorriu. Por um momento, Sarah percebeu que Mimi lembrava muito Lilli, era apenas mais velha, mas tão bonita quanto. Havia o mesmo brilho malicioso em seu olhar, a mesma paixão pela vida. Era como se a velha foto guardada por Sarah tivesse adquirido vida e amadurecido. Sarah percebeu subitamente a força das gerações que a precederam, como pequenas ondulações no oceano. Mimi, Audrey, ela própria e Lilli muito antes delas.

Mimi pareceu serena ao passar, graciosamente, das mãos de Jeff para as do futuro marido. Posicionaram-se diante do padre e pronunciaram os votos em vozes claras, fortes e tranquilas. Depois, George beijou a noiva, a música recomeçou, e todos riam, choravam e comemoravam, como haviam feito apenas poucos meses antes para Audrey.

Jeff beijou a noiva e declarou que agora era oficial. Ele tinha sido rejeitado no altar. Mimi deu um beijo nele, e depois, em todos os demais, especialmente em Audrey e Sarah.

Jantaram, como planejado, às nove horas, e o champanhe jorrou até a meia-noite, quando as três descendentes de Lilli beijaram seus homens e dançaram brevemente ao som dos violinos. Ninguém se recolheu antes das duas da manhã. O casamento tinha sido uma perfeita joia.

Mais tarde, já deitados, Sarah sorriu para Jeff e declarou rindo.

— Estou começando a me sentir uma profissional de casamentos. Foi lindo, não foi? Você estava tão bonito descendo as escadas com Mimi.

— Ela nem sequer estava tremendo. Eu estava mais nervoso que ela — confessou Jeff.

— George estava um pouco ansioso, coitado. — Voltou-se para Jeff de novo: — Feliz Ano-Novo, querido.

— Para você também, Sarah.

Dormiram abraçados e, na manhã seguinte, levantaram para preparar o café. Era uma manhã festiva, e os dois casais mais velhos estavam de malas prontas para partir logo após o café da manhã. Mimi descia a escada ao encontro de George quando lembrou que havia esquecido uma coisa. Os outros estavam reunidos ao pé da escada, conversando, quando ela voltou com o buquê de lírios do vale.

— Eu me esqueci de jogar o buquê ontem à noite — disse, sorrindo para eles. Parou no meio da escada. Usava um conjunto vermelho vivo, com o casaco de vison num dos braços, e sapatos baixos. Estava muito elegante e parecia muito mais jovem do que era. Cheirou uma última vez as flores delicadas e, graciosamente, jogou o buquê para a neta. Sarah o pegou antes que caísse no chão, com ar de espanto, mas então, como se estivesse quente demais para ser segurado, quase por reflexo, jogou-o de volta para Mimi, que o apanhou com uma das mãos e o lançou para Jeff, que o agarrou e ficou ali sorrindo, enquanto todos aplaudiam.

— Boa defesa — elogiou George, enquanto Mimi desceu o restante das escadas e olhou Jeff fixamente.

— Como Sarah não sabe o que fazer com ele, espero que você saiba, Jeff — afirmou, e depois disso beijou cada um deles, entrou no táxi à espera e partiu para o aeroporto. A lua de mel tinha começado. Audrey e Tom saíram de carro cinco minutos depois, em direção a Pebble Beach. Iam jogar golfe em Cypress Point no fim de semana.

Sarah e Jeff permaneceram no hall de entrada depois que todos se foram, olhando um para o outro. Ele ainda segurava o buquê e o colocou delicadamente sobre a mesa.

— Você faz bons casamentos — disse ele sorrindo para ela e a abraçou.

— Obrigada. Você também — respondeu, enquanto ele a beijava.

Capítulo 24

O fim de semana foi calmo após a saída dos convidados. Jeff subiu para trabalhar no escritório. Sarah mudou de roupa e deu continuidade ao projeto de pintura. Por volta das duas horas da tarde levou um sanduíche para ele. Ambos trabalharam até a hora do jantar, comeram as sobras do casamento e depois foram ao cinema. Jeff tinha gravado na televisão o jogo de futebol americano e o assistiu ao chegarem em casa. Foi um Ano-Novo perfeito e um agradável contraponto aos dias frenéticos que antecederam o casamento. A casa não dava a sensação de vazio, mas de tranquilidade.

— O que devo fazer com o buquê de Mimi? — perguntou ela a Jeff na manhã seguinte, quando o encontrou na geladeira. Ele o pusera ali, caso Sarah quisesse guardá-lo. A fragrância que saía cada vez que abriam a porta era divina. — Será que dá azar jogar fora?

— Provavelmente — disse ele, ao guardar a manteiga. — Achei que ia querer guardá-lo. É uma boa lembrança do casamento — disse com inocência.

— Conta outra! Vai acabar jogando em cima de mim enquanto durmo.

— Não me atreveria. Seria atingido por um raio — brincou ele. — Você pode secar as flores, ou coisa parecida, e dar o buquê novamente a Mimi no primeiro aniversário do casamento deles.

— Essa é uma boa ideia. Vou fazer isso — respondeu, guardando cuidadosamente o buquê dentro de uma caixa, em uma prateleira da cozinha. E, durante o resto do dia, ambos ficaram muito ocupados.

No domingo à noite foram a uma festa de velhos amigos de Sarah e, na segunda-feira, o ano começou a todo vapor. Era como se cada um dos clientes dela quisesse refazer o respectivo testamento naquele mês. A aprovação de novas leis fiscais deixou todos em pânico. Nunca estivera tão ocupada. Prometera à mãe visitá-la em St. Louis, mas não via como. Tinha a sensação de que a carga de trabalho não diminuiria nunca. E Jeff estava tão ocupado quanto ela. Era como se todos tivessem comprado, ou herdado, casas antigas durante as festas, e quisessem contratá-lo para restaurá-las. O negócio ia de vento em popa, mas agora sem Marie-Louise, tudo recaía em seus ombros, e ele estava atolado.

No final de janeiro, após quatro semanas trabalhando dia e noite em atividade frenética, Sarah pegou um forte resfriado. Nunca se sentira tão doente em toda a vida, e, após a semana com febre que a prendeu em casa, o resfriado virou uma gripe intestinal, e ela passou os quatro dias seguintes no banheiro. Jeff sentia pena e ficava lhe trazendo sopa, suco de laranja e chá, mas tudo isso fazia com que ela se sentisse ainda pior, e acabou ficando de cama, gemendo.

— Acho que estou morrendo — disse ela, com lágrimas rolando pelo rosto. Ele se sentia impotente e, ao cabo de duas semanas, aconselhou Sarah a ir ao médico. Era o que ela pretendia, e já tinha uma consulta marcada para a manhã seguinte. Telefonou para a mãe naquela noite, queixando-se do quanto se sentia mal, e Audrey ficou ouvindo a longa lista de sintomas.

— Talvez esteja grávida — disse Audrey de forma prática.

— Isso não tem graça. Estou com um resfriado, mamãe, não com enjoos matinais.

— Tive resfriados durante todo o tempo em que estive grávida de você. Tem alguma coisa a ver com o enfraquecimento do sistema imunológico, para que o bebê não seja rejeitado. E você disse que está vomitando há quatro dias.

— Por causa da gripe intestinal, não de um bebê — argumentou, aborrecida com o diagnóstico casual e obviamente equivocado da mãe.

— Por que não verifica? Hoje em dia isso é muito fácil.

— Sei o que tenho. Tenho gripe asiática, ou tuberculose ou coisa semelhante. Todos no escritório pegaram.

— Foi só uma ideia. Bom, nesse caso, vá ao médico.

— Estou indo. Amanhã de manhã. — Ficou deitada, irritada com o que a mãe tinha dito e fazendo cálculos em silêncio. Sua menstruação estava com dois dias de atraso, mas isso acontecia com frequência quando ficava doente. Não estava sequer preocupada. Ou não estivera, até falar com a mãe. Agora estava, e ficou deitada pensando no assunto. Isso seria realmente horrível. Era a última coisa que queria. Tinha uma vida ótima, uma carreira sensacional, um homem que amava, uma casa maravilhosa. E não queria um bebê.

Ficou tão nervosa que finalmente se levantou, pegou o carro e foi até a farmácia mais próxima, onde comprou um teste de gravidez. Jeff não havia chegado ainda. Sentindo-se estúpida por isso, seguiu as instruções, fez o teste, deixou-o em cima da pia, voltou para a cama e ligou a TV. Tinha quase esquecido o assunto meia hora depois, quando voltou ao banheiro para ver o resultado. Sabia que seria negativo. Sempre fora cuidadosa, e, afora um ou dois sustos ainda na faculdade, nunca tinha corrido riscos nesse sentido. Não tomava pílula, mas, com raras exceções, ela e Jeff eram sempre cuidadosos, a não ser no período certo do mês em que Sarah sabia que não precisava se preocupar.

Pegou o teste com ar petulante, olhou, olhou novamente, e remexeu o lixo procurando as instruções. Havia duas linhas no teste, e de repente não conseguia se lembrar se deveria haver uma ou duas se fosse negativo. O diagrama era claríssimo para qualquer um. Uma linha, negativo. Duas linhas, positivo. Olhou novamente. Duas linhas. Havia um engano qualquer. Era um falso positivo. O teste estava com defeito. Havia mais um na caixa, e então ela o usou. Desta vez, ficou batendo o pé enquanto esperava, com um nó no estômago, olhando-se no espelho. Estava com uma aparência horrível. Isso era ridículo. Não estava grávida, estava morrendo. Olhou para o relógio e depois verificou o teste. Duas linhas, de novo. Olhou-se novamente no espelho e viu que estava ficando branca como um lençol.

— Ah, meu Deus... ah, meu DEUS! Isso não está acontecendo! — gritou para o espelho. — *NÃO* ESTOU! — Mas o teste dizia que sim. Jogou os dois no lixo, depois andou pelo banheiro abraçando o próprio corpo. Essa era a pior notícia de sua vida. — MERDA! — berrou e, nesse momento, Jeff entrou no banheiro com ar preocupado. Tinha acabado de chegar do escritório. A mãe dela tinha razão.

— Você está bem? Estava falando com alguém? — perguntou, pensando que talvez ela estivesse ao telefone. Sarah estava com um aspecto horrível.

— Não, não, estou bem — declarou ela, e passou por ele, voltou para a cama e se enfiou debaixo das cobertas.

— Quer ir para o hospital? Está se sentindo tão mal assim?

— Me sinto ainda pior — disse, quase gritando com Jeff.

— Então, vamos. Não espere até amanhã, só vai piorar. Provavelmente precisa de antibióticos. — Ele pertencia à velha escola que ainda acreditava que remédios curavam tudo. Vinha insistindo para que ela os tomasse há uma semana.

— Não preciso de antibióticos — disse, fulminando-o com os olhos.

— Há algo errado? Quero dizer, além de você estar doente? — perguntou Jeff, com pena dela. A pobrezinha estava se sentindo mal havia duas semanas. Era deprimente. Mas, apesar disso, achou que ela estava se comportando de modo um pouco psicótico. — Como está a febre?

— Estou grávida. — Não havia razão para esconder isso dele. Teria que lhe contar mais cedo ou mais tarde. Ele ficou apenas olhando fixamente para ela, como se não compreendesse. Ela também não.

— O quê?

— Estou grávida — declarou, começando a chorar. Sua vida acabara. Isso era um pesadelo. Ainda se sentia doente. Na verdade, se sentia ainda pior. Ele se sentou na beira da cama.

— Está falando sério? — Não sabia o que mais dizer. Podia ver que ela não estava achando a notícia boa. Tinha o aspecto de alguém que vai pular do telhado.

— Não, estou brincando. Eu sempre brinco com acontecimentos suicidas em minha vida. É claro que estou falando sério. Como diabos isso foi acontecer? Fomos sempre tão cuidadosos. Nunca escorregamos.

— Escorregamos sim — confirmou Jeff honestamente.

— Bem, não nos períodos proibidos. Não sou estúpida. Sou macaca velha. E você também.

Ele estava recapitulando e, de repente, declarou com ar encabulado:

— Acho que pode ter acontecido no dia do casamento da sua avó.

— Não, não pode. Fomos dormir logo.

— Acordamos no meio da noite — corrigiu ele. — Acho que você estava meio adormecida... não forcei — disse, com ar infeliz. — Nós meio que... fizemos... e tornamos a dormir. — Ela fez um rápido cálculo mental e gemeu em voz alta. Tinha que ser isso. Se tivessem planejado, não podiam ter acertado melhor. Ou, neste caso, pior.

— Será que eu estava fora de mim? Quanto foi que eu bebi?

— Alguns drinques... e muito champanhe, acho — declarou Jeff sorrindo ternamente. — Parecia bem, mas acho que relaxou a guarda no meio da noite... Estava tão bonitinha. Não consegui resistir.

— Ah, meu Deus — desabafou Sarah, pulando da cama de novo e andando pelo quarto. — Por Cristo, não consigo acreditar no que está acontecendo. Tenho quase 40 anos e estou grávida. *Grávida!*

— Você não é tão velha assim, Sarah... e talvez a gente deva pensar no assunto... talvez seja nossa última oportunidade. Nossa única oportunidade. Talvez não seja uma notícia tão ruim assim.

— Não era para ele. Para ela era medonha.

— Está maluco? Para que precisamos de um bebê? Não queremos um bebê. Eu, pelo menos, não quero. Nunca quis. Disse isso desde o início. Nunca menti para você.

— Não, não mentiu — disse ele imparcialmente. — Mas, para ser honesto, eu gostaria de ter nossos filhos.

— Então, você que os tenha. Eu, não — gritou, andando de um lado para outro, com o ar de quem queria matar alguém, de preferência, ele. Mas mentalmente achava que a culpa era dela.

— Olha, o corpo é seu. Tem que fazer o que achar melhor... Só estou dizendo como me sinto em relação a isso. Eu te amo. Adoraria ter um bebê com você — disse ternamente.

— Por quê? Ia arruinar nossa vida. Temos uma vida boa. Uma vida perfeita. Um bebê apenas estragaria tudo. — Ela estava aos prantos.

Jeff a olhava com ar tristonho. Já havia passado por isso antes. Marie-Louise tinha feito dois abortos. E, pela primeira vez desde que se conheceram, Sarah estava parecendo Marie-Louise. Não queria passar por isso de novo. Ele se levantou e foi guardar a pasta no escritório. Quando voltou, Sarah havia voltado para a cama e estava de mau humor. Ficou horas sem falar com ele. Jeff se ofereceu para fazer o jantar dela, mas ela disse que estava doente demais para comer.

Com cautela, ele sugeriu que, até resolverem o que iam fazer, ela deveria comer. Ela o mandou para o inferno.

— Já decidi. Vou me matar. Não preciso comer.

Jeff desceu, comeu sozinho e tornou a subir. Ao entrar no quarto, ela estava dormindo e, em seu sono, parecia doce como sempre. Ele sabia que tinha sido um choque terrível para ela. Ele queria que ela tivesse o bebê, mas não podia forçá-la. Sabia que ela teria que tomar essa decisão sozinha.

No dia seguinte, na mesa do café, Sarah estava tristonha e silenciosa. Jeff lhe ofereceu comida, mas ela fez chá e torradas. Quase não falou. Saiu para a consulta médica e nem telefonou para ele. Ela já estava em casa quando ele chegou naquela noite, e era visível a perturbação dela. O médico tinha confirmado a gravidez. Jeff não disse uma palavra, e ela foi para a cama. Às nove horas já estava dormindo, e no dia seguinte apresentava um aspecto melhor. Durante o café da manhã, Sarah pediu desculpas a ele:

— Sinto muito por ter me comportado como uma idiota. Preciso apenas pensar nisso sozinha. Não sei o que fazer. O médico disse que, se em algum momento pretendo ter um bebê, provavelmente devo ir em frente, agora, por causa da minha idade. Na verdade, não quero. Mas talvez um dia venha a querer... ou venha a me arrepender por não ter tido um. Só que nunca quis um filho. Para falar a verdade, queria muito *não ter*. Mas, se alguma vez vier a querer, será com você — disse ela e começou a chorar. Jeff deu a volta ao redor da mesa e a abraçou.

— Faça o que tiver que fazer. Eu te amo. Adoraria ter um filho nosso. Mas te amo. Se realmente não quer um filho, posso viver com isso. A decisão é sua. — A gentileza dele só tornava as coisas mais difíceis para ela. Sarah assentiu, assoou o nariz e chorou depois que ele saiu para o trabalho. Nunca se sentira tão confusa e infeliz em sua vida.

E assim foi durante duas semanas. Ela vociferava. Ela esbravejava. Ela se torturava e o constrangia. Jeff, de algum modo, conseguia ficar tranquilo. Só perdeu a calma uma vez, e se arrependeu em seguida. Tinha acontecido o mesmo com Marie-Louise e, no fim, ela se livrara da gravidez nas duas vezes. Mas Sarah não era Marie-Louise. Estava apenas furiosa, perturbada e aterrorizada. Não se sentia pronta para ser mãe, e não queria condenar uma criança a uma vida infeliz. Ele se ofereceu para casar com ela, o que fez com que ficasse ainda mais amedrontada. Todos os fantasmas do passado de Sarah vieram assustá-la, principalmente a própria infância infeliz e o pai. Mas Jeff não era ele. Era um homem bom, e ela sabia disso.

Precisou de quase três semanas para tomar uma decisão. Nunca pediu conselhos à mãe nem a ninguém. Chegou a uma conclusão sozinha. Era a coisa mais assustadora que já havia feito na vida. Disse a Jeff que não queria se casar, pelo menos por enquanto, mas queria ter o filho. Jeff quase chorou quando ouviu. E naquela noite fizeram amor pela primeira vez em um mês. A essa altura, ela estava grávida de dois meses, ou quase. Três semanas depois fizeram a primeira ultrassonografia, e lá estava ele. Um pequeno ponto luminoso com batimento cardíaco. Tudo estava normal. O nascimento estava previsto para o dia 21 de setembro. Jeff nunca ficara tão empolgado em toda a vida.

Sarah precisou de mais tempo para se acostumar à ideia. Mas a primeira vez em que sentiu a criança se mexer, deitou-se na cama, sorriu, e disse a Jeff que era uma sensação estranha. Ele foi com ela a todas as ultrassonografias, inclusive a dos cinco meses, na qual puderam vê-lo chupando o polegar. Também a acompanhou a amniocentese e, quatro semanas depois, ficaram sabendo que era saudável e um menino. Quando estava grávida de seis meses, ainda não se sentia pronta, mas estava contente. Ela agradeceu a Jeff por ter aturado suas neuroses e seus terrores. Daí em diante, ficou bem. Era o bebê deles, não apenas dela. Já havia contado à mãe e a Mimi, e todos estavam entusiasmados. Ele se oferecera para se casar com ela uma porção de vezes, mas isso era demais para Sarah no momento. Preferia uma coisa de cada vez. Primeiro o bebê, depois, veriam. Jeff estava quase fora de si de tanta animação, sabendo que ele e Sarah teriam um filho. Disse a ela que era o maior presente de sua vida.

Estavam caminhando pela Union Street num sábado de agosto, Sarah com oito meses de gravidez, quando deram de cara com Phil. Em um primeiro momento, ela quase não o reconheceu, depois sim, e ele a viu e pareceu surpreso. Estava acompanhado de uma jovem de uns 25 anos. Não se viam há mais de um ano e meio.

— Uau, o que aconteceu com você? — perguntou, sorrindo. Ela só conseguia se lembrar da última vez em que o vira, na cama com outra. Nunca mais tornara a encontrá-lo.

— Não faço a menor ideia — respondeu, com ar inexpressivo.

— Fui a uma festa fantástica há uns oito meses, enchi a cara e, quando me dei conta, acordei deste jeito. O que você acha que é? — A jovem que estava com ele ria. Phil pareceu envergonhado por encontrá-la, e com razão.

— Raios me partam se sei — disse. Ela estava linda e feliz. Sarah pôde vislumbrar que ele estava arrependido e ficou contente. Olhou para Jeff com um sorriso carinhoso e o apresentou a Phil. O famoso Phil sobre o qual tanto ouvira falar. Parecia um bobo com a garota. — Vejo que se casou — disse Phil, olhando para a enorme barriga de Sarah. Ela percebeu que ele não havia se casado, mas ela também não, e pela primeira vez teve vontade de ser a mulher de Jeff, não só a mãe de seu filho. Todas as ideias de liberdade e independência saíram voando pela janela, enquanto Phil e sua Barbie retomaram a caminhada. Não queria ser uma delas. Queria ficar com Jeff e o filho deles pelo resto da vida. Queria ser dele. De verdade. Não só porque no momento estavam vivendo na mesma casa.

— Ele parece um idiota — disse Jeff ao ajudá-la a entrar no carro. Sarah mal conseguia se mover, e ambos riram.

— E é. Lembra?

— Lembro — respondeu ele, levando-a para casa. Ao chegar lá, ela começou a preparar o jantar.

Sarah continuava a trabalhar, mas começava a se sentir cansada. Ia tirar seis meses de licença-maternidade após o nascimento do bebê. Depois ia pensar se queria voltar a trabalhar em tempo integral ou em meio expediente. Jeff adoraria que ela deixasse o escritório de advocacia e passasse a restaurar casas com ele, mas a decisão era dela, como tudo mais. Sarah tinha de tomar as próprias decisões. Sempre agira assim e, no final, acabava fazendo a escolha certa.

Estavam acabando de jantar quando ela olhou para Jeff com um sorriso tímido.

— Estive pensando — começou, e ele esperou pelo resto. Pareciam boas notícias, mas foram ainda melhores do que esperava ou mesmo sonhava. — Estive pensando que talvez devêssemos nos casar um dia desses. — Jeff olhou para ela, incrédulo, e Sarah riu.

— O que fez você pensar nisso?

— Não sei. Talvez o tempo. Não quero ser uma dondoca pelo resto da vida — disse Sarah, e ele riu mais ainda.

— Meu bem, pode ter certeza de que você não aparenta ser uma dondoca neste exato momento. Aparenta ser a mãe do meu filho.

— Acho que quero aparentar ser sua mulher. É uma boa aparência. — Jeff se inclinou e a beijou como resposta. Tinha começado a achar que nunca se casariam, mas que o bebê já bastava. Era preciso que Sarah quisesse o pacote todo, e agora ela queria.

— Quando quiser. Antes do bebê?

— Não sei. O que é que você acha? Talvez depois. — A mãe e Mimi viriam para o Dia de Ação de Graças, e ela queria que estivessem presentes no casamento. Talvez até quisesse o filho na cerimônia. Não tinha certeza. — Vou pensar no assunto e depois digo.

— Seria bom.

Limparam a cozinha juntos e subiram. Deitada na cama, ela percebeu que o casamento de Mimi fora seu presente especial. Havia trazido tudo isso para eles.

Capítulo 25

Como planejara, Sarah trabalhou até a época do parto. No último dia de trabalho, os colegas organizaram para ela um chá de bebê e um almoço, e Sarah não conseguia imaginar a vida sem o escritório. A ideia em si lhe parecia estranha. Era uma advogada. Ia a um escritório todos os dias. Ou costumava ir. Agora ficaria em casa durante seis meses, com um bebê. Tinha medo de enlouquecer de tédio. Disse que talvez voltasse mais cedo, e uma das advogadas respondeu que talvez ela não quisesse mais voltar, o que Sarah achou uma ideia absurda. Claro que voltaria. A menos que decidisse trabalhar com Jeff restaurando casa. Isso também lhe agradava, particularmente com ele. Gostava da ideia de trabalhar com Jeff diariamente. Era um período de transição e mudança para Sarah. Tudo na vida dela estava mudando e se movendo, inclusive a criança em seu ventre. Depois do chá de bebê e do almoço, arrumou a pasta e foi para casa. E ficou esperando. Nada aconteceu. O médico alertou que isso era normal, particularmente com os primeiros bebês, mas a estava deixando louca. Ela nunca se atrasava, em relação a coisa alguma. Nem agora. Quem estava atrasado era o bebê.

— O que devo fazer? — queixou-se a Jeff uma noite. O bebê estava dez dias atrasado. Era o primeiro dia de outubro. Nove meses após o casamento de sua avó. Mimi e George estavam se esbaldando em Palm Springs e nunca vinham a São Francisco. Mas prometeram vir para o Dia de Ação de Graças para ver a criança. Se é que ela ia chegar. Talvez não chegasse nunca. Antes tivesse continuado a trabalhar. Mas estava muito cansada e com a barriga enorme. Precisava da ajuda de Jeff agora até para se levantar da cama. Sentia-se como a proverbial baleia encalhada. O bebê era enorme.

— Procure se distrair. Divirta-se. Relaxe. Vá fazer compras — sugeriu ele, e ela riu.

— Nada mais me serve, só bolsas.

— Então compre algumas. — Ela havia recomeçado a ver as antigas amizades, as com filhos. Finalmente tinham algo em comum.

Jeff estava tentando trabalhar em casa tanto quanto possível. Queria estar por perto caso acontecesse alguma coisa ou se Sarah precisasse dele. O quarto do bebê seria o da infância de Mimi. Parecia adequado, uma vez que o neném fora concebido na noite do casamento dela, e Lilli tinha dado à luz ali. Lilli, que partira tantos corações e morrera tão jovem. Sarah estava com 40 anos. Parecia-lhe a idade certa para ter o primeiro filho. Havia esperado muito tempo para que as coisas se encaixassem. Primeiro Jeff, e agora isso.

À tarde, foram dar uma volta pela vizinhança. Andaram até a Fillmore Street e voltaram. Sarah quase não conseguia subir a ladeira, e precisou da ajuda de Jeff. Estavam falando sobre seus planos, se iriam comprar uma casa para revenda. Ela estava tentada a fazer isso. Ainda pensava no assunto naquela noite, depois do jantar, sentada na banheira, com as mesmas contrações que vinha tendo há semanas. Ainda não eram as verdadeiras, apenas ensaios, as chamadas Braxton Hicks, ou falsas contrações. Serviam para deixá-la preparada, caso o bebê resolvesse chegar. Relaxava na banheira, enquanto Jeff assistia à TV. Ele foi até lá para ver se ela estava bem e massageou suas costas. Doíam o tempo todo agora devido ao peso. Mais uma semana e o médico ia induzir o parto, mas não antes. O bebê estava bem, assim como Sarah.

Após o banho, ela desceu, pegou alguma coisa para comer e subiu novamente. Tinha a impressão de que precisava se movimentar. Naquela noite não conseguiu ficar sentada ou deitada. Faltava pouco, mas ainda não havia chegado lá. Tinha uma consulta marcada com o médico na manhã seguinte e esperava que isso provocasse alguma coisa. Sarah estava pronta.

— Você está bem? — perguntou Jeff, que a observara durante a noite inteira. Ela estava inquieta, mas de bom humor e com bom aspecto.

— Estou, só me sinto cansada de ficar sentada — respondeu Sarah, mordiscando um biscoito. Sofria de azia o tempo todo, e nada a ajudava a melhorar. Mas sabia que logo mais ia passar. Jeff sentiu pena ao ver o esforço que ela fez para ir para a cama e depois ter que se levantar três vezes para ir ao banheiro. Disse que o lanche lhe dera dor de barriga.

— Por que não tenta dormir um pouco? — perguntou gentilmente.

— Não estou cansada — respondeu queixosa. — Minhas costas estão doendo muito.

— Não é para menos. Venha cá. Vou fazer uma massagem. — Sarah se deitou de lado, com as costas viradas para ele. A massagem fez com que ela se sentisse melhor e finalmente dormisse, enquanto Jeff a olhava com um sorriso carinhoso.

Estes eram os dias mais doces de sua vida, esperando que o filho nascesse, com Sarah deitada junto a si. Acabou por adormecer também uma hora depois dela. E, no meio da noite, acordou de um sono pesado. Podia ouvi-la gemendo e ofegando no escuro, ao lado. Quando estendeu a mão para tocá-la, seu rosto estava coberto de suor, e ele mais que depressa acendeu a luz, já inteiramente acordado.

— Sarah? Você está bem?

— Não. — Ela balançou a cabeça de um lado para o outro, mal conseguindo falar.

— O que aconteceu? O que há de errado? — As contrações que ela sentia a deixavam literalmente sem fôlego. Finalmente. Sarah não conseguia falar. Havia despertado de um sono profundo tendo um bebê, e estava perplexa demais até para acordar Jeff.

Perceberam, então, que as contrações na banheira, afinal, tinham sido verdadeiras e não "falsas", e a inquietação dela, a dor nas costas e na barriga já eram, há algum tempo, trabalho de parto. Tinham ignorado todos os sinais. Ele tocou o estômago dela e olhou o relógio. As contrações ocorriam a cada dois minutos. Foram instruídos a irem para o hospital quando fossem de dez minutos. O bebê estava chegando. Agora. Jeff não sabia o que fazer. De repente, Sarah começou a gritar. Era um longo gemido primal entre gritos agudos.

— Sarah, por favor, meu bem... temos que ir para o hospital. Agora.

— Não posso... não posso me mexer... — gritou de novo com a contração seguinte e tentou se sentar, mas tampouco conseguiu. Estava fazendo força. Ele agarrou o telefone e discou para a emergência. Disseram-lhe para deixar a porta da frente aberta e ficar com ela. Mas Sarah não o deixava sair dali. Agarrava o seu braço com toda a força e chorava.

— Vamos... Sarah... Tenho que ir lá embaixo abrir a porta.

— Não — declarou, ficando com o rosto roxo e olhando para ele aterrorizada. Ela se contorcia de dores e fazia força ao mesmo tempo, e, de repente, havia no quarto um longo e fraco vagido entre seus gritos e uma carinha de um vermelho vivo com cabelos pretos sedosos entre suas pernas quando o filho deles chegou no mundo, olhou para os dois e parou de chorar. Ficou ali olhando, enquanto os dois choravam e se abraçavam. Foi quando ouviram as sirenes.

— Ai, meu Deus, você está bem? — Sarah assentiu, e Jeff tocou o rosto do bebê e então, suavemente, colocou-o sobre a barriga dela. A campainha da porta estava tocando. — Volto já. — Desceu correndo os dois andares de escadas, deixou os paramédicos e os bombeiros entrarem e correu de volta para ela.

Os paramédicos examinaram mãe e filho e disseram que ambos estavam bem. Um paramédico corpulento cortou o cordão umbilical, embrulhou o bebê num lençol e o entregou a uma Sarah radiante. Jeff não parava de chorar. Sarah e o bebê eram a visão mais bela que já tivera na vida. Levaram-na para a ambulância, junto com a criança, para serem examinados no hospital, e Jeff foi atrás. O neném era perfeito. Mandaram-nos de volta para casa três horas depois, e Sarah ligou para Audrey e Mimi. William de Beaumont Parker havia nascido na mesma casa onde a bisavó viera ao mundo 83 anos antes e os trisavós viveram. Os pais estavam extasiados. Tinham recebido uma grande bênção na casa de Lilli. Sarah segurou o bebê, com os braços de Jeff em torno dela, e os três adormeceram. Embora Sarah nunca tivesse esperado por isso, foi o melhor dia da sua vida.

Capítulo 26

Naquele ano, o Dia de Ação de Graças foi mais agitado do que de costume. Mimi e George compareceram, e ela, como sempre, havia convidado as amigas habituais. Audrey e Tom vieram de St. Louis. Sarah amamentava o bebê enquanto Jeff assava o peru com a ajuda da sogra. Comeram na grande mesa da cozinha, enquanto William dormia num cesto depois de ter mamado. Sarah nunca estivera melhor, Jeff parecia ligeiramente esgotado e com sono, e todos concordaram que William era o bebê mais bonito que já tinham visto. Era um menino lindo e saudável. Os pais esperaram muito tempo para tê-lo, mas ele chegara na hora certa. Mimi adorava vê-lo no seu antigo quarto, pintado pela própria Sarah de azul, com a ajuda de Jeff, para evitar que a mulher subisse na escada pouco antes do nascimento do bebê.

A refeição era a mesma de sempre, de acordo com a tradição. E Mimi disse que as tortas estavam perfeitas.

— Ele é o máximo, não é? — disse orgulhosamente. William dormiu durante todo o jantar e só acordou quando Jeff e Sarah subiram, após terem limpado a cozinha com a ajuda de Audrey. William completava sete semanas. Pesava quase 5,5 quilos e havia nascido com quase 4. George disse que ele parecia ter seis meses. E Tom o segurou com habilidade, pois tinha grande experiência como avô.

Tanto a avó quanto a bisavó tomaram conta de William no dia seguinte, enquanto Sarah se vestia. Jeff desceu para o terceiro quarto de hóspedes para tentar dormir um pouco. Não precisava se vestir antes das seis horas. ela quase se esqueceu de acordá-lo e mandou Tom fazer isso. Tiveram que acordá-lo duas vezes. Ser pai era mais exaustivo do que ele pensara, mas muito melhor. Amava Sarah mais do que nunca.

Sarah ainda estava se vestindo quando Audrey trouxe o neto para ser amamentado. Isso fez com que ela se atrasasse meia hora. Quando desceu as escadas, todos já estavam esperando. Mimi segurava o bebê, Jeff vestia um terno azul-marinho, estava bem acordado e parecia revigorado. Tom e George estavam lado a lado, e todos se viraram para apreciar Sarah, de vestido longo branco, descendo vagarosamente as escadas. Embora um tamanho acima do que ela gostaria, caía-lhe muito bem. A roupa era de renda, de corte simples, com mangas compridas e gola alta, e ressaltava seu corpo, agora melhor do que nunca, ainda que um pouco mais cheinha. Usava o cabelo num coque frouxo, entremeado de lírios do vale, a mesma flor do buquê que tinha nas mãos. Os olhos de Jeff se encheram de lágrimas ao vê-la. Havia esperado tanto por esse momento. A espera tinha valido a pena.

Ambos choraram quando pronunciaram os votos, e suas mãos tremeram ao trocarem alianças. Nesse preciso momento, William acordou e olhou em volta. O padre o batizou ao mesmo tempo. Como Jeff diria mais tarde, tinha sido um casamento com serviço completo. Haviam feito tudo de uma só vez.

Depois disso, comeram, dançaram, beberam champanhe e se revezaram segurando o bebê. E, finalmente, Jeff dançou lentamente pelo salão de baile com a mulher. Era a primeira noite em que o usavam. Planejavam dar uma grande festa de Natal este ano. Aos poucos iam se acostumando à mansão, um ao outro e à vida em comum. Sarah se tornara a Sra. Jefferson Parker. Tinha prolongado a licença-maternidade para um ano, e haviam acabado de comprar uma pequena casa que pretendiam restaurar como experiência de seu projeto em comum. Veriam como ficavam as coisas depois e de quanto seria o lucro. Se tudo corresse bem, ela ia deixar o escritório de advocacia. Estava cansada de calcular impostos e redigir testamentos.

Enquanto dançava com Jeff, Sarah pensou nas palavras de Stanley logo que se conheceram, no conselho para não desperdiçar a vida, para vivê-la, sonhá-la e desfrutar dela, olhar para o horizonte sem cometer os erros que ele próprio tinha cometido. Ele havia lhe possibilitado fazer isso. A casa trouxera Jeff para sua vida... e William... e Tom para a vida da mãe... Muitas foram as vidas tocadas por Stanley e por esta mansão.

— Obrigado por me fazer tão feliz — murmurou Jeff, enquanto o salão de baile girava ao redor deles, com seus esplêndidos espelhos e ornamentos dourados.

— Eu te amo, Jeff — disse simplesmente. Sarah podia ouvir o choro da criança enquanto alguém a pegava e os pais dançavam na noite de seu casamento. William tinha nascido na mansão de Lilli.

No fim, todos foram tocados por aquela mulher que fugira há tanto tempo, tornando-se uma lenda e deixando um legado. Uma filha que ela mal conhecera, uma neta que se tornara uma ótima mulher, uma bisneta que trouxera a casa da antepassada de volta à vida com infinita ternura e amor. E um trineto, cuja viagem acabara de começar. As gerações se desenrolaram sem ela. Ao dançar, nos braços de Jeff, Sarah sentiu que a misteriosa criatura que fora Lilli estava, finalmente, em paz.

Este livro foi composto na tipologia Adobe
Garamond, em corpo 11,5/15, e impresso em
papel off-set 75g/m² no Sistema Cameron da
Divisão Gráfica da Distribuidora Record.